MARIE MERBURG
Inselleuchten

Weitere Titel der Autorin:

Wellenglitzern
Sommerflimmern
Ostseeträume
Ostseefunkeln

Über die Autorin:

Marie Merburg wurde am 7. 7. 1977 in Mühlacker in Süddeutschland geboren. Nach dem Studium in Stuttgart zog sie mit ihrer Familie in die Nähe von Heilbronn, wo sie auch heute noch lebt. Für ihre Romane WELLENGLITZERN und INSELLEUCHTEN hat sie sich die deutsche Ostseeküste als Schauplatz ausgesucht, weil sie von der Landschaft und den Menschen dort fasziniert ist.
Unter dem Namen Janine Wilk schreibt die Autorin auch erfolgreich Kinder- und Jugendbücher.

Marie Merburg

Insel-leuchten

Ostsee-Roman

lübbe

Dieser Titel ist auch als E-Book erschienen

Originalausgabe

Dieses Werk wurde vermittelt durch die
Michael Meller Literary Agency GmbH, München

Titelillustration: © shutterstock/Eisfrei;
© Elektrons 08/plainpicture; © Sundra/shutterstock
Umschlaggestaltung: Kirstin Osenau
Satz: Urban SatzKonzept, Düsseldorf
Gesetzt aus der Garamond
Druck und Verarbeitung: GGP Media GmbH, Pößneck
Printed in Germany

ISBN 978-3-404-17638-0

8 10 9

Sie finden uns im Internet unter www.luebbe.de
Bitte beachten Sie auch: www.lesejury.de

Für meine Hündin Lilu,
die während der Arbeit an diesem Roman
gestorben ist

1. Kapitel

»Rügen ist unglaublich schön«, hatte meine Schwester Sophie ihre neue Heimat angepriesen. »Hier kannst du entspannen und die Seele baumeln lassen.«

Von wegen! Seit ich in meinem Kombi die Rügenbrücke von Stralsund nach Altefähr passiert hatte, ging es nur noch im Schritttempo vorwärts. In einigen Bundesländern waren momentan noch Osterferien und wie es schien, hielten sich sämtliche Einwohner Baden-Württembergs und Bayerns in diesem Stau auf. Statt einer frischen Meeresbrise drang stickige Abgasluft durch das geöffnete Fenster.

Für April war es ein ungewöhnlich heißer Tag, und meine Klimaanlage streikte schon seit Ende des letzten Sommers. Weshalb hatte ich das Teil eigentlich noch nicht reparieren lassen? Ach ja, das war mir in der Herbst-Winter-Saison nicht wichtig erschienen. Da war es schließlich kalt gewesen. Jetzt verfluchte ich meinen Hang, solche Dinge immer auf die lange Bank zu schieben.

Im Auto vor mir konnte ich durch das Heckfenster zwei Geschwister dabei beobachten, wie sie sich um einen bunt gestreiften Schwimmring zankten. Allerdings bezweifelte ich, dass sie ihn überhaupt brauchen würden. Fiel ein Bad in der Ostsee um diese Jahreszeit nicht unter den Begriff Eisschwimmen? Oder machte ich mir da falsche Vorstellungen? Leider war ich bisher noch nie in dieser Ecke von Deutschland gewesen.

Mir fiel ein, dass mein Handy vorhin auf der Autobahn gepiept hatte, und da es hier gerade nicht voranging, nahm ich es in die Hand. Eine Nachricht meiner besten Freundin Katrin: *Du bist also wirklich gefahren? Jule, musste das denn sein?*

Ich stieß einen tiefen Seufzer aus. Katrin war mit meinem spontanen Trip nach Rügen leider überhaupt nicht einverstanden. Das hatte sie mir unverblümt ins Gesicht gesagt, als ich ihr gestern von der Idee erzählt hatte.

Ich tippte schnell eine Antwort ein: *Ja, das musste sein, und ich habe dir auch erklärt, warum. Du bist meine beste Freundin. Du bist verpflichtet, mich zu unterstützen!*

Ich legte das Handy beiseite und schloss für einen Moment meine brennenden Augen. Ich war mitten in der Nacht in München losgefahren, da ich seit ein paar Wochen – seit mein Leben immer mehr im Chaos versank – ohnehin immer nur ein paar Stunden am Stück schlafen konnte. Nach neun Stunden Fahrt machte sich die Müdigkeit allerdings deutlich bemerkbar, und ich wollte nur noch so schnell wie möglich ankommen. Wobei ich momentan den Eindruck hatte, dass ich den nördlichen Teil der Insel womöglich erst beim Eintritt meiner Wechseljahre erreichen würde. Blöder Stau!

Meine große Schwester lebte schon seit einem Dreivierteljahr in Glowe, und jedes Mal, wenn wir miteinander telefonierten, lag Sophie mir damit in den Ohren, dass ich sie endlich einmal besuchen musste. Deshalb hatte ich mich nun einfach ins Auto gesetzt und war hergefahren, um ihrer Bitte nachzukommen. Nett von mir, oder? Meine Freundin Katrin sah das allerdings anders. Ihrer Meinung nach war es nämlich der Gipfel der Unhöflichkeit, bei jemandem unangemeldet vor der Tür zu stehen. Selbst wenn es sich bei diesem Jemand um ein Familienmitglied handelte.

»So etwas nennt man *Überraschungsbesuch*«, hatte ich sie aufgeklärt. »Darüber freuen sich die Leute.«

»Ach, wirklich?« Katrin hatte eine Augenbraue hochgezogen. »Normalerweise hat der Überraschungsbesucher aber nicht den Kofferraum voller Umzugskartons. Da schlägt die Freude schnell in Panik um.«

Blödsinn! Meine Schwester kannte mich gut genug, um das nicht falsch zu interpretieren. Denn natürlich hatte ich nicht vor, bei ihr und ihrem Lebensgefährten Ole Jansen einzuziehen! Seit mich mein Freund Lars aus seiner Wohnung geschmissen hatte, wusste ich nur nicht, wohin mit meinem ganzen Kram. Einige Sachen hatte ich zwar in Katrins Kellerabteil unterbringen können, doch mit dem Rest fuhr ich jetzt in der Gegend herum. Ein Glück, dass ich einen Kombi hatte.

Der Urlaub bei meiner Schwester sollte lediglich eine Zeit der Neuorientierung werden, bis ich mein Leben wieder geordnet hatte. Wie lange konnte das schon dauern? Ein, zwei Wochen vielleicht. Wenn es hochkam, vier. So lange hatte ich jedenfalls Urlaub. Na gut, ein vierwöchiger Überraschungsbesuch klang wirklich etwas heftig. Wahrscheinlich hatte ich mein Kommen genau aus diesem Grund nicht angekündigt. Wenn ich leibhaftig vor Sophie stand, brachte es meine Schwester bestimmt nicht übers Herz, mich wegzuschicken. Und ich wusste einfach nicht, wohin ich sonst auf die Schnelle flüchten sollte. Ich war ehrlich verzweifelt. Immerhin hatte ich als kleine Entschuldigung für meinen überfallartigen Besuch an ein Gastgeschenk gedacht: einen gewaltigen Geschenkkorb mit bayrischen Leckereien und einer putzigen Schloss-Neuschwanstein-Schneekugel. Über so etwas freut sich doch jeder. Oder?

Die Autokarawane kroch ein paar Meter vorwärts und kam wieder zum Stillstand. Neidisch blickte ich auf den Zug, der auf der Bahnstrecke neben der Straße gerade ungehindert seinem Ziel entgegenraste. Im Wagen vor mir hatte mittlerweile eines der Kinder den Schwimmring für sich gewonnen. Offensichtlich war er nicht nur zum Schwimmen gedacht, sondern auch dazu, ihn dem ungeliebten Geschwisterkind im Sekundentakt auf den Kopf zu dreschen. Ich musste grinsen. Das erinnerte mich an meine Schwester und mich.

Ich wandte mich nach hinten zur Rückbank um. »Na, Süßer«, sagte ich zu meinem männlichen Mitfahrer, dessen Kopf bis an die Decke stieß. »Bist du schon in Urlaubsstimmung?«

Als Antwort tropfte von seiner Zunge ein Spuckefaden auf meinen Sitz. Igitt!

»Muffin, kannst du nicht etwas weniger feucht hecheln?«

Die schwarz-weiß gefleckte Riesendogge klappte abrupt ihr Maul zu und schluckte hörbar, um danach noch eifriger weiterzuhecheln.

Ich tätschelte ihm den Rücken, wozu ich mich etwas strecken musste. »Immerhin hast du es versucht.«

Ich war erst seit ein paar Wochen seine Besitzerin. Eigentlich hatte ich überhaupt keinen Hund gewollt, schon gar nicht in der Größe eines Mini-Ponys. Mein Freund Lars hatte die Dogge für eine horrende Summe einem Arbeitskollegen abgekauft. Und zwar ohne es vorher mit mir abzusprechen! Ohne Vorwarnung hatte Lars einfach mit dem riesigen Hund in unserer Münchner Zwei-Zimmer-Wohnung gestanden. Eigentlich hieß die Züchterdogge *Morpheus vom Horiberg*, aber ich hatte den Hund kurzerhand Muffin getauft. Mir war schnell klar geworden, weshalb Lars' Arbeitskollege sich von Muffin getrennt hatte, denn er war alles andere als gut erzogen und ignorierte Befehle konsequent.

Bei unserer Trennung, die kurz danach erfolgt war, hatte Lars mir Muffins Leine wortlos in die Hand gedrückt. Keine Ahnung, ob aus einem Rest von Zuneigung oder aus purer Gehässigkeit. Aber da mein Freund an jenem Abend vor Wut gekocht hatte, war ihm in dem Moment das dauerhafte Hundesorgerecht wohl gleichgültig gewesen. Mittlerweile war ich dankbar für Muffins Gegenwart. Er war ein äußerst geduldiger Zuhörer, und wenn man schluchzend an seinem Hals hing, saugte sein Fell überraschend gut die Tränen auf.

»Ist das auch wirklich nicht zu eng?« Zum gefühlt hundertsten Mal kontrollierte ich Muffins Hundesicherheitsgurt, wofür er mir liebevoll über die Wange leckte. Bäh!

In diesem Augenblick klingelte mein Handy. Kaum hatte ich abgenommen, hörte ich über die Freisprecheinrichtung schon Katrins Stimme mit dem typisch bayrischen Akzent.

»Ja mei, wie soll ich dich denn unterstützen?«, fragte sie empört. Katrin war deutlich aus der Puste, und im Hintergrund vernahm ich Straßenlärm. »Hier alles stehen und liegen zu lassen, um nach Rügen abzuhauen, ist doch keine Lösung, Himmelherrgodnoamoi!«

Obwohl wir beide gleich alt waren, hatte ich manchmal das Gefühl, dass Katrin mich für eines ihrer Kinder hielt. Insgeheim wartete ich schon auf den Tag, an dem sie mir Hausarrest oder Fernsehverbot erteilte.

»Wie geht es denn meinem kleinen Sonnenschein?«, fragte ich ausweichend. Wie immer, wenn ich an Katrins zuckersüßes Baby dachte, musste ich lächeln.

»Moanst du mich?«, entgegnete Katrin schnaubend. »Oder Mia? Die hat mich mal wieder wachgehalten. Sie ist wohl eine kleine Nachteule.«

»Oh, du Arme!«, sagte ich seufzend. Schließlich hatte Katrin auch noch drei ältere Kinder, um die sie sich kümmern musste. »Und warum bist du gerade so außer Atem?«

»Ich bin auf dem Weg zur Kita. Und du? Bist du schon bei deiner Schwester angekommen?«

»Nein, ich steh im Stau.« Wie um mich Lügen zu strafen, kam der Verkehr prompt wieder ins Rollen.

»Dann dreh doch um und komm wieder zurück!«, meinte Katrin. »Du fehlst mir nämlich jetzt schon. Es ist doch deppert, nur wegen einer gescheiterten Beziehung alles aufzugeben.«

Damit beschönigte Katrin die Sache leider ein wenig, denn es ging nicht allein um Lars. Vor ein paar Tagen war mir im Job nämlich ein übler Fehler unterlaufen, und mein Chef war offenbar nicht bereit, einfach darüber hinwegzusehen. Er hatte mir recht unverblümt vorgeschlagen, ich sollte meinen vierwöchigen Urlaub nutzen und schon mal die Stellenanzeigen studieren. Dabei hatte ich mir vorher noch nie etwas zuschulden kommen lassen und mir für das Hotel fast ein Bein ausgerissen. Tja, damit war ich seit Neuestem also wieder Single, hatte keine Kinder, keinen Job und keine Wohnung. Wäre ich ein negativ eingestellter Mensch, würde ich jetzt wahrscheinlich herumjammern, weil ich mit meinen neununddreißig Jahren wieder ganz bei null anfangen musste. Doch ich bemühte mich, optimistisch zu bleiben: Mit meinem vollbeladenen Kombi war ich eben eine echte Nomadin. Bereit, in die Ferne zu ziehen, um irgendwo aufs Neue meine Zelte aufzuschlagen. Denn abgesehen von meiner besten Freundin hielt mich nichts mehr in München. Wieso also nicht einen radikalen Neuanfang wagen?

»Ich musste einfach weg, Katrin«, erklärte ich ihr geduldig. »Lars redet seit zwei Wochen kein Wort mehr mit mir, und in München werde ich andauernd an den Mist erinnert, den ich gebaut habe.«

»Jetzt gib dir doch nicht allein die Schuld an allem!«, verlangte Katrin. »Hätte dieses damische Rindviech sich nicht so bescheuert verhalten, hättest du auch nicht zu so extremen Mitteln greifen müssen.«

Damit hatte sie wahrscheinlich recht, trotzdem zog ich erstaunt die Augenbrauen in die Höhe. So hatte sie noch nie über Lars geredet. »Rindviech ist vielleicht etwas übertrieben.«

»Ach, ich bin einfach wütend!«, zischte sie. »Dieser Depp ist schuld daran, dass meine beste Freundin weg ist. Am liebsten würde ich Lars eine von Mias Windeln auf die Windschutzscheibe kleben.«

Ich konnte mir ein Grinsen nicht verkneifen. »Bitte nicht!«

Leider stellten sich bei diesem Thema unweigerlich die Erinnerungen wieder ein. An das *Baby-Projekt* mit Lars, meine plötzlichen Zweifel, die darauffolgenden Lügen und Heimlichkeiten, unseren schlimmen Streit und an das schlechte Gewissen, das mich seither plagte. Ich fuhr mir müde über die Augen, während sich die Autoschlange in langsamem Tempo vorwärts bewegte.

»Lass uns über etwas anderes reden, okay?«, bat ich Katrin. »Ich habe dafür gerade echt keine Kraft.«

Für einen Moment herrschte Stille, dann stieß Katrin hörbar die Luft aus. »Na schön, ich kapituliere! Vielleicht ist es tatsächlich gut, wenn du etwas Abstand bekommst. Aber überleg dir während deines Urlaubs die Sache mit dem Umzug noch mal, ja?«

»Mach ich, versprochen!«

Katrin war in München geboren, und für sie war es unvorstellbar, ihre Heimatstadt zu verlassen. Ich dagegen war in meinem Job im Hotelmanagement schon viel in der Welt herumgekommen. Heimatgefühle hatte ich mir im Laufe der letzten zwei Jahrzehnte abgewöhnen müssen.

»Du, ich bin jetzt in der Kita«, informierte mich Katrin, wobei der Geräuschpegel im Hintergrund explosionsartig anstieg. In der Hoffnung, eine Horde aufgeregter Kleinkinder zu übertönen, brüllte sie: »Wir telefonieren später noch mal, okay? Bussl, Jule!«

Nachdem ich aufgelegt hatte, war ich wieder mit meinen Gedanken allein. Bisher machte Rügen einen recht ländlichen Eindruck auf mich. Es gab weitläufige Felder und Wiesen, die von Laubbäumen, Sträuchern und Büschen eingerahmt wurden. Keine Spur vom Meer oder von den berühmten Sandstränden.

Ich stellte das Radio an, und Xavier Naidoos Stimme ertönte. Einige Sekunden lang lauschte ich dem Text, der von steinigen Wegen und schweren Zeiten handelte.

Na, vielen Dank auch! Ich wechselte den Sender, und nun war es Annett Louisan, die ein schwermütiges Lied zum Besten gab. Sie sang von verschlungenen Labyrinthen und gescheiterten Zukunftsplänen.

Da hatte ich den Beweis: Die ganze Welt hatte sich gegen mich verschworen. Sogar die Radiosender setzten alles daran, meinen Optimismus im Keim zu ersticken. Also schön, dann eben keine Musik!

Irgendwann erreichte ich Rügens Hauptstadt Bergen. Der

dichte Verkehr begann sich hier aufzulösen, und ich kam zügiger voran. Endlich. Muffin und ich fuhren durch romantische Buchenwälder, die sich über eine sanfte Hügellandschaft ausbreiteten. Die kleinen Hügel sahen fast aus wie mit Laub bedeckte Meereswellen. Wirklich hübsch! Bei Muffin wurde anscheinend die Lust auf einen Spaziergang geweckt, denn er begann begeistert die Fensterscheibe abzuschlabbern, wohl im Versuch, sich durch das Glas in die Freiheit zu lecken.

»Nicht mehr lange, mein Großer«, tröstete ich ihn.

Ob sich meine Schwester wohl verändert hatte? Im Laufe der Jahre hatten wir den Kontakt leider etwas einschlafen lassen, und unsere persönlichen Treffen konnte man an einer Hand abzählen. Das lag in erster Linie an meinem Job, denn in den letzten zwei Jahrzehnten hatte ich in Städten wie London, Orlando oder Paris gelebt. Das machte regelmäßige Familientreffen etwas schwierig. Davon abgesehen hatte mich Sophies Ehemann Felix nicht ausstehen können. Wahrscheinlich hatte er gespürt, dass ich ihn für einen unterkühlten, konservativen Stoffel hielt, der meine Schwester überhaupt nicht verdiente. Und Sophie hatte mir bei unseren seltenen Treffen offenbar immer wieder beweisen zu müssen, wie toll und großartig ihre Ehe und ihre beiden Söhne waren. Im Gegenzug hatte ich betont, wie froh ich war, frei zu sein und meine Karriere verfolgen zu können. Wer von uns beiden sich dabei mehr belogen hatte, wusste ich bis heute nicht.

Trotz unserer Schwierigkeiten vermisste ich meine Schwester. Erst seit ein paar Monaten schafften wir es, wenigstens in regelmäßigen Abständen miteinander zu telefonieren. Seit der längst überfälligen Trennung von ihrem Ehemann und dem Umzug nach Rügen schien Sophie wie ausgewechselt zu sein. Was wahrscheinlich auch an Ole Jansen lag. Sophie hatte bei Ole letzten Sommer einen Segelkurs gemacht, und die beiden hatten sich Hals über Kopf ineinander verliebt. Ich war schon unglaublich gespannt auf die zwei!

2. Kapitel

Auf dem Messingschild stand in geschwungenen Lettern: *Ole und Emma Jansen & Sophie Lehmann.* Zum dritten Mal klingelte ich Sturm, doch hinter der schwarz lackierten Holztür blieb es still.

Das längliche Haus am Ortsrand leuchtete in einem warmen Rotton, der perfekt zum Dunkelbraun des Reetdachs und den weißen Sprossenfenstern passte. Sophies neues Zuhause, das sie mit Ole und seiner elfjährigen Tochter zusammen bewohnte, wirkte einladend und behaglich. Nach der langen Autofahrt wollte ich jedenfalls nichts lieber, als dort drinnen in ein gemütliches Sofa zu sinken und eine schöne Tasse Tee zu trinken. Doch daraus wurde offenbar nichts. Da ich meinen Besuch nicht angekündigt hatte, hätte ich eigentlich damit rechnen müssen, dass niemand zu Hause war. Trotzdem machte sich Enttäuschung in mir breit.

Mit einem Seufzen wandte ich mich zu dem gepflegten Garten um. Etwas abseits unter einer Trauerweide stand eine Holzbank mit direktem Blick auf die Ostsee. Wie ein Willkommensgruß wehte mir eine laue Meeresbrise die Locken aus dem Gesicht und trug den salzigen Duft der See zu mir. Für einen Moment schloss ich die Augen und atmete tief durch. Nach den vielen Stunden im Auto tat das wirklich gut.

Obwohl ich damit den Überraschungseffekt zunichte machte, zog ich mein Handy hervor, um Sophie anzurufen.

Leider ging nur die Mailbox ran, und so hinterließ ich ihr eine Nachricht. Na toll, und jetzt?

Mir fiel ein, dass Oles Eltern im anderen Teil der Doppelhaushälfte lebten. Ob ich es mal bei ihnen versuchen sollte? Ich lief über den Rasen und entdeckte an der Haustür von Oles Eltern einen Zettel: *Hallo Trudi, wir sind schon am Hafen. Kommst du nach?*

Daraus schloss ich, dass Klingeln relativ sinnlos wäre. Leider wusste ich weder, wo der Hafen war, noch, ob mit dem ›wir‹ womöglich auch meine Schwester gemeint war.

»Großartig«, schnaubte jemand direkt hinter mir.

Ich fuhr erschrocken herum. Vor mir stand eine alte Frau, deren sonnengegerbtes Gesicht so faltig war, dass es mich an eine Walnuss erinnerte. In ihren hellblauen Augen lag ein scharfsinniges Funkeln. Seltsamerweise steckten in ihren Ohren rosa Wattebäuschchen, deren feine Fäden leicht im Wind wehten.

»Sehe ich etwa aus wie eine Leistungssportlerin?«, fragte sie, ohne mich auch nur eines Blickes zu würdigen. Anscheinend handelte es sich um besagte Trudi.

»Ich bin doch kein junger Hüpfer, den man durch die Gegend scheuchen kann. Wäre es denn zu viel verlangt gewesen, auf mich zu warten?« Nun wandte sie mir den Kopf zu und blickte mich fragend an.

»Ähm …«, antwortete ich wenig geistreich. »Ist es denn weit? Ich meine, bis zum Hafen.«

Sie zuckte mit den Schultern und zupfte sich ihre geblümte Kittelschürze zurecht. »Das kommt darauf an.«

Ich wartete auf weitere Auskünfte, doch Trudi schwieg. Die alte Dame erfüllte das Klischee einer verschrobenen Insulanerin auf vorbildliche Weise. »Und auf was?«, hakte ich nach.

»Wenn du Arthritis in den Knien hast, so wie ich, dann ist es weit.« Sie musterte mich vom Kopf bis zu den Zehenspitzen, was nicht viel Zeit in Anspruch nahm, da ich recht klein war. »Du brauchst wahrscheinlich nur fünf Minuten.«

»Ich könnte Sie hinfahren«, bot ich an. »Ich habe ohnehin nichts Besseres zu tun, und vielleicht treffe ich am Hafen meine Schwester.«

Da fiel mir ein, dass ich mich noch gar nicht vorgestellt hatte. Mit einem freundlichen Lächeln streckte ich ihr die Hand hin. »Ich bin Jule Seidel, die Schwester von Sophie.«

»Tach schön! Du kannst mich Trudi nennen.« Sie ergriff meine Hand, wobei ich erneut von ihr gemustert wurde. »Sophie siehst du aber überhaupt nicht ähnlich.«

»Ja, ich weiß«, murmelte ich und unterdrückte ein Seufzen.

Meine Schwester hatte lange glänzende Haare, während ich lediglich mit einem wuscheligen Lockenkopf aufwarten konnte, der nur mit sehr viel Mühe einer *Frisur* ähnlich sah. Zudem war Sophie in zweifacher Hinsicht meine große Schwester: Sie war nicht nur die Erstgeborene, sie überragte mich auch um dreizehn Zentimeter. Ich nahm ihr das sehr übel. Sophie hätte mir ruhig ein paar Zentimeter überlassen können, aber so musste ich ständig mit mörderisch hohen Schuhen mein Größendefizit ausgleichen. Heute trug ich wegen der langen Autostrecke allerdings ausnahmsweise Ballerinas.

»Was hast du gesagt?«, brüllte Trudi. »Du musst lauter sprechen, ich habe Watte im Ohr. Ich kriege oft Mittelohrentzündung. Vom ständigen Wind.« Einen Moment lang starrte sie missmutig in Richtung Meer, von dem besagter Wind herüberwehte.

Ich winkte ab. »War auch nicht so wichtig.«

Sie wandte sich zur Straße um. »Los denn, fahr mich zum Hafen!«

Keine Ahnung, weshalb ich mich von einer Wildfremden herumkommandieren ließ, vielleicht war es mein natürlicher Respekt vor dem Alter. Wie dem auch sei, ich sauste voran und versuchte, im Auto Platz für Trudi zu schaffen. Das war wegen Muffin, der neugierig den Kopf aus dem offenen Fenster streckte, und meinen Umzugskartons allerdings gar nicht so einfach. Trudi befahl mir kurzerhand, den Karton vom Beifahrersitz vor Sophies Haustür abzustellen. Darin befand sich jedoch mein wichtigstes Hab und Gut, worauf schon die Aufschrift *SCHUHE! Eigentum von Jule Seidel* hinwies. Meinen Einwand, der Karton könnte während meiner Abwesenheit von skrupellosen Schuhdieben gestohlen werden, wiegelte Trudi mit den Worten ab: »Hier klaut niemand was!«

Die ganze Umräumaktion dauerte fünf Mal so lange wie die eigentliche Fahrt zum Hafen. Kaum waren wir losgefahren, lotste mich Trudi auch schon auf einen Schotterparklatz, der sich zwischen dem Hafen und der Strandpromenade befand.

Ich stieg aus und sah mich neugierig um. Möwengeschrei, das Rauschen der Wellen und das fröhliche Lachen der Strandbesucher empfingen mich. Glowe lag in einer Nehrung, und vom Hafen aus konnte man bis zum anderen Ende des Dorfes sehen. Am äußersten Zipfel der Bucht entdeckte ich an der dicht bewaldeten Landzunge die Umrisse eines Leuchtturms.

»Hier ist es ja wirklich herrlich«, entfuhr es mir.

Sophie hatte nicht zu viel versprochen. Hinter der mit Strandhafer bewachsenen Hochwasserschutzdüne erstreckte sich feiner weißer Sandstrand, so weit das Auge reichte. Die ersten Badeurlauber des Jahres entspannten sich in den blau-weiß gestreiften Strandkörben und genossen die Nachmittagssonne. Tatsächlich entdeckte ich einige Wagemutige sogar im Wasser. Brrr!

»Das ist Die Schaabe«, informierte mich Trudi. »Eine über acht Kilometer lange Nehrung zwischen den Halbinseln Jasmund und Wittow. Der Strand wird im Allgemeinen von Möwen, Touristen, Kindern und Frischverliebten bevölkert. In genau dieser Reihenfolge.«

»Die Schaabe?«, wiederholte ich mit hochgezogenen Augenbrauen. »Kein sehr einladender Name für ein Urlaubsparadies. Dann hätte man es auch gleich ›Zur Gülle‹ oder ›Die Rattenbucht‹ nennen können.«

»Keine fünf Minuten hier, aber schon an unseren althergebrachten Namen herummeckern«, blaffte Trudi mich an.

»'schuldigung«, murmelte ich ehrlich zerknirscht. »Ich plaudere ständig aus, was mir im Kopf herumgeht. Sophie nimmt mir das auch oft übel.«

Trudi war zum Glück nicht nachtragend. »Eigentlich mag ich Leute, die offen und ehrlich sind«, räumte sie ein und fügte grinsend hinzu: »Ich mach das auch.«

Ich nahm mir noch einen Moment Zeit und beobachtete den stetigen Rhythmus der Brandung. Getrieben vom Wind kamen die Wellen angerollt und legten sich wie ein Teppich aus glasklarem Wasser über den Sand, verziert mit einer Borte aus Gischt. Am liebsten hätte ich mich an den Strand gesetzt und diesen beruhigenden Anblick noch eine Weile genossen.

»Kommst du?«, fragte Trudi ungeduldig. »Und vergiss das Kalb nicht! Ich glaube, das muss mal.«

»Muffin ist kein Kalb«, knurrte ich.

Ich ging zum Auto, zog Muffin das Sicherheitsgeschirr aus und entließ ihn in die Freiheit. Aus mir unbekannten Gründen hatte der Hund eine tiefe Abneigung gegen seine Leine entwickelt. Sobald ich die sonst so friedliche Riesendogge anleinte, mutierte sie plötzlich zu Zerberus: einem von Jagdlust getriebenen Höllenhund. Für eine kleine, zierliche Person wie mich war das fatal. Meistens flog ich dann wie eine mit Helium gefüllte Gummipuppe hinter Zerberus her. Ich hielt also die Luft an, als Muffin aus dem Auto sprang, doch trotz der langen Fahrt blieb er auch ohne Leine brav bei mir, und keiner der Passanten blickte mich vorwurfsvoll an.

Über den Kai erreichten wir den Hafen, der für ein Dörfchen überraschend groß war. Jollen, Segeljachten, Motor- und Fischerboote schaukelten einträchtig nebeneinander auf den Wellen und luden zu einer Fahrt auf der Ostsee ein. Sofort fühlte ich mich an meine Kindheit und unsere alljährlichen Sylt-Urlaube erinnert. Der Höhepunkt des Urlaubs war immer der Tag gewesen, an dem mein Vater ein Segelboot gemietet hatte und mit uns aufs Meer hinausgefahren war. Deshalb hatte es mich auch nicht gewundert, dass meine Schwester letztes Jahr unbedingt den Segelschein machen wollte.

»Da vorne sind sie!«, informierte mich Trudi.

Vor einem leeren Bootsliegeplatz stand eine Gruppe von vier Personen mit Luftballons, Kuchen und Sektgläsern. Meine Schwester war jedoch nirgends zu erblicken. Trudi und ich erreichten die Anlegestelle genau in dem Moment, als eine Segeljacht in den Hafen einfuhr und die vier Personen vor uns in Jubel ausbrachen.

»Papaaa!«, rief ein Mädchen mit dunklen Locken und winkte aufgeregt. »Sophie!«

Eine weißhaarige Dame mit einem gepflegten Kurzhaarbob stieß einen erleichterten Seufzer aus. »Endlich!«

Braun gebrannt und selbstbewusst stand Sophie am Steuer der Jacht und manövrierte das Schiff gekonnt an den Steg. Neben ihr lehnte entspannt ein Mann in T-Shirt und Jeans, dessen braunes Haar an der Schläfe leicht angegraut war.

»Ich glaub's ja nicht«, entfuhr es mir. »Ist das tatsächlich meine Schwester?«

»Mach mal lieber den Mund wieder zu«, riet mir Trudi, »sonst spuckt dir noch jemand rein.«

Um sie nicht in Versuchung zu führen, presste ich hastig die Lippen zusammen, doch meine Überraschung konnte ich trotzdem nicht so schnell überwinden. So glücklich und unbeschwert hatte ich Sophie noch nie gesehen. Und dazu noch als Skipper eines Segelschiffes, wow!

»Ist der Mann neben ihr Ole Jansen? Der Segellehrer, der mit ihr zusammenlebt?«

»Ein Sahneschnittchen, nicht wahr?«, sagte die alte Dame und zwinkerte mir zu. »Wenn ich vierzig Jahre jünger wäre, hätte ich ihn ihr schon längst weggeschnappt.«

Noch nie hatte mir einer der Typen gefallen, die Sophie in der Vergangenheit angeschleppt hatte, aber ich musste zugeben, dass Trudi absolut recht hatte. Rein äußerlich war Ole Jansen jedenfalls ein richtig guter Fang.

Wie ein seit Jahren eingespieltes Team legten die beiden an und hatten dabei sogar noch Zeit, sich verliebte Blicke zuzuwerfen. Sophie winkte den anderen am Steg lächelnd zu … und erstarrte.

»Jule?« Sie blinzelte mich von Bord aus ungläubig an. Dann strahlte sie plötzlich über das ganze Gesicht. »Ich glaub es ja nicht!«

Wie auf Kommando drehte sich das ganze Empfangskomitee zu uns um. Bisher waren sie so auf Ole und Sophie konzentriert gewesen, dass sie Trudi und mich gar nicht bemerkt hatten.

»Das ist Sophies Schwester Jule«, verkündete Trudi stolz. »Ich habe sie gefunden.«

Aus ihrem Mund klang das so, als hätte sie mich irgendwo verwirrt und orientierungslos im Straßengraben aufgelesen.

Ich winkte lächelnd in die Runde. »Hallo miteinander!«

Ein mehrstimmiges und durchaus freundliches »Hallo« war die Antwort. Immerhin besaß Trudi die Höflichkeit, mich im Schnelldurchlauf mit den anderen bekannt zu machen.

»Das sind Nane und Lorenz, Oles Eltern.« Sie deutete auf die weißhaarige Frau mit Kurzhaarbob und einen älteren Mann in Strickweste. »Der kleine Wildfang hier ist Oles Tochter Emma, und das ist Jutta Plümer, Sophies Freundin!«

Juttas fester Händedruck ließ mich zusammenzucken, doch ihr Lächeln war herzlich. Sie war schlank, hatte einen flotten Kurzhaarschnitt und wirkte, als könnte sie nichts so schnell aus der Ruhe bringen. »Freut mich, Jule! Ich habe schon viel von dir gehört.«

»Ebenso!« Ich erwiderte ihr Lächeln. »Sophie meinte, ohne dich wäre ihr der Abschied von Freiburg viel schwerer gefallen.«

Ehe Jutta noch etwas sagen konnte, hörten wir Sophie vom Schiff aus rufen: »Jule? Ich komme schon.« Sie sauste mit einer Reisetasche im Arm über das Deck. »Warte einen Moment, ja?«

Wo sollte ich denn bitte schön hin? Hatte sie etwa Angst, ich würde mich in Luft auflösen?

»An Bord wird nicht gerannt!«, brüllte Ole ihr in alarmiertem Tonfall hinterher.

Wie aufs Stichwort verhedderte sich Sophies Fuß in einem losen Tau. Sie stolperte in die Reling und versuchte mit hektischem Armrudern das Gleichgewicht wiederzufinden.

»Oh, oh«, sagte Trudi trocken. »Unsere Sophie macht gleich den Abflug.«

Und schon kippte meine Schwester über die Reling und landete mit einem lauten Platsch im Hafenbecken.

*

Kurz darauf saßen wir im Hafencafé an einem Bistrotisch beisammen. Mit seinen Getränkeautomaten und roten Plastikstühlen glich das Café eher einem Aufenthaltsraum, doch dafür war es rundum verglast, sodass man einen wunderbaren Blick sowohl auf den Hafen als auch auf Die Schaabe hatte.

Ich musterte meine Schwester besorgt. Ihre Wimperntusche war verlaufen, und die nassen Haare steckten in einem grün gestreiften Handtuch. »Geht es dir wirklich gut?«

Zum Glück hatte sie an Bord der Jacht noch frische Kleidung gefunden, sodass sie die nassen Sachen gleich hatte ausziehen können.

»Mach dir keine Sorgen!«, beruhigte sie mich. »Es ist nicht das erste Mal, dass ich ein unfreiwilliges Bad genommen habe. Bisher hat Ole mich noch jedes Mal unversehrt aus dem Wasser gefischt.«

»Das war wirklich noch harmlos«, bestätigte Oles Tochter Emma und steckte sich ein großes Stück Kuchen in den Mund, den Nane auf Papptellern verteilt hatte.

Von Sophie wusste ich, dass sich Emmas Mutter Giulia vor einigen Jahren nach Berlin abgesetzt hatte, um sich ihrer Karriere als Malerin zu widmen. Sie kam ihre Tochter nur sporadisch besuchen, was dem elfjährigen Mädchen ziemlich zusetzte. Wenn ich mich richtig erinnerte, hatte Sophie im Zusammenhang mit Giulia die Begriffe »südländische Schönheit« und »egoistische Kuh« benutzt.

»Sophie ist nämlich eine grottenschlechte Seglerin«, erklärte Emma mir kauend. »Während des Segeltörns haben Oma und ich jeden Abend zum lieben Gott gebetet, dass Papa und Sophie heil zurückkommen.«

Ich blickte grinsend zu Sophie. »Ah ja?«

Eine zarte Röte überzog ihre Wangen. »Emma hat nicht ganz unrecht«, räumte sie ein und nippte verlegen an ihrem Kaffee. »Mir ist in der Vergangenheit beim Segeln schon das ein oder andere Malheur passiert.«

Oles Mutter Nane zog amüsiert ihre Augenbrauen in die Höhe. »So kann man es natürlich auch nennen.«

»Jetzt will ich aber Details wissen!«, verlangte ich.

Dieser Bitte kam Trudi nur allzu gerne nach. »Schon während des Segelkurses hat Sophie eine von Oles Jollen im Breeger Bodden versenkt«, berichtete sie mit sichtlichem Vergnügen. »Direkt vor ihrer Prüfung hat sie dann seine Jacht in den Schlick gefahren, sodass das Schiff zur Seite kippte. Vor den Augen des Prüfers! Ach ja, und eine Gehirnerschütterung hatte Sophie auch noch, weil ihr der Mast an den Kopf gedonnert ist – gleich zwei Mal hintereinander. Einmal von vorne und einmal von hinten.«

Besorgt blickte ich zu meiner Schwester. So etwas bezeichnete sie als das »ein oder andere Malheur«? Trotzdem musste ich gleich darauf losprusten, und die anderen am Tisch stimmten mit ein. Selbst Oles Vater, der eher ein schweigsamer, ruhiger Mann war, grinste breit.

»Re...Re...Respekt, Schwesterherz!«, sagte ich japsend. Kein Wunder, dass sie mir nichts davon erzählt hatte.

Sophie reckte ihr Kinn in die Höhe. »Pah, lacht ihr nur über mich! Da steh' ich drüber.«

»Entschuldige, Liebes!« Oles Mutter tätschelte ihre Hand. Gutmütige Lachfältchen zeichneten sich um Nanes Augen ab. »Bitte sei uns nicht böse!«

Nane war mir auf Anhieb sympathisch, auch wenn sie wohl eine von Trudis besten Freundinnen war. Da ich mir noch keine endgültige Meinung über die schrullige Trudi gebildet hatte, wusste ich nicht, ob das für oder gegen Nane sprach.

»Quatsch, natürlich bin ich euch nicht böse!« Sophie zog sich das Handtuch vom Kopf und begann, ihre Haare zu frottieren. »Jutta ist echt ein Schatz«, wechselte sie das Thema. »Sie hätte es wirklich nicht für mich übernehmen müssen, mit Ole die Lebensmittel und das restliche Gepäck von Bord zu schaffen. Dieser Sturz ins Wasser war halb so wild.«

Nane räusperte sich. »Vielleicht ging es Jutta in erster Linie darum, dass du deine Schwester in Ruhe auf Rügen willkommen heißen kannst?«, half sie Sophie auf die Sprünge.

»Oh Gott, du hast ja recht! Entschuldige, das habe ich in der Aufregung ganz vergessen.« Sofort ließ Sophie das Handtuch sinken, beugte sich zu mir und griff nach meinen Händen. »Ich freue mich so, dass du gekommen bist, Jule. Aber weshalb hast du denn nicht vorher angerufen? Zum Glück haben Ole und ich gute Fahrt gemacht. Deshalb sind wir zwei Tage früher von unserem Segeltörn zurück, sonst wäre ich noch gar nicht hier, stell dir das mal vor! Oh, ich weiß schon, was ich dir auf Rügen alles zeigen werde, Jule, du wirst die

Insel l-i-e-b-e-n ...« Auf diese Weise ging es die nächsten paar Minuten weiter.

Das war meine Schwester, wie sie leibte und lebte. Sie konnte eine Unterhaltung quasi allein übernehmen, man musste nur ab und an nicken oder den Kopf schütteln. Heute war ich dafür allerdings dankbar, denn das war der Beweis, dass Sophie – trotz ihres komplett neuen Lebens – immer noch die Alte war.

Währenddessen übersah ich großzügig, dass ein Stückchen Apfelkuchen heimlich den Besitzer wechselte und von Emmas Hand in Muffins Maul wanderte. Mein Hund schluckte hörbar, legte den Kopf auf den Tisch und richtete seine traurigen Kulleraugen auf das Mädchen. Ich konnte förmlich sehen, wie Emmas Kinderherz der Riesendogge zuflog.

»... und wo ist eigentlich dein Freund Lars?«, fragte Sophie gerade und verstummte kurz, um Luft zu holen.

Prompt stand Trudi auf und nutzte den Moment der Stille. »Nachdem ich mich mit eigenen Augen davon überzeugen konnte, dass Ole und du noch leben, mache ich mich mal vom Acker. Daheim wartet noch Arbeit.«

Auch Nane erhob sich und zog ihren Mann Lorenz am Hemdsärmel in die Höhe. »Wir fahren dich heim, Trudi.«

»Das ist nett. Mit meiner Arthritis wäre ich bestimmt erst nach Einbruch der Dunkelheit zu Hause.«

»So bald schon?«, frotzelte Nane, während sie die Pappteller einsammelte und den restlichen Kuchen im Korb verstaute. »Ich dachte, du hättest einen Fußmarsch von zwei Tagen vor dir.«

»Eigentlich schon«, gab Trudi ungerührt zurück. »Aber die Hauptstraße runter trampe ich neuerdings, das spart Zeit. Bei

Fremden mitzufahren ist bei meinem guten Aussehen natürlich verflixt gefährlich. Deswegen habe ich mir extra Pfefferspray besorgt.«

Nane runzelte die Stirn. »Das ist doch ein Witz, oder?«

Trudi holte, ohne mit der Wimper zu zucken, eine Dose Pfefferspray aus ihrer Tasche und hielt sie kampfbereit in die Höhe. In dieser Pose sah sie aus wie eine stark gealterte Uma Thurman in *Kill Bill* – nur eben mit Kittelschürze und Dauerwelle.

»Gütiger Gott!«, entfuhr es Nanes Ehemann. Es war das erste Mal, dass ich ihn etwas sagen hörte.

»Jetzt müssen wir auch noch Warnschilder am Ortseingang aufstellen«, murmelte Sophie neben mir. »*Vorsicht vor trampenden Greisinnen!*«

»Außer natürlich«, räumte Trudi grinsend ein, »der zudringliche Autofahrer gefällt mir. Wenn er aussieht wie der junge Cary Grant, darf er mich gerne bis zu meiner Haustür fahren.«

Okay, so langsam hatte ich mir doch eine Meinung gebildet: Trudi war total verrückt.

Nane schüttelte seufzend den Kopf und wandte sich an Emma. »Kommst du, Kleines?«

Das Mädchen sprang vom Stuhl auf, sodass ihre braunen Locken auf und ab hüpften. Sie schnappte sich die Luftballons und rief: »Wer als Erster beim Auto ist!«

Trudi verdrehte die Augen. »Dieses Spiel kannst du auch nur mit uns drei alten Säcken machen.«

»Genau!« Mit einem frechen Grinsen lief Emma voraus zur Tür, wobei sie ihr rechtes Bein leicht hinter sich herzog. Sophie hatte mir von Emmas Hinken schon am Telefon erzählt. Es war das Resultat einer OP, bei der Oles Tochter ein

Tumor am Oberschenkel entfernt worden war. Die Erkrankung lag einige Jahre zurück, aber die Gehbehinderung machte Emma noch zu schaffen, vor allem psychisch.

»Er ist in München«, sagte ich schließlich, als die vier das Hafencafé verlassen hatten.

Sophie blinzelte mich verständnislos an. »Wie bitte?«

»Du hast gefragt, wo Lars ist«, erklärte ich. »Er ist daheim. Jedenfalls nehme ich das an. Wir haben seit zwei Wochen keinen Kontakt mehr.«

Sophie blieb vor Überraschung der Mund offen stehen. »Ihr ... ihr habt euch getrennt?«

»Ja, haben wir.« Ehrlicherweise fügte ich hinzu: »Eigentlich hat er sich von mir getrennt.«

»Und es ist endgültig?«, hakte meine Schwester nach.

Ich nickte schweigend.

»Scheiße!« Sophie warf mir einen mitfühlenden Blick zu. Ich rechnete es ihr hoch an, dass sie weder erleichtert aufatmete noch einen Jubelschrei ausstieß. Sophie konnte Lars nämlich nicht ausstehen.

Meine Schwester erhob sich entschlossen und sammelte unsere leeren Kaffeebecher ein. »Los, Jule, steh auf!«, befahl sie. »Wir machen einen Spaziergang! Beim Laufen lässt es sich besser reden.«

3. Kapitel

Der Wind hatte merklich aufgefrischt, und es war trotz des strahlenden Sonnenscheins kühl geworden. Sophie und ich schlenderten die Strandpromenade entlang, die sich mittlerweile etwas geleert hatte. Offenbar waren die meisten Touristen in ihre Hotels oder auf den Campingplatz zurückgekehrt. Ich war dankbar für die Ruhe und lauschte dem Rhythmus der Brandung.

Sophie hakte sich bei mir unter. »Ich weiß, es fällt schwer, darüber zu reden. Aber auf der anderen Seite ist es besser, wenn du gleich mit der Sprache herausrückst. Sonst muss ich dir die Einzelheiten mühsam aus der Nase ziehen. Und das wird für uns beide unangenehm und unnötig anstrengend.«

»Deine Logik ist mal wieder bestechend.« Ich zog eine Grimasse. »Dann bringe ich es lieber gleich hinter mich!«

Aber wo sollte ich nur anfangen? Ich musste wohl etwas weiter ausholen.

»Vor ungefähr drei Monaten hat meine Freundin Katrin ihr viertes Kind bekommen. Und natürlich haben Lars und ich sie nach der Geburt im Krankenhaus besucht«, berichtete ich. »Ich war von der kleinen Mia sofort hingerissen, wie bei jedem Baby. Doch dieses Mal fühlte ich auch noch was … anderes.« Ich stieß einen tiefen Seufzer aus. »Als ich dieses süße Baby im Arm hielt, stieg Panik in mir auf. Ich hatte plötzlich das Gefühl, dass ich niemals eigene Kinder haben würde. Dass es jeden Augenblick zu spät dafür sein könnte.«

»Torschlusspanik, ganz eindeutig«, diagnostizierte meine Schwester. »Was mit deinen neununddreißig Jahren auch kein Wunder ist.«

»Na lieben Dank auch!« Ich warf ihr einen gereizten Blick zu. »Da Lars sowieso schon seit Jahren Nachwuchs haben will, habe ich mich deshalb spontan bereit erklärt, die Pille abzusetzen.«

Sophie verzog ihr Gesicht. »Ich kann deinen Wunsch nach einem Baby absolut nachvollziehen. Aber ausgerechnet mit Lars?«

»Sophie«, fiel ich ihr ungehalten ins Wort, »bleib fair, okay? Immerhin war ich einige Jahre mit ihm zusammen, und Lars hat auch gute Seiten.«

»Tut mir leid«, entschuldigte Sofie sich reumütig. Sie blickte mich auffordernd an. »Dann belehre mich doch bitte eines Besseren und erzähle mir von seinen guten Seiten!«

»Er hat mir zum Beispiel jeden Sonntag das Frühstück ans Bett gebracht«, gab ich zurück. »Um Punkt sieben Uhr stand er mit vollem Tablett und einer roten Rose neben meinem Bett.«

Sophies blaugrüne Augen, die sie von unserer Mutter geerbt hatte, verengten sich. »Aber du schläfst doch eigentlich gerne aus, oder nicht? Früher hast du mich fast erwürgt, wenn ich am Wochenende vor zwölf Uhr in dein Zimmer gekommen bin.«

Mist! Ich hatte ganz vergessen, wie gut mich meine Schwester kannte.

»Na schön, manchmal hätte ich ihm das Tablett gerne aus der Hand geschlagen«, räumte ich zähneknirschend ein. »Aber Lars ist eben ein Frühaufsteher.«

Sophie war offenbar nicht bereit, das Thema damit auf sich

beruhen zu lassen. »Du arbeitest im Hotel verdammt hart und musst viel Verantwortung tragen. Von deinen Überstunden fange ich gar nicht erst an. Kein Vergleich zu Lars' popligem Beamtenjob im Rathaus. Ich finde, es ist dein gutes Recht, an deinem freien Tag auszuschlafen.«

»In einer Beziehung muss man eben Kompromisse machen!«, entgegnete ich weise. »Lars musste wegen meines Jobs ohnehin sehr viel zurückstecken. Da konnte ich ihm zuliebe doch wenigstens ein bisschen früher aufstehen, oder?«

Als ich vor vier Jahren meinen Job in München angetreten hatte, war ich entschlossen gewesen, einen radikalen Neuanfang zu wagen. Bis dahin war ich immer auf dieselbe Art von Männern hereingefallen: Selbstbewusst, erfolgreich, stark, eine Spur arrogant. Und jedes Mal war ich am Ende enttäuscht, betrogen, im Stich gelassen oder durch eine Jüngere ersetzt worden. Von dieser Sorte Mann hatte ich die Nase gestrichen voll! Deshalb hatte ich damals den Entschluss gefasst, dass sich mein Beuteschema ab sofort grundlegend ändern musste. Der bodenständige Lars war mir dabei wie ein Geschenk des Himmels vorgekommen. Schon bei unserem ersten Date hatte er mir verkündet, dass er unbedingt heiraten und eine Familie gründen wollte. Das war Musik in meinen Ohren gewesen! In den folgenden Jahren stellte ich jedoch fest, dass Lars auch ziemlich bestimmend und penibel veranlagt war. Zum Beispiel musste ich mehr als die Hälfte der monatlichen Miete übernehmen – nämlich genau siebzig Prozent –, weil ich nach Lars' Meinung überall meine Sachen herumliegen ließ und daher siebzig Prozent der Wohnung für mich einnahm. Leider hatte er damit nicht ganz unrecht, denn ich besaß tatsächlich einen Hang zum Chaos. Während mir seine penible Art noch ansatzweise einleuchtete, fand ich

Lars' cholerische Anfälle allerdings doch ein wenig erschreckend. Er bekam sie immer, wenn etwas nicht nach seinen Vorstellungen lief. Dann machte er seiner Fassungslosigkeit Luft, indem er herumbrüllte. Manchmal warf er sogar Sachen durch die Gegend – aber zum Glück kam das nicht allzu oft vor.

»Hallo, Erde an Jule!« Sophie schnipste mit den Fingern vor meinem Gesicht herum. »Ich würde gerne wissen, wie die Geschichte mit dem Baby-Projekt weitergegangen ist.«

»Oh. Okay.« Ich wand mich innerlich, doch dann fuhr ich fort: »Lars war natürlich begeistert. Noch am gleichen Abend hat er sich meine Pillenpackung geschnappt und die Tabletten mit triumphierender Miene die Toilette runtergespült. Und ...« Ich kratzte mich verlegen am Hals. »Und irgendwie ist das Ticken meiner biologischen Uhr schlagartig leiser geworden. Mit einem Mal hatte ich das Gefühl, einen Fehler zu machen.«

Da wir nicht mehr verhüten wollten, war es natürlich die logische Folge, die Pille zu entsorgen. Ich hätte mir nur gewünscht, dass Lars die Sache mir überlassen hätte.

»Als ich am nächsten Abend von der Arbeit gekommen bin«, berichtete ich weiter, »saß er schon mit einem Buch auf der Couch mit dem Titel *Wir werden Eltern*. Dann drückte er mir für das Baby-Projekt eine Excel-Tabelle in die Hand, in der er meinen Zyklus für die kommenden Monate vorausberechnet hatte. Die besten *Kopulationstage* waren himmelblau markiert.«

Lars liebte Listen und Tabellen. Aber schon allein bei dem Wort *Kopulationstage* war mir ganz übel geworden. Der Anblick der Tabelle hatte in mir das Bedürfnis geweckt, mir sofort einen Keuschheitsgürtel umzuschnallen, während meine Fortpflanzungsorgane zeitgleich ein *Out of Order*-Schild vor die Tür gehängt hatten.

»*Kopulationstage?* Und an denen musstet ihr dann ... Ach du Scheiße!«, entfuhr es Sophie. Sie blieb wie angewurzelt stehen. Für einen Moment hörte man nur noch das Krächzen der Möwen über unseren Köpfen.

Ich blieb ebenfalls stehen, und Muffin, der treu hinter mir hertrottete, rammte meinen Oberschenkel. »Ich fand das zwar übertrieben, aber ich wollte Lars auch nicht vor den Kopf stoßen. Schließlich war ich es, die mit dem Thema Kinderkriegen angefangen hatte.«

Tatsächlich war mein Herz vor Sehnsucht nach einem Baby fast zerflossen, doch gleichzeitig hatte ich Lars' Enthusiasmus erdrückend und beunruhigend gefunden. Ich wusste selbst nicht, was mit mir los war.

»Ich habe mir gesagt, dass ich wahrscheinlich nur etwas Zeit brauche. Um mich an den Gedanken, Mutter zu werden, zu gewöhnen.« Fröstelnd zog ich die Schultern hoch, weil eine kühle Meeresböe meinen Nacken streifte. »Im Grunde war es doch genau das, was ich immer wollte. Ich hatte mir nichts sehnlicher gewünscht als eine feste Beziehung und einen Mann, der sich genauso für das Thema Familie und Kinder begeistern kann wie ich. Eigentlich hätte ich glücklich sein müssen.«

Sophie, Muffin und ich setzten uns wieder in Bewegung. Ich atmete tief ein und stieß langsam die Luft aus. »Lars begann dann aber wirklich zu übertreiben. Er wollte mir allen Ernstes eine streng limitierte Handyzeit verordnen, weil die Strahlung angeblich die Einnistung der Eizelle verhindern kann. Und er war dagegen, dass ich abends mit meinen Arbeitskolleginnen ausgehe, weil all der Lärm und der zusätzliche Stress schlecht für die Empfängnis wären.«

Ich hob abwehrend die Hand, um Sophie, die schon voller Entrüstung den Mund geöffnet hatte, zu stoppen. »In dem Moment wurde mir natürlich auch klar, dass es so nicht weitergehen konnte.«

Ich schwieg, sodass Sophie nachhakte: »Dann hast du ihm endlich gesagt, dass du deine Meinung geändert hast, weil er sich wie ein Vollidiot verhält?«

Das hätte ich wohl tun sollen. Vor allem weil ich mich zu dem Zeitpunkt so langsam gefragt hatte, ob Lars und ich wirklich so gut zusammenpassten, wie ich mir bisher immer eingeredet hatte.

Ich schluckte schwer. »Nicht direkt. Nein.«

Sophie runzelte die Stirn. »Du hast es dir nicht anders überlegt und wolltest doch ein Baby?«

»Ähm ... nein.«

»JULE!«, rief Sophie am Ende ihrer Geduld. »Jetzt sag mir um Himmels willen, was du getan hast!«

Ein Ehepaar, das ein paar Meter vor uns lief, drehte sich erstaunt zu uns um, und Sophie lächelte ihnen entschuldigend zu.

Wie ein Sack Kartoffeln ließ ich mich auf eine nahe gelegene Sitzbank fallen. »Schon fünf Tage nachdem ich die Pille abgesetzt hatte, bin ich zum Frauenarzt gegangen und habe mir ein neues Pillenrezept geholt«, gestand ich meiner Schwester mit hängenden Schultern. Ich spürte, wie meine Wangen vor Scham zu glühen begannen. »Heimlich. Ich brauchte Zeit, um mir darüber klar zu werden, ob diese Beziehung noch eine Chance hatte oder nicht. Also habe ich – während mein Freund darüber nachgegrübelt hat, wie er meinen

Uterus bestmöglich vor elektromagnetischer Strahlung schützen kann – hinter seinem Rücken wieder verhütet.«

Ich hatte einen riesengroßen Fehler gemacht, das wusste ich selbst. »Die Sache mit der Pille sollte lediglich eine vorübergehende Lösung sein. Nur für einen Monat. Bis ich wieder etwas klarer sah. Ich wollte doch wirklich ein Baby haben, Sophie!« Ich rang verzweifelt die Hände. »Aber immer, wenn ich an die Zukunft dachte, bekam ich Panik und hätte am liebsten die ganze Pillenpackung auf einmal geschluckt. Ich wollte mir einfach nicht eingestehen, dass das eigentliche Problem unsere Beziehung war.«

In meinem Job war ich normalerweise zielstrebig und konnte mich durchsetzen, doch in meinem Privatleben baute ich nur Mist. Was stimmte nur nicht mit mir?

Ich schüttelte ratlos den Kopf. »Das war total unfair Lars gegenüber. Aber jetzt kann ich das alles nicht mehr rückgängig machen.«

»Mensch, Jule ...« Sophie streichelte tröstend über meinen Rücken.

Ich deutete auf Muffin, der gerade interessiert jeden Zentimeter rund um unsere Bank abschnüffelte. »Zu allem Überfluss kam Lars bei meiner ersten Periode auch noch mit dem Hund an«, jammerte ich, »als Trost und Ablenkung für uns, weil es mit dem Baby nicht auf Anhieb geklappt hat. Spätestens da hätte ich es ihm sagen müssen. Ich bin so ein Scheusal, Sophie!«

Obwohl das vermutlich kein guter Zeitpunkt für eine Aussprache gewesen wäre. Denn dann wäre die Situation eskaliert. Im ersten Moment, als Lars plötzlich mit Muffin in unserer kleinen Münchner Wohnung stand, war ich nämlich stocksauer gewesen. Wie konnte er so etwas Entscheidendes wie die Anschaffung einer Riesendogge nicht mit mir absprechen? Das war so typisch für Lars! Wenn er etwas für richtig hielt, war ihm meine Meinung egal. Und weshalb musste es denn ausgerechnet eine ausgewachsene *Riesendogge* sein? Immerhin ging Lars davon aus, dass wir schon bald ein Baby bekommen würden. Als ich ihn gefragt hatte, ob er nicht etwas Kleines und Kompaktes wie einen Dackel aus dem Tierheim hätte holen können, hatte er nur gemeint, ein richtiger Mann bräuchte auch einen richtigen Hund. Was für ein Schwachsinn! Aber meine wütenden Vorwürfe blieben mir im Hals stecken. Wie sollte ich Lars Vorhaltungen machen, wenn ich mich selbst so falsch verhielt? Gäbe es eine Rangliste für die schlimmsten Fehler, die man in einer Beziehung machen konnte, stünde *Heimlich verhüten trotz Baby-Wunsch* bestimmt weit vor *Ungefragt eine Riesendogge kaufen.*

»Jetzt übertreib mal nicht! Du bist kein Scheusal, Jule«, widersprach meine Schwester sanft.

»Nach dieser Sache war ich fest entschlossen, Lars endlich die Wahrheit zu gestehen«, erzählte ich weiter. »Ich wollte reinen Tisch machen. Keine weiteren Heimlichkeiten und Lügen mehr! Aber ...« Ich stockte.

»Lass mich raten: Bevor es dazu kam, ist er dir auf die Schliche gekommen?«

»Ja«, brachte ich mit heiserer Stimme hervor.

Schon am nächsten Tag empfing Lars mich mit der Pillenpackung in der Hand im Flur. Seine Wut und Enttäuschung standen ihm ins Gesicht geschrieben. Er sagte kein Wort, sondern pfefferte mir lediglich die Packung vor die Füße. Mein gestammelter Erklärungsversuch, dass ich einfach noch etwas Zeit zum Nachdenken benötigte, beruhigte ihn keineswegs. Stattdessen steigerte er sich immer weiter in seine Wut hinein, bis er schließlich einen seiner cholerischen Anfälle bekam, der damit endete, dass er alles zu Boden schleuderte, was er in die Finger bekam.

»Er hat mich rausgeschmissen. Und seither haben wir nicht mehr miteinander geredet. Ich habe Lars unzählige Entschuldigungen und Erklärungsversuche auf der Mailbox hinterlassen, aber er hat nicht darauf reagiert. Was ich ihm nicht verübeln kann. Ich kann mir ja selbst nicht verzeihen.«

Nur ein einziges Mal hatte ich von Lars noch eine SMS erhalten. Drei Tage nach meinem Rauswurf hatte er mir geschrieben, dass er all meine Sachen in Umzugskartons gepackt hatte und ich sie in seinem Kellerabteil abholen sollte. Unsere einzige gemeinsame Anschaffung war der Fernseher gewesen, und für den hatte er mir exakt die Hälfte des derzeitigen Gebrauchtwarenwertes auf mein Konto überwiesen. Typisch Beamter!

Daraufhin hatte ich mit Muffin zwei Wochen lang in einem kleinen Hotelzimmer gewohnt und viel Zeit zum Nachdenken gehabt. Irgendwann konnte ich die Augen vor der Wahrheit nicht mehr länger verschließen: Ich war unglücklich darüber, wie die Beziehung geendet war, aber nicht darüber, dass sie vorbei war. Lars und ich waren ein schreckliches Paar gewesen. Wir passten ungefähr so gut zusammen wie eine Weißwurst zu Nutella. Aber mir einzugestehen, dass ich zu blind gewesen war, das zu erkennen, war nicht leicht gewesen.

In meinem Kopf hatte sich die Idee festgesetzt, dass Lars meine allerletzte Chance auf einen Ehemann und Kinder war. Diese Beziehung *durfte* einfach nicht scheitern. Deshalb hatte ich mir jahrelang eingeredet, dass mich sein Verhalten nicht wirklich störte. Die Tatsache, dass ich jeden Sonntagmorgen um sieben Uhr mit meinem Kissen im Badezimmer verschwunden war, um voller Frust hineinzubrüllen, hätte mir eigentlich Hinweis genug sein sollen. Wie hatte ich nur so dämlich sein können? Jetzt wollte ich einfach nur mit der Sache abschließen. Vor allem hätte ich mich wirklich gern noch einmal persönlich bei Lars entschuldigt. Das war das Mindeste, was er verdiente.

»Bist du jetzt enttäuscht von mir?«, fragte ich verunsichert, da Sophie nichts sagte.

»Ein ganz klein wenig vielleicht, aber im Grunde kann ich dich verstehen.« Meine Schwester wartete, bis ein älterer Mann unsere Bank passiert hatte, und griff dann nach meiner Hand. »Eigentlich bin ich froh, dass du die Pille genommen hast und dich nicht von dem schwachbrüstigen Wurzelgnom hast schwängern lassen.«

Mir blieb vor Überraschung der Mund offen stehen. »Ich... bitte... Was?«, ächzte ich.

»Wenn ich mal ehrlich sein darf: Das war das einzig Kluge, was du seit Langem getan hast.« Sie hob lehrerhaft den Zeigefinger. »Obwohl ich dich für eine äußerst intelligente und moderne Frau halte, hast du dich in dieser ganzen Beziehung mit Lars nämlich überraschend dämlich verhalten.«

Da ich zu genau demselben Schluss gekommen war, konnte ich Sophie diese Feststellung nicht verübeln. Wenn sie meinen Exfreund nur nicht als schwachbrüstigen Wurzelgnom bezeichnet hätte! Meine Güte, ich war mit diesem Kerl im Bett gewesen.

»Ganz klar, du hast dich nicht mit Ruhm bekleckert, als du heimlich die Pille genommen hast. Das möchte ich überhaupt nicht schönreden.« Sie warf mir einen strengen Große-

Schwester-Blick zu. »Du hättest sofort mit ihm reden müssen, aber das weißt du selbst am besten.«

Fast war ich erleichtert: Da waren ja endlich die Vorwürfe, die ich verdiente. Ich war eine verlogene, feige und erbärmliche Kuh gewesen, so sah es nämlich aus!

Sophie stieß einen tiefen Seufzer aus. »Alles in allem finde ich es jedoch gut, dass es zwischen Lars und dir zum Knall gekommen ist. Das war längst überfällig. Man kann sich nicht an eine Beziehung zu einem Mann klammern, mit dem man eigentlich überhaupt nicht zusammenpasst. So etwas lässt sich eben nicht erzwingen.«

Ich nickte zustimmend. Trotzdem stiegen mir mit einem Mal die Tränen in die Augen.

»Aber jetzt steh ich vor einem Scherbenhaufen, Sophie«, schniefte ich. »Mein ganzes Leben ist im Eimer. Scheiße, ich bin neununddreißig und völlig allein.«

»So ein Blödsinn!« Sophie schüttelte den Kopf und schloss mich mit einem nachsichtigen Lächeln in die Arme. »Du bist ganz und gar nicht allein.«

4. Kapitel

»... und hier ist unser Gästezimmer«, beendete Ole die Führung durch sein Haus.

Der Freund meiner Schwester hielt mir die Tür auf, und ich betrat das geräumige Zimmer unter dem Dach. Die Einrichtung bestand aus alten Möbelstücken, die liebevoll restauriert worden waren. Das Holz war abgebeizt und weiß lasiert worden, sodass das Zimmer gemütlich und zugleich hell wirkte. Beim Anblick des großzügigen Bettes mit den dicken Daunenkissen hätte ich mich am liebsten gleich hineinfallen lassen.

»Ich hoffe, es gefällt dir?«, fragte Ole. »Im Vergleich zu dem Hotel, in dem du arbeitest, ist es wahrscheinlich ein bisschen schlicht und rustikal.«

Wow, hatte dieser Mann strahlend blaue Augen! Sie zogen den Blick an wie zwei Magnete, und ich ertappte mich dabei, wie ich den Lebensgefährten meiner Schwester unverhohlen angaffte.

»Quatsch, es ist perfekt«, widersprach ich hastig. »Ich fühle mich jetzt schon wohl. Unsere Hotelzimmer besitzen lange nicht so viel Charme und Wärme.«

Schließlich war ich nicht im Vier Jahreszeiten angestellt. Ich arbeitete für eine internationale Hotelkette, die in jeder größeren Stadt eine anonyme Bettenburg mit mindestens einhundert Zimmern besaß. Zur Unternehmensphilosophie gehörte, dass der Einrichtungsstil – schnörkellos, benutzerfreundlich, sauber – immer gleich sein musste. So wussten die Kunden stets, was sie erwartete. Ich dagegen fand das gruselig. Wie sollten sich die Geschäftsleute morgens nach dem Aufwachen denn noch daran erinnern, in welcher Stadt sie sich gerade befanden? Unsere Hotels lieferten ihnen jedenfalls keine Anhaltspunkte. Auch in Bezug auf die Angestellten war die Unternehmensphilosophie strikt: Abweichungen von den Regeln wurden nicht geduldet. Das hatte ich gerade am eigenen Leib erfahren müssen.

»Die Möbel stammen von Oles Großeltern. Er hat sie selbst restauriert«, verkündete Sophie stolz und stieß mit dem Finger gegen ein selbst gebasteltes Mobile aus Muscheln.

»Das war doch nicht der Rede wert«, wiegelte Ole ab. »Die Winter auf Rügen sind eben lang und irgendetwas muss man mit seiner Freizeit ja anstellen. Zum Glück habe ich jetzt eine neue Beschäftigung gefunden.«

Er grinste vielsagend und zog Sophie in seine Arme. Sie wehrte sich zuerst kichernd, doch dann erwiderte sie seine Umarmung und küsste ihn zärtlich auf die Lippen. Dabei hatten die beiden schon während der Hausbesichtigung kaum die Finger voneinander lassen können. Ich gönnte meiner Schwester ja ihr Glück, aber so zwei Schwerverliebte konnten einem wirklich auf die Nerven gehen! Besonders wenn man selbst seit Kurzem wieder der Singlefraktion angehörte.

Ich wandte mich diskret ab und warf einen Blick aus dem geöffneten Sprossenfenster. Unten auf dem Rasen entdeckte ich Emma, die mit Muffin Ball spielte. Allerdings war sie mit deutlich mehr Begeisterung bei der Sache als mein bewegungsfauler Hund. Muffin schleppte sich im Schneckentempo zum Ball und blieb dort für einige Sekunden regungslos stehen, bis er sich überwinden konnte, den Ball ins Maul zu nehmen und den Rückweg anzutreten. Emma feuerte ihn währenddessen unermüdlich an. Ich konnte mir ein Lächeln nicht verkneifen.

Als ich mich wieder umdrehte, hingen Ole und Sophie noch immer wie festgeklebt aneinander und flüsterten sich Zärtlichkeiten zu.

Ich räusperte mich lautstark. »Soll ich euch besser allein lassen?«, fragte ich grinsend.

Mit geröteten Wangen machte Sophie sich von Ole los. »Tut mir leid.«

»Mir nicht.« Ole grinste mich an. »Ich kann von deiner Schwester einfach nicht genug bekommen.«

Ich zog eine Grimasse. »Ach weißt du, spätestens nach zehn, fünfzehn Jahren fängt sie an, einem tierisch auf die Nerven zu gehen. Ich spreche da aus Erfahrung.«

Als Antwort streckte mir Sophie die Zunge heraus. Sehr erwachsen! Fiel man eigentlich immer in kindliche Verhaltensmuster zurück, wenn man seine Geschwister wiedersah?

Ole ergriff mit einem liebevollen Blick Sophies Hand. »Hey, in fünfzehn Jahren bin ich schon bald Rentner, und ich wäre überglücklich, wenn diese Frau dann noch an meiner Seite wäre.«

»Ach, Ole ...« Sophie schmolz bei seinen Worten förmlich dahin.

Bevor sie sich ihm wieder an den Hals werfen konnte, stellte ich mich schnell zwischen die beiden, sozusagen als lebende Kussbarriere. Ich blickte von einem zum anderen.

»Also ich bin wirklich froh, hier zu sein«, sagte ich heiter. »Ich bin schon sehr gespannt auf eure Insel.«

»Leider werde ich mich euch nur selten anschließen können«, sagte Ole. »In ein paar Tagen beginnt ein neuer Segelkurs. Zum Glück sind wir früher als geplant von unserem Törn zurück, denn ich muss noch einiges vorbereiten.« Er verzog das Gesicht, als hätte er in eine Zitrone gebissen. Anscheinend freute er sich nicht gerade auf die Arbeit.

Sophie tätschelte meine Schulter. »Du wirst es wohl verkraften, dass du nicht von einem waschechten ›Rüganer‹, sondern nur von mir herumgeführt wirst.«

»Das wird sich noch herausstellen«, gab ich zurück und wandte mich mit betont ernster Miene an Ole. »Ich werde dich wissen lassen, wie sich deine Freundin als Fremdenführerin schlägt. Ich könnte ihre einzelnen Leistungen auch benoten, wenn du möchtest?«

»Das Erste, was ich dir zeige, werden die Steilklippen sein«, meinte Sophie mit süßlichem Lächeln. »Dort sind schon einige Touristen versehentlich in den Tod gestürzt.«

Ole schüttelte schmunzelnd den Kopf, während ich nur mühsam den Drang unterdrücken konnte, meiner Schwester die Zunge rauszustrecken. Ja, wirklich sehr erwachsen.

»So, dann lasse ich euch mal allein. Bestimmt habt ihr euch viel zu erzählen.« Ole warf mir einen Blick zu. »Ach ja, den Karton, der vor der Haustür stand, habe ich übrigens in den Wandschrank gestellt.« Er betrachtete mich mit hochgezogenen Augenbrauen. »Sind da tatsächlich nur Schuhe drin?«

Ich spürte, wie mir das Blut in die Wangen schoss. »Ähm. Ja.«

»Ohne ihre Schuhe fährt Jule nirgendwohin«, erklärte Sophie.

Ole riss ungläubig die Augen auf. »Ich habe ja schon gehört, dass Frauen im Urlaub einen zusätzlichen Koffer für ihre Schuhe brauchen. Aber einen ganzen Karton …«

»Wenn es sein muss, kann ich sehr wohl mit einem Minimum an Gepäck reisen«, versicherte ich ihm. »Ehrlich!«

Sophie und Ole wirkten nicht gerade überzeugt.

»Soll ich deine restlichen Sachen auch gleich aus dem Auto holen?«, bot Ole an.

Ich spürte, wie sich meine Schultern verkrampften. »Nein, nein, mach dir bitte keine Umstände«, wiegelte ich hastig ab.

Die anderen Umzugskartons konnte ich schließlich nicht einfach mit einem ausgeprägten Schuhfetisch erklären. In Gegenwart von Ole wollte ich jetzt wirklich noch nicht über die geplante Dauer meines Überraschungsbesuchs sprechen. Das würde ich so bald wie möglich in Ruhe und unter vier Augen mit Sofie abklären.

»Okay, wenn meine Dienste als starker Mann nicht mehr benötigt werden, kann ich mich ja aus dem Staub machen.« Ole ging zu Sophie und gab ihr zum Abschied ein Küsschen auf die Wange. »Ist es okay, wenn ich vor dem Abendessen noch schnell bei Markus vorbeischaue? Bei ihm geht es durch den Umbau momentan recht chaotisch zu, und der Unfall seiner Mutter scheint ihn ziemlich mitgenommen zu haben.«

Sophie nickte. »Richte Markus bitte liebe Grüße aus! Aber seine Mutter hat sich nur das Bein gebrochen. Er soll sich nicht so viele Sorgen machen. Unkraut vergeht nicht.«

»So schlimm ist seine Mutter auch wieder nicht«, erwiderte er und gab Sophie noch einen zweiten Kuss. Mit großen Schritten verließ er das Zimmer, doch an der Tür wandte er sich noch einmal zu uns um. »Wisst ihr, dass ich euch beneide? Ich finde es wirklich schade, keine Geschwister zu haben. Es wäre schön, wenn es da einen Menschen gäbe, mit dem ich immer verbunden bin, egal was passiert.«

Sophie und ich sahen ihm in überraschtem Schweigen hinterher. Ich … er … er hatte recht. Ich sollte Sophie nicht als selbstverständlich ansehen! Ich war froh, sie als Schwester zu haben. Dass es mich in meiner Notsituation ausgerechnet zu ihr nach Rügen gezogen hatte, sprach ja wohl Bände. Außerdem schien Sophie sich über meinen Überraschungsbesuch wirklich zu freuen. Ha, das musste ich unbedingt Katrin erzählen!

Sophie kratzte sich verlegen am Hals. »Weißt du, ich habe Ole erzählt, wie leid es mir tut, dass wir in den letzten Jahren so wenig Kontakt hatten. Ich … äh … vermisse dich irgendwie in meinem Leben.«

Gerührt blickte ich sie an. »Ich dich auch … Ich bin wirklich froh, hier zu sein.«

Sophies Kinn zitterte verdächtig. Meine große Schwester sah so aus, als würde sie mich jeden Moment schluchzend an ihre Brust reißen wollen.

»Hey, ich will jetzt wirklich nicht anfangen zu heulen!« Ich schluckte schwer. »Tränen hatte ich in den letzten zwei Wochen wirklich genug.«

Sofie nickte verständnisvoll, und ich wies hastig auf die andere Seite des Zimmers. »Gibt es dort draußen etwa einen Balkon?«

Ich ging zur Sprossenglastür, deren Zwischenräume mit selbst gemachten Fensterbildern beklebt waren. Den etwas unförmigen Sonnenblumen und Margeriten nach zu urteilen, hatte Emma sie als kleines Kind gebastelt.

»Das ist eher ein Balkönchen«, warnte Sophie mich vor. Ihre Stimme war noch etwas belegt, aber sie schien auch dankbar für den Themenwechsel. »Da passt gerade mal ein Stuhl drauf.«

Ich trat hinaus und nahm einen genüsslichen Atemzug

frischer, klarer Meeresluft. »Ich finde es schön hier draußen, auch wenn man nicht viel Platz hat.«

Mein Blick glitt über die Bäume und die dunkelbraunen Reetdächer der Nachbarhäuser. Ich stellte mich auf die Zehenspitzen und reckte den Hals. »Kann man auch die Ostsee sehen?«

Sophie trat neben mich. »Von dieser Seite des Hauses leider nicht. Trotzdem wirst du wahrscheinlich morgens vom lieblichen Gesang der Möwen geweckt werden. Dem kann man hier nicht entgehen.«

Ich deutete schmunzelnd hinunter auf den Rasen. »Sieh mal, Emma hat einen neuen Freund gefunden.«

Das Mädchen war dazu übergegangen, Muffin neue Kommandos beizubringen. Gerade zog Emma ächzend an den Vorderpfoten der Riesendogge, um Muffin in die »Platz«-Position zu bringen. Er beachtete sie jedoch gar nicht und starrte gelangweilt in die Gegend. Damit war Oles Tochter bei der Hundeerziehung genauso erfolgreich wie ich. Das tröstete mich ein wenig.

»Prinz Charles wird nicht erfreut sein, wenn er dieses Riesenvieh in seinem Revier entdeckt.« Sophie runzelte aus Sorge um ihren Kater die Stirn. Sie hatte ihm diesen Namen wegen seiner außergewöhnlich runden Ohren gegeben, aber der Kater legte auch ansonsten eine majestätische Arroganz an den Tag. Nur Außererwählte durften *seine Hoheit* kraulen. Selbstverständlich gehörte ich nicht dazu.

»Die werden sich schon zusammenraufen«, meinte ich zuversichtlich.

»Weshalb hast du Muffin nach eurer Trennung eigentlich nicht ins Tierheim gebracht?«, wollte Sophie wissen.

Überrascht sah ich sie an. Der Gedanke war mir offen

gestanden überhaupt nicht gekommen. Die Wahrheit war wohl, dass ich genau wie Emma diesen liebenswerten und faulen Hund in kürzester Zeit ins Herz geschlossen hatte. »Der arme Muffin kann doch nichts dafür, dass Lars und ich uns wie die Vollpfosten verhalten haben. Er hat ein Zuhause verdient. Und … es fühlt sich gut an, ihn in meinem Leben zu haben.«

Sophie beugte sich vor und stützte sich mit den Ellbogen auf die Brüstung. »Er hilft gegen das Alleinsein, hm?«

Ertappt wich ich ihrem Blick aus. »Kann sein.«

Ich stützte mich ebenfalls mit den Ellbogen auf der Brüstung ab und versetzte Sophie mit der Schulter einen freundschaftlichen Stoß. »Hey, wenn ich die Anzeichen richtig interpretiere, läuft es zwischen Ole und dir ja bestens.« Ich spitzte die Lippen und gab ein paar übertriebene Kusslaute von mir.

Sophie errötete und versetzte mir ihrerseits einen Stoß, der etwas heftiger als meiner ausfiel.

Davon ließ ich mich jedoch nicht beirren. »Und wie war euer gemeinsamer Törn? Ich meine, abgesehen vom Prickeln der Gefahr, weil du eine so schlechte Seglerin bist.«

»Also erstens«, sagte Sophie und hob dabei einen Finger in die Höhe, »bin ich dank Ole beim Segeln schon sehr viel besser geworden. Und zweitens«, sie hob einen zweiten Finger und grinste übers ganze Gesicht, »war unser Törn großartig! Diese zwei Wochen mit Ole waren wundervoll. Traumhaft. Am liebsten hätte ich jeden Moment für immer festgehalten und …«

»Ja, ja, ich habe verstanden«, fiel ich ihr trocken ins Wort. »Du musst wirklich nicht ins Detail gehen.«

Sie nickte freudestrahlend. »Wenn ich mit Ole zusammen

bin, fühlt sich das einfach genau richtig an. Außerdem ist dir bestimmt auch aufgefallen, dass er ziemlich gut aussieht, oder?« Sie zwinkerte mir zu.

»Besser als Felix auf alle Fälle«, räumte ich ein. Mit seinen faden Anzügen und der Glatze war mein ehemaliger Schwager nicht gerade eine Augenweide. Immerhin hatten er und Sophie sich in aller Freundschaft und ohne Rosenkrieg getrennt, was ich ihm hoch anrechnete.

»Kann ich dir ein Geheimnis anvertrauen?« Sie senkte verschwörerisch die Stimme und riss die Augen auf, sodass ich für einen Moment wieder meine zwölfjährige Schwester vor mir sah. »Ole ist der Mann, von dem ich immer geträumt habe, Jule. Mit ihm möchte ich den Rest meines Lebens verbringen.«

Ich gönnte Sophie ihr Glück von ganzem Herzen, aber ich konnte mir eine skeptische Frage nicht verkneifen. »Ist es nicht ein bisschen zu früh für solche Aussagen? Ihr seid gerade erst zusammengezogen. Sei doch erst mal froh, dass deine Scheidung durch ist.«

Felix, der dank seiner Arbeit über gute Kontakte zum Gericht verfügte, war es gelungen, das Trennungsjahr um ein paar Monate zu verkürzen. Wegen ihrer beiden Söhne hatte Sophie jedoch beschlossen, ihren Nachnamen ›Lehmann‹ zu behalten. Auch wenn die beiden schon erwachsen waren, wollte sie ihnen damit zeigen, dass sie immer noch eine Familie waren. Während ihr jüngster Sohn Max Verständnis für die Trennung seiner Eltern gezeigt hatte, musste Bastian diese Nachricht erst einmal verdauen. Es hatte fast ein halbes Jahr gedauert, bis er seiner Mutter verziehen und sie zum ersten Mal auf Rügen besucht hatte.

»Damit will ich doch nicht sagen, dass ich Ole gleich heiraten will«, stellte Sophie richtig. »Wie du schon festgestellt hast, leben wir schließlich erst seit zwei Monaten zusammen. Unsere Beziehung fühlt sich nur einfach perfekt an. Das macht mir fast ein bisschen Angst.«

»Wieso denn Angst?«, fragte ich stirnrunzelnd.

Sie richtete sich auf und ihre Schultern spannten sich an. »Na, weil es nicht nur mit Ole, sondern auch mit meiner Weiterbildung zur Heilpraktikerin super läuft. Und ich fühle mich hier auf Rügen pudelwohl. Aber ...«, sie stockte und stieß einen tiefen Seufzer aus, »Glück ist selten von langer Dauer. So funktioniert die Welt einfach nicht. Wahrscheinlich passiert bald irgendetwas Schreckliches, und das Schicksal nimmt mir alles wieder weg.«

Beinahe hätte ich über ihr abergläubisches Gerede gelacht, doch meine Schwester schien es tatsächlich ernst zu meinen.

»Hör sofort auf, dir diesen Blödsinn einzureden!«, befahl ich ihr streng. Leider wurde der erzieherische Effekt dadurch getrübt, dass ich zu ihr aufsehen musste. »Uns allen kann jederzeit etwas Schreckliches passieren – und zwar ganz gleichgültig, ob wir gerade die tollste Zeit unseres Lebens haben oder es uns sowieso schon total beschissen geht. Also genieß dein Glück und sei dankbar dafür!«

Sie stieß ein Schnauben aus. »Du hörst dich an wie Shanti-Gertrud.«

Ich stutzte. »Bitte *wer*?«

»Gertrud leitet unsere Frauengruppe«, erklärte Sophie. »Habe ich dir am Telefon nicht von ihr erzählt? Seit sie in Indien war, möchte sie allerdings Shanti genannt werden. In ein paar Tagen ist unser nächstes Treffen. Willst du mitkommen?«

Noch mehr seltsame Eingeborene wie Trudi? Ich konnte es kaum erwarten. Da hatte ich geglaubt, meine Schwester wäre in einem verschlafenen Inseldörfchen gestrandet, aber offenbar sammelten sich hier die Ausgeflippten und Verrückten.

Mir kam ein Gedanke, wie ich Sophie wieder aufmuntern konnte. Schließlich kannte ich die Schwachstellen meiner Schwester genau. »Willst du dir mal meine neusten Schuh-Schätze ansehen?«

Sofort trat ein aufgeregtes Funkeln in ihre Augen. »Darf ich?«

Durch unseren Größenunterschied kam ein Klamottentausch unter Schwestern zwar nicht infrage, doch wie durch ein Wunder hatten wir dieselbe Schuhgröße. Sophie bewunderte meine besten Stücke jedes Mal, als handle es sich um die britischen Kronjuwelen. Während sie und Felix ihr Geld in ein Haus und zwei Kinder gesteckt hatten, hatte ich es eben für völlig überteuerte, ungemein schöne Schuhe ausgegeben.

»Du wirst begeistert sein, wenn du mein neustes Paar siehst«, versprach ich. »Cremefarbene Sandalen mit Riemchen, die wie Fußkettchen aussehen. Mit einem schicken goldenen Anhänger über den Knöcheln.«

»Ich zieh sie als Erste an«, quiekte Sophie voller Vorfreude.

Wie bei einem Wettrennen stürmten wir beide lachend auf den Wandschrank zu.

5. Kapitel

Es war nicht das Geschrei der Möwen, das mich am nächsten Morgen weckte, sondern der Duft von frisch gebackenem Brot. Ich öffnete blinzelnd die Augen. Direkt neben mir auf dem Kopfkissen erblickte ich schwarz-weißes Fell und eine große feuchte Hundenase. Muffin musste in der Nacht beschlossen haben, dass seine Decke auf dem Boden an Komfort und Wärme zu wünschen übrig ließ.

»Muffin, runter vom Bett!«, befahl ich schläfrig.

Keine Reaktion.

»Aus! Weg! Husch!«

Muffin kuschelte sich noch etwas enger an mich. So langsam ging es mir gewaltig gegen den Strich, dass mein Hund meine Befehle konsequent ignorierte. Durch den ganzen Stress mit der Trennung von Lars hatte ich die Erziehung von Muffin sträflich vernachlässigt. Aber gleich heute würde ich mir einen Hunderatgeber besorgen, jawohl! Das war ein hervorragender erster Schritt, um mein neues Leben in die Hand zu nehmen.

Zufrieden mit diesem Entschluss räkelte und streckte ich mich. Dieses Bett war einfach wahnsinnig bequem. Zum ersten Mal seit Wochen hatte ich die gesamte Nacht durchgeschlafen. Das lag wahrscheinlich an der langen Autofahrt und den vielen ersten Eindrücken, die ich gestern gesammelt hatte. Oder an dem reichhaltigen Abendessen, das Oles Mutter für uns alle gekocht hatte. Zu sechst hatten wir in der

Küche der Jansens gesessen, uns über den gebackenen Hering mit Pellkartoffeln hergemacht und entspannt miteinander geplaudert.

Ich wälzte mich auf die andere Seite und entdeckte ein Frühstückstablett auf dem Nachttisch. Hatte das etwa Sophie gebracht, als ich noch geschlafen hatte? In einer Kanne befand sich frischer Kaffee, daneben ein kleines Päckchen Butter und ein Laib Ofenbrot, das sogar noch ein bisschen warm war. Daher kam also der herrliche Duft!

Sofort waren meine Lebensgeister geweckt, und ich strampelte mich in die Höhe. Sophie hatte nicht vergessen, dass ich beim Frühstück eher puristisch veranlagt war. Für Wurst, Käse, Marmelade, Eier oder Lachs war mein Magen nach dem Aufstehen einfach noch nicht bereit. Aber frisch gebackenes Brot mit Butter liebte ich. Meine Schwester war ein Schatz!

»Mhm, ist das lecker«, murmelte ich, während ich genießerisch kaute.

Muffin blinzelte kurz und döste dann weiter. Für schnödes Brot lohnte es sich seiner Meinung nach offenbar nicht, aufzustehen und zu betteln. Erst jetzt entdeckte ich eine handgeschriebene Nachricht neben dem Teller: *Na, ausgeschlafen? So bringt man das Frühstück übrigens ans Bett, wenn man jemanden wirklich lieb hat!*

Ich verdrehte die Augen. Musste meine Schwester denn immer das letzte Wort haben? Frisch gestärkt stand ich schließlich auf, duschte mich und zog mich an. Bei einem Blick auf die Uhr stellte ich erschrocken fest, dass es schon elf war. Dabei hatten Sophie und ich abgemacht, heute unsere erste Inseltour zu unternehmen. Mist!

Muffin und ich liefen die Treppe hinunter. Erst im hinteren Teil des Hauses stieß ich auf Sophie, die in der Küche an einem blank polierten Holztisch über einem dicken Buch brütete.

Vorsichtig klopfte ich an den Türrahmen. »Störe ich?«

Sophie zuckte zusammen, doch gleich darauf lachte sie auf. »Himmel, ich war so ins Lernen vertieft, dass ich dich gar nicht gehört habe.«

Sie winkte mich zu sich. »Natürlich störst du nicht! Ich nutze nur die freie Zeit und bereite mich auf meine nächste Prüfung vor.«

Sophie hatte letztes Jahr ihren Job in einer Freiburger Privatklinik gekündigt und arbeitete nun im Dorf bei einem Arzt, der sich in seiner Praxis auf eine Kombination aus Schulmedizin und alternativen Heilmethoden spezialisiert hatte. Deswegen machte Sophie auch eine Ausbildung zur Heilpraktikerin.

Sie klappte ihr Buch zu und räumte ihre Sachen zusammen. »Ich hoffe, du hast gut geschlafen?«

»Wie ein Stein«, sagte ich strahlend. Ich setzte mich neben sie auf die Bank. »Lieben Dank für das Frühstück!«

Sophie winkte ab. »Das hat doch nicht viel Arbeit gemacht. Du sollst dich hier schließlich wohlfühlen.«

Hoffentlich waren ihr noch nicht die Umzugskartons in meinem Auto aufgefallen! Gestern Abend hatte ich nämlich nur noch die zwei Koffer, in denen sich meine Klamotten und Kosmetika befanden, auf mein Zimmer gebracht. Für den Rest war ich zu faul gewesen. Und zu feige. Heute würde ich jedoch die Karten offen auf den Tisch legen und Sophie um ein paar Wochen Asyl in ihrem neuen Zuhause bitten!

»Du musst also für eine Prüfung lernen?«, fragte ich.

Sophie nickte. »Berufs- und Gesetzeskunde. Aber mein Hirn scheint die vielen Informationen nur widerwillig abspeichern zu wollen.« Sie setzte ein beschämtes Lächeln auf. »Du findest es bestimmt lächerlich, dass ich in meinem Alter noch pauke wie ein Schulmädchen.«

»Wie kommst du denn auf so was?«, fragte ich ehrlich überrascht. »Ich finde das großartig.«

Unsicher sah sie mich an, als würde sie mir meine Begeisterung nicht recht abkaufen.

»Du hast dich nie von deinem Weg abbringen lassen«, setzte Sophie zu einer Erklärung an. »Ich habe früh geheiratet, das Medizinstudium sausen lassen und mich um meine Söhne gekümmert. Du dagegen hast eine tolle Karriere gemacht und dir dabei die Welt angesehen.«

Ich lehnte mich zurück und musterte sie. »Und du denkst jetzt, dass ich mich dir deshalb überlegen fühle? Als wäre ich etwas Besseres?«

Sie zuckte unschlüssig mit den Schultern. »Vielleicht.«

Sophie war so weit von der Wahrheit entfernt, dass ich nicht einmal wusste, wie ich ihr das deutlich machen sollte. Was hatte ich mit meinen neununddreißig Jahren denn tatsächlich vorzuweisen? Einen Lebenslauf, der sich auf dem Papier ganz spannend las. Gute Zeugnisse und ein Bankkonto mit meinen Ersparnissen. Das war es auch schon. »Ich fühle mich dir kein bisschen überlegen.«

»Mhm«, brummte sie. Offenbar hatte ich nicht gerade überzeugend auf sie gewirkt.

Moment mal … Hielt meine Schwester das etwa für den Grund, weshalb wir uns aus den Augen verloren hatten? Weil sie glaubte, ich hätte sie all die Jahre über für eine langweilige Mama mit einem traurigen Leben gehalten?

Ich holte tief Luft. »Ganz ehrlich: Ich bin stolz auf dich, Sophie!«, versicherte ich ihr. »Du hast zwei tolle Söhne, und schon allein dafür, dass du es über zwanzig Jahre mit Kühlschrank-Felix ausgehalten hast, verdienst du eine Medaille. Und wenn du erst mal Heilpraktikerin bist, werde ich deine Stammkundin. Bis dahin erkläre ich mich auch gerne bereit, mich für Lernzwecke als Versuchskaninchen zur Verfügung zu stellen. Für einen Kräutertrank oder so etwas.« Ich hob meinen Zeigefinger. »Allerdings sage ich dir lieber gleich, dass du im Falle meines Todes nicht meine Louboutins erben wirst. Die habe ich schon Katrin versprochen.«

Nun musste auch Sophie schmunzeln. »Ach, verdammt! Auf dieses Paar hatte ich es abgesehen. Ich wollte dir deswegen heute Morgen schon ein Giftgebräu in den Kaffee mischen.«

»Tja, die Mühe kannst du dir sparen.«

Wir wechselten einen belustigten Blick. Die schlechte Stimmung war vertrieben.

»Hast du noch Lust auf unsere Inseltour?«, fragte meine Schwester. »Emma ist den ganzen Tag bei einer Freundin. Wir können uns also Zeit lassen.«

Dankbar ging ich auf ihren Vorschlag ein. »Nachdem du mir seit fast einem Jahr lang von Rügen vorschwärmst, brenne ich darauf, mir die Insel anzuschauen.«

»Was willst du als Erstes sehen? Irgendwelche Wünsche?«

Ich nickte eifrig. »Ich möchte nach Sellin«, antwortete ich wie aus der Pistole geschossen. »Bisher habe ich diese wunderschöne Seebrücke leider immer nur auf Fotos oder im Fernsehen gesehen.«

Sophie grinste mich an. »Abgemacht! Dann fahren wir heute also nach Sellin.«

*

Bevor es losgehen konnte, musste ich allerdings erst noch meinen Pflichten als Hundehalter nachkommen und mit Muffin einen ausgiebigen Spaziergang machen. Emmas Kuchen gestern hatte Muffin wohl nicht besonders gutgetan. Wir hatten den Hundestrand noch nicht einmal erreicht, da hatte er sich schon von sämtlichem Ballast aus seinem Magen-Darm-Trakt befreit. Und zwar mitten auf der Strandpromenade. Als Besitzerin einer Riesendogge musste man einen stabilen Magen haben, und es war auch von Vorteil, wenn man keine allzu gute Nase besaß. Zum Glück gab es in Glowe alle paar Meter Aufsteller mit kostenlosen Hundebeuteln in farblich passendem Dunkelbraun. Ansonsten wäre uns wohl jetzt ein wütender Mob mit kotverschmiertem Schuhwerk auf den Fersen gewesen.

Während ich die Strandpromenade entlangschlenderte, dachte ich über mein Gespräch mit Sophie nach. War es nicht verrückt, dass sie geglaubt hatte, ich hätte mich ihr überlegen gefühlt? Ich hatte jahrelang dasselbe von ihr gedacht. Mein Besuch war wohl wirklich längst überfällig gewesen. Offenbar hatten wir einiges miteinander zu klären.

Über einen Pfad aus Holzbohlen passierte ich schließlich die Hochwasserschutzdüne, und vor mir öffnete sich der weitläufige Hundestrand. Das dunkelblaue Meer setzte sich so scharf vom Azurblau des Himmels ab, als hätte jemand mit dem Lineal eine Trennlinie gezogen. Die weiß schäumenden Wellen umspülten die Küste, und das gleichmäßige Meeresrauschen wirkte ungemein beruhigend. Der Wind wirbelte meine Locken begeistert umher. Bestimmt hatte ich bald einen zerzausten Wischmopp auf dem Kopf, aber das war mir im Moment völlig gleichgültig. Ich hätte ewig hier stehen bleiben und diese herrliche Weite genießen können.

Alle Probleme schienen plötzlich völlig nebensächlich zu werden.

»Komm, Muffin!« Ich klopfte auf meinen Oberschenkel. »Ich frag mich, ob du mit deinem früheren Besitzer mal am Meer warst.«

Neugierig näherte sich Muffin dem Wassersaum. Als bei einer neuen Welle plötzlich seine Füße im Wasser standen, blickte er völlig entsetzt an sich herunter. Wie der Blitz brachte er sich in Sicherheit, nicht ohne jedoch die Ostsee für diesen hinterlistigen Angriff verärgert anzubellen. Ich schüttelte lachend den Kopf. »Okay, meine Frage ist wohl beantwortet.«

Zusammen stapften wir den Strand in sicherer Entfernung zum Wasser entlang. Der Sand war von der Nacht noch feucht.

Das war nicht zu vergleichen mit dem kleinen Park in München, in dem wir normalerweise unsere Runden drehten. Und so etwas hatte Sophie direkt vor der Haustür.

Einige andere Hundebesitzer kamen uns entgegen, und alle grüßten mich mit einem freundlichen Lächeln. Ich war froh, dass auch sie ihre Tiere frei herumlaufen ließen und ich nicht gezwungen war, Muffin an die Leine zu nehmen. Mit einer jüngeren Frau, die einen Schäferhund hatte, kam ich sogar ins Gespräch. Wie in so einem kleinen Dorf nicht anders zu erwarten war, kannte sie natürlich meine Schwester und war voll des Lobes über Sophies Arbeit bei Dr. Theis.

»Richten Sie Ihrer Schwester bitte einen schönen Gruß aus!«, verabschiedete sie sich, nachdem wir ein wenig über unsere Hunde und die Insel geplaudert hatten. »Und Ihnen noch einen schönen Aufenthalt!«

»Danke«, erwiderte ich lächelnd.

Als ich mit Muffin weiterlief, spürte ich einen Anflug von Neid, auch wenn ich mich dafür schämte. Sophie hatte hier offensichtlich ein Zuhause gefunden. Zudem war es nicht zu übersehen, wie glücklich sie mit Ole war. Und als ob das alles noch nicht großartig genug wäre, war sogar Oles Mutter supernett und sympathisch. Unfassbar, oder? Schließlich hatte ja wohl *jede* Frau Probleme mit ihrer Schwiegermutter! Ein kleiner Teil von mir begann zu verstehen, weshalb meine Schwester befürchtete, dass ihr Glück bald ein Ende haben würde. Sogar beruflich setzte sie den lang gehegten Traum von mehr Selbstständigkeit in die Tat um. Damit war mir Sophie selbst auf diesem Gebiet einen Schritt voraus. Bisher hatte ich mich noch nicht mal getraut, jemandem davon zu erzählen. Nicht einmal meiner besten Freundin Katrin. Schon seit Jahren träumte ich nämlich von einem eigenen Hotel. Allein beim Gedanken daran beschleunigte sich sofort mein Herzschlag. Das Hotel müsste noch nicht einmal besonders groß sein, im Gegenteil. Ich wollte auf keinen Fall so eine uniforme, anonyme Bettenburg! Mein Hotel sollte zwar mit allem Komfort ausgestattet sein, aber gleichzeitig auch gemütlich. Es sollte den Leuten auf ihrer Reise ein Zuhause sein. Vor meinem inneren Auge sah ich mich schon die Gäste mit einem herzlichen Lächeln an der Rezeption begrüßen – hinter einem stilvollen, glänzenden Mahagonitresen mit goldenen …

Stopp!, bremste ich mich selbst in Gedanken, bevor ich wieder anfing, zum tausendsten Mal mein imaginäres Hotel einzurichten. Zwar hatte ich seit Jahren jeden Cent, den ich entbehren konnte und nicht für Schuhe ausgab, auf der Bank angelegt. Trotzdem würde ich einen Kredit aufnehmen oder mir Investoren suchen müssen, wenn es mal so weit war. Bisher hatte ich mich jedoch noch nicht einmal entschieden, in welchem Land ich mich für immer niederlassen wollte. Ich hoffte, dass das Schicksal mich irgendwann zu einem Hotel führte, in das ich mich Hals über Kopf verliebte. Dann würde ich bestimmt den Mut aufbringen, den Sprung in die Selbstständigkeit zu wagen und dieses finanzielle Risiko auf mich zu nehmen.

Aber jetzt war es besser, wenn ich mich auf meine aktuellen Probleme konzentrierte! Zum Beispiel musste ich mich unbedingt nach einem neuen Job umsehen, bevor mein Chef meinen Lebenslauf mit einer Kündigung verunstaltete. Außerdem musste ich einen Weg finden, mit meinem schlechten Gewissen Lars gegenüber klarzukommen.

Stöhnend fuhr ich mir über das Gesicht. Weshalb gelang es mir nur nicht, mit dem Ganzen endlich abzuschließen? Im Grunde war ich schließlich erleichtert über die Trennung. Ich wünschte nur, Lars hätte mir die Gelegenheit zu einem klärenden Gespräch gegeben! So schwebte ich in einer Art luftleerem Raum und konnte weder vor noch zurück. Damit klarzukommen, war nicht so einfach. Deswegen war ich nach der Trennung wohl auch zu einer Art Entschuldigungs-Stalker mutiert. Erst kurz vor meiner Abfahrt nach Rügen hatte ich beschlossen, mit den unzähligen Anrufen und E-Mails, in denen ich Lars versicherte, wie leid mir das alles tat, aufzuhören.

»Ach, verdammt!«, murmelte ich.

Ich blieb stehen, verschränkte die Arme vor der Brust, und eine kühle Böe wirbelte meine Haare umher. Weshalb lief bei mir eigentlich alles so schrecklich schief, während meine Schwester auf einer Welle der Glückseligkeit dahinschwamm? Am liebsten hätte ich wie Muffin wütend das

Meer angebellt, denn ich fand das alles zutiefst ungerecht. Gleichzeitig war ich wegen meines akuten Anfalls von Selbstmitleid sauer auf mich selbst.

Muffin, der gerade zu mir zurücktrabte und eine rote Plastikscheibe im Maul hatte, riss mich aus meinen trübseligen Überlegungen. »Hey, was hast du denn gefunden, mein Großer?«

Schwanzwedelnd machte er vor mir halt und legte mir stolz ein von der Sonne gebleichtes Frisbee vor die Füße.

»Das war sehr gut, Muffin«, lobte ich ihn. »Das nächste Mal bringst du Frauchen aber ein verlorenes Diamantarmband, ja? Eine Flaschenpost von einem einsamen gut aussehenden Millionär um die vierzig wäre aber auch okay.«

Auffordernd schob er das alte Frisbee mit der Schnauze näher zu mir. Etwas ungelenk pfefferte ich die Scheibe von mir und Muffin jagte wie der Blitz hinter ihr her. Anscheinend fand er das sehr viel aufregender, als einem Ball nachzurennen wie gestern Abend bei Emmas vergeblichen Motivationsversuchen im Garten. Sehr untypisch für ein männliches Wesen.

Nach einem Blick auf die Uhr stieß ich einen Fluch aus. Es war wohl besser, ich informierte Sophie schnell, dass ich mich ein wenig verspäten würde. Gerade als ich die Nachricht abgeschickt hatte, kam Muffin auch schon wieder zurück und stieß mich erwartungsvoll an. Ich gab dem Frisbee ordentlich Schmackes, damit es dieses Mal etwas weiter flog.

Mein Handy vibrierte. War das etwa schon Sophies Antwort? Als ich den Namen auf dem Display sah, war ich so überrascht, dass ich prompt über meine eigenen Füße stolperte. *Lars.*

Mit angehaltenem Atem las ich seine Nachricht: *Arbeitest du heute?*

Wie? Sonst nichts? Enttäuscht stieß ich die Luft aus. Etwas anderes wäre mir lieber gewesen. Zum Beispiel *Ich verzeihe dir deine Lügen, Jule, denn ich habe mich auch falsch verhalten.* Das hätte mein Gewissen wirklich enorm erleichtert. Aber offenbar wollte Lars über etwas anderes mit mir reden. Wie reagierte ich nun am besten auf diese Nachricht? Sollte ich ihm gleich noch mal schreiben, wie leid mir alles tat? Nein, wahrscheinlich war es besser, wenn ich mich erst einmal zurückhielt. So schrieb ich schnell zurück: *Nein. Wieso?*

Wie ich Lars kannte, würde er mir sofort antworten. Er gehörte nicht zu den Leuten, die andere stundenlang zappeln ließen. Ich hielt mein Handy mit beiden Händen umklammert und starrte gebannt auf das Display.

»Mach schon!«, murmelte ich ungeduldig.

Was würde ich eigentlich tun, wenn Lars zu einer Versöhnung bereit wäre? Ich war doch hoffentlich nicht so verzweifelt, dass ich wieder schwach werden würde, oder? Bilder meiner Zukunft schossen mir durch den Kopf: Hellblaue Kopulationstage. Streng limitierte Handyzeiten und abendliches Ausgehverbot – angeblich um meine Gesundheit nicht zu gefährden. Kein Ausschlafen mehr an meinen freien Tagen. Lars' hässliches Cordsofa im Wohnzimmer, seine Pingeligkeit und sein missbilligender Blick, wenn ich die Handtücher mal wieder nicht korrekt zusammengefaltet hatte. Die cholerischen Anfälle. Nein! Nein, ich würde auf keinen Fall rückfällig werden! Schon allein beim Gedanken daran wurde mir übel. Vielleicht war es doch besser, wenn Lars mir *nicht* verzieh. Aber was er wohl von mir wollte? Ich platzte fast vor Spannung. Mein Hund kam zurück und presste vehement seine Plastikscheibe gegen meinen Oberschenkel. »Oh, Muffin, lass mich einen Moment in Ruhe, ja?«, bat ich ihn.

Das interessierte meinen Hund jedoch kein bisschen. Er winselte, und sein Blick war so flehentlich, dass ich ihm geistesabwesend das Frisbee abnahm. Wir hatten ohnehin den Durchgang zur Strandpromenade fast erreicht. »Also, schön.« Ich pfefferte das Ding ein letztes Mal schwungvoll von mir. »Hol es dir!«

Überraschenderweise rannte Muffin nicht wie der Blitz davon, sondern blieb stur neben mir stehen. Gleich darauf wurde mir klar, warum: Anstatt des Frisbees aus der linken Hand hatte ich mein Handy aus der rechten weggeschmissen. Scheiße! Mit geöffnetem Mund verfolgte ich die Flugbahn meines Smartphones und stellte fest, dass es überraschend gut in der Luft lag. Auch konnte ich ohne Übertreibung sagen, dass dies mein bisher bester Wurf gewesen war. Ausgerechnet jetzt!

»Bitte geh nicht kaputt!«, schickte ich ein Stoßgebet gen Himmel. »Bitte, bitte, geh nicht kaputt!«

Trotz der Entfernung konnte ich hören, wie das Handy mit einem dumpfen Laut zwischen den Schilfgrasbüscheln auf der Hochwasserschutzdüne landete. Ich klemmte mir das Frisbee unter den Arm und rannte hinterher. Da stand zwar ein Schild, dass man die Düne nicht betreten durfte, aber unter diesen Umständen war sicher eine Ausnahme erlaubt, oder? In fünf Sekunden war ich bestimmt schon wieder unten.

Obwohl ich überzeugt war, mir die Aufprallstelle gemerkt zu haben, lag mein Handy nicht dort, wo es hätte liegen sollen. Na toll! Jetzt durfte ich sämtliche Grasbüschel im Umkreis von fünf Metern durchforsten.

»Es ist verboten, die Hochwasserschutzdüne zu betreten«, hörte ich da eine tiefe männliche Stimme.

Verdammt, ich war erwischt worden! Aufgrund der Selbstsicherheit, die in der Stimme mitschwang, musste ich gegen den Impuls ankämpfen, wie eine Verbrecherin ertappt die Hände in die Höhe zu halten. Langsam drehte ich mich in Richtung Strandpromenade um.

»Es ist nicht so, wie es aussie...«, setzte ich zu einer Verteidigungsrede an, doch dann blieb mir für einen Moment die Spucke weg.

Ich war davon ausgegangen, dass sich meine Schwester mit Ole Jansen den attraktivsten Mann über vierzig in Glowe geschnappt hatte, aber offenbar hatte ich mich getäuscht. Der Typ vor mir hatte markante Wangenknochen und eine kantige Kieferpartie. Seine Gesichtszüge hätten hart wirken können, doch seine vollen Lippen besaßen einen fast schon verboten sinnlichen Schwung, und seine Augen leuchteten in einem warmen Grün. Eine perfekte Mischung, die ihn zugleich männlich und nahbar wirken ließ. Er trug ein schwarzes Hemd zu seiner Jeans, was seinen muskulösen Körper gut zur Geltung brachte. Aber es war sein Blick, der mich sofort in seinen Bann zog. Selbstbewusst. Forschend.

»Es tut mir leid, ich ... ich weiß, dass das eigentlich verboten ist«, stammelte ich. »Ich habe das Schild gesehen.«

»Wie schön, dann können Sie immerhin lesen!«, erwiderte er trocken und fuhr sich mit einer Hand durch seine dichten, dunkelbraunen Haare.

An der Seite des Typen stand ein wunderschöner Hund mit schokoladenbraunem Fell, majestätischer Körperhaltung und filigranem Körperbau. Das war irgendeine extrem edle Hunderasse, das konnte selbst ich als Laie erkennen. Eine, die man in Filmen vor einem Königsthron herumliegen sah.

Seine herablassende Bemerkung traf mich, und es dauerte

einen Moment, bis ich die Sprache wiederfand. »Natürlich kann ich lesen!«, blaffte ich ihn an. »Ich bin nur hier oben, um mein Handy zu ho…«

Doch an meiner Erklärung hatte er anscheinend kein Interesse.

»Nehmen Sie bitte Ihren Hund an die Leine?«, fiel er mir einfach ins Wort.

Ich warf einen Blick auf Muffin, der gerade eine freundliche Analkontrolle bei dem Hund des Fremden vornahm.

Mit hochgezogener Augenbraue deutete der Typ auf ein weiteres Schild: *Hunde sind an der Leine zu führen.* »Wenn Kira ein Rüde zu nahe kommt, regt sie das auf, und sie bekommt Verdauungsprobleme«, teilte er mir mit, wohl um an mein Gewissen zu appellieren.

Tatsächlich schien Kira über Muffins Annäherungsversuch wenig erfreut zu sein. Sie winselte und klemmte panisch den Schwanz zwischen die Beine. Nur dem Hund zuliebe setzte ich mich in Bewegung, denn der rüde Tonfall des Mannes gefiel mir absolut nicht. Sicher, ich hatte einen Fehler gemacht, aber musste man deswegen gleich so unfreundlich sein?

»Ist ja gut, ist ja gut!« Ich kletterte von der Düne herunter. Erst jetzt merkte ich, dass der Kerl unverschämt groß war und ich ihm gerade einmal bis zur Brust reichte. Aber davon ließ ich mich nicht beeindrucken!

Ich funkelte ihn selbstbewusst an, fasste Muffin am Halsband und legte ihm wider besseres Wissen die Leine an. Als hätte ich damit einen unsichtbaren Schalter umgelegt, erwachte in Muffin wie üblich der Wunsch, augenblicklich loszuspurten, wobei er die Zugkraft eines Lkws entwickelte. Ich musste *Zerberus* mit aller Kraft festhalten und die Beine in den Boden stemmen, um uns an Ort und Stelle zu halten.

Hätte ich Rollen an meinen Schuhen gehabt, wäre ich jetzt wie eine Rakete über die Strandpromenade gesaust.

Der Typ blickte zuerst skeptisch auf meine Riesendogge und dann auf mich. »Sie haben Ihren Hund nicht besonders gut unter Kontrolle, kann das sein?«

»Quatsch, der hört aufs Wort!«, widersprach ich. »Muffin, zieh an der Leine! Zieh!«

Muffin tat wie geheißen.

»Sehen Sie!«, keuchte ich triumphierend.

Der Kerl stöhnte gequält auf, denn in diesem Moment kackte seine edle Hündin auf die schön gepflasterte Strandpromenade. Er warf mir einen vorwurfsvollen Blick zu. So langsam hatte ich aber wirklich genug von seiner unhöflichen Art!

»Da Sie Vorschriften so gern einhalten, sollten Sie sich um die Sauerei lieber kümmern«, schlug ich in bissigem Tonfall vor und deutete mit dem Kinn auf die Hundebeutel-Automaten.

Er presste die Lippen zusammen und nahm einen eigenen Kotbeutel in auffälligem Royalblau aus der Tasche. Ich blickte auf den Haufen und grinste gehässig. »Eine Schubkarre und eine Schippe wären wahrscheinlich hilfreicher.«

»Das ist nur Ihre Schuld. Hätten Sie Ihren Hund an der Leine gehabt, dann ...«

Ich wollte genervt abwinken und ließ mit einer Hand die Leine los. Ein Fehler, wie ich sofort bemerkte. Ich wurde mit einem Ruck nach vorne gezogen, und Zerberus rannte los. Mir blieb nichts anders übrig, als hilflos hinter meinem Hund herzuspurten.

»Aus, Muffin! Stopp! Halt! Bei Fuß! Platz!«, brüllte ich

panisch die ganze Befehlspalette herunter, doch Muffin reagierte nicht.

Ich warf noch einen letzten Blick über die Schulter und konnte sehen, wie der Typ mir kopfschüttelnd hinterher schaute. Wirklich schade, dass ein so attraktiver Mann ein derartiges Ekelpaket sein musste. Und zu allem Überfluss lag mein Handy – inzwischen wahrscheinlich mit Lars' Antwort – immer noch auf der Hochwasserschutzdüne.

6. Kapitel

Vierzig Minuten später war ich mit Sophie wieder am Ort des Geschehens und suchte auf Knien die Düne nach meinem Handy ab.

»Es muss hier irgendwo sein«, rief ich verzweifelt.

Es hatte eine halbe Ewigkeit gedauert, bis ich Muffin unter Kontrolle bekommen hatte und wir zum Haus der Jansens zurückkehren konnten. Völlig außer Atem hatte ich Sophie von dem Vorfall erzählt und sie dazu genötigt, in mein Auto zu steigen, um mir beim Suchen zu helfen. Dass sie erst noch in aller Ruhe ihr Mittagessen aufgegessen hatte, nahm ich ihr jetzt noch übel. Mein armes Handy war schließlich mutterseelenallein dort draußen! Zum Glück hatte Oles Mutter Nane angeboten, auf Muffin aufzupassen, sodass ich jetzt wenigstens ungestört suchen konnte.

»Jetzt beruhig dich doch!«, meinte Sophie, die unten auf der Strandpromenade stand. »Dein Handy hat bestimmt niemand geklaut.«

»Lenk mich nicht ab! Und pass gefälligst auf! Du sollst Schmiere stehen und mich vor streitlustigen Einheimischen warnen«, erinnerte ich sie. Zähneknirschend dachte ich dabei an den arroganten Hundehalter. Ich konnte gut darauf verzichten, dass er mich noch einmal hier oben erwischte.

»Ich bin sehr wohl multitaskingfähig«, beruhigte mich meine Schwester. »Ich kann reden und gleichzeitig aufpassen.

Was für einen Hund hatte eigentlich dieser unhöfliche Typ? Wenn er in Glowe wohnt, kenne ich ihn bestimmt.«

Ich zuckte mit den Schultern, während ich ein Grasbüschel beiseite schob. »Keine Ahnung, was das für eine Rasse war. Der Hund war braun.«

Meine Schwester schnaubte abfällig. »Das ist ja wahnsinnig hilfreich, Jule. Hatte er zufällig auch vier Pfoten und einen Schwanz?«

»Deinen Sarkasmus kannst du dir sparen.«

Aus den Augenwinkeln nahm ich ein Stück dunkles Plastik wahr, das sich im Dünengras verfangen hatte und wie eine kleine Fahne im Wind wehte. Von meinem Handy fehlte jedoch jede Spur.

»Also gut«, erwiderte Sophie seufzend. »Soll ich mir dann auch die Frage sparen, ob es nicht sinnvoller wäre, dich auf dem Handy anzurufen? Ich schaue dir zwar gerne dabei zu, wie du auf Knien auf dem Deich herumrutschst, aber wir wollen heute schließlich noch nach Sellin.«

Mit der flachen Hand schlug ich mir auf die Stirn. »Himmel, ich bin so doof«, heulte ich auf. Ich dachte ja nur noch so weit, wie eine Ameise spucken konnte! Die Begegnung mit diesem Typ hatte mich völlig aus der Bahn geworfen. »Es wäre äußerst nett, wenn du mich anrufen würdest«, sagte ich mit dem letzten Rest von Würde, der mir geblieben war.

Das Grinsen meiner Schwester reichte von einem Ohr zum anderen. »Aber gerne doch!«

Keine fünf Sekunden später fing ein Grasbüschel in meiner Nähe an zu vibrieren und »We are family, I got all my sisters with me« von Sister Sledge zu singen.

»Das ist der Klingelton, der bei meinen Anrufen kommt?«

Sophie fasste sich theatralisch an ihre Brust. »Wie süß, Schwesterherz.«

Gut, das war mir jetzt schon ein wenig peinlich. Aber wer rechnete denn auch damit, dass die Leute die ihnen zugeordneten Klingeltöne zu hören bekommen? Mit fahrigen Fingern schnappte ich mir mein Handy, wischte den Sand ab und aktivierte das Display. Es funktionierte noch, ein Glück! Und Lars hatte tatsächlich zurückgeschrieben.

Du hast bei der Post noch keinen Nachsendeantrag gestellt. Da ich ohnehin in der Nähe bin, gebe ich deine Briefe bei Katrin ab. Den Nachsendeantrag kann man übrigens auch online ausfüllen, Jule!!

Nachdem ich die Nachricht noch einmal gelesen hatte, gluckste ich und brach schließlich in schallendes Gelächter aus.

Sophie kletterte mit besorgter Miene zu mir auf die Hochwasserschutzdüne. »Ist was?«

»Es ging ihm nur um die ... um die Post«, japste ich. »Und ich hatte mir schon Sorgen gemacht, dass er mich zurückhaben will.«

»Ooookay«, sagte Sophie gedehnt und sah mich verständnislos an.

Ich wischte mir eine Lachträne aus dem Augenwinkel und räusperte mich. »Weißt du, ich hatte richtiggehend Panik, dass Lars es sich anders überlegt hat. Dass er uns noch eine Chance geben möchte.«

Sophies Stirnrunzeln vertiefte sich. »Und warum lachst du dann?«

»Weil ich unglaublich erleichtert bin.« Ich stieß langsam die Luft aus. »Als ich nämlich dachte, Lars will mich zurück, bin ich keine Sekunde lang schwach geworden. Ich habe meine Lektion gelernt, Sophie! Nur weil ich fast vierzig bin und mir eine Familie wünsche, hätte ich mich nicht an eine Beziehung klammern sollen, in der ich überhaupt nicht glücklich war. Das war sowohl ihm als auch mir gegenüber nicht fair. Wir sind ohne den anderen besser dran.«

»Heureka!«, jubelte meine Schwester und stieß triumphierend die Faust in die Luft. »Du ahnst nicht, wie lange ich schon auf diese Einsicht gewartet habe, Jule.«

Einige der Spaziergänger starrten zu uns herüber. Oder hatten sie schon vorher so böse geguckt?

»Wer im Glashaus sitzt, sollte nicht mit Steinen werfen«, bemerkte ich. »Wie lange hat es noch gedauert, bis du dich von Miesepeter-Felix getrennt hast?«

Sie warf mir einen reumütigen Blick zu. »Touché.«

Während der Beziehung mit Lars hatte ich mir immer wieder gesagt, dass man in einer Partnerschaft Kompromisse machen musste. Jetzt stellte ich mir allerdings die Frage: Ab wie vielen Kompromissen war klar, dass man eigentlich gar nicht zusammenpasste? Gab es da nicht zufällig irgendeine Tabelle?

Wenn ich so darüber nachdachte, hatte ich Lars nämlich schon lange vor der heimlichen Pilleneinnahme angeschwindelt. Im Grunde war das nur der Gipfel des Eisbergs. Die Sache mit der Unehrlichkeit hatte schon an dem Tag begonnen, als Lars und ich uns kennengelernt hatten. Gerade in diesem so sensiblen Stadium log man ja, was das Zeug hielt, und das nur, weil man vom anderen unbedingt gemocht werden wollte. Dabei konnte das fatale Auswirkungen haben. Als Lars zum Beispiel damals zu mir gesagt hatte, dass er sein braunes Cordsofa ganz toll fand, hätte ich niemals aus reiner Höflichkeit sagen sollen: »Ja, echt super! Das hat etwas Vintagemäßiges.«

Wegen dieser Lüge musste ich die folgenden vier Jahre mit einem potthässlichen braunen Cordsofa im Wohnzimmer leben. Falls ich jemals wieder in so eine Situation kommen sollte, musste ich wenigstens etwas sagen wie: »Spinnst du? Das olle Ding sieht aus, als hätten die Sofamilben Durchfall gehabt.«

Auf diese Weise wäre Lars und mir wahrscheinlich viel früher aufgefallen, dass wir überhaupt nicht zusammenpassten. Mit einem Ruck richtete ich mich auf. Genau, das war die Lösung! Es reichte nicht, wenn man in einer Beziehung ehrlich war. Nein, eigentlich musste man *gnadenlos* ehrlich sein! Damit würden sich alle Beteiligten einen Gefallen tun.

»Jule?« Sophie legte den Kopf zur Seite und musterte mich misstrauisch. »Den Gesichtsausdruck kenne ich doch. Du brütest gerade wieder eine deiner Schnapsideen aus, oder?« Ehe ich antworten konnte, winkte sie jedoch ab und ergänzte: »Ach, egal jetzt! Wir sollten wirklich nicht länger hier oben auf der Düne herumstehen. Lass uns runtergehen!«

»Moment noch!« Ich griff aufgeregt nach ihrem Arm und hielt sie fest. »Sophie, ich hatte gerade eine Erkenntnis.«

»Gott bewahre!«, stöhnte sie.

»Tut mir leid, aber wenn ich nicht sofort mit jemandem darüber rede, platze ich. Meine Erkenntnis könnte nämlich die ganze Welt verändern«, verkündete ich ohne falsche Bescheidenheit. »Beziehungen würden völlig anders verlaufen, wenn eine Frau von Anfang an viel…«

»Das Betreten der Hochwasserschutzdüne ist verboten«, unterbrach in diesem Moment eine männliche Stimme unser Gespräch.

»Oh nein, nicht schon wieder«, murmelte ich kraftlos.

Langsam drehten Sophie und ich uns um. Auf der Strandpromenade standen zwei Polizisten und sahen mit strenger Miene zu uns herauf. Verdammter Mist!

*

Seit wir nach Sellin aufgebrochen waren, hatte meine Schwester kaum ein Wort mit mir gewechselt.

»Ach komm schon, Sophie! Wir wurden doch nur verwarnt. Keine große Sache«, stellte ich zum wiederholten Mal fest.

Sie würdigte mich keines Blickes und starrte weiterhin stur aus dem Beifahrerfenster. Allerdings verschränkte sie demonstrativ die Arme vor der Brust und brummte irgendetwas Unverständliches.

»Gleich die Polizei zu rufen, nur weil wir dort oben herumstanden, war doch total übertrieben«, versuchte ich den Vorfall herunterzuspielen. Meine Güte, diese Verbotsschilder wurden hier offenbar verteufelt ernst genommen. »Wir haben schließlich keinen Tunnel durch die Düne gegraben oder so was. Findest du das nicht auch etwas pingelig?«

»Erst letzten Oktober hat eine Sturmflut einen Teil der Düne weggespült«, knurrte Sophie. »Fast wäre das ganze Dorf unter Wasser gesetzt worden.«

»Oh«, brachte ich nur erstaunt hervor.

Natürlich wusste ich, dass eine Hochwasserschutzdüne einen wichtigen Zweck zu erfüllen hatte, doch irgendwie war ich davon ausgegangen, dass eine Gefahr für das Dorf eher theoretischer Natur war. Vielleicht weil mich Rügen seit meiner Ankunft mit strahlendem Sonnenschein und einem spiegelglatten Meer verwöhnt hatte. Da fiel es schwer, sich graue Wolkenberge, peitschende Windböen und Sturmhochwasser vorzustellen, das die Insel von allen Seiten einschloss. Wenn man hier lebte, war man sich der Bedrohung durch das Meer wohl ständig bewusst.

»Okay, wir hätten wohl tatsächlich die Düne sofort wieder verlassen sollen«, räumte ich ein. »Aber weshalb bist du denn bitte schön *auf mich* sauer?«

»Das fragst du noch?« Meine Schwester wandte sich so zackig zu mir um, dass ich vor Schreck fast das Lenkrad verriss. »Da bist du gerade einmal einen Tag hier, und schon bekomme ich deinetwegen Ärger mit der Polizei. Das ist so typisch!«

Sophie tat ja gerade so, als wäre ich ein magischer Anziehungspunkt für Probleme aller Art. »Zum einen habe ich mein Handy ganz sicher nicht mit Absicht als Frisbee zweckentfremdet«, verteidigte ich mich, »und zum anderen hattest du nur die Aufgabe, Schmiere zu stehen.«

Einen Job, den sie – ganz nebenbei bemerkt – sehr schlecht erledigt hatte. Aber ich wollte nicht auf ihren Fehlern herumreiten. »Du bist schließlich freiwillig zu mir auf die Düne geklettert.«

»Weil du gelacht hast wie eine Irre kurz vor dem Zusammenbruch!«, keifte sie.

Bevor ich etwas erwidern konnte, klingelte ihr Handy.

»Hallo, Ole!«, meldete sich Sophie. Sofort glätteten sich ihre Gesichtszüge. »Wie schön, deine Stimme zu hören.«

Sie lauschte ihrem Herzallerliebsten einige Augenblicke, während ihre Wangen so rot wie Tomaten wurden.

»Ja, es stimmt, das waren Jule und ich. Aber wir sind von der Polizei nicht festgenommen worden!«, erklärte sie empört. »Du musst also *weder* eine Kaution für mich stellen *noch* auf die Schnelle einen waghalsigen Fluchtversuch aus dem Gefängnis organisieren.«

Gegen meinen Willen musste ich laut auflachen, wofür ich mir einen scharfen Blick meiner Schwester einfing. Ole war anscheinend schon von dem kleinen Vorfall berichtet worden. Das hatte aber schnell die Runde gemacht!

»Das ist überhaupt nicht lustig«, ermahnte Sophie nun auch Ole.

Ich hörte am anderen Ende der Leitung ein amüsiertes männliches Lachen. Dass Ole die Sache mit so viel Humor nahm, fand ich sehr sympathisch. Immerhin zuckte nun auch um Sophies Mundwinkel ein Schmunzeln.

Ole sagte etwas, und einen Moment später stöhnte meine Schwester gequält auf. »Nein, das war wirklich nur als Scherz gemeint gewesen. Jule und ich wollten das nicht gleich in die Tat umsetzen ... Schön, dass dich das beruhigt ... Ich dich auch! Bis später!« Sie beendete das Telefongespräch und steckte das Handy zurück in die Tasche.

Ich wandte den Blick einen Moment von der Straße ab und sah sie fragend an. »*Was* wollten wir nicht gleich in die Tat umsetzen?«

»Ich habe Ole mal gesagt, dass wir beide Katastrophen magisch anziehen«, erklärte sie zerknirscht, »und wir es gemeinsam schaffen könnten, Rügen versehentlich zu fluten. Ole meinte, der Vorfall auf der Hochwasserschutzdüne wäre ein eindeutiges Indiz dafür, dass wir keine Zeit verloren hätten, unser Vorhaben in die Tat umzusetzen.«

Wir wechselten einen Blick und prusteten los.

Nach Oles Anruf war meine Schwester wieder versöhnlicher gestimmt, und den Rest der Fahrt berichtete sie mir ausführlich von den Neuigkeiten aus dem Leben meiner Neffen Max und Bastian. Ihr jüngster Sohn Max hatte sie in den Semesterferien schon mehrmals auf Rügen besucht und auch

Bastian war vor ein paar Monaten zum ersten Mal hergekommen. Obwohl ihr Ältester schon Mitte zwanzig war, hatte er etwas Zeit gebraucht, um sich an die Trennung der Eltern und den *Neuen* seiner Mutter zu gewöhnen. Mit offenkundiger Erleichterung berichtete mir Sophie, dass Bastian sehr viel umgänglicher geworden war, seit er sich von seiner konservativen und bevormundenden Freundin Helena getrennt hatte.

Schon bald erreichten wir Sellin, und Sophie lotste mich auf einen Parkplatz. »Von hier aus ist es nicht weit bis in die Innenstadt«, meinte sie.

Ohne auszusteigen, sah ich mich unschlüssig auf dem wenig belebten Parkplatz um. »Gibt es nicht auch ein bewachtes Parkhaus oder so etwas?«, fragte ich mit einem mulmigen Gefühl in der Magengrube.

Jetzt bereute ich, dass ich gestern mein Auto nicht ausgeräumt hatte. Bis auf meine Schuhe und die wichtigsten Klamotten befanden sich hier drin schließlich all meine Habseligkeiten. Als ich Sophie vorhin in mein Auto gezerrt hatte, hatte ich leider noch keinen Gedanken an unseren späteren Ausflug verschwendet.

»Hast du etwa Angst um deine *Umzugskartons*?«, fragte meine Schwester spitz.

Ertappt zuckte ich zusammen.

»Weißt du, ich finde es schon bemerkenswert, dass du die bisher mit keinem Wort erwähnt hast«, fügte Sophie hinzu. »Obwohl wir schon ein Weilchen damit durch die Gegend fahren.« Sie drehte sich um und wedelte mit der Troddel eines Teppichs herum, der hinter dem Beifahrersitz und einem Karton eingeklemmt war.

»Ähm ...« Fieberhaft suchte ich nach einer Ausrede. »Es ist nicht so, wie es aussieht.« Hatte ich das heute nicht schon einmal gesagt? Ach ja, als mich der attraktive Typ am Strand in flagranti ertappt hatte.

Sophie zog skeptisch eine Augenbraue in die Höhe. »Du willst also nicht in unser Gästezimmer einziehen?«

Ich zögerte einen Moment. Also dieses Zimmer war ja schon sehr gemütlich.

»Nein, natürlich nicht«, versicherte ich ihr dann hastig. »Das sind meine Sachen aus Lars' Wohnung. Ein Teil davon steht bei Katrin im Keller, aber beim Rest weiß ich einfach nicht, wohin damit.«

Sophie runzelte die Stirn. »Und anstatt eine Garage oder einen Abstellraum anzumieten, fährst du lieber mit dem Zeug quer durch Deutschland?«

Erwischt! Es war wohl an der Zeit, die Karten auf den Tisch zu legen. Ermattet ließ ich mich zurück in den Sitz fallen. »Mein Chef wirft mich raus, wenn ich nach meinem Urlaub nicht kündige. Deshalb überlege ich, ob ich München nicht gleich verlassen soll. Was hält mich dort denn noch?«

Sophie verdrehte die Augen. »Ach, Jule, nicht schon wieder! Es ist doch immer das Gleiche. So läuft das jedes Mal, wenn eine deiner Beziehungen in die Brüche geht.«

Überrascht blinzelte ich sie an. »Was meinst du denn damit?«

Nun musterte mich auch Sophie überrascht. »Sag bloß, dir ist das noch nie aufgefallen?«

Ich hasste es, wenn sie so etwas machte. Dabei kam ich mir immer exorbitant dumm vor. Leider Gottes hatte ich tatsächlich keine Ahnung, von was sie sprach. »Würdest du mich bitte erleuchten, o allwissende große Schwester!«

Sie sah mich nachdenklich an. »Ich würde vorschlagen, das

besprechen wir in Ruhe bei einem Kaffee«, sagte sie schließlich, öffnete die Tür und stieg aus.

»Aber meine Sachen!«, rief ich ihr hinterher.

Sophie beugte sich noch einmal zu mir ins Auto und griff wortlos nach einer kleinen Tischlampe, deren Schirm mit springenden Delfinen im Meer vor einem Sonnenuntergang bemalt war.

»Das ist ein Erinnerungsstück«, verteidigte ich mich. »Die Lampe habe ich damals von meinem Job aus Florida mitgebracht.«

Schweigend hielt mir Sophie das Teil direkt vor die Nase. »Okay«, räumte ich schnaufend ein. »Okay, sie ist hässlich. Aber das heißt nicht, dass alles hier im Auto ...«

Sophie deutete erneut auf den Teppich mit den Troddeln. Sie waren neonfarben, passten aber ganz gut zu dem gebatikten Mittelteil in blau, gelb, rot und grün. »Das war ein Geschenk von einem guten Freund aus London«, erklärte ich. »Ein herrlich durchgeknallter Typ, der auf Flohmärkten ...«

»Und wenn ihn die Queen selbst geklöppelt hätte, Jule«, unterbrach mich Sophie. »Davon kriegt man Augenkrebs! Dein Zeug klaut niemand.«

Grummelnd stieg ich aus, schloss das Auto ab und trottete eingeschnappt hinter ihr her. Sophie hatte doch keine Ahnung! Gut, vielleicht waren einige meiner Sachen ein wenig kitschig. Aber ihr sentimentaler Wert war dafür umso größer. Denn für mich war dieses Auto voll mit Erinnerungen. Meinen Erinnerungen.

7. Kapitel

Wir hatten das dreißig Meter hohe Steilufer erreicht und stiegen die Stufen hinab zur Selliner Seebrücke. Überwältigt von dem herrlichen Ausblick, blieb ich einen Moment stehen.

»Wow, das ist ja noch schöner als auf den Fotos«, entfuhr es mir.

Eine Holzbrücke auf Stelzen führte über den Strand, und dort, wo die Ostsee begann, öffnete sich eine Plattform, auf der das berühmte Brückenhaus stand. Sofort fielen mir zu beiden Seiten des Eingangs die majestätischen Türmchen ins Auge und die großen Glasfronten mit den weißen Sprossenfenstern. Durch die seitlich anschließenden Pavillons wirkte die Architektur luftig und einladend.

»Es sieht aus wie das prunkvolle Gartenhaus eines Kaisers«, sagte ich bewundernd.

»Am frühen Abend finde ich es sogar noch schöner«, meinte Sophie. »Wenn der Himmel und das Meer in dieses tiefdunkle Blau getaucht sind, dann erstrahlt die Seebrücke im goldenen Licht der Scheinwerfer. Ende Juli gibt es auch ein Seebrückenfest mit großem Feuerwerk. Das soll spektakulär sein. Leider konnte ich es mir noch nicht ansehen.«

Wir gingen weiter die Stufen hinab. Links und rechts des Steges hatten Touristen den Strand in Beschlag genommen, doch auch auf der Brücke herrschte ein ständiges Kommen und Gehen. Glücklicherweise konnten wir uns auf der Terrasse des Seebrücken-Restaurants einen kleinen Tisch sichern. Sophie bestellte einen Kaffee und ich mir, da ich noch nicht zu Mittag gegessen hatte, einen Flammkuchen mit gezupftem Stremellachs. Da wir im Schatten saßen, zog ich fröstelnd meine Strickjacke über. Die Temperaturen waren doch noch nicht so sommerlich, wie es der Sonnenschein vermuten ließ. Zum Glück bot uns das historisch wirkende Gebäude ein wenig Schutz vor dem Meereswind.

Von unserem Platz aus sah man einige der strahlend weißen Häuser, für die Sellin so berühmt war. Schon auf dem Herweg durch die Wilhelmstraße hatte ich die prachtvollen Bauten mit den Holzveranden, Türmchen, Erkern und verspielten Ornamenten bewundert. »Wie kam es eigentlich zu der Bäderarchitektur auf Rügen?«, fragte ich neugierig.

»Das weiß ich, zum Glück!«, stieß meine Fremdenführerin erleichtert aus. »Früher kamen die Gäste zumeist mit der Fähre auf der Insel an, und damals konnte man natürlich nicht einfach übers Internet ein Zimmer reservieren. Deshalb wollten die Hoteliers, dass ihre Unterkünfte den Neuankömmlingen schon von weitem ins Auge fielen.«

Ich nickte. »Je prachtvoller das Haus, umso mehr Gäste lockt man an.«

»Mit der Zeit hat sich diese spezielle Architektur auf Rügen verbreitet. Auch wohlhabende Privatleute haben sich hier eine weiße Prunkvilla als Feriendomizil bauen lassen.«

»Sehr interessant! Ich werde dich bei Ole für dein Rügen-Fachwissen loben«, sagte ich anerkennend.

Der junge Kellner brachte mein Essen. Erst bei dem leckeren Duft, der mir von meinem Teller in die Nase stieg, bemerkte ich, dass ich kurz vor dem Verhungern war.

»Dann erleuchte mich mal!«, verlangte ich kauend. »Was

hast du vorhin bitte schön gemeint? Was hätte mir eigentlich längst auffallen sollen?«

Sophie streckte die Hand nach einem Stück Flammkuchen aus. Ich wollte ihre Finger wegschlagen, doch meine Schwester war schneller. »Hey!«, beschwerte ich mich.

Sie nahm ungerührt einen Bissen und erklärte dann: »Du ergreifst wegen der Trennung von Lars die Flucht. Das machst du immer. Sobald eine Beziehung in die Brüche gegangen ist, dauert es nicht lange, bis du deine Sachen zusammenpackst und dir irgendwo einen neuen Job suchst.«

Ich ließ mein Besteck sinken. »Das stimmt doch gar nicht!«, verteidigte ich mich reflexartig.

»Ah ja? Dann lass uns mal deine verschiedenen Stationen durchgehen!«, beschloss sie. »Du hast am Anfang zu Hause in Freiburg gearbeitet. Damals warst du noch mit deinem ersten Freund zusammen. Wie hieß er noch?«

»Stephan«, half ich ihr missmutig.

»Genau, Stephan!« Sie nahm mir Gabel und Messer weg, um sich noch ein weiteres Stück von meinem Flammkuchen abzuschneiden. »Als er mit dir Schluss gemacht hat, weil er lieber mit deiner besten Freundin Susi poppen wollte, hat dich plötzlich das Fernweh gepackt. Wohin ging es dann?«

Ich verschränkte trotzig die Arme vor der Brust. »London.«

Sie nahm noch einen Bissen und kaute nachdenklich darauf herum. »Richtig, London. Dort warst du mit Malcolm zusammen, der sich einer obskuren Sekte angeschlossen hat.«

Ich nickte. »Er hat mit mir Schluss gemacht, weil ich nicht konvertieren und mein Geld seiner ›Kirche der Erleuchteten‹ geben wollte. Dieser Blödmann hat sogar die Hälfte meines Schmucks geklaut.«

Selbstverständlich nur die wertvolle Hälfte. Den Ramsch hatte er mir gelassen.

»Deshalb warst du der Meinung, dass in London offenbar nur Verrückte herumlaufen, und du hast einen neuen Job angetreten in ...« Sie hielt inne.

»Orlando«, sprang ich wieder ein.

»Richtig! In Florida warst du dann mit deinem Chef zusammen, nicht wahr?«

»Mhm«, brummte ich.

»Dass eine Beziehung mit dem Chef nicht gut gehen konnte, war eigentlich abzusehen. Hast du ihn nicht mit einem zwanzigjährigen Zimmermädchen erwischt?«

Solche Besserwisser-Kommentare waren doch wirklich das Letzte! Hinterher konnte schließlich jeder behaupten, dass die Sache von vornherein eine blöde Idee gewesen war. Genauso gut hätte ich jetzt mit Matthew auch glücklich verheiratet und Besitzerin eines schicken Hotels in Orlando sein können. Ich presste die Lippen zusammen und schwieg bockig.

»Was kam dann? Ach ja, die nächste Station war Paris.« Sophie schien mein Flammkuchen zu schmecken, denn zwischen ihren Vorträgen aß sie fleißig weiter. »Dort hat es dir sehr gut gefallen, bis du herausgefunden hast, dass dein Verlobter Pascal dich ganz bestimmt nicht heiraten wird, denn ...« Sie wedelte auffordernd mit der Hand.

»Er war schon verheiratet«, beendete ich zähneknirschend ihren Satz.

»Daraufhin bist du nach München gezogen.« Sie deutete mit der Gabel auf mich. »Es läuft immer wieder darauf hinaus, dass du die Flucht ergreifst.«

Jetzt reichte es mir aber! Ich entriss ihr kurzerhand das

Besteck. »Könntest du mal bitte aufhören, mir den Flammkuchen wegzufressen! Kein Wunder, dass ich so klein geraten bin. Wahrscheinlich hast du mir schon den Brei vor der Nase weggelöffelt, als ich ein Baby war.«

Sophie sah mich ungerührt an. »Du fliehst vor dem Liebeskummer, Jule. Weil du denkst, du könntest dein gebrochenes Herz dort zurücklassen. Aber das kann nicht immer die Lösung sein! Außerdem …«, fügte sie grinsend hinzu, »bist du so klein, weil ich dir damals ständig auf den Kopf gehauen habe.«

Endlich gab meine Schwester es zu! Also trug sie wirklich die Schuld daran, dass ich im Gegensatz zu ihr nur so groß wie ein Schlumpf war. Ich steckte mir ein Stück Flammkuchen in den Mund und kaute verärgert, doch es wollte mir nicht mehr richtig schmecken.

Gut, vielleicht hatte Sophie recht und ich hatte tatsächlich auffallend oft nach einer Trennung den Wohnort gewechselt. Na und? Bisher war mir das grundsätzliche Muster meiner Jobwechsel noch nie aufgefallen. Ich hatte mich lediglich unzufrieden gefühlt und geglaubt, dass ein Neuanfang mir guttun würde. Aber war das denn so abwegig? Bestimmt hatten auch andere nach einer unglücklichen Liebe diesen Impuls. Nur konnte eben nicht jeder so einfach den Job wechseln wie ich im Hotelbusin… Moment mal! Plötzlich fiel mir eine entscheidende Gemeinsamkeit zwischen Sophie und mir auf. Ein triumphierendes Lächeln huschte über mein Gesicht, das ich jedoch sofort wieder unterdrückte.

Ich lehnte mich zurück, setzte eine ernste Miene auf und bildete mit meinen Händen die Merkel-Raute.

»Könntest *du* denn noch auf Rügen bleiben, wenn Ole mit dir Schluss machen würde?«

»Also bitte, das ist doch ganz was anderes!«

So schnell ließ ich nicht locker. »Ole ist deine große Liebe, das hast du selbst gesagt«, erinnerte ich sie. »Jetzt stell dir vor, von heute auf morgen ist alles aus! Er wird dich nie mehr küssen oder dich in seinen Armen halten.«

Sophies Miene verdüsterte sich bei dem Szenario, das ich gerade heraufbeschwor. Reflexartig fasste sie sich an die Brust.

»Du willst dich dazu zwingen, ihn zu vergessen, aber das geht einfach nicht«, fuhr ich fort. »Denn immer wenn du ein Segelschiff siehst, erinnerst du dich an euer Kennenlernen. Ständig hast du das Meer vor Augen, und du musst an die wunderschönen Tage eures Törns denken.« Ich deutete um mich. »All die Orte, die ihr gemeinsam besucht habt, all die vielen Erinnerungen an die Tage des Glücks. Könntest du wirklich noch auf Rügen bleiben?«

»Ich ... ähm ...« Sophie schluckte schwer. Ihr Blick blieb an der Himmelsleiter hängen, der Treppe, die vom Steilufer zur Brücke hinabführte. Ich fragte mich, ob Ole und sie sich dort womöglich einmal geküsst oder sich Liebesbekundungen ins Ohr geflüstert hatten.

Sie räusperte sich. »Wahrscheinlich nicht«, gab sie mit belegter Stimme zu. »Ich liebe Rügen, aber ich könnte keinen Schritt machen, ohne an Ole zu denken. Das würde ich nicht ertragen.«

»Das dachte ich mir!« Ich beugte mich vor. »Und welche Frau an diesem Tisch hat einen Tag nach der Trennung von ihrem Ehemann ihre Heimatstadt umgehend in Richtung Rügen verlassen?«

Sophie wurde blass. »Das ... das ist mir noch gar nicht aufgefallen«, stammelte sie erschüttert. »Ach du lieber Himmel, ich habe ja den gleichen Fluchtinstinkt wie du.«

Damit war meine Beweisführung abgeschlossen. »Quod erat demonstrandum«, kramte ich zufrieden die Reste meines Lateinwissens hervor. Ich hob belehrend meinen Zeigefinger. »Fakt ist: Frauen versuchen nach einer Trennung nach vorne zu schauen und ihr Leben aufs Neue in die Hand zu nehmen. Das liegt in unserer Natur. Entweder wir kaufen uns neue Kleider, lassen uns die Haare abschneiden, gehen ins Fitnessstudio oder suchen uns einen besseren Job.«

Mit einem Grinsen ergänzte ich: »Und wir beide können es leider nicht leugnen: Wir sind uns ähnlicher, als uns lieb ist, Schwesterherz.«

Sophie zog eine Grimasse. Anscheinend war sie über diese Feststellung überhaupt nicht glücklich. »Genau das habe ich immer befürchtet.«

*

Nachdem wir gezahlt hatten, schlenderten wir den Rest der knapp vierhundert Meter langen Landungsbrücke entlang. An deren Ende befand sich die größte Tauchglocke Europas, mit der man wie in einem U-Boot bis zum Meeresgrund abtauchen und die Unterwasserwelt der Ostsee erleben konnte. Kurz überlegten wir, ob wir uns das Vergnügen gönnen sollten, doch dann schreckte uns die Warteschlange ab. Wir kehrten um, und im Schatten der Linden bummelten wir über die Wilhelmstraße, vorbei an den weißen Villen, in denen nicht nur Hotels und Pensionen, sondern auch Restaurants, Cafés und Boutiquen untergebracht waren. Dank der historischen Kulisse kam es mir vor, als würden wir auf den Fußspuren längst verstorbener Edelleute wandeln. In der Luft lag immer noch die Erinnerung an prunkvolle Bälle, Teestunden und die leichte Melodie eines Streichquartetts, das zur Unterhaltung aufspielte. Fast sah ich die Frauen vor mir, die in bodenlangen Rüschenkleidern mit passendem Sonnenschirm und einer lockeren Duttfrisur hier entlangflanierten.

Es dauerte über zwei Stunden, bis wir das Ende der Wilhelmstraße erreicht hatten. Ich warf einen Blick zurück und kratzte mich verlegen am Hals. »Sag mal, kann es sein, dass wir auf dem Weg hierher tatsächlich in *jedem* Laden waren?«

»Ich habe doch gar nichts gebraucht«, jammerte Sophie und hob beide Arme in die Höhe, sodass ihre Einkaufstüten hin und her schaukelten. »Kannst du mir sagen, wieso ich mir das alles gekauft habe?«

Ein klassischer Fall von geschwisterlichem Kaufrausch. Selbst mein Vorsatz, für mein Traumhotel zu sparen, war plötzlich dahin gewesen. Dabei hatten wir doch nur einen kurzen Blick in diese eine Boutique geworfen ... Ach ja, und in die andere mit den schönen Sommerkleidern und Seidenschals. Und in die Buchhandlung, in der ich den Ratgeber *Hundeerziehung für Grenzdebile* gekauft hatte. Oder hieß er *Hundeerziehung für Dummies*? Keine Ahnung. Sogar in eine Bäckerei war ich gestürmt, weil ich immer noch Hunger gehabt hatte.

»Wie konnte ich mich nur von dir überreden lassen, dieses rote Wickelkleid zu kaufen?«, beschwerte sich Sophie. »Der Ausschnitt ist so tief, dass mein Busen fast im Freien hängt. Das ist ein Busen-FKK-Kleid. Wer will das denn sehen?«

»Ich kenne da einen Segellehrer, der das ganz bestimmt sehen will.« Ich grinste und zog vielsagend meine Augenbrauen hoch. »Das Kleid steht dir ganz hervorragend, Sophie. Wage es ja nicht, es in deinem Kleiderschrank vergammeln zu lassen! Du hast eine tolle Figur und solltest zeigen, was du hast. Jeans und hochgeschlossene Blusen kannst du auch noch tragen, wenn du alt und runzlig bist.«

Sophie wirkte nicht ganz überzeugt. »Wenn du meinst ...«

Meine Schwester lotste mich in eine Seitenstraße. Es dauerte eine Weile, bis mir auffiel, dass wir offenbar nicht den direkten Weg zum Parkplatz nahmen.

»Gehen wir nicht zurück zum Auto?«, fragte ich alarmiert. Trotz Sophies abfälliger Bemerkung machte ich mir noch immer Sorgen um meine Umzugskartons. Für skrupellose Autodiebe, die sich auf kitschige Souvenirs aus aller Welt spezialisiert hatten, würden sie ohne Frage interessant sein.

»Können wir einer Freundin noch einen kurzen Besuch abstatten?«, bat mich Sophie. »Ariane, das ist Juttas Schwester, hat hier vor Kurzem einen Laden mit angeschlossenem Kosmetikstudio eröffnet.«

Ich zuckte ergeben mit den Schultern. »Von mir aus. Aber nur kurz, okay?«

Wir bogen um eine Ecke, und Sophie blieb vor einem kleinen Laden stehen. »Und da sind wir schon!«

Das Schaufenster war stilvoll und mit viel Liebe zum Detail dekoriert. Darüber prangte in geschwungenen Buchstaben der Schriftzug: *Schönheit kommt von Rügen*. Skeptisch sah ich mich um. Wir waren hier in einer verschlafenen Wohngegend, und außer uns war kaum jemand unterwegs. Von dem Glamour und der Betriebsamkeit in der Innenstadt war kaum noch was zu sehen.

»Kein besonders guter Standort«, stellte ich fest. »Wer soll sich denn bitte schön hierher verirren?«

Sophie warf einen nervösen Blick zur Tür und senkte die

Stimme. »Ariane hat mit ihrem Laden ziemlich zu kämpfen«, raunte sie mir zu. »Es wäre wirklich nett von dir, wenn du etwas bei ihr kaufen könntest.«

Ich verzog das Gesicht. Ich sollte noch mehr Geld ausgeben? Schon jetzt quälte mich meinem Sparkonto gegenüber das schlechte Gewissen.

»Bitte!«, quengelte Sophie. »Ariane ist wirklich lieb, du wirst sie mögen.«

Ich stöhnte innerlich auf. Warum ließ ich mich nur immer wieder von ihr breitschlagen? »Mal sehen«, brummte ich. »Wenn ich etwas Nettes finde.«

Beim Öffnen der Tür begrüßte uns ein melodisches Glockenspiel. Der Verkaufsraum lag jedoch wie ausgestorben vor uns. Ein angenehm würziger Duft lag in der Luft, der mich an warme Sommerabende und frisch gewaschene Wäsche erinnerte. Selbst gemachte Seifen, in denen Wiesenblumen und Bernsteinbrocken verarbeitet waren, stapelten sich in den Regalen neben zahlreichen Cremes, Flakons und Ölfläschchen. Tatsächlich schien alles, was es hier gab, auf Rügen hergestellt worden und rein natürlich zu sein. Eigentlich eine richtig schöne Idee.

In diesem Moment hörte ich aus dem Hinterzimmer eine genervte Frauenstimme rufen: »Mir ist so was von egal, was du gerade um die Ohren hast. Ich will endlich meinen Tangle Teezer zurück, Oliver!«

Die Stimme schwieg einen Moment, offenbar handelte es sich um ein Telefongespräch. »Nein, das ist kein neumodischer Vibrator, Oliver. Das ist eine Bürste. Eine BÜRSTE! Das habe ich dir schon hundert Mal gesagt. Und die rückst du gefälligst raus, Blödmann!«

Daraufhin hörte ich einen Knall, der wohl von einem Telefon stammte, das ziemlich rabiat zurück in die Ladestation gepfeffert worden war.

Eine hübsche Frau, die ich auf Anfang dreißig schätzte, kam aus dem Hinterzimmer. Sie trug eine weiße Hose und ein eng anliegendes T-Shirt mit dem Slogan des Geschäfts. Das Outfit betonte perfekt ihre weiblichen Rundungen.

»Sophie, was machst du denn hier?« Arianes Gesicht hellte sich schlagartig auf. Ihre blonden Haare hatte sie zu einem Zopf geflochten und – wie bei einer Kosmetikerin nicht anders zu erwarten – sie hatte eine beneidenswert zarte Pfirsichhaut. Meine Gesichtsporen schienen sich bei diesem Anblick gleich noch etwas mehr zu erweitern.

»Was für eine schöne Überraschung!«

Die beiden schlossen sich zur Begrüßung in die Arme. »Wie läuft es bei dir?«, fragte Sophie vorsichtig.

Ariane verzog unglücklich das Gesicht. »Schrecklich! Den ganzen Tag über hat sich noch kein Kunde in den Laden verirrt. Ich bin schon so ans Alleinsein gewöhnt, dass ich mir vorhin die Hose ausgezogen und meine Beine im Hinterzimmer epiliert habe. Während der Öffnungszeiten.«

Meine Schwester und ich wechselten einen beklommenen Blick. »Jetzt sind wir ja hier!«, versuchte Sophie, Ariane aufzumuntern. »Darf ich vorstellen: Meine jüngere Schwester Jule aus München. Und das hier ist Ariane, die wiederum die kleine Schwester meiner Freundin Jutta ist.«

Ariane gab mir die Hand und betrachtete mich interessiert. »Freut mich, dich kennenzulernen! Jutta hat mir schon erzählt, dass du hier Urlaub machst. Anscheinend hat Sophie vor Freude ja gleich einen Kopfsprung vom Schiff ins Hafenbecken gemacht.«

Ich erwiderte ihr Grinsen. »Ihr Sprung war höchst professionell – und das sogar inklusive Reisetasche«, berichtete ich vergnügt. »Als Juror hätte sie von mir die Höchstpunktzahl bekommen.«

Sophies fröhliches Lächeln erlosch, und sie warf mir einen beleidigten Blick zu.

»Habt ihr viel von dem Telefongespräch mit meinem Exfreund mitbekommen?« Verlegen deutete Ariane in Richtung Hinterzimmer.

»Wir haben nur noch den Teil mit dem Tangle Teezer gehört«, beruhigte ich sie. Ich konnte mir nicht verkneifen, dabei einen vieldeutigen Blick zum Aufsteller neben der Kasse zu werfen, in dem sich eben diese Bürsten in großer Anzahl befanden.

»Also ... ähm ...« Arianes gepflegte Haut bekam einen rötlichen Unterton. »Weißt du, meine Bürste hat ein ganz spezielles Muster und außerdem ... äh ...« Sie suchte nach einem weiteren Argument, doch schließlich ließ sie mit einem entschuldigenden Grinsen die Schultern sinken. »Ehrlich gesagt geht es mir ums Prinzip. Ich will diese Bürste zurück! Das ist meine. MEINE. Und ich kriege Pickel bei der Vorstellung, dass sie von meiner potenziellen Nachfolgerin benutzt wird.«

Ich nickte verständnisvoll. »Du hast also auch gerade eine Trennung hinter dir?«

Ariane horchte auf. »Du auch? Das ist ja ein Zufall!« Sie ergriff meinen Arm. »Hast du Lust auf einen Kaffee, Jule?«

»Gerne.«

Ariane lotste mich in Richtung Hinterzimmer. »Erzähl! Warum habt ihr euch getrennt?«

Ich winkte ab. Es musste ja nicht gleich jeder über meine

dunkelsten Geheimnisse Bescheid wissen. »Viele Fehler auf beiden Seiten. Mittlerweile bin ich froh, dass es vorbei ist.«

»Mit Oliver geht es mir genauso«, meinte Ariane. »Und obwohl man weiß, dass es besser so ist, lässt es einen nicht los, oder?«

Aus den Augenwinkeln sah ich, wie Sophie uns überrascht hinterherschaute, während wir sie allein im Ladenraum zurückließen. »Hey, wartet mal!«

Zehn Minuten später hatten wir uns zu dritt an einen winzigen Plastiktisch gezwängt und genossen unseren Cappuccino aus Arianes vollautomatischer Kaffeemaschine. Nun waren die vielen Teilchen, die ich in der Bäckerei gekauft hatte, doch zu etwas gut. Wie sich herausstellte, lag Arianes Trennung gerade drei Wochen zurück.

»Wirkliche Probleme hatten wir eigentlich überhaupt nicht«, erzählte sie gerade. »Ich meine, Oliver hat mich nicht geschlagen oder betrogen oder so etwas. Aber er saß nur noch vor der Glotze, hat geschlafen oder ist zur Arbeit gegangen. Kein Hobby, keine Interessen, nix. Selbst Sex war ihm zu anstrengend. Und natürlich hat er sämtliche Hausarbeiten mir überlassen. Da ist mir klar geworden, dass ich ebenso gut mit einer Schaufensterpuppe zusammenleben könnte. Ich hätte keinen Unterschied gemerkt.«

»Ernsthaft?«, fragte ich so ungläubig, dass Ariane nachdrücklich nickte.

»Oliver ist ein ziemlich ruhiger Typ«, erklärte Sophie, »Aber anders als dein Lars. Der bringt das Kunststück fertig, permanent zu reden, ohne dass auch nur ein interessanter Satz dabei herauskommt.«

Aus reiner Gewohnheit hätte ich Lars um ein Haar verteidigt, doch ich bremste mich rechtzeitig. Ich machte eindeutig Fortschritte.

»Aber wisst ihr, was mich wirklich genervt hat?«, fragte Ariane, nachdem sie von ihrer Nussecke abgebissen hatte. »Oliver ist ein notorischer ›Ich liebe dich‹-Sager. Bestimmt zwanzig Mal am Tag endete ein Satz von ihm mit einem ›Ich liebe dich‹, worauf ich schon reflexartig ›Ich dich auch‹ geantwortet habe.«

Ich nickte solidarisch. »Das kenne ich auch. Aber wenn man etwas so oft wiederholt, werden diese Worte absolut bedeutungslos.«

»Genau!« Ariane hieb mit der flachen Hand auf den Tisch, sodass unsere Tassen bedrohlich wackelten. »Wir hätten ebenso gut ›Die Milch ist alle‹ und ›Dann kauf doch ein‹ zueinander sagen können. Oliver hatte nie Verständnis dafür, dass man mit diesen Worten achtsamer umgehen muss.« Sie schüttelte traurig den Kopf. »Ich habe das Gefühl, ich gerate immer an Männer, mit denen ich eigentlich gar nicht zusammenpasse. Aber warum dauert es nur immer so lange, bis mir das auffällt?«

Der Gedanke war mir auch schon gekommen. Allerdings nicht was Arianes Liebesleben, sondern meines betraf. Plötzlich erinnerte ich mich wieder an meine Schnapsidee, von der ich Sophie auf der Hochwasserschutzdüne hatte berichten wollen.

»Weshalb sind wir eigentlich nicht von Anfang an ehrlich zu den Männern?«, fragte ich in die Runde. »Kaum stehen wir unserem potenziell zukünftigen Ehemann gegenüber, tun wir so, als seien wir perfekt und ohne jede Schwäche: intelligent, kultiviert, sexy und verständnisvoll in allen Lebenslagen. Aber wir sollten uns nicht verstellen, um uns in ein besseres

Licht zu rücken! So merkt man doch nie, ob man wirklich zusammenpasst.«

Ariane schien sofort zu wissen, auf was ich hinauswollte. »Selbst auf der körperlichen Ebene schummeln wir, was das Zeug hält«, stimmte sie mir zu. »Ich trage zum Beispiel Shaping Shorts, um meine Pölsterchen zu verstecken. Ihr hättet mal Olivers Gesicht sehen sollen, als er mich damals beim ersten Sex in diesem Teil gesehen hat. Im Eifer des Gefechts hatte ich das Ding völlig vergessen. Ich glaube, Oliver war total geschockt.«

»Quatsch!«, widersprach Sophie gut gelaunt. »Wahrscheinlich war er nur traurig, weil er sein Sofa und den Fernseher im Stich lassen musste.«

»Wir befanden uns auf dem Sofa«, entgegnete Ariane trocken. »Er meinte, der Weg zum Schlafzimmer sei ihm zu weit. Und wisst ihr, was ich in diese Aussage hineininterpretiert habe? Dass ich das wilde Tier in ihm wecke und er nicht eine Sekunde von mir ablassen kann, um das Zimmer zu wechseln.« Sie schnaubte verärgert auf. »Trotzdem hat es mir damals schon gestunken, dass wir unser erstes Mal auf dem Wohnzimmersofa hatten. Aber ich wollte deswegen keinen Stress machen.« Ruckartig richtete sie sich auf. »Du hast recht, Jule! Wäre ich damals ehrlich gewesen, hätten wir gleich gemerkt, dass wir ein grundsätzliches Problem miteinander haben. Unser erstes Sofa-Streitgespräch hätte uns schon vom ersten Sex abgehalten.«

Plötzlich war ich wie elektrisiert. Wir waren offenbar einem grundsätzlichen Problem auf der Spur. Diese Lügen, die auf Höflichkeit und einem falschen Harmoniebedürfnis beruhten, schienen die Wurzel allen Übels zu sein. Wäre es nicht besser, darauf zu verzichten? Natürlich waren manche

Lügen absolut notwendig, gar keine Frage. Kürzlich hatte mich meine Freundin Katrin beispielsweise gefragt, ob sie nach der Geburt der kleinen Mia eigentlich sehr viel dicker geworden sei. Selbstverständlich hatte ich energisch widersprochen. Ihre breite Speckrolle, die unvorteilhaft über ihre Jeans quoll, hatte ich dabei keines Blickes gewürdigt. Denn hätte ich ihr in dem Moment die Wahrheit gesagt, hätte sie wahrscheinlich umgehend mit einer postnatalen Diät angefangen. Bei dem ganzen Stress, den sie mit den vier Kindern ohnehin schon hatte, hätten wir Katrin spätestens am vierten Diät-Tag davon abhalten müssen, im Bademantel und mit zerzausten Haaren vom Dach zu springen. Solche Lügen fand ich moralisch absolut vertretbar.

Aber gerade was die Beziehung zu einem Mann betraf und die Zeit des gegenseitigen Kennenlernens, wäre es sinnvoll und hilfreich, bei der Wahrheit zu bleiben.

»Wir sollten einen Pakt schließen, Ariane«, schlug ich euphorisch vor. »Lass uns ab sofort zu den Männern ehrlich sein! Schonungslos offen, in allen Belangen.«

»Ich bin dabei!« Ariane ergriff ohne zu zögern meine ausgestreckte Hand. »Das ist eine großartige Idee.«

Meiner Schwester standen die Zweifel ins Gesicht geschrieben. »Offenheit in allen Belangen? Ohne Ausnahme?«

Ich nickte. »Keine höflichen Lügen mehr. Wenn der Sex schlecht war, wird das ebenso wenig beschönigt wie ein nerviges Hobby.«

Ariane hob mahnend ihren Zeigefinger in die Höhe. »Aber wir müssen auch ehrlich sein, was unsere eigenen seltsamen Vorlieben oder peinlichen Spleens betrifft!«

»Absolut«, stimmte ich ihr zu. »Auch die Männer müssen erfahren, wie wir ticken.«

Sophie sah mich ungläubig an. »Du gestehst einem Mann, den du beeindrucken willst, dass du in Stresssituationen an den Nägeln kaust? Oder dass du einen grauenvollen Einrichtungsgeschmack hast?«

Unweigerlich sah ich auf meine Finger hinab. In den ersten Tagen nach der Trennung von Lars hatten meine Nägel schlimm ausgesehen, aber mittlerweile hatten sie sich zum Glück wieder erholt. Trotzdem nickte ich inbrünstig. »Ja, das werde ich tun! Keine Geheimnisse mehr. Außerdem habe ich einen sehr guten Einrichtungsgeschmack. Ich liebe lediglich meine gesammelten Erinnerungsstücke.«

Sophie wirkte nicht einmal annähernd überzeugt. »Und was ist, wenn ihr Zwiebelkuchen gegessen habt und Blähungen bekommt?« Sie schaute fragend von mir zu Ariane. »Sagt ihr dem Typ dann, dass er im Verlauf des Abends wahrscheinlich mit einer Gasvergiftung vom Sofa fallen wird?«

Schweigen.

Ariane und ich warfen uns einen Blick zu.

»Ich esse keinen Zwiebelkuchen«, sagte Ariane ausweichend.

»Und ein einmaliger Blähbauch ist auch nicht wirklich beziehungsrelevant«, wiegelte ich das Thema hastig ab.

Also wirklich, Offenheit hatte auch ihre Grenzen! Dass es Sophie immer auf die Spitze treiben musste.

8. Kapitel

Beschwingt lief ich mit Sophie zurück zum Auto. So gut gelaunt war ich schon seit Wochen nicht mehr gewesen. Nach dem etwas schwierigen Start am Morgen hatte sich der Tag noch richtig positiv entwickelt.

»Ariane ist wirklich supernett. Ich bin froh, dass ich sie kennengelernt habe.«

Sophie nickte lächelnd. »Es war nicht zu übersehen, dass ihr euch gut versteht.«

Nachdem wir unseren Pakt geschlossen hatten, hatte mich Ariane in Schönheitsdingen beraten. Sie hatte mir ein paar herrlich duftende Seifen mitgegeben sowie ein Sanddornfruchtfleischöl, das so viele wunderbare Stoffe für die Haut enthielt, dass ich sie mir gar nicht alle merken konnte. Auch war ich nun stolze Besitzerin eines Rügener Stutenmilch-Shampoos, das wahre Wunder bei eigenwilligen Lockenschöpfen wie meinem bewirken sollte. Ich hoffte, dass Ariane mir nicht zu viel versprochen hatte! Vor meinem inneren Auge sah ich mich nämlich schon wie ein Supermodel in der Werbung die glänzenden Haare hin und her schwingen. Der Nachteil an meiner ausgiebigen Shoppingtour war allerdings, dass ich nun beladen war wie ein Packesel und meine Arme so langsam schwer wurden. Meine Schwester hatte dieses Problem offenbar nicht.

»Sag mal, wo sind eigentlich deine Tüten?«, fragte ich Sophie stirnrunzelnd.

»Verdammt!« Sie blieb abrupt stehen und sah auf ihre leeren Hände hinab. »Die habe ich bei Ariane im Laden vergessen. Ich hol sie schnell!«

Sie machte auf dem Absatz kehrt und lief zurück. »Geh schon mal vor!«, rief sie mir noch über die Schulter zu und grinste breit. »Dann kannst du gleich die Polizei rufen, wenn dein Auto aufgebrochen worden ist.«

Pah! Obwohl sie es nicht mehr sehen konnte, verdrehte ich die Augen. Sich über die Ängste seiner Mitmenschen derart lustig zu machen, war wirklich erschreckend unreif. Bis sie zurückkam, musste ich mir unbedingt etwas Scharfzüngiges zum Thema »Einkaufstüten und Vergesslichkeit« einfallen lassen! Das Leben mit Geschwistern war wirklich unglaublich anstrengend. Andauernd hatte man etwas zu tun.

Kaum erblickte ich den mittlerweile fast leeren Parkplatz, beschleunigten sich meine Schritte. Was für eine Erleichterung! Mein Kombi stand friedlich und unberührt genau dort, wo ich ihn zurückgelassen hatte.

Direkt vor mir steuerte ein recht ungleiches Pärchen den edlen nachtschwarzen Geländewagen neben meinem Auto an. Der Business-Typ im Anzug hatte sein Handy ans Ohr gepresst, während die Frau in einem Minirock und hautengem Oberteil über den Schotterparkplatz stöckelte. Die Tussi himmelte ihren Begleiter, der offenbar in sein Telefongespräch vertieft war, mit verzücktem Lächeln an, obwohl er sie komplett ignorierte.

Neben meinem Kofferraum kam die Frau ruckartig zum Stehen. Sie lachte auf und sagte etwas zu ihrem Begleiter. Der Typ beendete sein Gespräch, drehte sich zu ihr um, und beide starrten amüsiert in mein Heckfenster.

Das war doch die Höhe! Verärgert kniff ich die Augen zusammen und beschleunigte mein Tempo, um zu ihnen aufzuschlie... Moment mal! Das war doch der unfreundliche Kerl von heute Morgen. Lachend, mit anderen Klamotten und ohne Hund hätte ich ihn fast nicht wiedererkannt. Leider sah er noch genauso attraktiv aus, wie ich ihn in Erinnerung hatte. Der perfekt geschnittene Anzug brachte seine breiten Schultern gut zur Geltung und machte deutlich, dass dies hier ein Mann mit Macht und Stärke war. Aber das war schließlich Sinn und Zweck solch teurer Anzüge, davon ließ ich mich nicht im Mindesten beeindrucken!

Ich trat hinter die beiden, stellte meine Tüten ab und verschränkte die Arme vor der Brust. »Darf ich fragen, was an meinem Auto so amüsant ist?«

Die beiden drehten sich zu mir um. Die Tussi besaß wenigstens den Anstand, ertappt dreinzublicken. Der Typ jedoch wirkte zuerst überrascht und anschließend verärgert.

»Sie schon wieder!«, stöhnte er.

Er schien sich offenbar genauso wenig über unser Wiedersehen zu freuen wie ich. So eine Frechheit! Schließlich hatte ich ihm überhaupt nichts getan. Umgekehrt hatte ich natürlich allerhand Grund, auf ihn sauer zu sein. Immerhin musste ich wegen ihm mit *Zerberus* an der Leine zwei Mal das komplette Dorf umrunden, bis mein armer Hund sich endlich wieder beruhigt hatte.

»Was machen Sie an meinem Auto?«, entfuhr es mir spitz. Ich warf einen Blick auf seinen teuren Anzug und setzte provozierend hinzu: »Wollen Sie etwas klauen?«

»Klauen?« Er lachte höhnisch. »Oh ja, natürlich! Ich war kurz davor, den Wagen aufzubrechen, um diesen dreibeinigen Weihnachtsmann zu klauen.« Er wandte sich halb um und deutete auf das Seitenfenster. »Und diese kitschige Tischlampe mit den Delfinen hätte ich wahrscheinlich auch mitgehen lassen.«

Die schuldbewusste Miene der Frau war verschwunden, stattdessen kicherte sie nun beifällig.

O Mann! Sophie hatte die hässliche Lampe so unglücklich zurück ins Auto gepfeffert, dass man sie von außen perfekt sehen konnte. Wie peinlich. Aber was den Weihnachtsmann betraf, verbot ich mir Lästereien jeglicher Art! Den hatte mir nämlich mein Neffe Max gebastelt, als er noch jünger war. Er hatte mir damals erklärt, dass sein Weihnachtsmann drei Beine habe, um die Geschenke schneller ausliefern zu können. Ich fand das ungeheuer süß! Aber das ging diesen Typen überhaupt nichts an.

Ich warf der kichernden Tussi einen scharfen Blick zu, der sie sofort verstummen ließ.

»Sie haben es gerade nötig, über andere Leute zu lästern!«, fauchte ich meinen Widersacher an.

Er runzelte die Stirn. »Was soll das denn bitte heißen?«

Na schön, dann fing ich eben gleich mal an mit der Umsetzung des Ehrlichkeits-Pakts! Das fiel mir bei diesem Kerl nicht einmal schwer.

»Bedenkt man Ihr Angeber-Auto, den Angeber-Anzug und die Angeber-Hunderasse, scheinen Sie erschreckend oberflächlich zu sein. Und jedes Mal, wenn Sie den Mund aufmachen, kommt etwas Arrogantes und Herablassendes heraus«, sagte ich frei von der Leber weg. »Sie halten sich wohl für etwas Besseres.«

»Da scheinen *Sie* aber nun erschreckend oberflächlich zu sein«, schoss er umgehend zurück, »wenn Sie von solchen flüchtigen Eindrücken gleich auf den Charakter eines Menschen schließen.« Er wandte sich an seine Begleiterin. »Setz dich doch bitte schon mal in den Wagen, Meike!«

»Okay«, sagte sie und stöckelte folgsam zur Beifahrerseite. Als sie in den Geländewagen stieg, rutschte ihr Minirock unvorteilhaft nach oben.

»Upsi!«, quiekte Meike erschrocken.

Das war bestimmt keine Absicht gewesen. Sie trug nämlich keinen sexy Stringtanga, sondern einen bequemen hautfarbenen Alltagsschlüpper. Das überraschte mich jetzt! Allerdings nicht nur mich, wie ich an dem erstaunten Blick ihres Begleiters feststellen konnte. Interessant! Offenbar sah auch er Meikes Unterwäsche zum ersten Mal.

Der Typ und ich maßen uns einen Moment lang abschätzig. Wahrscheinlich erwartete er, dass ich einknickte und klein beigab. Oder mich ihm schmachtend an den Hals warf. Aber da konnte er lange warten! Wenn überhaupt, dann hätte ich vielleicht Letzteres gemacht. Aber ich befahl meinen Hormonen, sich nicht von seinem guten Aussehen und seiner männlichen Ausstrahlung blenden zu lassen. Solche arroganten Idioten kannte ich zu Genüge. Die fielen eindeutig nicht mehr in mein Beuteschema. Diese Typen brachen einem am Ende *immer* das Herz.

»Ich wage zu hoffen, dass Sie schon bald wieder zurück nach München fahren«, sagte er schließlich.

»Sie können Autokennzeichen lesen, wie schön!«, erwiderte ich zuckersüß. »Aber leider muss ich Sie enttäuschen. Ich mache hier einen längeren Urlaub. Bis auf ein paar unerfreuliche Ausnahmen gefällt mir die Insel nämlich sehr gut.«

Er nickte seufzend. »Das glaub ich gern! Rügen wirkt anziehend auf Künstler, Außenseiter und Verrückte aller Art.«

Seine Augenbrauen hoben sich, und er blitzte mich mit seinen smaragdgrünen Augen herausfordernd an. Augenblick mal! Machte ihm unsere kleine Auseinandersetzung etwa *Spaß*?

»Und natürlich zählen Sie mich zu den Verrückten, nehme ich an?«, entgegnete ich so gelangweilt wie möglich.

»Nun, wenn ich Sie so oberflächlich analysiere, wie Sie es bei mir getan haben, rückt Sie das nicht gerade in ein positives Licht.«

»Ah ja?«

Er lehnte sich entspannt an meinen Wagen. »Sie haben sich einen riesigen Hund zugelegt, aber sind mit seiner Erziehung völlig überfordert«, begann er aufzuzählen. »Sie zeigen sich Fremden gegenüber provokant und unhöflich. Vorschriften kümmern Sie nicht im Mindesten. Und Sie fahren offenbar mit Ihrem halben Hausstand in den Urlaub, was in höchstem Maße merkwürdig ist.« Er verschränkte zufrieden die Arme vor der Brust. »Das klingt schon ein bisschen verrückt, finden Sie nicht? Offenbar haben Sie Ihr Leben nicht einmal ansatzweise im Griff.«

Innerlich verkrampfte ich mich. Im Grunde lag er mit seiner Schlussfolgerung gar nicht so falsch. Natürlich hätte ich entgegnen können, dass Muffins Vorbesitzer in erster Linie für die mangelnde Hundeerziehung verantwortlich war. Und dass ich im Allgemeinen ein freundlicher, umgänglicher Mensch war und lediglich auf *ihn* derart gereizt reagierte. Aber mittlerweile war mir das alles zu doof.

»Wissen Sie was? Denken Sie doch über mich, was Sie wollen«, fauchte ich. »Kümmern Sie sich lieber wieder um Ihre Freundin! Ich für meinen Teil hoffe jedenfalls, dass wir uns nie wieder über den Weg laufen.«

Ungeachtet seines amüsierten Schmunzelns drängte ich mich an ihm vorbei, wobei ich seinen angenehm herben Duft einatmete. Um ein Haar wäre ich verzückt stehen geblieben.

»Die Hoffnung ist ganz meinerseits«, entgegnete er in galantem Tonfall und deutete eine leichte Verbeugung an.

Ich presste die Lippen zusammen, riss die Autotür auf und setzte mich in meinen Wagen. Dann starrte ich so lange stur geradeaus, bis ich mir sicher war, dass der Geländewagen weg war.

*

Zwei Stunden später saßen Emma und ich in der Abenddämmerung im Garten der Jansens. Von unseren bequemen Liegestühlen aus sahen wir zu, wie meine Schwester in ihrem neuen Kleid und meinen besten zwölf Zentimeter High Heels auf der Terrasse auf und ab stolzierte. Ich verschränkte die Arme vor der Brust und knirschte mit den Zähnen. Die Begegnung mit dem unverschämten Typen ging mir immer noch nach, obwohl ich mir sagte, dass ich ihn einfach vergessen sollte. Die Wahrscheinlichkeit, dass wir ein drittes Mal zufällig aufeinandertrafen, war schließlich gering. Weshalb dachte ich überhaupt noch an ihn?

»Ich glaube, Sophie macht das falsch«, meinte Emma kritisch.

Leider hatte sie nicht unrecht. Sophie sah in ihrem Outfit zwar atemberaubend aus, doch leider nur, wenn sie regungslos auf der Stelle stand. Sobald sie sich in den High Heels in Bewegung setzte, hätte man meinen können, sie liefe auf einem Schiffsdeck bei starkem Seegang.

»Ein Fuß vor den anderen, als würdest du auf einer Linie

laufen!«, rief ich meiner Schwester zu. »Das Gewicht *nicht* auf die Ferse! Und wenn du dein rechtes Bein aufsetzt, sollte deine rechte Schulter ein wenig zurückgehen.«

»Die Pumps, die ich normalerweise trage, haben nur einen halb so hohen Absatz«, jammerte sie. »Ich lerne das nie!«

So wie sie sich anstellte, hatte ich da allerdings auch meine Zweifel. »Du musst mit der Hüfte schwingen. SCHWINGEN!« Ich verdrehte die Augen.

Oles Mutter lugte neugierig über den Sichtschutz, der die beiden Terrassen voneinander trennte. »Übt ihr hier für *Germany's Next Topmodel?*«, fragte Nane.

»Genau!« Ich grinste. »Heidi Klum macht jetzt eine Seniorenstaffel.«

Ich schälte mich aus dem Liegestuhl und ging zu Oles Mutter hinüber. »Meine Schwester hat sich vorgenommen, auf ihre alten Tage das Laufen auf Pfennigabsätzen zu lernen«, erklärte ich ihr.

Nane beobachtete skeptisch Sophies Gehversuche. »Tut das nicht weh?«

»Doch«, antwortete Sophie wie aus der Pistole geschossen.

Nane schüttelte verständnislos den Kopf. »Für mich wäre das nix. Mein Lorenz hat mich immer so genommen, wie ich bin. Dem ist wichtiger, dass es mir gut geht und ich keine Schmerzen habe.«

»Aber guck mal, wie schön Jules Schuhe sind! Die sind von Louboutin. Ein Traum, oder?« Demonstrativ hob Sophie einen Fuß in die Höhe, damit Nane ihn besser sehen konnte.

»Die trägt man nicht für Männer, sondern für sich selbst«, klärte ich Oles Mutter auf. »Mit solchen Schuhen fühlt man sich nämlich wie eine Göttin.«

Aus den Augenwinkeln sah ich gerade noch, wie Sophie hilflos mit den Armen ruderte, in die Knie ging und dann auf ihren Hintern plumpste. Einen Fuß in die Luft zu strecken, war wahrscheinlich keine gute Idee gewesen.

»Nix passiert«, rief sie ächzend.

»Wie eine Göttin«, kommentierte Nane die Szene trocken. »Geradezu engelsgleich.«

Muffin kam sofort angetrottet, um sich um Sophie zu kümmern und ihr Gesicht abzuschlabbern.

»Igitt!« Sie versuchte, ihn mit beiden Händen abzuwehren. »Geh bloß weg von mir, du stinkende Töle.«

Da hatte man es mal wieder: Katzenbesitzer waren durch und durch intolerant.

»Muffin meint es nur gut«, verteidigte ich ihn. »Er kümmert sich eben um alles, was auf dem Boden herumliegt.«

»Das kann ich bestätigen«, meinte Nane. »Als ich heute auf ihn aufgepasst habe, hat er jeden noch so kleinen Krümel vom Küchenboden aufgeleckt. Wie ein Nass-Staubsauger. Sehr praktisch!«

Muffin trottete davon, sichtlich enttäuscht, dass seine Bemühungen auf so wenig Gegenliebe stießen. Emma lief jedoch gleich zu ihm, um ihn zu trösten.

»Mir reicht es für heute«, verkündete Sophie. Sie rappelte sich auf und strich ihr Kleid zurecht. »Ich übe morgen weiter. Oder übermorgen.«

Ich schnalzte tadelnd mit der Zunge. »Mit dieser Einstellung lernst du es nie.«

Meine Schülerin hatte die High Heels jedoch schon ausgezogen. Sophie wackelte mit den Zehen, und ihre Miene entspannte sich umgehend.

»Wie wäre es, wenn wir heute Abend wieder alle gemeinsam essen?«, schlug Nane vor. »Ich fand es gestern nämlich wirklich schön. So langsam werden wir eine richtig große Familie.« Lächelnd sah sie der Reihe nach von Sophie und Emma zu mir.

Mir wurde augenblicklich warm ums Herz. Zählte sie mich tatsächlich schon zur Familie? Ich strahlte sie an. »Aber gerne doch.«

»Das freut mich.« Ihr Gesicht bekam einen wehmütigen Ausdruck, und plötzlich sah man Nane deutlich an, dass sie schon über siebzig war. »Wisst ihr, es ist fast wie früher. Als meine Eltern noch gelebt und all meine Geschwister hier in Glowe gewohnt haben. Wenn wir abends zusammensaßen, hatten wir kaum genug Platz am Esstisch. Das war vielleicht immer ein Trubel!« In ihre Erinnerung versunken lachte sie auf. »Man hat kaum sein eigenes Wort verstanden. Ich habe immer bedauert, dass Lorenz und mir nur ein einziges Kind vergönnt war.«

Nun kam auch Sophie zu uns. Sie strich tröstend über Nanes Hand, die auf dem Sichtschutz lag. »Aber dafür habt ihr einen großartigen Sohn bekommen.«

Oles Mutter nickte seufzend. »Du hast recht! Wir müssen dankbar sein für unseren tollen Jungen.« Sie straffte den Rücken und das übliche warme Strahlen trat wieder in ihre Augen. »Dann mach ich mich mal ans Kochen. Ich hoffe, ihr habt Hunger, denn zum Nachtisch gibt es Wasserkringel.«

Ich stutzte. »Wasserkringel?«

»Das ist eine Art Hefekranz«, erklärte Sophie, »mit Rosinen, kandierten Früchten, Mandeln und Zimt. Unglaublich lecker, besonders wenn Nane ihn gebacken hat.«

»Meine Geheimzutat ist ein guter Schuss Rum«, vertraute Nane mir augenzwinkernd an. »Der rundet das Aroma ab.«

Sophie schlüpfte in ihre Sandalen. »Ich komme rüber und helfe dir.«

Meine Schwester winkte auffordernd Oles Tochter zu, die im Gras saß und ihren Kopf an Muffins Schulter gelehnt hatte. »Kommst du auch, Emma? Du kannst den Tisch für uns decken.«

Das Mädchen verzog das Gesicht und stieß einen gequälten Seufzer aus. Einen Augenblick lang war ich mir sicher, dass sie Sophie eine patzige Antwort geben würde. Schließlich war sie nicht ihre Mutter. Doch dann erhob Emma sich schweigend und setzte sich mit der muffigen Miene eines angehenden Teenagers in Bewegung. Aus den Augenwinkeln bemerkte ich, wie Sophie erleichtert aufatmete. Mit Oles elfjährigem Kind unter einem Dach zu leben, war wohl nicht immer so einfach.

»Ich helfe euch natürlich auch«, wollte ich mich ihnen anschließen, doch sowohl Nane als auch Sophie hoben abwehrend die Hände.

»Kommt nicht infrage!« Oles Mutter schüttelte entschlossen den Kopf. »Die Besucher unserer schönen Insel sollen hier Ruhe und Entspannung finden. Also, tu deine Pflicht!« Sie deutete streng in Richtung Liegestuhl.

Ich salutierte schmunzelnd. »Zu Befehl!«

Die drei verschwanden im Haus, und ich ließ mich in den Stuhl sinken.

Im hinteren Teil des Gartens wuchsen ordentlich hochgebundene Brombeersträucher, und ein großer Holunderbusch stand schon in voller Blüte. Der süße Duft der weißen Blütendolden erfüllte die Abendluft und erinnerte mich an die Holunderlimonade, die unsere Mutter früher immer gemacht hatte. Ob sie mir heute auch noch so gut schmecken würde wie damals als Kind?

Ich schloss für einen Moment die Augen und atmete die herrlich frische Seeluft ein. Schon jetzt fühlte ich mich viel entspannter und gelöster als gestern bei meiner Ankunft. »Ach, daran könnte ich mich gewöhnen«, seufzte ich zufrieden.

Muffin gesellte sich zu mir und stupste mich mit der Nase an.

»Na, mein Großer, wie gefällt es dir hier?«, fragte ich ihn, während ich ihm den Rücken kraulte. »Es ist so ganz anders als in der Stadt, oder? Aber ich finde es gut. Keine Hektik, kein Lärm, keine gestressten Menschen. Nur Ruhe, Natur und das Meer.«

Wann hatte ich eigentlich angefangen, Gespräche mit dem Hund zu führen? Ob das ein schlechtes Zeichen war? Muffins einziger Kommentar bestand darin, dass er sich auf den Boden legte und auf den Rücken drehte. Ein nonverbaler Befehl, ihm den Bauch zu kraulen. Ich tat ihm den Gefallen.

»Du bist ein großer Schmusebär, weißt du das?«, flüsterte ich ihm zu. »Ich bin wirklich froh, dass Lars dich mitgebracht hat, als ich meine Periode bekommen …« Ich stockte, als mir bei diesem Thema prompt etwas einfiel. »Ach, verdammt!«

Heute Morgen hatte ich ganz vergessen, die Pille zu nehmen. Ich stand auf und schnappte mir meine Handtasche, die auf dem Terrassentisch lag. Zurück im Liegestuhl durchforstete ich hastig ihren Inhalt. Darin befand sich das Übliche: Ein Lippenpflegestift ohne Deckel. Ein Berg an Kassenzetteln. Vier Kugelschreiber. Ein Tampon. Unerklärlicherweise Sand, obwohl ich erst einen Tag auf Rügen war. Drei halb aufgebrauchte Packungen Taschentücher. Ein alter Müsliriegel. Aber keine Anti-Baby-Pille. Die hatte ich wohl in München im Hotelzimmer vergessen.

»Na toll!«, ärgerte ich mich.

Ach, eigentlich war das auch egal! In nächster Zeit hatte ich sowieso nicht vor, einen Mann in meine Nähe zu lassen.

Ich kuschelte mich wieder in den Liegestuhl. Schließlich hatte ich den Auftrag bekommen, mich zu entspannen. Die letzten Bienen des Tages umschwirrten mit geschäftigem Brummen den Holunderbusch. Wenn ich den Atem anhielt, glaubte ich sogar, das entfernte Rauschen des Meeres zu hören. Meine Muskeln lockerten sich, eine tiefe innere Ruhe erfüllte mich und ... schon wanderten meine Gedanken wieder zu den Problemen, die ich hierher mitgebracht hatte. Auf der Heimfahrt von Sellin hatte ich Sophie nämlich von den Einzelheiten meiner Quasi-Kündigung erzählt. Bei unserem letzten Treffen hatte mein Chef kein Blatt vor den Mund genommen.

»Bisher hatte ich keinen Grund zur Klage, Frau Seidel«, hatte er gesagt. »Aber in letzter Zeit waren Ihre Leistungen absolut unterdurchschnittlich. Wegen Ihres Fehlers hat die Kelsio AG gedroht, ihre Mitarbeiter nicht mehr in unserem Hotel einzuquartieren. Was das für uns bedeuten würde, muss ich Ihnen wohl nicht sagen!«

An dieser Stelle hatte sich mein Chef so empört, dass sein Doppelkinn zitterte und seine kleinen Schweinsäuglein aus seinem Gesicht hervorzuquellen schienen. »Sie haben einen Haufen angesparter Urlaubstage, Frau Seidel. Ich schlage vor, Sie nutzen die Freizeit und sehen sich nach einer neuen Beschäftigung um!«

Ich hatte nicht einmal versucht, mich zu verteidigen. Denn bei meinem Chef zählten private Probleme nicht als Ausrede für berufliche Verfehlungen.

Herrgott, ich hatte nur *einen* Fehler gemacht. Einen einzigen Fehler in vier Jahren! Aufgrund des ganzen Dramas mit Lars und dem Baby-Projekt herrschte in meinem Kopf solch ein Chaos, dass ich eine größere Buchung besagter Kelsio AG einfach vergessen hatte. So etwas war mir in meiner gesamten Berufslaufbahn noch nie passiert. Über die Hälfte der achtundzwanzig Gäste hatten wir in einem anderen Hotel unterbringen müssen. Mein Chef war ausgeflippt, und auch wenn ich wusste, dass er mir nur wegen dieses einen Fehlers rechtlich gesehen überhaupt nicht kündigen konnte, verspürte ich nicht die geringste Lust, um meinen Arbeitsplatz zu kämpfen.

Ich zupfte ein paar Gänseblümchen neben meiner Liege ab und verflocht sie miteinander zu einem Blumenkranz. Als kleines Mädchen hatte mich das immer beruhigt, doch leider nicht heute. Es gelang mir einfach nicht, den unangenehmen Knoten in meiner Magengegend zu vertreiben. Zwar hatte ich Katrin versprochen, noch einmal über meinen Umzug nachzudenken, doch allein beim Gedanken daran, wieder nach München zurückzukehren, sträubte sich alles in mir. Und das lag nicht allein an meiner gescheiterten Beziehung, auch wenn Sophie mir das heute unterstellt hatte. Je länger ich darüber nachdachte, desto klarer wurde mir, dass ich nicht mehr so weitermachen wollte wie bisher. Natürlich liebte ich meinen Job, aber dieser permanente Druck in den großen Hotelketten und der fast schon unmenschliche Perfektionismus, der von den Angestellten gefordert wurde, laugten mich so langsam wirklich aus. Ob das am Alter lag? Ich kam mir vor wie ein Roboter, der von der Firmenleitung achtlos weggeworfen wurde, sobald er nicht mehr wie gewünscht funktionierte. Dabei war meine Karriere alles, was mir noch geblieben war. Doch sie machte mich nicht mehr glücklich. Selbst die friedliche Stille im Garten der Jansens konnte nichts gegen die plötzliche Leere in meinem Inneren ausrichten. Für einen flüchtigen Moment stand mir wieder einmal das Bild meines eigenen kleinen Traumhotels vor Augen. Ich stieß einen wehmütigen Seufzer aus.

9. Kapitel

Die nächsten drei Tage, in denen Sophie mir ihre geliebte Insel zeigte, flogen nur so dahin. Ich musste zugeben, dass ich mit jedem Fleckchen, den ich von Rügen zu sehen bekam, mehr und mehr von Sophies Begeisterung angesteckt wurde. Die Vielseitigkeit der Insel war unglaublich: Da waren die Rapsfelder um das Kap Arkona, die sich wie ein sonnengelbes Meer bis zum Horizont erstreckten. Weite Ebenen endeten in schroffen Steilküsten, märchenhafte Buchenwälder grenzten an frühsommerliche Kräuterwiesen, und ehe man es sich versah, gelangte man wieder an einen weißen Sandstrand mit Blick auf ein türkisfarbenes Meer wie in der Karibik. Auf Rügen präsentierte sich die Natur in all ihrer geballten Schönheit.

Heute hatten Sophie und ich eine Wanderung durch die Zickerschen Berge gemacht, die im Südosten Rügens auf der Halbinsel Mönchgut lagen. In einträchtigem Schweigen waren wir durch die ländliche Gegend mit den sanften Tälern und Hügeln marschiert, vorbei an grasenden Schafen, Wiesen und Wäldern – immer die herrliche Boddenlandschaft im Blick. Unser Umgang war wieder vertrauter geworden. Es tat gut, Zeit mit ihr zu verbringen, gemeinsam zu lachen und über alles Mögliche zu plaudern. Leider würden die Tage mit meiner Schwester nun ein Ende haben, da ihr Urlaub, den sie sich für den Segeltörn mit Ole genommen hatte, vorbei war. Ab morgen musste Sophie wieder in der Praxis bei Dr. Theis arbeiten. Bisher hatte ich noch keinen Plan, was ich ohne meine persönliche Fremdenführerin unternehmen sollte. Vielleicht verbrachte ich morgen einfach einen faulen Tag am Strand?

Heute Abend stand jedoch erst einmal ein Treffen der UGLY-Frauengruppe bei Shanti-Gertrud auf dem Programm. Immer, wenn die Sprache darauf kam, fingen Nane und Sophie an zu kichern, was mich äußerst misstrauisch stimmte. Leider konnte ich ihnen bisher nichts außer kryptischen Andeutungen entlocken, wie »Das wird eine ganz neue Erfahrung für dich!« oder »Hoffentlich hast du keine empfindliche Haut!«.

Emmas Stimme riss mich aus meinen Gedanken. »Gibst du mir mal bitte das Brot, Jule?«

Wir saßen alle zusammen in der Küche, denn das gemeinsame Abendessen bei Nane war mittlerweile ein festes Ritual geworden. Dank der Köstlichkeiten, die Oles Mutter uns kochte, spannte der Bund meiner Hose schon etwas.

»Klar!« Ich reichte Emma den Korb mit dem selbst gebackenen Brot, das perfekt zu der sämigen Kartoffelsuppe passte. Diese Suppe hieß hier allerdings *Tüften un Plum* und wurde mit einer kross angebratenen Speck-Pflaumen-Mischung bestreut. Sehr lecker!

Laut Sophie hatten sie zwar auch vor meinem Besuch regelmäßig zusammen gegessen, aber Ole und sie hatten in den ruhigen Abendstunden auch gerne ihre Zweisamkeit genossen. Als ich daran dachte, bekam ich sofort ein schlechtes Gewissen. Ob ich den beiden Frischverliebten wohl schon auf die Nerven ging?

»Vorhin ist Markus bei mir in der Segelschule vorbeigekommen«, erzählte Ole gerade, während er seine Suppe löffelte.

Mir fiel ein, dass der Name schon am Tag meiner Ankunft gefallen war. Markus war wohl Oles bester Kumpel.

»Wie geht es denn seiner Mutter?«, fragte Nane mit besorgter Miene.

»Leider nicht so gut«, antwortete Ole. »Der Arzt meinte, in Adelheids Alter könnte es ziemlich lange dauern, bis so ein Knochenbruch heilt.«

Sophie zog eine Grimasse. »Dann ist ihre Laune bestimmt noch schlechter als gewöhnlich. Der arme Markus!«

»Mit tun eher die Angestellten leid«, meldete sich Oles Vater Lorenz zu Wort. »Wer für diesen Drachen arbeitet, hat nichts zu lachen.«

»So schlimm ist Adelheid nun wirklich nicht«, verteidigte Ole wieder einmal die Mutter seines Kumpels. »Ich weiß gar nicht, weshalb ihr immer auf ihr herumhackt.«

»Zu dir ist sie ja auch nett«, knurrte Sophie. »Weiß der Himmel, wie du dieses Wunder vollbringst.«

»Das, mein Schatz«, sagte er und beugte sich zu ihr, um ihr einen Kuss auf die Nasenspitze zu geben, »ist mein natürlicher Charme. Dem erliegen sogar bösartige Drachen.«

»Das glaube ich dir sofort«, hauchte Sophie lächelnd.

Ach herrje, immer dieses verliebte Gesülze! Emma, die mir gegenüber saß, fing meinen genervten Blick auf und verdrehte ihrerseits gequält die Augen. Wir grinsten uns an.

»Jedenfalls«, fuhr Ole fort, »hat Markus sich dazu entschlossen, jemanden einzustellen, der den Umbau des Hotels koordiniert und später die Leitung übernimmt. Mit seiner Arbeit in Stralsund und seiner Mutter hat er schon genug um die Ohren. Alleine packt er das alles nicht.«

»Was? Er will jemanden einstellen?« Sophies Löffel landete scheppernd in ihrem Teller. Ruckartig drehte sie sich zu mir um. »Jule, das ist es: Du bewirbst dich bei Markus als Hotelmanagerin!«

»Ja, also, äh …«, stammelte ich völlig perplex. Um was genau ging es hier eigentlich?

Aber Sophie war nicht mehr zu bremsen. »Oh, das wäre so toll!«, rief sie freudestrahlend. »Wenn du hier auf Rügen bleibst und Markus' Hotel leitest, können wir uns sehen, wann immer wir wollen.«

Daraus schloss ich immerhin, dass ich ihr noch nicht auf die Nerven ging. Wenigstens etwas.

»Ich soll hierbleiben? Aber ich dachte, du findest es nicht gut, wenn ich aus München wegziehe«, wandte ich irritiert ein. »Du hast doch gesagt, ich soll nicht ständig die Flucht ergreifen.«

Sophie winkte ab. Offenbar interessierten sie ihre eigenen Ratschläge gerade herzlich wenig. »Das ist doch ganz etwas anderes. Schließlich ziehst du nicht in die Fremde, sondern in die Nähe deiner Schwester. Das wäre somit keine Flucht, sondern eine Familienzusammenführung«, klärte sie mich mit der ihr eigenen Logik auf. »Außerdem war in den letzten Tagen nicht zu übersehen, wie gut dir die Insel gefällt. Vielleicht findest du hier endlich eine Heimat. Ein Zuhause.«

Ein Zuhause. Dieses Wort rief eine tiefe Sehnsucht in mir wach. Es klang verlockend und beängstigend zugleich. Trotzdem konnte ich Sophies Begeisterung nicht recht teilen.

»Ich weiß doch gar nicht, was für eine Art von Hotel das ist. Eine Jugendherberge oder eine Pension mit fünf Gästezimmern wären für mich beruflich ein ziemlicher Rückschritt.«

Vor allem würde ich dort viel zu wenig verdienen, um

etwas für mein Traumhotel beiseitelegen zu können. Allerdings hatte Sophie in einem Punkt recht: Rügen hatte es mir tatsächlich angetan. Gestern Abend hatte ich mir im Internet – nur mal zum Spaß – auf einer Jobbörse die Stellenausschreibungen auf der Insel angesehen. Und war sofort enttäuscht worden. Die großen Hotels waren nur auf der Suche nach Saisonkräften.

»Hast du nicht zugehört, Jule?«, fragte Sophie ungeduldig. »Markus baut sein *Schloss* um. Das wird keine kleine Absteige, in der die Tapeten in Fetzen von den Wänden hängen und die Kakerlaken auf den Esstischen herumflitzen. Ein Schlosshotel wäre genau das Richtige für dich.«

Ole legte ihr die Hand auf den Arm, um sie zu bremsen. »Immer langsam, Sophie! Zum einen ist der Begriff ›Schlösschen‹ wohl passender, und zum anderen weißt du überhaupt nicht, ob Markus deine Schwester einstellen möchte. Hast du dir mal überlegt, in was für eine unangenehme Situation du ihn bringst, wenn du ihn darum bittest?«

Ehe ich den Mund öffnen und Ole zustimmen konnte, funkelte Sophie ihn schon wütend an. »Soll das heißen, du hältst meine Schwester nicht für qualifiziert genug, um ein ›Hotel-Schlösschen‹ zu leiten? Jule ist in ihrem Job spitzenmäßig. Nur, weil sie ein einziges Mal Mist gebaut hat und ihr doofer Chef sie rauswerfen will, bedeutet das noch lange nicht, dass …« Sie stockte, da sie erst jetzt bemerkte, was sie gerade ausgeplaudert hatte.

»Ah ja?« Ole hob irritiert die Augenbrauen und sah fragend zu mir. »Hattest du deshalb die vielen Umzugskartons im Auto? Weil du dir einen neuen Job suchen musst?«

Verdammt, dann hatte er die Kartons also doch gesehen! Wahrscheinlich hätte ich nicht so lange damit warten sollen, sie in das Gästezimmer hochzutragen. Ich spürte, wie sich meine Wangen in Sekundenschnelle röteten.

»Also, den Ausdruck ›Mist gebaut‹ finde ich etwas übertrieben«, sagte ich. Konzentriert schob ich mit der Hand einen paar Brotkrumen neben meinem Teller zusammen. »Ich würde eher sagen, dass ich einen Bock geschossen habe.«

»Du hast einen Bock erschossen?«, schaltete sich nun auch Emma ins Gespräch ein. Ihre kindliche Miene spiegelte ein Höchstmaß an Empörung wider.

»Ich habe niemanden erschossen«, beruhigte ich sie lächelnd. »Das ist nur eine Redewendung. Es bedeutet, dass man einen einmaligen Fehler gemacht hat.«

Ich atmete tief durch und begann zu erzählen: »Vier Jahre lang habe ich mir für das Hotel ein Bein ausgerissen und so viele Überstunden gemacht, dass ich ein halbes Jahr am Stück Urlaub machen könnte. Dann habe ich wegen meiner Probleme mit Lars allerdings eine Reservierung vergessen. Eine *ziemlich wichtige* Reservierung. Das hätte natürlich nicht passieren dürfen.« Ich fuhr mir mit beiden Händen über das Gesicht. Wahrscheinlich klebten jetzt einige der Brotkrumen auf meiner Stirn. »Ich weiß ja, dass die Branche knallhart ist. Aber ich habe bei meinem Vorgesetzten aufgrund meiner bisherigen Leistungen schon auf etwas Nachsicht gehofft. Leider vergeblich.« Man hörte mir meine Frustration und Bitterkeit deutlich an. »Und wie ihr ja wisst, ist auch meine Beziehung mit Lars in die Brüche gegangen. Jetzt sind Muffin und ich heimat- und obdachlos. Deshalb bin ich auch mit meinen Umzugskartons hergefahren.«

Gott, so zusammengefasst klang das ja schrecklich! Da meine Stimme gegen Ende immer leiser und zittriger geworden war, zuckte ich beiläufig mit den Achseln, um nicht den

Eindruck zu erwecken, dass ich deswegen in Selbstmitleid versank.

Einen Moment lang herrschte eine bedrückende Stille am Tisch. Dann beugte sich Nane zu mir und tätschelte tröstend meine Hand. »Das wird schon wieder, Mädchen. Wenn sich eine Türe hinter uns schließt, öffnet sich dafür eine andere.«

»Jule, das tut mir wirklich leid«, sagte Ole. In seinen strahlend blauen Augen lag Mitgefühl. »Wenn ich bei Markus ...«

Ich hob abwehrend die Hände. »Ich möchte wirklich nicht, dass du deswegen mit Markus sprichst«, unterbrach ich ihn. »Ich will eine Anstellung, weil ich die passende Frau für den Job bin und nicht, weil ich zufällig die Schwester der Lebensgefährtin seines Freundes bin.«

Ole rieb sich nachdenklich über die Wange, als würde er innerlich die Dinge miteinander abwägen. »Das kann ich verstehen, Jule«, meinte er schließlich. »Wie wäre es, wenn ich bei Markus nur nebenbei erwähne, dass du einen Job suchst? Vielleicht fragt er dann *von sich aus* nach einem Vorstellungsgespräch?«

»Das musst du wirklich nicht machen! Ich werde schon einen neuen Job finden. Bisher hat das auch immer geklappt.« Da mich alle skeptisch anblickten, fügte ich hinzu: »Mir geht es gut, ehrlich! Schließlich bin ich hier bei euch, und ihr kümmert euch so toll um mich. Außerdem habe ich schon mehrere Tage am Stück meine Schwester geärgert. Dabei konnte ich ganz toll Frust abbauen.«

»So toll finde *ich* das nicht«, murmelte Sophie schnaubend.

Ich ignorierte ihre Beschwerde. »Lieben Dank, Ole! Allein für dein Angebot hast du bei mir einen Stein im Brett.«

Erneut musterte mich seine Tochter irritiert. »Stein im

Brett?«, wiederholte Emma skeptisch. »Wieso soll denn der Stein *in* das Brett kommen?«

Da war ich leider überfragt. »Vielleicht, wenn das Brett innen hohl ist?«

Emmas Großvater legte seinen Löffel beiseite. »Redewendung aus dem Mittelalter«, klärte er uns auf, während er nach der Zeitung griff und sie aufschlug. »Kommt von einem Brettspiel.«

»Aaaah«, machten Emma und ich gleichzeitig.

In Zukunft musste ich die Redewendungen, die ich in ihrer Gegenwart benutzte, wohl sorgfältiger wählen.

Erst jetzt fiel mir auf, dass Ole, Sophie und Nane über den Tisch hinweg verschwörerische Blicke wechselten. Oh nein, die schmiedeten doch jetzt nicht irgendeinen verrückten Plan, oder? Doch ehe ich nachhaken konnte, erhob sich Nane und räumte das Geschirr zusammen.

»Sophie, Jule – ihr müsst euch fertig machen!«, befahl sie. »Sonst kommen wir zu spät zum Frauenabend bei Gertrud. Trudi ist immer so genervt, wenn jemand unpünktlich ist.«

Ach herrje, die verrückte Trudi würde auch dort sein? Das konnte ja heiter werden!

*

»Hier wohnt Shanti-Gertrud«, verkündete Sophie.

Wir standen vor der Tür eines weiß getünchten Hauses mit Reetdach und romantischen Gauben. Es hatte einen liebevoll gepflegten Garten und grenzte an das schilfbewachsene Ufer des Boddens. Ein echtes Traumhaus!

Nane zog mehrmals an einer Messingglocke, die neben der Tür hing. »Hat Sophie dir mittlerweile ein paar Details über die UGLY-Frauengruppe erzählt?«, fragte sie betont beiläufig.

»Nein. Wieso?« Misstrauisch sah ich von Nane zu Sophie.

Schon wieder kicherten die beiden. Das Öffnen der Tür hinderte mich jedoch daran, Sophie und Nane auf den Zahn zu fühlen.

Eine ältere Frau um die sechzig mit struppigen grau melierten Haaren, einer üppigen Oberweite und ungeschminktem Gesicht stand vor uns. Sie trug einen hässlichen braunen Kaftan, der aussah, als sei er aus Mehlsäcken zusammengenäht worden.

»Namaste, ihr Lieben!«, begrüßte sie uns und kam mit ausgebreiteten Armen auf uns zu.

Für jeden von uns gab es eine herzliche Umarmung und ein Küsschen auf die Stirn beziehungsweise das dritte Auge. »Darf ich vorstellen«, sagte Sophie. »Das ist meine Schwester Jule, und das ist die Leiterin der Frauengruppe Shanti. Mit bürgerlichem Namen Gertrud.«

»Willkommen, Jule! Du bist also die neue Seele, die in unserer Mitte aufgenommen werden will«, stellte Shanti-Gertrud in zufriedenem Tonfall fest.

»Wie bitte?« Hilfesuchend schaute ich zu Sophie und Nane, die bis über beide Ohren grinsten. Offenbar wussten die zwei genau, was mich erwartete.

Mein Verdacht verstärkte sich, dass Gertrud eventuell nicht mehr alle Zacken in der Krone hatte. Die Irren und Verrückten hatten sich wohl tatsächlich in diesem Dorf zusammengerottet. Ihren gütigen Augen nach zu urteilen, schien es sich bei Gertrud jedoch um eine sehr warmherzige und einfühlsame Verrückte zu handeln.

Shanti-Gertrud hob die Hände und zeichnete mit einer

Handbreit Abstand meine Konturen nach. »Ich lese nun deine Aura, Jule«, raunte sie und schloss die Augen.

»Aha«, gab ich trocken zurück.

»Ich sehe, du bist temperamentvoll und dickköpfig«, wisperte sie entrückt. »Und leider auch ein wenig stolz. Das solltest du dir unbedingt abgewöhnen, Kindchen! Doch zugleich bist du aufrichtig, und deine Aura vibriert im Innern vor Liebe und Wärme.«

Okay, vielleicht lag sie mit dieser Einschätzung gar nicht so falsch. Aber das konnte auch Zufall sein.

Gertrud runzelte voller Sorge die Stirn. »An den Rändern ist deine Aura allerdings ganz zittrig und ausgefranst. Du bist so verzweifelt auf der Suche, dass du dich zu verlieren drohst. Du musst unbedingt loslassen!«

Sie öffnete ruckartig die Augen, und ich zuckte erschrocken zurück. »Dir fehlt die Erdung, Jule, der innere Frieden! Du brauchst Menschen um dich herum, die dich lieben.« Gertrud griff nach meiner Hand und lächelte mich mitfühlend an. »Es ist gut, dass du hergekommen bist. Ich spüre, dass hier der richtige Platz für dich ist.«

»O...okay«, stammelte ich etwas geschockt. Obwohl ich mit Esoterik nicht viel am Hut hatte, musste ich zugeben, dass mich ihre Worte berührten.

Während ich versuchte, meine Fassung zurückzugewinnen, trat Sophie an meine Seite. Sie schlang unbeholfen ihre Arme um mich, da Gertrud immer noch meine Hand hielt. »Ich hab dich ganz doll lieb, kleine Schwester.«

»Äh ... Danke! Ich dich auch.«

»Dann beginnen wir nun mit dem Einführungsritus«, verkündete Gertrud. Sie zog mich mit sich ins Haus. »Das ist immer wieder aufs Neue aufregend und beglückend«, plapperte sie fröhlich drauflos. »Zu schade, dass sich nicht mehr Frauen unserer UGLY-Gruppe anschließen. Bei jeder Novizin spüre ich, dass es meine Bestimmung ist, anderen Frauen die Augen zu öffnen und sie von ihrem Leiden zu erlösen.«

Ein Einführungsritus? Oh weh. Das ungute Gefühl in meiner Magengegend wurde auch dadurch nicht besser, dass mir Nane hinterherrief: »Am besten du nimmst es mit Humor, Jule!«

Ich hatte damit gerechnet, im Inneren des Hauses eine Art Ashram vorzufinden, doch stattdessen war die Einrichtung ganz normal – sehr geschmackvoll in weißen, beigefarbenen und goldenen Tönen gehalten. Das machte mir Mut, dass Shanti-Gertrud in Wahrheit mit beiden Beinen auf dem Boden der Tatsachen geblieben war. Keine zehn Minuten später fand ich mich in einem Nähzimmer zwischen einer vollbusigen Schneiderpuppe und Bergen von Stoffresten wieder. Ich hatte mich umziehen müssen und trug nun ebenfalls einen hässlichen Mehlsack-Kaftan. Das Fenster in dem Zimmer war gekippt, und aus dem Garten war das fröhliche Stimmengewirr der anderen zu hören. Laut Sophie würde auch Ariane hier sein, und ich freute mich schon darauf, sie wiederzusehen.

Da ich den Schock über die Aura-Analyse mittlerweile überwunden hatte und Gertrud meditierend vor mir stand, um sich auf das Ritual einzustimmen, platzte ich fast vor Neugier. Irgendwann hielt ich es nicht mehr länger aus. »Was muss ich tun? Eine Schnitzeljagd machen? Nackt durch den Bodden schwimmen? Für den Rest meines Lebens zölibatär leben?« Ich hob meinen Zeigefinger. »Letzteres werde ich aber nicht tun. Auch wenn ich momentan von den Männern genug habe, finde ich Sex grundsätzlich gut.«

»Ich auch«, entfuhr es Gertrud. Ihr Gesicht hatte einen wehmütigen Ausdruck, als läge ihr letztes Mal schon viel zu lange zurück. Dann musterte sie mich irritiert. »Hast du nicht das Bedürfnis, dich zu kratzen? Die meisten empfinden den Stoff als extrem unangenehm.«

Ich zuckte mit den Schultern. »Nö, das stört mich nicht. Ich kann so etwas ausblenden.«

Offenbar war das nicht der Sinn der Sache. Gertrud wirkte äußerst unzufrieden. »Das ist eine Achtsamkeitsübung, damit man vollständig im Hier und Jetzt ist«, erklärte sie mir. »Es *soll* jucken. Deine Schwester ist so rot angelaufen wie ein gekochter Hummer.«

»Echt?« Ich konnte mir ein Grinsen nicht verkneifen.

Gertrud zuliebe kratzte ich mich ein paar Sekunden lang am Bauch, aber sie fiel nicht auf meinen Trick herein.

»Dann machen wir eben mit dem Mantra unserer Frauengruppe weiter«, murmelte sie enttäuscht.

Shanti-Gertrud stellte sich vor mich und brüllte mich voller Inbrunst an: »Ich bin hässlich!«

Mir fiel die Kinnlade herab. Das kam unerwartet. Aber leider hatte sie nicht ganz unrecht. Gertruds abstehende Haare, die sie offenbar selbst geschnitten hatte, waren ein Desaster. Eine Feuchtigkeitscreme und ein bisschen Schminke hätten bei ihrem Gesicht wahre Wunder bewirkt. Und dann noch dieser Mehlsack! Obwohl ich Gertrud gerade erst kennengelernt hatte, beschloss ich, meinen Prinzipien treu zu bleiben und ehrlich zu ihr zu sein. Wenn sie sich schon ein Herz gefasst und mir ihre tiefsten Ängste gestanden hatte, durfte ich darauf nicht mit einer höflichen Lüge reagieren!

»Du siehst der Wahrheit ins Gesicht, das ist ein guter Anfang, Gertrud.« Dieses Mal war ich es, die mit mitfühlender Miene ihre Hand ergriff. »Gerade wenn man wie du sexuell unausgelastet ist und einen Partner sucht, muss man sich auch mal kritisch vor den Spiegel stellen und das eigene Aussehen ...«

Gertrud entzog mir abrupt ihre Hand. »Du ... du findest mich hässlich?« Sie schnappte empört nach Luft. »Ich meine, *wirklich* hässlich?«

Oh, oh. Weshalb hatte ich plötzlich das Gefühl, dass ich gerade in ein Fettnäpfchen getreten war?

»Aber das hast du doch selbst gesagt«, verteidigte ich mich.

Sie funkelte mich böse an. »Weil das unser Mantra ist. Der UGLY-Frauengruppe.«

So langsam ging mir ein Licht auf. UGLY war offenbar keine Abkürzung, sondern wörtlich gemeint. Aber ganz wörtlich dann offenbar doch nicht. Gertrud verschränkte beleidigt die Arme vor ihrem großen Busen.

Ich räusperte mich. »Entschuldige bitte! Da habe ich wohl etwas missverstanden«, sagte ich so reumütig wie möglich. »Aber ich kapier leider nicht ganz, wozu dieses Mantra gut sein soll.«

»Wir befreien uns damit von den gängigen Schönheitsidealen. Sie lenken nämlich unsere Aufmerksamkeit permanent auf unsere vermeintlichen Fehler«, erklärte sie mir verschnupft. »Eine Frau darf heutzutage keine Falten bekommen, keine Cellulite haben und muss immer topgestylt sein! Indem wir mit unserem Mantra den allerschlimmsten Fall annehmen, sind wir mit einem Schlag dieses dämliche Streben nach Perfektionismus los. Wir können Frieden mit unserem Körper schließen und uns so annehmen, wie wir sind.«

Die Worte kamen ihr flüssig und ohne nachzudenken über

die Lippen. Ich ging davon aus, dass sie diesen Vortrag schon einige Male gehalten hatte. Gertruds Theorie leuchtete mir auch durchaus ein. Allerdings spürte ich einen inneren Widerstand bei dem Gedanken, mich selbst als hässlich zu bezeichnen.

»Und weshalb sagen wir uns dann nicht, dass wir perfekt und wunderschön sind?«, schlug ich vor. »Das kommt doch aufs Gleiche raus. Wir nehmen uns so an, wie wir sind.«

Gertrud löste ihre Arme und verdrehte die Augen. »Weil unser Unterbewusstsein nicht doof ist, Jule. Wunderschön und perfekt?« Sie stieß ein Schnauben aus. »Das glaubt es doch nie und nimmer.«

»Aber negative Dinge nimmt es für bare Münze, oder wie?«

»Na los, probiere es mal aus!«, forderte sie mich auf.

»Okay!« Ich schloss die Augen und setzte zu einer fulminanten Negativ-Rede an: »Ich bin in ziemlich allen Belangen unfähig, und meine Gehirnzellen sind offenbar in streng limitierter Edition erschienen. Das Einzige, was ich richtig gut kann, ist, unter der Bettdecke die Batterien meines Vibrators auszutauschen ohne hinzusehen.« Neben mir hörte ich Gertrud kichern. »Und im Führen von Beziehungen ist nur eine Gottesanbeterin, die das Männchen nach der Paarung frisst, noch schlechter als ich.«

Gertrud hatte recht. Ich war mir ziemlich sicher, dass mein Unterbewusstsein mir jedes Wort abgekauft hatte. Ich hielt die Augen weiterhin geschlossen und wollte nun die andere Variante ausprobieren und eine Lobeshymne auf mich singen. »Ich bin ein netter Mensch. Im Großen und Ganzen recht liebenswert …«, fuhr ich fort und stockte sofort wieder.

Was waren eigentlich meine Vorzüge? Zu allem Überfluss

fiel mir in diesem Augenblick auch noch der gut aussehende Angeber-Typ ein. Ich hatte seine tiefe Stimme noch im Ohr, mit der er mir gesagt hatte, ich sei unhöflich und verrückt.

»Ich bin so intelligent wie ... ähm ... Einstein.«

Pah, das glaubte nicht einmal mein bewusstes Ich! Wie sollte mir das dann mein misstrauisches Unterbewusstsein abkaufen? Ich musste glaubwürdig bleiben!

»Ich bin zielstrebig, begeisterungsfähig, und mein Verstand ist so scharf wie ...« Fieberhaft suchte ich nach einem Vergleich. Mir fiel keiner ein. Mein Verstand war offenbar so scharf wie eine alte Salatgurke.

»Ich bin fertig«, murmelte ich und öffnete die Augen.

»Das nennst du ein Lob?«, fragte Gertrud ehrlich entsetzt. »Leider haben die meisten Frauen ein Problem damit, ihre Stärken zu erkennen. Aber das, was du gerade gesagt hast, war erschreckend!« Sie schüttelte noch einmal den Kopf. »Wirklich erschreckend.«

»Dafür leuchtet mir das Prinzip eures Mantras jetzt ein. Mein Unterbewusstsein akzeptiert den Ausruf ›Ich bin hässlich‹ bestimmt sofort. Dann machen wir mal weiter!«

»Nicht so schnell! Jule, ich werde dir jetzt ein Lob zukommen lassen«, sagte Gertrud entschlossen. »Damit du siehst, wie das geht.«

Gertrud setzte sich im Schneidersitz auf den weichen Teppich und bat mich, es ihr gleichzutun. Sie sah mir tief in die Augen. Schließlich sagte sie mit warmer Stimme: »Jule, ich habe dich heute als einen Menschen kennengelernt, der tolerant, erfrischend ehrlich und witzig ist. In deinen braunen, vor Energie funkelnden Augen sehe ich einen tosenden Herbststurm und gleichzeitig ein wärmendes Kaminfeuer. Ich erkenne darin ein Mädchen mit einem frechen Grinsen, geflochtenen Gänseblümchen in den lockigen Haaren und einem Herz voller Träume. Deshalb würde ich mir wünschen, dich noch näher kennenzulernen, Jule. Denn ich spüre schon jetzt, dass du ein wertvoller Mensch bist, der mein Leben bereichern wird.«

Ihre Worte wirkten so ehrlich und aufrichtig, dass meine Unterlippe vor Ergriffenheit zu zittern begann. Das war das Schönste, was mir jemals jemand gesagt hatte. Mein Unterbewusstsein war davon so überwältigt, dass es zur Abwechslung mal nicht zweifelte und herumunkte. Stattdessen erfüllte eine wohlige Wärme mein Innerstes.

»Gertrud«, schniefte ich. »Solltest du jemals eine Geschlechtsumwandlung machen, werde ich dich vom Fleck weg heiraten.«

Sie fuhr sich geschmeichelt durch ihre struppigen grauen Haare. »Wenn es so weit kommen sollte, werde ich darauf zurückkommen.«

10. Kapitel

Eine halbe Stunde später ging ich beschwingt hinaus in den Garten. Ich hatte bei Gertruds Einführungsritus wirklich etwas gelernt. Außerdem hatte sie mir eine Menge Stoff zum Nachdenken gegeben.

Für einen Moment blieb ich bewundernd stehen. Von hier aus hatte man eine fantastische Aussicht auf den Bodden und das tiefe Grün des gegenüberliegenden Ufers. Es musste herrlich sein, jeden Morgen diesen Blick genießen zu können und im Laufe der Monate den Wechsel der Jahreszeiten zu beobachten! Im Herbst wirbelten vermutlich Stürme das Wasser auf, während im Winter das Schilf am Ufer von einer glitzernden Schicht Raureif überzogen war.

»Da wird man neidisch, oder?« Trudi war neben mich getreten und folgte meinem Blick. »Von meinem Balkon aus sehe ich lediglich die Rückwand des Nachbarhauses. Das alles hier hat Gertrud ihrem verstorbenen Mann zu verdanken. Deshalb ist sie auch eine fröhliche Witwe und ich bin eine verbitterte.«

Mit Anfang sechzig war Gertrud für eine Witwe noch relativ jung. Während Trudi, nach den Falten in ihrem Gesicht zu urteilen, wahrscheinlich schon miterlebt hatte, wie die slawischen Ranen im siebten Jahrhundert Rügen besiedelten.

Im Garten standen oder saßen etwa ein Dutzend Frauen in Grüppchen beieinander und plauderten entspannt. Alle waren ungeschminkt und trugen offensichtlich ihre bequemste Kleidung. Dies schloss ich jedenfalls aus dem hohen Aufkommen an Leggins und Jogginghosen in Kombination mit Ballerinas und Strickpullis. Das war wirklich einer der Vorzüge der UGLY-Frauengruppe: Man durfte sich geben, wie man wirklich war. Im hinteren Teil des Gartens entdeckte ich Sophie, die mit Jutta und Ariane auf einer Hollywoodschaukel saß.

»Entschuldige mich bitte!«, sagte ich an Trudi gewandt. »Ich möchte Ariane und Jutta mal Hallo sagen.«

Doch so leicht ließ sich Trudi nicht abschütteln. Für eine von Arthritis geplagte Frau über achtzig folgte sie mir erstaunlich flink über den Rasen.

»Weshalb hast du eigentlich nicht die Kleidung vom Einführungsritual an?«, fragte sie. Ihr Ton ließ darauf schließen, dass ich mich dadurch eines schlimmen Vergehens schuldig machte.

»Das Kratzen hat mich nicht gestört«, erklärte ich fröhlich. »Laut Gertrud war es daher sinnlos, mit der Achtsamkeitsübung weiterzumachen.«

Außerdem war es für eine abendliche Gartenparty doch noch etwas frisch. Deswegen hatte Gertrud mir erlaubt, wieder in meine eigenen wärmeren Klamotten zu schlüpfen.

»Dir hat dieser grauenvolle Stoff nichts ausgemacht?« Für einen Moment blitzte Bewunderung in Trudis wässrig blauen Augen auf. Dann grinste sie leicht boshaft. »Das hat Gertrud bestimmt wahnsinnig enttäuscht, oder? Mit mir war sie richtig sauer, weil ich das Ding nach fünf Minuten ausgezogen habe.«

Erstaunt sah ich sie an. »Du hast auch schon so ein Mehlsack-Teil getragen?«

Sie nickte. »Das Kratzen hat mich wahnsinnig gemacht. Deswegen habe ich das Ding auch auf den Grill zu den Tofu-Würstchen geschmissen. Laut Gertrud fühlten sich die anderen aber von meiner Nacktheit gestört.«

Ach du lieber Himmel! Das Bild von der nackten Trudi würde ich so schnell auch nicht mehr aus dem Kopf bekommen. Aber dass Gertrud sich daran gestört hatte, kam mir widersinnig vor. »Das finde ich von der UGLY-Frauengruppe nicht korrekt.« Ich blieb kurz stehen und schnalzte missbilligend mit der Zunge. »Da soll man seinen Körper in all seiner Hässlichkeit annehmen – und dann sind sie pikiert, wenn man ihn der Öffentlichkeit präsentiert.«

Trudi riss begeistert die Augen auf. »Genau das habe ich ihnen auch gesagt!« Sie tätschelte mir mit ihrer faltigen Hand die Wange. »Du gefällst mir, Mädchen.«

Schon wieder ein Kompliment. Und das auch noch von der kratzbürstigen Trudi. Ich fühlte mich geschmeichelt.

Ariane sprang mit einem Strahlen in die Höhe, als Trudi und ich zu ihnen stießen. »Das bist du ja endlich, Jule! Wir haben uns schon gefragt, ob Gertrud sich an dir die Zähne ausgebissen hat.«

»Nein, sie hat mich tatsächlich zur Hässlichkeit bekehrt«, berichtete ich grinsend, während wir uns zur Begrüßung umarmten. »Wie es scheint, entwickelt sich mein Urlaub immer mehr zum Selbsterfahrungstrip.«

»Das liegt an der Insel«, meinte Jutta, während sie sich eine Karotte vom Teller ihrer Schwester stibitzte. »Rügen bringt einen zu sich selbst zurück.«

Ariane überließ Trudi ihren Platz auf der Hollywoodschaukel, und wir holten uns zwei Gartenstühle, um uns zu den anderen zu setzen. Obwohl es gerade erst zu dämmern begann, verbreiteten die kleinen bunten Lampions, die überall im Garten hingen, schon jetzt eine fröhliche Atmosphäre.

»Möchtest du auch? Ist vom kalten Buffet in der Küche.« Ariane hielt mir ihren Teller mit Rohkost-Snacks unter die Nase, aber ich lehnte dankend ab.

Wie ich erfuhr, gab es auf den Treffen der Frauengruppe ausschließlich Yogi-Tee zu trinken. Ariane schwenkte allerdings stolz einen Tetrapak Traubensaft in ihrer Hand. »Willst du vielleicht etwas davon?«, fragte sie mich im verlockenden Tonfall eines Drogendealers.

»Okay, warum nicht. Ist besser als Tee.«

Sie schenkte mir ein, und wir stießen an. »Auf unseren Ehrlichkeits-Pakt!«, verkündete Ariane.

Kaum hatte ich daran genippt, konnte ich mir ein Grinsen nicht verkneifen. Ariane hatte doch tatsächlich Wein in die Traubensaftpackung abgefüllt.

»Ts, ts, ts«, sagte ich. »Wenn das Gertrud wüsste.«

»Verpetz mich bloß nicht! Aber ich brauche heute Abend unbedingt Alkohol. Zur Aufmunterung.« Ariane ließ die Schultern hängen. »Ich hatte die letzten zwei Tage nämlich nur drei Kunden im Laden. So kann ich die laufenden Kosten niemals decken. Ich wusste ja, dass es mit dem Laden am Anfang schwierig werden würde, auch weil er so abgelegen liegt. Aber dass es so schlecht läuft ...«

Sofort regte sich Mitleid in mir. Die arme Ariane! Dabei waren die Sachen, die sie mir empfohlen hatte, allesamt großartig. Sogar meine störrischen Haare hatten von dem Stutenmilch-Shampoo einen leichten Glanz bekommen.

»Dann lass uns heute Abend Spaß haben!«, sagte ich entschlossen und erhob erneut mein Glas. »Vielleicht sieht morgen die Welt schon besser aus.«

»Genau«, meinte Ariane heftig nickend. »Die Hoffnung stirbt zuletzt!«

Die nächsten zwei Stunden vergingen wie im Flug. Ab und an gesellten sich Sophie oder Jutta zu uns, doch die meiste Zeit saßen Ariane und ich zu zweit beisammen. Wir quatschten miteinander, als ob wir uns schon ewig kennen würden. Nachdem Ariane noch einen zweiten Tetrapack *Traubensaft* aus ihrem Auto geholt hatte, wurde unsere Stimmung immer ausgelassener. Wir steckten die Köpfe zusammen und kicherten albern.

»Weißt du, was mir extrem wichtig ist?«, fragte ich sie im Flüsterton. »Aber du darfst nicht lachen, okay?«

Ariane nickte mit großen Augen und zeichnete mit dem Finger ein Kreuz über ihr Herz. »Großes Insulaner-Ehrenwort!«

Ich beugte mich noch näher zu ihr, sodass mein Gartenstuhl schräg zur Seite kippte. »Hoppla!«

Seit wann drehte sich eigentlich alles um mich herum? Ich musste mit dem Wein wirklich vorsichtiger sein!

»Der erste Kuss ist mir bei einem Mann unglaublich wichtig«, sagte ich. »Der muss etwas Magisches haben. Das hat jedenfalls meine Mutter immer behauptet. Sie meinte, wenn ich aufmerksam bin, könnte ich spüren, ob der Typ der eine ist. Oder eben nicht. Seither warte ich darauf, dass ihre Prophezeiung wahr wird, aber bisher konnte ich noch nie ein magisches Kribbeln spüren. Auch wenn die meisten Küsse natürlich gut und aufregend waren.« Ich hob einen Zeigefinger in die Höhe. »Bis auf meinen allerersten Kuss, der war eine Katastrophe. Den habe ich von Timo Steinberg bekommen.«

Ariane grinste. »Warum? Wasch is'n passiert?«

Oha! Meine neue Freundin war aber auch nicht mehr ganz nüchtern.

»Timo wohnte bei uns in der Straße und sein Kuss war echt schlecht«, berichtete ich. »Das wusste ich damals schon, obwohl ich erst zwölf war und noch gar keinen Vergleich hatte. Zuerst presste Timo seine Lippen so fest gegen meine, dass ich Angst hatte, meine Vorderzähne würden abbrechen.«

Da Timos Vater Zahnarzt war, hätte das auch eine spezielle Art der Kundenakquise sein können. Es war wie Armdrücken gewesen, nur mit den Lippen.

»Dann fuhr Timo auch noch mit seiner nasskalten Zunge quer über meinen Mund. Wie ein Bernhardiner, der seinem Herrchen auf der Suche nach Essensresten über den Mund leckt.« Es schüttelte mich bei der Erinnerung.

Damals waren mir zwei Dinge klar geworden: zum einen, dass mir Küssen sehr wichtig war, und zum anderen, dass sich ein guter Kuss ganz anders anfühlen musste.

»Das klingt eklig. Aber wieso sollte man an einem Kuss erkennen können, ob man zusammenpasst?«, hakte Ariane stirnrunzelnd nach.

Dafür musste ich etwas weiter ausholen. Hoffentlich bekam ich in meinem beschwipsten Zustand noch alle Fakten zusammen!

»Das englische Wort ›kiss‹ lässt sich aus dem Wort ›cyssan‹ aus dem 12. Jahrhundert ableiten«, erzählte ich. »Was ›Zunge‹, aber auch ›Seele‹ bedeutet. Da die Lippen äußerst empfindliche Nervenenden besitzen, kann laut den Wissenschaftlern eine Berührung mit den Lippen eine ganze eigene Sprache entwickeln.« Ich lächelte verträumt. »Ein Kuss kann so vieles bedeuten, Ariane. Er kann unbeholfen sein, freundlich, süß, höflich …«

»Leidenschaftlich oder besitzergreifend«, half sie mir.

»Und sogar distanziert! Es heißt, ein Blick sagt mehr als hundert Worte, doch ein Kuss ... Ein Kuss sagt die Wahrheit!«

Ariane stützte den Ellbogen auf ihre Lehne und legte das Kinn in die Hand. »Das kling schön. So romantisch.«

»Vielleicht ist es idiotisch, aber ich warte immer noch auf diesen *einen* seelenvollen Kuss, vom dem meine Mutter immer gesprochen hat.« Mir entfuhr ein sehnsüchtiger Seufzer. »Auf den Kuss meines Lebens.«

»Den hätte ich auch gerne.« Ariane warf mir einen vorwurfsvollen Seitenblick zu. »Bestimmt kann ich jetzt keinen Typen mehr küssen, ohne an dich und deine Kusstheorie zu denken.«

Ich grinste. »Dann solltest du froh sein, dass es nicht Trudi war, die dir davon erzählt hat.«

»Stimmt! Wenn ich an Trudi denke, habe ich sowieso immer das Bild vor Augen, wie sie bei einem der Frauenabende nackt um den Grill hüpft. Es gibt Dinge, die nie jemand zu Gesicht bekommen sollte!«

Ich wollte an meinem Wein nippen, doch mein Glas war schon wieder leer. Das erklärte immerhin, weshalb mir so enorm schwindlig war. Ich hielt nach Sophie Ausschau und merkte erst jetzt, dass die anderen sich nach drinnen verzogen hatten. Kein Wunder, die wurden schließlich nicht von der wohligen Wärme des Alkohols erfüllt, so wie Ariane und ich! Ich entdeckte nur noch Nane hier draußen, die gerade über den Rasen auf uns zulief. Jedenfalls war ich mir ziemlich sicher, dass es sich um Nane handelte, obwohl meine Augen sich nicht mehr richtig scharf stellen ließen. Das sollte ich vielleicht als Zeichen nehmen.

»Sei mir nicht böse, Ariane, aber ich habe für heute genug.« Ich fuhr mir stöhnend über das Gesicht. »Mein Bett ruft.«

Als ich mich aus dem Gartenstuhl schälte, begann ich gefährlich zu schwanken. Haltsuchend griff ich mit den Händen um mich, doch da war nichts als Luft.

»Jule, bist du etwa betrunken?«, rief Nane alarmiert.

»Neeee.« Ich stolperte rückwärts und plumpste zurück in meinen Stuhl, der daraufhin mit Schwung nach hinten ins Gras kippte.

»Alles gut«, rief ich vom Boden aus. »Aber ich bin wohl doch leicht beschwipst.«

Ich blickte nach oben und riss die Augen auf. »Verflucht, ist das ein schöner Sternenhimmel! Das glitzert und funkelt ja wie Tausende von Diamanten. Dafür solltet ihr von den Touristen eine extra Pauschale verlangen!«

Nanes Gesicht schob sich in mein Blickfeld. Sie wirkte äußerst besorgt. »Bitte sag mir, dass du nicht schlimm betrunken bist«, flehte sie. »Du hast doch morgen früh ein Vorstellungsgespräch.«

Sofort hatte sie meine ganze Aufmerksamkeit. Der Sternenhimmel war vergessen. »Ich habe *was*?«

Meine Mund war plötzlich wie ausgedörrt, und ich blickte sie entgeistert an.

»Ole hat mit Markus gesprochen«, informierte sie mich. »Du sollst morgen früh aufs Schloss kommen, um dich für den Job als Hotelmanagerin vorzustellen.«

»Aber … aber …«, stammelte ich. Sie hatten hinter meinem Rücken und gegen meinen ausdrücklichen Wunsch ein Vorstellungsgespräch organisiert? Ich wusste offen gestanden nicht, ob ich das fürsorglich oder unverschämt finden sollte.

Als hätte Nane meine Gedanken gelesen, fügte sie hinzu: »Ole hat dich wirklich nur nebenbei erwähnt, Jule. Markus hat ihn daraufhin regelrecht angefleht, dass du gleich morgen bei ihm vorbeischaust. Er sucht wirklich händeringend nach einer Hotelmanagerin.«

Anstatt mir aufzuhelfen, beugte sich nun auch Ariane über mich. »Mensch, das darfst du dir nicht entgehen lassen, Jule! Das kleine Schloss ist ein Traum, einfach wunderschön. Und um Markus als Chef werden dich viele Frauen hier auf der Insel beneiden.« Sie grinste breit. »An dem könntest du gleich mal unsere Ehrlichkeits-Theorie austesten.«

Ich fasste mir an den Kopf und stöhnte auf. Das wurde mir alles zu viel. Ich befand mich eindeutig nicht in der Verfassung für weitreichende Entscheidungen. Wenigstens ergriffen Ariane und Nane endlich meine Hände und zogen mich mitsamt Stuhl wieder in die Höhe.

»Was is' nun? Machst du es?«, fragte Ariane ungeduldig.

Auch Nane musterte mich voller Erwartung.

»Von mir aus«, murmelte ich.

»Wie schön!« Nane klatschte vor Freude in die Hände. »Aber bitte verratet Sophie nichts davon! Ole und ich halten es für besser, wenn sie erst einmal nichts davon weiß. Sie würde sich sonst bestimmt nicht davon abbringen lassen, dich zu begleiten. Und bei eurem Gespräch würde sie den armen Markus dann so lange bequatschen, bis er keine andere Wahl mehr hat, als dir den Job zu geben.«

Die beiden kannten meine Schwester ziemlich gut. Ihr das Vorstellungsgespräch zu verschweigen, hatte auch den Vorteil, dass sie sich keine allzu großen Hoffnungen machen konnte. Denn ich hatte meine Zweifel, ob ich in wenigen Stunden schon in der Lage sein würde, mich meinem potenziellen Arbeitgeber in Bestform zu präsentieren. Wenn es mir jetzt schon so elend ging, wie würde ich mich dann morgen früh erst fühlen?

11. Kapitel

Ich fühlte mich elend.

Richtig elend.

Der Geschmack in meinem Mund drehte mir fast den Magen um. Dank Arianes Fusel gestern Abend begannen offenbar einig Geschmacksknospen auf meiner Zunge zu verwesen.

Vor einer Dreiviertelstunde hatte Nane mich mitleidlos aus dem Bett gezerrt und mich zu einer Dusche gezwungen. Genauer gesagt zu einer eiskalten Dusche. Bei der Temperatur des Wassers hatte es mich gewundert, dass es nicht in Form von Graupel auf mich niedergeprasselt war!

Jetzt hetzte ich in meinem frisch aufgebügelten cremefarbenen Business-Kostüm über die Einfahrt auf Nanes Auto zu, in dem sie schon mit laufendem Motor auf mich wartete. Passend zu meinem Kostüm trug ich einen dunkelblauen Hermes-Seidenschal aus einem Second-Hand-Laden, dezente goldene Ohrringe und als Glücksbringer natürlich meine Louboutins. Ich hatte es sogar geschafft, meine Locken zu bändigen und eine ansehnliche Hochsteckfrisur hinzubekommen. Eigentlich hätte ich zufrieden sein müssen. Wenn ich mich nur nicht so elend gefühlt hätte! Zwar ging es meinem Kopf dank einer großzügigen Menge Schmerztabletten mittlerweile besser, doch dafür rebellierte nun mein Magen. Oder lag es an der Aufregung, dass mir so übel war? Beim Gedanken an das vor mir liegende Vorstellungsgespräch wurden meine Handflächen feucht, und jeder Muskel meines Körpers spannte sich an. Dabei wusste ich nicht einmal, ob ich den Job überhaupt haben wollte.

Nane ließ den Motor wie eine Rennfahrerin mehrmals hintereinander aufheulen, sodass ich einen Zahn zulegte und schnell zu ihr ins Auto stieg. Obwohl sie angeblich so eine ruhige, ausgeglichene Inselbewohnerin war, gelang es ihr sehr gut, andere unter Stress zu setzen.

»Hast du alles?«, fragte sie und blickte auf meine Bewerbungsmappe.

Es hatte sich als glückliche Fügung erwiesen, dass ich mit meinem ganzen Kram nach Rügen gekommen war. Dank meines Kostüms, den Unterlagen aus den Umzugskartons, meines Laptops und dem Drucker in Oles Arbeitszimmer war ich nun perfekt für das Vorstellungsgespräch gerüstet.

Ich nickte Nane schweigend zu, da mir überhaupt nicht nach reden zumute war. Hoffentlich ließ die Übelkeit nach, sobald wir auf dem Schloss waren!

Die Stabilität meines Magens wurde gehörig auf die Probe gestellt, da Oles Mutter mit ihrem kleinen Fiat über die Kopfsteinpflasterstraßen raste, als wäre der Teufel hinter uns her. Sobald ein Wagen vor uns auftauchte, setzte sie auch schon zu einem Überholmanöver an. Dabei war die Strecke ausgesprochen kurvig, und alle zehn Meter stand ein Baum so dicht am Straßenrand, dass man hätte meinen können, der Asphalt wäre um ihn herum verlegt worden. Mit weit aufgerissenen Augen klammerte ich mich an meinen Sitz und drückte mit dem rechten Fuß beständig auf ein imaginäres Bremspedal.

»Geht das nicht ein bisschen langsamer?«, stieß ich irgendwann panisch hervor. »Wir sind erst zwei Minuten über der Zeit.«

»So musst du fahren, wenn du hier lebst«, erklärte sie mir trocken. »Die Touristen verstopfen ständig die Straßen. Sie sind so damit beschäftigt, die Insel zu bewundern, dass sie fast im Schritttempo vor einem herfahren. Wenn du auf Rügen pünktlich zu einem Termin erscheinen willst, musst du dir meine Fahrweise aneignen, Jule!«

Bitte? Ich war doch nicht lebensmüde. Sophie war schließlich auch nicht wie eine gesenkte Sau über die Inselstraßen gerast. Allerdings hatten wir auch keinen Termin einhalten müssen.

»Bietet ihr dafür zufällig ein Fahrtraining an?«, fragte ich und keuchte auf, weil sie mitten in einer Kurve nach links ausscherte. »*Suizidales Autofahren für Zugezogene* oder so?«

Nane verzichtete auf eine Antwort und riss stattdessen das Lenkrad herum. Mit Schmackes bogen wir nach rechts in eine schmale Straße ab. Im Vorbeifahren konnte ich aus den Augenwinkeln gerade noch das Schild »Schloss Neunwiek« erkennen. Der Weg war zu beiden Seiten mit Bäumen und Büschen bewachsen. Doch plötzlich lichtete sich das Dickicht und machte einem gepflegten Schlosspark Platz. Mein Blick fiel auf gestutzte Hecken, eine weite Rasenfläche, Rosenbüsche und einen großen Brunnen, der jedoch nicht in Betrieb war. Vor uns erhob sich malerisch und romantisch Schloss Neunwiek. Es war tatsächlich recht klein und eher ein Schlösschen, genau wie Ole gesagt hatte. Ich hatte schon Gutshäuser gesehen, die größer waren. Aber das tat seiner Schönheit keinen Abbruch. Ein Teil der weinroten Fassade war mit Efeu bewachsen, in jeder Himmelsrichtung befand sich ein Turm, und an den weißen hohen Sprossenfenstern konnte ich erkennen, dass das Schloss drei Stockwerke hatte.

Nane hielt direkt vor der Eingangstreppe, die zu einer großen zweigeteilten Holztür mit kunstvollen Schnitzereien führte. Wow, hier zu arbeiten wäre ein Traum! Das war etwas komplett anderes als das anonyme, austauschbare Hotel in München. Schon sah ich mich dort oben neben dem steinernen Löwen stehen und mit einem strahlenden Lächeln die Gäste begrüßen. *Schlosshotel Neunwiek, geführt von Jule Seidel.* Das hatte was, oder?

»Voilà!«, meinte Nane zufrieden. »Sechs Minuten zu spät. Das geht noch, oder?«

Ich schluckte schwer. Jetzt konnte ich es nicht mehr leugnen: Ich hatte Muffensausen. Es war das erste Mal, dass ich mich bei einem Schlossherrn um einen Job bewarb. Und das auch noch als Hotelmanagerin. Zwar hatte ich in München in der Geschäftsleitung gearbeitet, aber ganz allein hatte ich noch nie ein Hotel geführt. Bestimmt hatte ich nicht die geringste Chance auf diese Anstellung …

»Ich glaub, ich muss mich übergeben«, hauchte ich.

»Aber nicht in meinem Auto!«, sagte Nane ohne jedes Mitleid. »Los, steig aus. Hopp, hopp!« Sie wedelte auffordernd mit der Hand in Richtung Autotür.

Ich erstarrte. »Kommst du nicht mit rein?«

»Nein, ich hab noch was zu tun. Außerdem störe ich doch nur beim Vorstellungsgespräch. Du schaffst das schon, Jule! Ruf mich einfach an, wenn ihr fertig seid. Du hast ja meine Nummer.«

Wahrscheinlich hatte sie recht. Ich riss mich zusammen und zwang mich zu einem Lächeln. »Klar doch!«

Immerhin war das nicht mein erstes Bewerbungsgespräch. Am wichtigsten war, dass man einen entspannten und freundlichen Eindruck machte. Ich klappte die Sonnenblende herunter und betrachtete mich für einen letzten Check im Spiegel. »Was denkst du? Wie sehe ich aus?«

Nane musterte mich. »Eigentlich mag ich den natürlichen Look, aber du könntest ruhig noch ein bisschen mehr Schminke auflegen.«

Erneut kontrollierte ich mein Erscheinungsbild. »Von was denn mehr?«

»Von allem.«

Tatsächlich sah ich trotz des Rouges immer noch viel zu blass aus. Außerdem hatte ich deutliche Ringe unter den Augen, und der Nude-Lippenstift unterstrich leider noch meinen Zombie-Look.

»Egal jetzt!« Ich winkte ab und stieg aus. »Ich bewerbe mich schließlich nicht als Supermodel.«

»Toi, toi, toi!«, rief Nane mir zu.

Kaum hatte ich die Autotür zugeschlagen, brauste sie auch schon davon. Vorsichtshalber steckte ich mir noch schnell eine Pfefferminzpastille in den Mund, dann stieg ich mit klopfendem Herzen die Treppe hinauf. Erst nach einigem Suchen entdeckte ich neben der beeindruckenden Eingangstür eine unscheinbare Klingel ohne Beschriftung. Als ich sie drückte, hörte ich jedoch kein Geräusch aus dem Inneren. Nach vier Minuten stand ich immer noch allein hier draußen. Und jetzt?

Kurzerhand drückte ich die Klinke herunter. Die Tür öffnete sich mit einem schauerlichen Quietschen. So begannen alte Gruselfilme: Die holde Jungfer betritt ein verlassenes Schloss und gerät in die Fänge des Bösen ... Da ich allerdings beileibe keine holde Jungfer mehr war, fühlte ich mich relativ sicher. Ich streckte neugierig meinen Kopf durch den Spalt.

»Heiliger Bimbam!«, entfuhr es mir überwältigt.

Vor mir erstreckte sich ein riesiger Raum mit einer hohen stuckverzierten Decke. Die untere Hälfte der Wände war mit dunklem Holz vertäfelt, darüber schimmerte eine edle cremefarbene Stofftapete. Automatisch wanderte mein Blick suchend nach oben, doch zu meiner Enttäuschung fehlte der obligatorische Kronleuchter. Ich wagte mich ein paar Schritte hinein, obwohl ich mir dabei wie ein Einbrecher vorkam.

»Hallo?« Meine Stimme hallte dünn und unsicher von den Wänden wider. »Ist hier jemand?«

Keine Antwort. Hätte jetzt nicht irgendwo aus einer dunklen Nische ein Diener namens James oder Mr. Carson auftauchen müssen?

Vor mir ragte eine herrschaftliche Treppe auf, doch ich wandte mich nach rechts, um mich weiter in der spärlich möblierten Empfangshalle umzusehen. Das Parkett zierten aufwendige Einlegearbeiten, die einmal sehr schön gewesen sein mussten. Leider war dem Fußboden sein Alter deutlich anzusehen, denn ich entdeckte tiefe Kerben, aufgequollene Holzstücke und schwarze Verfärbungen. Bei näherer Betrachtung war auch die Stofftapete ziemlich verblichen, und in einer Ecke hatte sie sich sogar ganz von der Wand gelöst. Oje, hier wartete einiges an Arbeit! Trotzdem nahm mich der nostalgische Charme der Eingangshalle sofort gefangen. Ich sah das Foyer schon in das goldene Licht eines Kronleuchters getaucht, mit einem Empfangstresen aus schimmerndem Holz und gemütlichen Sitzgruppen im Kolonialstil. Das hier war ein Juwel! Allerdings wies nichts darauf hin, dass irgendwelche Umbauarbeiten stattfanden. Hatte Nane nicht gesagt, dass das Hotel schon bald eröffnet werden sollte?

Ein aggressives Bellen durchschnitt die Stille. Ich zuckte erschrocken zusammen. Oh weh, das war nicht gut! Keine

Sekunde später kam ein brauner Hund mit gebleckten Zähnen um die Ecke geflitzt und schoss auf mich zu. Offenbar war er fest entschlossen, mich anzufallen und zu zerfleischen. Ich musste mir alle Mühe geben, nicht schreiend und mit wedelnden Armen die Flucht zu ergreifen.

»Lieber Hund«, kreischte ich. »Ganz lieber Hund!«

Es war wohl die Hoffnung, die da aus mir sprach. Zum Glück setzte der Köter nicht sofort zum Sprung an, sondern kam direkt vor mir zum Stehen. Er zeigte mir seine scharfen Fangzähne, und ein unheilvolles Knurren drang aus seiner Kehle. Jetzt nur keine Angst zeigen!

»Na, was bist du denn für ein Süßer?«, sagte ich so unbeschwert wie möglich. »Kommst du mal zu mir? Hier, du darfst auch an mir schnüffeln.«

Damit der Hund meine Witterung aufnehmen konnte, streckte ich langsam meine rechte Hand vor. Sie zitterte wie Espenlaub. Wenn ich Pech hatte, war es das letzte Mal, dass ich meine Hand irgendwohin streckte.

Der Hund schnupperte interessiert. Nach einer gefühlten Ewigkeit setzte sich sein Schwanz in Bewegung. Der Hund stupste meine Hand kurz mit der Nase an, um mir zu signalisieren, dass er sein Urteil gefällt hatte: Er würde mich nicht fressen. Das hatte ich bestimmt meinen Billigwein-Ausdünstungen zu verdanken. Die hatten ihm den Appetit verdorben.

Ich atmete erleichtert auf. Zum ersten Mal betrachtete ich den Hund, ohne vor Panik wie paralysiert zu sein. Hm … Kannte ich das Tier nicht? Diese edle Rasse passte zu dem Schloss jedenfalls wie die Faust aufs … Ich zog scharf die Luft ein. Natürlich, das war Kira, die rüdenfürchtende Hündin vom Strand!

»Was machen Sie denn hier?«, hörte ich hinter mir auch schon eine tiefe, selbstbewusste Stimme.

Oh nein! Auf Deutschlands größter Insel gab es nur einen Menschen, dem ich nicht begegnen wollte – und ausgerechnet in dessen Haus befand ich mich nun. Das Schicksal hatte offenbar Sinn für Humor. Ha, ha!

Als ich mich umwandte, stand der Angeber-Typ direkt vor mir. Das war wie ein Fausthieb in den Magen, dabei war mir ohnehin schon schlecht. Allerdings musste ich einräumen, dass er dieses Mal nicht wie ein Angeber-Typ aussah, sondern eher wie ein Bauarbeiter. Seine Hände hatte er in den Taschen einer tief sitzenden Jeans vergraben, er trug ein enges weißes T-Shirt und auf seiner linken Wange prangte ein sonnengelber Farbspritzer. Er funkelte mich mit seinen smaragdgrünen Augen genauso argwöhnisch an wie eben seine Hündin Kira. Wahrscheinlich hielt er mich für eine durchgeknallte Stalkerin, die ihm bis hierher gefolgt war, um ihm weitere Beschimpfungen an den Kopf zu werfen.

Endlich riss ich mich aus meiner Erstarrung. »Ich bin Jule Seidel, die Schwester von Sophie«, stellte ich mich vor. »Ich habe hier einen Termin für ein Vorstellungsgespräch. Sind Sie ... ähm ...« Ich stockte und durchforstete mein Gehirn fieberhaft nach einem Nachnamen. Vergeblich. Weder Ole noch Nane hatten den Nachnamen je erwähnt. Verflucht, normalerweise ging ich nicht so unvorbereitet zu einem Vorstellungsgespräch! »... Markus?«

Der Angeber-Typ hob angesichts der vertraulichen Anrede eine Augenbraue in die Höhe.

»E... entschuldigung«, stammelte ich. »Leider hat mir niemand Ihren Nachnamen gesagt. Und draußen war kein Klingelschild.«

Er verschränkte die muskulösen Arme vor der Brust. »Das erschien überflüssig angesichts der Tatsache, dass unser Name in großen Lettern in die Eingangstür geschnitzt ist, samt Familienwappen.«

Himmel, so genau hatte ich mir die Verzierungen auf der protzigen Flügeltür natürlich nicht angesehen! Schließlich hatte ich andere Dinge im Kopf gehabt. Doch heute würde ich mich nicht von ihm provozieren lassen. Ich würde diesem Markus zeigen, dass ich mich und mein Leben sehr wohl im Griff hatte.

»Das ist mir leider entgangen«, sagte ich mit so viel Contenance wie möglich.

Er schwieg einen Moment. Vielleicht um mir Gelegenheit zu geben, doch noch eine gemeine Spitze loszuwerden. Stattdessen setzte ich ein unverbindliches Lächeln auf.

»Mein Name ist Markus von Kronlitz«, sagte er schließlich. Er streckte mir mit dem Anflug eines Lächelns die Hand entgegen, die ich trotz der Farbspritzer darauf ohne zu zögern ergriff. Sein Händedruck war fest und angenehm warm.

»Freut mich!«, sagte ich.

Hatte Gertrud mir gestern nicht geraten, gegen meinen Stolz anzukämpfen? Gut, dann würde ich das jetzt ausprobieren! In einem Anfall von Friedfertigkeit schlug ich vor: »Ich weiß, wir beide hatten einen schwierigen Start, *Herr von Kronlitz*. Vielleicht können wir unsere ersten beiden Zusammentreffen einfach vergessen und noch mal von vorne beginnen?«

Denn machten wir uns nichts vor: Nach unseren bisherigen Begegnungen waren wir uns alles andere als wohlgesonnen. Aber schließlich hatten wir gemeinsame Freunde und offensichtlich auch gemeinsame Interessen. Wenn wir nicht bereit waren, aufeinander zuzugehen, konnten wir das Gespräch an dieser Stelle genauso gut abbrechen.

Er rieb sich nachdenklich über das Kinn. »Ich glaube kaum, dass ich diese beiden Begegnungen einfach vergessen kann. Denn Sie haben einen bleibenden Eindruck hinterlassen, Frau Seidel«, meinte er trocken. »Aber ich kann Ihnen versichern, dass ich Geschäftsmann genug bin, um das Private vom Beruflichen zu trennen.«

Ich hatte bei ihm einen bleibenden Eindruck hinterlassen? Keine Ahnung, wie ich das verstehen sollte. Wahrscheinlich als Beleidigung. Ja, ganz sicher, das musste eine Beleidigung sein! Oder nicht? Gott, weshalb verunsicherte mich dieser Typ nur so?

Erst jetzt bemerkte ich, wie sein Blick prüfend über mich glitt. Zu seinen Gunsten nahm ich an, dass dies aus rein beruflichen Gründen geschah. Wenn jemand vom Typ Annie Wilkes aus »Misery« hinter dem Empfangstresen stand, konnte es schließlich passieren, dass die Gäste vor Angst kreischend die Flucht ergriffen, noch ehe sie eingecheckt und ihre Kreditkartennummer hinterlassen hatten. Ich drückte die Schultern durch und reckte das Kinn. Sollte dieser Markus ruhig gucken! Von meinem aufgequollenen Gesicht einmal abgesehen, war mein Outfit heute von den Schuhen bis zur Hochsteckfrisur absolut professionell. Somit waren ungefähr 92 Prozent meines Körpers absolut vorzeigbar. Auf alle Fälle sah ich um Längen besser aus als die heruntergekommene Eingangshalle seines Schlosses.

»Geht es Ihnen nicht gut?«, fragte er stirnrunzelnd. »Sie sind etwas blass.«

Prompt spürte ich, wie sich meine Wangen röteten. Ich gab

mich der Hoffnung hin, dass dadurch mein Zombie-Look etwas abgeschwächt wurde.

Wie soll es einem schon gehen, wenn man post-alkoholisiert zum Vorstellungsgespräch erscheint, antwortete ich in Gedanken. Laut sagte ich nur: »Alles in Ordnung!«

Ich räusperte mich und reichte ihm meine Mappe. »Hier sind meine Unterlagen. Ausbildung, Lebenslauf, Fortbildungen, Zeugnisse und Empfehlungsschreiben meiner bisherigen Arbeitgeber.« Der Stolz, der in meiner Stimme mitschwang, war nicht zu überhören. Aber ich wusste, dass sich meine Bewerbungsmappe wirklich beeindruckend las. Jedenfalls bis jetzt noch. Das Zeugnis meines Noch-Arbeitgebers würde wahrscheinlich nicht so überschwänglich ausfallen. Doch ich hatte nicht vor, Markus von Kronlitz diese Geschichte zu verschweigen. Ich würde zu meinem Fehler stehen!

Der Schlossherr klemmte sich die Mappe unter den Arm, ohne auch nur einen Blick hineinzuwerfen. Er gab mir ein Zeichen, ihm zu folgen.

»Ich habe leider nicht viel Zeit«, erklärte er, während er vor mir die Treppe nach oben spurtete. »Der Umbau der Gästezimmer läuft auf Hochtouren, und wir liegen weit hinter unserem Zeitplan zurück. Eigentlich wollen wir in zwei Monaten das Hotel eröffnen.«

Zwar hatte ich die Gästezimmer noch nicht gesehen, aber allein in der Eingangshalle gab es noch so viel zu tun, dass eine Eröffnung in dieser kurzen Zeit praktisch kaum zu schaffen war. Nach der Renovierung galt es schließlich noch kompetente Angestellte zu finden und das Hotel zu bewerben – angefangen von Zeitungsannoncen bis zu einer ansprechenden Webseite. Auf der anderen Seite bedeutete dies aber auch eine reizvolle Herausforderung. Dieses Schloss war wie ein

Rohdiamant, den man mit ein bisschen Geschick zu einem großartigen Hotel mit stilvollem Ambiente und gutem Ruf formen konnte.

Und ich liebte Herausforderungen!

12. Kapitel

Wir liefen einen langen, lichtdurchfluteten Flur entlang. Das Stöckeln meiner Schuhe wurde von einem weichen roten Teppich geschluckt. An den Wänden hingen alte Gemälde, die sowohl Landschaftsszenen als auch Männer in altmodischer Kleidung und stolzer Haltung zeigten. Ob das die Vorfahren des Schlossherren waren?

»Erzählen Sie mir von Ihrem beruflichen Werdegang!«, verlangte Markus von Kronlitz.

Während ich mich bemühte, mit ihm Schritt zu halten, ratterte ich die wichtigsten Stationen und Daten meiner Karriere herunter. Gleichzeitig näherten wir uns eindeutig den Bauarbeiten, denn ich musste immer lauter sprechen, um das Hämmern, Bohren und das schrille Kreischen eines Fliesenschneiders zu übertönen. Hörte mir mein potenzieller Arbeitgeber überhaupt noch zu? Doch da Markus von Kronlitz ab und an nickte, schien er meinem Monolog zu folgen.

»... und in München arbeite ich jetzt schon seit vier Jahren in der Hotelleitung«, kam ich zum Ende meines Vortrags. »Eine meiner Hauptaufgaben ist dort die persönliche Betreuung der Großkunden. Aber ich bin auch mit allen weiteren Aspekten meines Berufs vertraut – wie der betriebswirtschaftlichen Seite, der Logistik, dem Marketing und der Personalführung.«

Im Vorbeilaufen konnte ich einen Blick in die zukünftigen Zimmer werfen, in denen einige Handwerker mehr oder weniger engagiert am Arbeiten waren. Zwei von ihnen standen schweigend nebeneinander und starrten auf eine unverputzte Wand, an der ich beim besten Willen nichts Auffälliges entdecken konnte. Vielleicht mussten sie mit der Wand erst mentalen Kontakt aufnehmen, bevor sie sich auf körperlicher Ebene mit ihr befassen konnten? Trotz der laufenden Umbauarbeiten fiel mir auf, dass die grundsätzliche Aufteilung der Zimmer schon perfekt zu einem Hotel passte. Fast alle Räume besaßen die passende Größe und offenbar auch ein angeschlossenes Badezimmer. Das war für ein Schloss eher ungewöhnlich.

»Das klingt alles sehr beeindruckend, Frau Seidel«, sagte Markus von Kronlitz und nickte mir erneut zu.

Der Schlossherr marschierte in ein Zimmer, das schon renoviert und tapeziert war. Momentan verpasste ein Handwerker der Raufasertapete einen sonnengelben Anstrich. Er sah kurz von seiner Arbeit auf, als wir eintraten, und tippte sich zum Gruß an eine imaginäre Mütze. »Moin, schöne Frau!«

Ich nickte ihm mit einem Lächeln zu. »Hallo, freut mich!«

Ohne Umschweife griff Markus von Kronlitz nach einer Farbrolle mit Griffverlängerung, tunkte sie in einen Eimer Farbe und klatschte sie routiniert an die Decke. Offenbar machte er das nicht zum ersten Mal. Das wollte so gar nicht zu dem Bild des Angeber-Typen passen, das ich mir von ihm gemacht hatte. Ich ging eilig auf Abstand, um den Farbspritzern auszuweichen.

»Haben Sie auch irgendwelche Fragen an mich, Frau Seidel?«, wollte er wissen.

Für einen Moment war ich vom Spiel seiner Muskeln unter

dem T-Shirt abgelenkt, wenn er die Arme hob, um eine weitere Bahn gelber Farbe an der Decke anzubringen. Mir wären in dieser Haltung ja schon längst die Arme abgefallen. Außerdem hätte ich selbst mit der Griffverlängerung und meinen hohen Schuhen nur die Luft einen halben Meter unter Decke streichen können. Das war definitiv das seltsamste Vorstellungsgespräch, das ich je geführt hatte.

Ich riss mich zusammen. »Ähm … Wie viele Gästezimmer sollen es denn werden?«

»Siebenundzwanzig«, antwortete er, den Blick nach wie vor zur Decke gewandt. »Das ist natürlich nicht die Größenordnung, die Sie normalerweise gewohnt sind. Das oberste Stockwerk möchte meine Mutter allerdings komplett privat halten. Sie will dort ihre Ruhe haben und nicht permanent durch die Gäste gestört werden.«

Ah ja, der Hausdrache! Wenn die Gerüchte über sie auch nur ansatzweise stimmten, konnte es mir und den anderen Angestellten nur recht sein, wenn seine Mutter sich aus dem laufenden Hotelbetrieb heraushielt. Halt! Stopp! Weshalb ging ich eigentlich davon aus, dass ich hier tatsächlich arbeiten würde? Bisher hatte mir Markus von Kronlitz den Job schließlich nicht angeboten. Abgesehen davon hatte ich Zweifel, ob eine Zusammenarbeit mit ihm auf lange Sicht gut gehen würde. Ganz offensichtlich waren dieser Mann und ich nicht auf einer Wellenlänge.

»Das Schloss war vor vielen Jahren schon einmal ein Hotel, oder vielmehr ein Erholungsheim«, erklärte Markus von Kronlitz. »Deswegen nutzen wir natürlich die vorhandenen Zimmer, was den Umbau einfacher und kostengünstiger macht. Leider sind sowohl die Badezimmer als auch die Leitungen und Anschlüsse völlig veraltet.«

»Das bedeutet natürlich viel Arbeit«, erwiderte ich mitfühlend.

Ich schlenderte hinüber zum Fenster, durch das man auf den hinteren Teil des Schlossparks sehen konnte. Hier war der Garten ursprünglicher und die Natur noch nicht vollständig domestiziert. Ein schmaler Pfad lud zum Flanieren ein, und Wiesenblumen zauberten Farbtupfer auf das Grün des Rasens. Alte Eichen und Kastanien wiegten sich sanft im Frühlingswind, und ein Bachlauf schlängelte sich zwischen ihnen hindurch. Von hier oben konnte ich sogar einen Blick auf den Bodden erhaschen, der wie ein riesiger See an das Ufer des Grundstücks stieß. Gott, war das schön! Da konnte nicht einmal Shanti-Gertruds geschmackvolle Kate mithalten.

»Davon muss unbedingt ein Foto auf die Webseite«, entfuhr es mir versonnen.

»Wie bitte?«

Ich fuhr herum und sah, wie Markus von Kronlitz mich fragend anblickte.

»Diese Aussicht ist fantastisch«, erklärte ich und konnte meine Begeisterung nicht verbergen. »Die Gäste werden sie lieben. Sobald sich die Eröffnung herumgesprochen hat, wird es nicht schwierig sein, ein Schlosshotel mit dieser herrlichen Lage am Laufen zu halten.«

»Ihr Wort in Gottes Ohr«, murmelte er.

Ich glaubte, Bitterkeit in seiner Stimme zu hören. Seine Augenbrauen waren zusammengezogen, und ich sah, wie sich seine Kiefermuskeln anspannten. Vielleicht täuschte ich mich auch, aber für mich wirkte es so, als würde für die Familie von Kronlitz viel vom Erfolg des Hotels abhängen. Der Hausherr wandte sich wieder von mir ab und tunkte erneut die Farbrolle in den Eimer.

»Wäre es Ihnen lieber, wenn ich zu einem anderen Zeitpunkt noch einmal vorbeischaue?«, bot ich an. »Wenn Sie nicht so im Stress sind? Von meiner Seite aus wäre das überhaupt kein Problem.«

Er musterte mich irritiert, als wäre ich diejenige, die sich seltsam verhält. »Wieso?« Ich knirschte mit den Zähnen. Und dieser Kerl hatte *mir* vorgeworfen, unhöflich zu sein? Zwar hatte ich mir vorgenommen, ihm ab sofort freundlich zu begegnen, doch so langsam hatte ich wirklich genug von seinem Verhalten. Schließlich hatte Markus von Kronlitz mich in aller Herrgottsfrühe hierherbestellt. Und nun behandelte er mich einfach wie Luft?

Ich stellte mich vor ihn hin und verschränkte die Arme vor der Brust. »Ich habe gehört, sie suchen händeringend eine kompetente Hotelmanagerin, Herr von Kronlitz? Denn hier steht eine leibhaftig vor Ihnen. Allerdings nicht mehr lange, wenn Sie nicht endlich anständig mit mir reden! Hätte ich mich heute früh an die Ostsee gestellt und ein Vorstellungsgespräch beim Fliegenden Holländer verlangt, wäre der Morgen wahrscheinlich unterhaltsamer verlaufen als mit Ihnen.«

Okay, den letzten Satz hätte ich mir besser verkneifen sollen. Der war mir einfach herausgerutscht. Ich hörte, wie der Handwerker hinter mir amüsiert gluckste.

Auch wenn er die Arme immer noch über den Kopf gestreckt hielt, schenkte Markus von Kronlitz mir nun wenigstens seine volle Aufmerksamkeit. Wieder glaubte ich in seinen Augen ein überraschtes und zugleich amüsiertes Funkeln zu entdecken. Schon erwartete ich eine scharfzüngige Erwiderung meines potenziellen Arbeitgebers, doch ich hatte mich geirrt.

»Tut mir leid, Frau Seidel«, sagte er, und die Entschuldigung klang tatsächlich aufrichtig. »Ich habe gleich noch einen wichtigen Termin im Verlag in Stralsund und wollte vorher unbedingt diese Decke fertig machen. Offenbar bin ich so darauf konzentriert, mit der Renovierung voranzukommen, dass ich meine guten Manieren vergessen habe. Das hätte nicht passieren dürfen!«

Ohne den Blick von mir abzuwenden, ließ er endlich die Arme sinken und stellte die Griffverlängerung auf dem Boden ab. Leider eine Spur zu kraftvoll. Die Malerwalze befand sich nun direkt vor mir, und durch die Erschütterung löste sich ein dicker Tropfen Farbe. Ich brachte gerade noch ein tonloses »Oh« über die Lippen, da klatschte mir der Tropfen auch schon ins Gesicht. Mein rechtes Auge fühlte sich an, als wäre es mit einem halben Liter Farbe getränkt worden.

»Au!«, jaulte ich auf. »Scheiße, das brennt vielleicht!«

So viel zu *meinen* guten Manieren.

»Nicht reiben!«, befahl Markus von Kronlitz und fing meine Hand ab, die gerade auf dem Weg zu meinem Auge war.

»Aber ich bin blind«, jammerte ich. Das war nicht mal gelogen. Mein linkes Auge wollte sich anscheinend solidarisch zeigen und hatte so zu tränen begonnen, dass ich meine gesamte Umgebung nur noch verschwommen wahrnahm.

»Kommen Sie mit! Ich kümmere mich darum.« Er legte einen Arm um meine Schulter. Sofort versteifte ich mich, doch er ignorierte meinen Widerstand einfach und führte mich aus dem Zimmer.

»Wo bringen Sie mich hin?«, fragte ich misstrauisch.

»In mein geheimes Schlossverlies«, entgegnete er trocken, »in dem ich arbeitsuchende Hotelmanagerinnen gefangen halte und mit ihnen Szenen aus *Shades of Grey* nachspiele.«

»Ha, ha.« Ich wandte meinen Kopf zur Seite. Doch ich sah nur das Weiß seines T-Shirts und die verschwommenen Konturen seines Kinns über mir. »Dass Sie auch einen Witz machen können, hätte ich Ihnen gar nicht zugetraut.«

»Selbstverständlich kann ich Witze machen«, versicherte er mir. »In Wahrheit nehme ich natürlich den SM-Klassiker von Marquis de Sade als Vorlage.«

Trotz seines deutlich ironischen Tonfalls verzog ich angeekelt das Gesicht. »Igitt!«

Er lachte leise. »Diesem Kommentar entnehme ich, dass Sie schon einmal einen Blick in dieses Buch geworfen haben, Frau Seidel?«

Hilfe, ich war direkt in eine Falle gelaufen! Als ob mein Körper wegen meines Auges nicht schon genug in Aufruhr gewesen wäre, schoss mir nun auch noch das Blut in die Wangen. Sofort wollte ich zu einer faustdicken Lüge ansetzen, doch just in diesem Augenblick fiel mir der Ehrlichkeits-Pakt wieder ein. Ach du lieber Himmel!

Ich räusperte mich peinlich berührt. »Nun ja, ich hatte tatsächlich schon mal ein Buch des Marquis de Sade in der Hand«, räumte ich mit belegter Stimme ein, während ich mich von ihm halbblind durch den Flur führen ließ. »Und eventuell habe ich auch ein, zwei Absätze gelesen. Ein paar Kapitel, höchstens.«

»Ach, wirklich? Sogar gleich ein paar Kapitel?«

Obwohl ich es nicht sehen konnte, hörte ich seiner Stimme an, dass er bis über beide Ohren grinste.

Boah, am liebsten wäre ich vor Scham im Boden versunken! Wer war denn nur auf die bescheuerte Idee mit dieser rigorosen Ehrlichkeit gekommen? Ach, stimmt, das war ja ich.

»Aber«, fügte ich sofort hinzu, »das meiste fand ich eher

abstoßend als anregend. Perverser Schweinkram allererster Güte.«

»Das ist gut zu wissen. Und wenn man den Inhalt des Buches bedenkt, in gewisser Weise auch beruhigend.«

Am hallenden Klang unserer Schritte erkannte ich, dass wir ein Badezimmer betreten hatten. Markus von Kronlitz ließ mich los, und einen Augenblick später hörte ich Wasserrauschen.

»Legen Sie den Kopf ein wenig nach hinten«, bat er mich.

»Warum?«, fragte ich argwöhnisch. Es verunsicherte mich total, dass ich kaum etwas sehen konnte.

Er stieß einen ungeduldigen Seufzer aus. »Auf Ihrem Augenlid ist ein großer gelber Farbklecks, von dem ich Sie gerne befreien würde. Außer er gefällt Ihnen, und Sie wollen ihn behalten?«

»Nein, danke. Gelb ist nicht ganz meine Farbe. Entschuldigen Sie, beim Rauschen des Wassers habe ich irgendwie spontan an Waterboarding gedacht.« Aber schließlich war er es gewesen, der mit den SM-Praktiken im Schlossverlies angefangen hatte. Ich tat, wie geheißen und legte den Kopf in den Nacken. »Dann befreien Sie mich mal bitte von der Farbe, *Herr von Kronlitz*!«

Er legte mir eine Hand unters Kinn, um mich in die richtige Position zu dirigieren. Während er für einen selbstgefälligen Angeber-Typen überraschend sanft mein Auge mit einem feuchten Lappen reinigte, spürte ich seinen warmen Atem über meine Wange streifen. Auf die Gefahr hin, mich zu wiederholen: Das war definitiv das seltsamste Vorstellungsgespräch meines Lebens.

»Ich kann mir nicht helfen, Frau Seidel, aber wenn Sie meinen Namen sagen, hört sich das an wie eine Beleidigung.«

»Ah ja?« Ich räusperte mich. »Tut mir leid, das war nicht meine Absicht, *Herr von Kronlitz*.« Da, es war mir schon wieder passiert! Jetzt hörte ich es auch.

Vermutlich hatte es unter meinen Vorfahren irgendwelche Revolutionäre gegeben, die sich mit Fackeln und Mistgabeln gegen die Feudalherrschaft aufgelehnt hatten, und dieser Ton lag mir einfach in den Genen.

»Hm«, entgegnete er dementsprechend skeptisch. »Um das in Zukunft zu vermeiden, sollten wir vielleicht zum Du übergehen? Immerhin ist Ihre Schwester die Freundin meines besten Kumpels. Ich bin Markus.«

»Jule«, sagte ich knapp. Die Enttäuschung, die mich in diesem Moment wie eine Welle überkam, überraschte mich selbst. Mir war sofort klar, dass einem Angebot zum Duzen nur selten ein Arbeitsvertrag folgte.

»Dann willst du den Job also jemand anderem geben?«, fragte ich ihn frei heraus.

Markus hielt mit der Säuberungsaktion meines Auges inne. »Wie kommst du denn darauf?«

»Chefs möchten nur selten ihre zukünftigen Angestellten duzen.«

Nach einer weiteren Sekunde begann er wieder, die Farbe von meinem Augenlid zu entfernen. »Die Sache mit dem Job würde ich lieber besprechen, wenn ich keine Angst mehr haben muss, dass du durch meine Schuld erblindet bist.«

»Schon gut«, beruhigte ich ihn und zog eine Grimasse. »Ich bin nicht aus Zucker. Nur raus mit den schlechten Nachrichten!«

Er seufzte ergeben auf. »Na schön! Jule, du hast einen beeindruckenden Lebenslauf und scheinst über viel Erfahrung im Hotelgewerbe zu verfügen. Aber du hast noch nie ganz allein die Verantwortung für ein Hotel getragen, oder?«

Das war weniger eine Frage als eine Feststellung. Als ob er in die Zukunft blicken könnte und deshalb schon genau *wüsste*, dass ich mit so viel Verantwortung überfordert war.

Umso schwerer fiel es mir, ihm zuzustimmen. »Nein, habe ich nicht«, räumte ich zähneknirschend ein. »Aber ich habe weltweit in der Geschäftsleitung renommierter und weitaus größerer Häuser gearbeitet. Ich traue mir durchaus zu, ein Hotel auf Rügen mit siebenundzwanzig Gästezimmern zu leiten.«

Zu allem Überfluss schob er sich jetzt noch näher an mich heran, wohl um zu überprüfen, ob mein Auge wirklich sauber war. Ich spürte den Druck seines Oberkörpers an meinem, und sein Atem roch angenehm frisch nach Minze. Herrgott, musste das denn sein? Immerhin versuchte ich gerade, sauer auf ihn zu sein.

»Das glaube ich gern, Jule«, murmelte er. »Es ändert allerdings nichts daran, dass du dort im Team gearbeitet hast. Doch ich suche jemanden, der eigenverantwortlich arbeiten kann und nicht die Nerven verliert, wenn es mal Probleme gibt. Selbstbewusstsein allein reicht da leider nicht aus.«

Natürlich hätte ich nun einwenden können, dass ich sehr wohl krisenerprobt war. Wenn ich mal eine Reservierung vergessen hatte, konnte ich zum Beispiel die Hälfte der Gäste in Windeseile in einem anderen Hotel unterbringen, ohne die Nerven zu verlieren. Aber ich hielt lieber meine Klappe. So wie die Dinge liefen, musste ich Markus die unangenehme Geschichte mit der vergessenen Buchung wenigstens gar nicht erst erzählen.

»Da ich normalerweise unter der Woche in Stralsund in

einem Verlag als Geschäftsführer arbeite, muss ich mich auf meinen Hotelmanager hier vor Ort verlassen können«, fügte er hinzu. »Ich brauche jemanden, der mich nicht alle fünf Minuten anruft, um zu fragen, wie die Servietten beim Frühstück gefaltet werden sollen.«

Ich schnappte empört nach Luft. Hielt er mich etwa für ein unselbstständiges Nervenbündel? Hatten wir nicht ausgemacht, dass wir unseren ersten negativen Eindruck voneinander revidierten?

Doch ehe ich etwas erwidern konnte, verkündete er: »So, die Farbe ist weg. Probier mal, ob du etwas sehen kannst!«

Ich blinzelte vorsichtig. Nach und nach begann sich der Schleier vor meinen Augen zu lichten. Erst jetzt konnte ich sehen, dass wir uns in einem übersichtlichen, etwas schmucklosen Badezimmer befanden. Es grenzte an ein Gästezimmer, das schon fertig renoviert und eingerichtet war. Zaghaft wagte ich mich ein paar Schritte hinein. Mir kippte die Kinnlade herunter.

»Kannst du wieder etwas sehen?«, fragte Markus.

»Ja. Leider«, krächzte ich.

13. Kapitel

»Das ist das erste fertige Zimmer, sozusagen unser Prototyp«, erklärte Markus stolz und trat hinter mich. »Gefällt es dir? Natürlich interessiert es mich, was du als Profi davon hältst.«

Die Einrichtung war in Weiß und Beige gehalten. Das Doppelbett, der Kleiderschrank, die Beistelltische, die Sitzecke – alles war modern, funktional und austauschbar. Die Kunstdrucke an der Wand hingen auch oft in Verwaltungsgebäuden und Arztpraxen. Ihr herausragendes Merkmal bestand darin, dass sie erschreckend nichtssagend waren und trotz ihrer Farben blass wirkten. Es tat mir in der Seele weh. Dieses schöne Schlosshotel! All das Potenzial, das dieses alte Gemäuer hatte …

Ich trat in die Mitte des Raumes und drehte mich schockiert im Kreis. »Es sieht aus wie ein Durchschnittshotel in einer beliebigen Großstadt. Völlig seelenlos«, entfuhr es mir.

»Wie bitte?« Markus verkrampfte sich, und eine tiefe Falte erschien zwischen seinen Augenbrauen. »Aber alles ist schlicht und modern.«

»Schon! Aber es ist auf keinen Fall das, was die Leute wollen, wenn sie ein Zimmer in einem der ältesten Schlösser Rügens buchen.« Ich stieß langsam den Atem aus und warf ihm einen ernsten Blick zu. »Markus, du wolltest meine Meinung als Profi hören, und als Profi sage ich dir, dass dieses

Konzept nicht funktionieren wird. Deine Gäste werden zutiefst enttäuscht wieder abreisen.«

»Und was wollen die Gäste dann?«, fragte er gereizt.

Ich ging nachdenklich umher. »Diesem Zimmer fehlt der Charme und der Stil eines echten Schlosses. Denn das macht diesen Ort aus.« Vor meinem inneren Auge tauchte ein komplett anderes Zimmer auf. »Hier braucht es Kandelaber, alte Möbel, Deckenleuchten und schwere Vorhänge.«

Ich zog mit spitzen Fingern das weiße Rollo hoch, das nicht nur die schönen Sprossenfenster, sondern auch noch die Aussicht auf den Schlosspark verdeckte. »Aber nicht so etwas!«

»Kandelaber, alte Möbel, Deckenleuchten und schwere Vorhänge sind in großen Mengen leider nicht ganz leicht zu bekommen. Und in guter Qualität auch recht teuer«, stellte Markus fest. »Wir haben für jeden Raum ein genau berechnetes Budget einkalkuliert, an das wir uns halten müssen.«

Anscheinend hatte ich einen wunden Punkt getroffen, denn er verschränkte missmutig die Arme vor der Brust. Kein Wunder, denn er hatte in das Hotel bestimmt schon viel Geld investiert und die Einrichtung wahrscheinlich selbst ausgesucht. Allerdings konnte ich ihm nicht den Gefallen tun, meine Kritik zurückzunehmen.

Ich ging ein paar Schritte auf ihn zu. »Natürlich bedeutet es erst einmal eine höhere Investition. Aber auf lange Sicht würde sich das wieder auszahlen. Schließlich hat jeder von uns sich schon einmal vorgestellt, auf einem Schloss zu leben.« Ich breitete in einer allumfassenden Geste die Arme aus. »Und du kannst diesen Traum wahr werden lassen, Markus. Dieses romantische Schlösschen ist der perfekte Ort für Verliebte. Willst du, dass deine Gäste mit einem glücklichen Lächeln von ihrem Urlaub berichten? Dass sie daheim sehnsüchtig an ihren Aufenthalt zurückdenken und sich wünschen, wieder auf Schloss Neunwiek zu sein? Das wird aber nicht passieren, wenn die Gäste zu Hause eine gemütlichere Einrichtung haben als hier.«

Markus löste seine verschränkten Arme und musterte mich schweigend. Ich konnte sehen, wie sein Widerstand bröckelte.

»Ich gebe zu, das klingt einleuchtend«, räumte er schließlich ein. »Das will ich gar nicht abstreiten. Aber wir können uns das einfach nicht leisten, das Konzept jetzt noch mal zu ändern, Jule! Meine Mutter macht sich ohnehin schon Sorgen, dass wir mit den Gästezimmern keinen Cent verdienen.«

Er fuhr sich mit einer kraftlosen Geste über das Gesicht. »Kannst du dir vorstellen, wie hoch die Unterhaltskosten für so ein Anwesen sind? Seit Jahren habe ich meinem Vater gepredigt, dass es so nicht weitergehen kann, doch bis zu seinem Tod vor ein paar Monaten hat er sich geweigert, irgendetwas zu ändern. Vor der Wende wurde ein Teil des Schlosses schon als Hotel genutzt, natürlich nur von verdienten Partei-Funktionären. Mein Vater wollte an diese düsteren Zeiten partout nicht mehr erinnert werden.«

»Das … das tut mir leid«, stammelte ich, völlig überrascht von seiner plötzlichen Offenheit. »Ich meine, der Tod deines Vaters tut mir leid. Das war sicherlich eine schwere Zeit für dich und deine Mutter.«

Er überging meine Beileidsbekundung kommentarlos. »Ich war vielleicht nicht der Sohn, den mein Vater sich vorgestellt hat«, fuhr er stattdessen fort. »Aber von Geschäften verstehe ich etwas. Leider wollte er nicht auf mich hören, und jetzt ist es schon fast zu spät. Das Hotel ist der einzige Weg, wie wir das Schloss noch halten können.«

Markus' Familie hatte finanzielle Schwierigkeiten? Das hätte ich nie gedacht. Leider plapperte ich dementsprechend auch das Erste aus, was mir in den Sinn kam. »Aber das Angeber-Auto?«, fragte ich stirnrunzelnd. »Und der Angeber-Anzug?«

Markus schüttelte mit einem amüsierten Schnauben den Kopf. »Das ist ein Geschäftswagen«, erklärte er nachsichtig. »Und als Geschäftsführer eines Verlags kann ich auch nicht in Sack und Lumpen herumlaufen.«

Natürlich war mir die heruntergekommene Eingangshalle des Schlosses aufgefallen, doch ich hatte nicht erwartet, dass die Lage so ernst war. Jetzt verstand ich sein Dilemma. Schon keimte Mitleid in mir auf, doch dann erinnerte ich mich daran, dass mein eigenes Hab und Gut fast vollständig in einen VW Kombi hineinpasste. Das einzige Schloss, das ich je besessen hatte, war das von Barbie.

Trotzdem fühlte ich mich dazu verpflichtet, Markus von diesem Einrichtungsfiasko abzubringen. Immerhin war ich in diesem Fall der Profi, und mein Sachverstand sagte mir, dass dieses wunderschöne Schloss mit dem richtigen Konzept Erfolg haben konnte.

»Kannst du deine Pläne nicht wenigstens *ein bisschen* abändern?«, hakte ich nach. »Mit einem stilechten Schlosshotel würdet ihr euch von vielen anderen Pensionen und Hotels auf Rügen abheben. Ein einzigartiges Ambiente würde das Risiko verringern, dass eure Zimmer leer stehen. Die Leute würden kommen, um auf Schloss Neunwiek ihre Flitterwochen zu verbringen oder zur Feier ihres zehnten Hochzeitstages. Um ihren Alltag hinter sich zu lassen und in eine völlig andere Welt einzutauchen. Das Schlösschen wäre die Adresse für alle, die Liebe und Romantik suchen.«

Markus rang sichtlich mit sich. Er ging nachdenklich im Zimmer umher. Er stoppte vor dem Fenster und betrachtete wie ich das weiße Rollo. Seine Stirn legte sich in Falten, ehe er den Sichtschutz hochschnellen ließ und der Blick auf den Schlosspark frei wurde. Dann schüttelte er resigniert den Kopf. »Die Bank wird uns niemals noch mehr Startkapital zur Verfügung stellen.«

Eine Idee durchfuhr mich so plötzlich, dass ich fast wie unter einem Stromschlag zusammenzuckte. Oder wie Sophie es ausgedrückt hätte: Ich hatte mal wieder eine Schnapsidee.

»Lass mich eines der Zimmer nach meinen Vorstellungen einrichten!«, schlug ich vor. »Mit dem Etat, den du eingeplant hast. Ich wette mit dir, dass ich das schaffen kann.«

Denn wozu gab es Ebay? Kleinanzeigen? Flohmärkte? Irgendwie würde ich es schaffen, ein Zimmer mit diesem Minimalbudget einzurichten. Und wenn ich Markus damit überzeugen konnte, würden wir weitersehen.

Er schaute mich an, als ob ich den Verstand verloren hätte. »Das Geld wird nie und nimmer ausreichen. Das ist ein Ding der Unmöglichkeit.«

»Das ist ja der Clou an der Sache«, entgegnete ich. Ein triumphierendes Grinsen breitete sich auf meinem Gesicht aus. »Wenn ich dieses Wunder zustande bringe, beweise ich dir, dass ich auch schwierigste Herausforderungen meistern kann. Somit qualifiziere ich mich gleichzeitig auch für den Job als Hotelmanagerin.«

Und dann würde ich dieses Schloss auf Vordermann bringen, jawohl! Es wäre mein perfektes Schlosshotel. Gut, okay, es wäre nicht direkt *meins*. Aber irgendwie auch schon.

Markus rieb sich über das Kinn. »Wenn du es tatsächlich

schaffst, wäre es nur fair, dir den Job zu geben. Das Problem ist nur«, er legte den Kopf schräg und setzte sein arrogantes Lächeln auf, »dass du es nicht schaffen wirst!«

Meine Augen verengten sich. Ich konnte meinen ersten Eindruck von ihm noch so oft revidieren, es blieb ein Fakt: Dieser Typ trieb mich in den Wahnsinn!

»Und ob, ich werde es dir beweisen!«, zischte ich entschlossen. »Du bekommst von mir ein stilechtes und wunderschön eingerichtetes Schlosszimmer! Und du musst mich noch nicht einmal dafür bezahlen. Somit hast du überhaupt nichts zu verlieren.«

Markus zog skeptisch die Augenbrauen in die Höhe. »Das finde ich schon. Ich stehe hinterher nämlich mit einem Hotelzimmer da, eingerichtet von einer Frau, die einen dreibeinigen Weihnachtsmann besitzt und eine der hässlichsten Tischlampen, die ich je gesehen habe.«

»Das sind Erinnerungsstücke!«, keifte ich. »Weshalb versteht denn niemand, dass man den Wert solcher Dinge nicht an ihrem Aussehen bemessen kann?«

Markus schüttelte den Kopf, doch um seine Mundwinkel zuckte ein Lächeln. »Weißt du, Jule, ich finde es wirklich höchst …«

Leider erfuhr ich nicht mehr, was Markus fand, denn ein Räuspern unterbrach ihn. In der Tür stand einer der Handwerker. »Es gibt da ein Problem in Zimmer 12«, sagte er nuschelnd, da er sich gleichzeitig mit dem kleinen Finger etwas aus den Backenzähnen pulte. »Die Toilette im Badezimmer ist jetzt angeschraubt.«

»Und was ist das Problem?«, fragte Markus.

»Wir haben uns an die Pläne gehalten, aber da, wo die Schüssel jetzt hängt, ist kein Abwasserrohr«, erklärte er seelenruhig. »Ist uns vorher leider nicht aufgefallen. Wenn Sie jedoch so eine chemische Brühe reinkippen, könnten Sie es als Dixie-Klo verwenden.« Er lachte schallend über seinen eigenen Witz.

»Wie bitte?«, ächzte Markus. Unter seinem linken Auge begann ein Muskel nervös zu zucken. Zum ersten Mal sah ich ihn sprachlos.

Ich konnte ihn gut verstehen. Durch meinen Job im Hotel hatte ich leider auch häufiger mit Handwerkern dieser Sorte zu tun. Ich beschloss, für Markus einzuspringen.

»Herr von Kronlitz wird gleich kommen und sich das ansehen«, sagte ich höflich, aber kühl. Der Handwerker sollte ruhig merken, dass wir seine Erheiterung nicht teilten. »Bis dahin sehen Sie sich bitte noch einmal die Baupläne an! Ich garantiere Ihnen, dass die Toilette nicht an der Stelle angebracht worden ist, wo sie eigentlich hingehört.«

Der Handwerker verzog das Gesicht. »Sollen wir die Schüssel also nicht dort hängen lassen?«, entgegnete er allen Ernstes.

Ich musterte ihn fassungslos. »Nein, um Himmels willen!«, fauchte ich. »Und die Kosten für diesen Fehler wird Herr von Kronlitz *nicht* übernehmen.«

Wenn Blicke töten könnten, hätte es mich jetzt aus meinen Pumps gehauen und ich wäre rücklings zu Boden gekippt. Ich zeigte mich jedoch völlig unbeeindruckt und hielt seinem Todesblick ungerührt stand. Leise Verwünschungen in seinen nicht vorhandenen Bart fluchend, stapfte der Handwerker davon.

»Okay!« Markus musterte mich mit neuem Respekt. »Das war beängstigend.«

Zufrieden strich ich über mein Kostüm. »Auf die nette

Tour kommt man in so einem Fall nicht weiter. Das weiß ich leider aus Erfahrung.« Ich legte den Kopf schief und lächelte gewinnend. »Und wie sieht's aus? Haben wir einen Deal?«

Seufzend fuhr Markus sich mit beiden Händen durch die Haare, wodurch sie in alle Richtungen abstanden und er einen herrlich zerzausten Look bekam. Zum Glück interessierte es mich nicht die Bohne, wie Markus von Kronlitz aussah. Wenn überhaupt, dann hatten wir beide eine reine Geschäftsbeziehung, bei der ein Hauch gegenseitiger Antipathie und einiges an Aggressionspotenzial mitschwangen.

»Gut«, sagte er schließlich. »Du hast eine Woche Zeit, mich zu überzeugen. Und du musst in meiner Abwesenheit den Handwerkern über die Schulter schauen und aufpassen, dass sie keinen Mist bauen, einverstanden?«

Markus ließ sich tatsächlich darauf ein? Ich musste mich zusammenreißen, mir meine Überraschung nicht anmerken zu lassen. »Zwei Wochen«, feilschte ich.

Er blieb stur. »Eine Woche.«

»Zehn Tage?«, bettelte ich.

»Auch wenn du einen Schmollmund ziehst, Jule, ich bleibe dabei: eine Woche. Wir stehen unter Zeitdruck.«

Sofort presste ich die Lippen zusammen. »Also, ich hab überhaupt nicht … das war kein Schmollmund!«, ereiferte ich mich. »Und außerdem hast du das Prinzip des Feilschens offenbar nicht verstanden. Aber es überrascht mich nicht, dass ein Adliger nicht mit den Gepflogenheiten des gemeinen Pöbels vertraut ist.«

Er verdrehte die Augen. »Warum tue ich mir das nur an?«

Da er Anstalten machte, das Zimmer zu verlassen und mich einfach stehen zu lassen, folgte ich ihm auf dem Fuße.

»Ich erklär dir das mal: Wenn eine Partei mit einem völlig unmöglichen Angebot beginnt und die andere Partei mit einem deutlich realistischeren Gegenangebot kontert, dann gebietet es seit Menschengedenken die Höflichkeit, dass die erste Partei ...«

»Ich fasse es nicht, dass ich mich darauf eingelassen habe«, murmelte Markus kopfschüttelnd.

*

Schon eineinhalb Tage später war ich einem Nervenzusammenbruch nahe. Mit einem Kaffee in der Hand tigerte ich in Oles Gästezimmer umher. Die Skizzen, die ich bisher angefertigt hatte und die nun überall auf dem Boden verstreut herumlagen, störten meinen Bewegungsdrang allerdings ungemein. Bisher hatte ich von der Einrichtung meines feudalen Schlosszimmers nur den Stoff für die Vorhänge, einen Sekretär und einen Biedermeierstuhl beisammen. Die beiden Möbelstücke waren allerdings so stark abgenutzt, dass es eine Ewigkeit dauern würde, sie in einen vorzeigbaren Zustand zu bringen. Wie sollte ich das in der kurzen Zeit nur schaffen? Davon abgesehen hatte ich so etwas noch nie gemacht und keine Ahnung, wie man Möbel restaurierte.

Immerhin hatte ich unerwartet Unterstützung von Nane und Trudi erhalten. Noch am Tag meines Bewerbungsgesprächs war Nane mit mir einkaufen gegangen, und nun nähte sie zusammen mit Trudi einen tiefroten Stoff mit goldenen Längsstreifen zu edlen Vorhängen um. Sie würden die Sprossenfenster mit der fantastischen Aussicht perfekt einrahmen. Den Sekretär und den Stuhl hatte ich heute bei einem Trödelhändler in der Nähe von Bergen erstanden. Die Möbelstücke waren erfreulich günstig gewesen, was wohl daran lag, dass sie in einer zugigen, undichten Scheune standen und entsprechend aussahen.

Vielleicht konnte ich Ole um Rat fragen? Schließlich hatte er die Möbelstücke in diesem Zimmer restauriert und besaß damit eindeutig mehr Fachkenntnis als ich. Leider kam mein Anruf etwas unpassend.

»Ich weiß, dass du gerade einen Segelkurs gibst«, rief ich in mein Handy. »Das hast du mir schon zwei Mal gesagt, Ole! Aber ich brauche deine Hilfe. Erklär mir einfach schnell, wie man so einen alten Sekretär auf Vordermann bringt! Dann kannst du sofort weiter unterrichten. Bitte!«

»Schnell?«, ächzte er. »Wie ... *schnell* erklären?«

Leider schien er sich an einem recht windigen Ort zu befinden, denn ich konnte nur die Hälfte von dem, was er sagte, verstehen. Aber da er gerade Segelunterricht gab, war Wind für seine Schüler sicherlich von Vorteil.

»Nur die Kurzfassung«, bettelte ich.

»Na schön! Sind ... Scharniere funktionsfähig? ... Risse leimen und ... mit Abbeizer die Lackschichten ... im Internet viele Videos zu ...«

Die Verbindung brach ab. Ach, verdammt!

Ich ließ mich auf mein Bett plumpsen, das wieder einmal zur Hälfte von meinem schlafenden Hund belegt wurde. Der bisher ungelesene Erziehungsratgeber lag auf meinem Nachttisch. Das Gehorsamkeitstraining musste wohl oder übel warten! In einer Stunde würde der Trödelhändler die Möbel im Schloss anliefern, und vorher wollte ich noch schnell im Baumarkt vorbei. In diesem Moment erhielt ich eine Nachricht von Sophie:

Am Samstag ist ein großer Flohmarkt in Stralsund. Da

finden wir bestimmt was für dein Schlosszimmer! LG, Supersister

Erst am Samstag? Dann war die Frist von Markus schon fast abgelaufen! Wenn ich bis dahin nicht mehr als einen Stuhl und einen Sekretär beisammen hatte, würde ich durchdrehen.

Ich schrieb ihr zurück: *Musst du nicht arbeiten? Kümmere dich lieber um die Patienten! ☺ Danke für die Info, Küsschen von der Chaosschwester*

Ich blickte betrübt meine Skizzen auf dem Fußboden an. Zwar hatte ich schon eine genaue Vorstellung davon, wie das Schlosszimmer aussehen sollte, doch mit meinem mickrigen Budget konnte ich das niemals umsetzen. Jedenfalls nicht in den läppischen sieben Tagen, die Markus mir zugestanden hatte. Ich brauchte unbedingt mehr Zeit! Irgendwie hatte ich mich in dieses Schlosshotel verliebt. Selbst wenn ich den Job nicht bekam, sollte wenigstens dieses eine Gästezimmer seiner würdig sein.

Schon wieder bekam ich eine Nachricht, doch dieses Mal von einer mir unbekannten Nummer. *Kommst du heute Mittag? Ich muss nach Stralsund.*

Ich zog irritiert die Augenbrauen in die Höhe. Keine Grüße, kein Absender. In meinem Kopf ratterte es. Eigentlich konnte die Nachricht nur von Markus stammen, doch ich stellte mich erst mal dumm.

Hallo, ominöser Unbekannter! Ist das der klägliche Versuch, mich heute Mittag um ein Date in Stralsund zu bitten?

Prompt kam die Antwort: *Für ein Date mit dir fehlen mir momentan eindeutig die Nerven, Jule.*

Na bitte: unverschämt und beleidigend. Diese Nummer konnte ich sofort unter ›Markus von Kronlitz‹ abspeichern.

Ehe ich eine Antwort tippen konnte, piepste mein Handy

erneut: *Du willst also ein Date mit mir? Schließlich wusstest du genau, dass die erste Nachricht von mir war!*

Ich schnappte empört nach Luft. Na schön, Markus hatte mein Spielchen durchschaut. Aber daraus diesen Schluss zu ziehen, war doch wohl vollkommen abwegig! Contenance, ermahnte ich mich selbst, immer schön die Contenance bewahren!

Nein, danke. Für mich ist es völlig ausreichend, wenn wir auf beruflicher Ebene miteinander verkehren.

Hm. Vielleicht hätte ich nicht die Formulierung »miteinander verkehren« benutzen sollen? Bestimmt interpretierte er das jetzt auch noch als sexuelle Anspielung.

Doch der Schlossherr zeigte sich gnädig und ging nicht darauf ein: *Mir fällt ein Stein vom Herzen. Es wäre super, wenn du gleich ein ernstes Wörtchen mit den Handwerkern reden könntest!*

Aha, daher wehte also der Wind! Ein unangenehmer Verdacht keimte in mir auf. *Lässt du mich das Zimmer etwa nur deshalb einrichten, weil du mich zum Antreiben deiner Handwerker brauchst?*

Dieses Mal dauerte es etwas länger, bis er antwortete. Ob er gerade ebenso nachdenklich auf das Display starrte wie ich? Tatsächlich fiel seine nächste Nachricht länger aus: *Ich finde dein Konzept mit dem stilechten Schlosshotel großartig, Jule, nur leider übersteigt es unsere finanziellen Möglichkeiten. Es würde mich schon wundern, wenn es bei diesem einen Zimmer funktioniert. Den Umgang mit den Handwerkern hast du aber wirklich drauf.*

Was sollte das sein, ein Lob? Sollte ich mich darüber etwa freuen? Verärgert tippte ich meine nächsten Sätze ein und schickte sie ab.

Hauptsache die Handwerker hassen nicht dich, sondern mich, oder wie? Außerdem kann ich wegen deiner bescheuerten Frist ohnehin nur für eine Woche den Buhmann spielen. Dein Pech!

Ich pfefferte mein Handy aufs Bett und ließ mich nach hinten in die Kissen fallen. Wütend nagte ich an meiner Unterlippe. Okay, rein rational gesehen konnte ich ihm seine Einstellung nicht übel nehmen. Immerhin hatte Markus schon beim Vorstellungsgespräch an der Durchführbarkeit meines Projektes gezweifelt. Trotzdem hätte ich mir gewünscht, dass er etwas mehr Vertrauen in mich setzte. Schließlich kämpfte ich für ihn und sein Hotel! Stattdessen bestand mein größter Vorzug anscheinend darin, dass ich in seiner Abwesenheit die Handwerker zur Sau machen konnte. Pah!

Als mein Handy erneut piepste, ignorierte ich es mit bewundernswerter Selbstbeherrschung. Doch schließlich siegte meine Neugier.

Sie werden dich garantiert nicht hassen, Jule! Wahrscheinlich meckern sie nur ein wenig. Und wenn du dabei diesen Schmollmund ziehst, nicht einmal das …

War das etwa sein Versuch, charmant zu sein und mit der Friedensfahne zu wedeln? War Markus etwa so verzweifelt? Okay, wenn ich an die Geschichte mit der Toilette ohne Abwasseranschluss dachte, konnte ich ihn sogar irgendwie verstehen. Seine krankhafte Fixierung auf meine Lippen und den – meiner Meinung nach – nicht existierenden Schmollmund würde ich erst einmal gnädig übergehen. *Ah ja? Weshalb bist du dir da so sicher?*

Seine Antwort ließ nicht lange auf sich warten: *Ich spreche da aus eigener Erfahrung. Selbst schnöselige Angeber-Typen können dir nicht lange böse sein* ☺

Ein Zwinker-Smiley? Ich traute meinen Augen nicht. *Du verschickst Smileys? Irgendwie bist du dafür überhaupt nicht der Typ.*

Seine Nachricht kam so prompt, dass ich fast das Gefühl hatte, er hätte mir beim Eintippen bereits über die Schulter geschaut.

Stimmt, eigentlich hasse ich Smileys. Das war mein erstes. Bitte verrate es niemand!

Ich konnte mir ein Schmunzeln nicht verkneifen. Na schön, ich war ja kein Unmensch! Wenn er mich so dringend brauchte, tat ich ihm eben den Gefallen. *Keine Sorge! Ich bin in einer halben Stunde auf dem Schloss.*

Wenn ich noch in den Baumarkt wollte, musste ich jetzt schleunigst los! Gerade als ich meine Skizzen vom Boden aufgeklaubt hatte, bekam ich von Markus noch eine Nachricht: ☺

14. Kapitel

Am nächsten Morgen stand ich in Arbeitsklamotten im Schlosszimmer und bearbeitete den Sekretär Oles Anweisungen entsprechend mit Schleifpapier. Vom ständigen Drücken und Reiben hatte ich schon einen Krampf in den Fingern.

Markus hatte mir für mein Einrichtungsprojekt das Zimmer überlassen, dessen Decke er bei meinem Vorstellungsgespräch gestrichen hatte. Trotz der sonnengelben Wände wirkte der Raum kahl, nackt und aufgrund der hohen, stuckverzierten Decke riesig. Meine beiden Möbelstücke sahen darin so verloren aus wie zwei Murmeln in einem Kinderzimmer.

Markus war gleich heute Morgen nach Stralsund in den Verlag gefahren und hatte mir die Oberaufsicht überlassen. Überrascht musste ich feststellen, dass ich ihn gern hier gehabt hätte. Unsere ständigen Wortgefechte versprachen immerhin etwas Abwechslung.

»Jule?« Fred, ein stämmiger Handwerker mit weizenblonden Haaren, kam herein. »Störe ich?«

Fred hatte bei meinem Vorstellungsgespräch zusammen mit Markus das Zimmer gestrichen. Wie ich mittlerweile herausgefunden hatte, war er ein richtig netter Typ. Er lebte mit seiner Frau und seinen drei Kindern hier auf Rügen in einem kleinen Fischerdörfchen namens Gager.

Ich winkte ihn zu mir. »Quatsch, gar nicht! Ich bin froh, wenn meine Finger ein bisschen Pause bekommen. Wie läuft es in Zimmer 8?«

»Wir haben die Trennwand wieder eingerissen, genau wie du wolltest.«

Ich zog eine Augenbraue in die Höhe. »Höre ich da einen versteckten Vorwurf heraus?«

Fred hob abwehrend die schwieligen Hände. »Ich bin auf deiner Seite, Jule. Ich würde auch keine schiefe Wand mit einem sichtbaren Spalt zum Nachbarraum stehen lassen. Zum Glück war die Schallisolierung noch nicht drauf.«

»Gut!« Ich nickte zufrieden und wischte meine mit Holzstaub bedeckten Hände an der Jeans ab. »Gibt es sonst noch was?«

»Nun ja…« Er wirkte plötzlich verlegen, was zu einem kräftigen Hünen wie ihm nicht ganz passen wollte. »Ich habe vielleicht eine Idee für dein schickes Schlosszimmer.«

»Wirklich?« Ich strahlte ihn an. »Du hast dir darüber Gedanken gemacht?« Damit hatte ich von ihm ungefähr hundert Prozent mehr Unterstützung als von Markus.

Fred sah sich um. »Die Wände sind schon ein bisschen schmucklos, findest du nicht auch?«

Ich nickte zustimmend und ließ meinen Blick durch den Raum schweifen. »Eine Holzvertäfelung oder eine Stofftapete sprengen nur leider mein Budget.«

»Das weiß ich doch! Aber es gibt da eine Wandfarbe, mit der man einen schönen Marmorierungseffekt erreicht. Sie schimmert fast so edel wie eine Seidentapete.«

»Ehrlich? Das wäre ja fantastisch!« Ich bremste meine Euphorie sofort wieder. »Aber für so einen großen Raum wird das bestimmt nicht billig, oder?«

»Wir könnten auch nur eine Wand damit streichen«, schlug Fred vor. Er deutete auf meine Skizze, die ich an die Badezimmertür geheftet hatte. »Vielleicht die Wand, vor der das Bett stehen soll? Dann sehen die Gäste sie sofort, wenn sie zum ersten Mal ins Zimmer kommen.«

»Eine großartige Idee!«, jubelte ich.

Fred freute sich offensichtlich, dass ich von seinem Vorschlag so begeistert war. »Ich helfe dir auch beim Streichen. Nach Feierabend, dann kann Herr von Kronlitz nicht meckern. Als Profi habe ich das ruckzuck erledigt.«

»Fred, du bist ein Schatz!« Lachend drückte ich ihm einen dicken Schmatz auf die Wange, wozu ich mich allerdings auf die Zehenspitzen stellen musste.

Sofort färbte sich sein Gesicht tiefrot. Er winkte ab. »Ach, das ist keine große Sache. Mach ich doch gern.«

»Dafür passe ich auch einen ganzen Abend auf eure Kids auf!«, versprach ich und hob meine Hand zum Schwur. »Dann kannst du deine Frau mal wieder zum Essen ausführen.«

Fred hatte mir nämlich erzählt, dass sie Schwierigkeiten hatten, für seine drei kleinen Rabauken einen Babysitter zu finden. Er grinste. »Ich nehme dich beim Wort, Jule!«

Mein Handy piepste. Ich warf einen Blick auf mein Display und stieß einen Fluch aus.

»Schlechte Nachrichten?«, fragte er.

»Das kannst du laut sagen! Ich wurde in letzter Sekunde bei einer Internetauktion für ein schönes altes Himmelbett überboten. Das wäre perfekt gewesen! Bis eben war ich noch der einzige Bieter.« Hasserfüllt starrte ich auf das Handy. »Diese blöde ›Katzimausi568‹ braucht das Bett bestimmt nicht so dringend wie ich.«

»Weiß man's?« Er klopfte mir aufmunternd auf die Schulter, wobei ich fast in die Knie ging. »Du findest bestimmt ein anderes Bett. Mach dir keine …« Er stockte, denn einer seiner Kollegen hatte auf dem Flur einen schrillen Pfiff ausgestoßen.

»Och nö!«, stöhnte Fred. Er hatte es plötzlich sehr eilig. »Tut mir leid, Jule, ich muss weg!«, rief er mir noch über die Schulter zu.

Er war schneller aus dem Raum, als ich gucken konnte. Auf der ganzen Etage war es mit einem Schlag verdächtig ruhig. Kein Baumlärm, keine Stimmen – nichts.

Irritiert trat ich in den Flur hinaus. Wo waren die denn plötzlich alle hin?

Da hörte ich es. Ein metallisches Quietschen durchschnitt die Stille. Und es kam näher. Obwohl ich wusste, dass es idiotisch war, fühlte ich mich erneut an einen Horrorfilm erinnert: Während die Dorfbewohner sich in Sicherheit gebracht hatten, musste die holde Jungfer gleich dem kopflosen Ritter gegenübertreten, dessen Rüstung bei jedem Schritt quietschte und ...

Ich atmete erleichtert auf, als in diesem Moment eine alte Dame in einem quietschenden Rollstuhl um die Ecke bog. Zum Glück kein kopfloser Ritter!

Allerdings musste dies wohl Adelheid von Kronlitz, der Hausdrache, sein. Markus' Mutter hatte ein faltiges, schmales Gesicht und einen verkniffenen Zug um die Mundwinkel. Die elegante beigefarbene Seidenbluse konnte weder die knochigen Schultern noch die steife Körperhaltung kaschieren.

»Wer sind Sie?«, fragte sie mit schneidender Stimme, als sie mich erblickte. »Was machen Sie in meinem Schloss?«

Mit ihrem hochgelegten Gipsbein rollte sie so dicht an mich heran, dass ich schon Angst hatte, sie würde meine Kniescheibe rammen.

Endlich fand ich meine Sprache wieder. »Ich bin Jule

Seidel«, stellte ich mich mit höflichem Lächeln vor. »Ihr Sohn hat mit mir vereinbart, dass ich eines der Hotelzimmer einrichte.«

»Ah, Sie sind das.« Immerhin schien sie schon von mir gehört zu haben.

Adelheid von Kronlitz musterte mich von oben bis unten mit zusammengekniffenen Augen. Ich fühlte mich wie ein Gaul auf einem Pferdemarkt. Im Vergleich zu seiner Mutter kam Markus wie ein kontaktfreudiger lebensfroher Menschenfreund daher.

»Sind Sie eine seiner Gespielinnen?« Sie zog abfällig eine Augenbraue in die Höhe. »Hat er Ihnen deshalb diesen Job verschafft?«

Eine seiner … *was*? Mir kam die Tussi in den Sinn, die Markus auf dem Parkplatz in Sellin voller Verzückung angeschmachtet hatte. Sie hätte sich wahrscheinlich geehrt gefühlt, als die Gespielin des Schlossherrn bezeichnet zu werden. Ich jedoch tat das nicht. Ich hoffte, dass meine Miene wenigstens ansatzweise meine Empörung widerspiegelte.

»Wenn Sie damit andeuten wollen, dass ich mit ihrem Sohn in irgendeiner Weise amourös verbunden bin, kann ich Sie beruhigen. Wir sind uns nicht einmal besonders zugetan«, stellte ich mit ebenfalls schneidender Stimme richtig.

Zum Glück hatte ich mehrfach alle Jane-Austen-Romane gelesen und dadurch meinen Wortschatz in antiquierter Sprechweise beträchtlich erweitert. Wenn es Adelheid von Kronlitz darauf anlegte, würde ich sie bei einem Upperclass-Sprach-Battle an die Wand rappen!

Ich setzte sogar noch einen drauf: »Fürwahr bin ich im Augenblick ohne finanzielle Begünstigungen für Ihren Sohn tätig.«

Sie runzelte irritiert die Stirn. »Wie bitte?«

Ich räusperte mich. Vielleicht war es doch besser, wenn ich wieder normal sprach. »Ich arbeite umsonst. Ohne Bezahlung.«

Diese Information schien neu für sie zu sein. »Und weshalb sollten Sie das tun?«

»Weil ich das Potenzial dieses romantischen Schlösschens sehe!« Ich deutete um mich. »Dieses Ambiente ist für jeden Hotelier ein Traum. Doch die geplante Einrichtung ist viel zu steril. Ich arbeite schon seit Jahren im Hotelsektor, und – ohne Ihrem Sohn zu nahe treten zu wollen – er begeht mit seinen Plänen einen großen Fehler.«

Hoffentlich war ich mit meiner Offenheit nicht schon wieder in ein Fettnäpfchen getreten! Wahrscheinlich reagierte Adelheid von Kronlitz nicht erfreut darauf, wenn ihr Sohn von Fremden kritisiert wurde. Sie schwieg einen langen Moment, den wir für ein stummes Blickduell nutzten.

Die Schlossherrin stützte die Ellbogen auf den Armlehnen des Rollstuhls ab und faltete in aufreizender Langsamkeit die Hände vor der Brust zusammen. Ihre Finger, an denen teure Ringe funkelten, waren so dürr, dass es mich nicht gewundert hätte, wenn sie unter dem Gewicht der fetten Klunker abgebrochen wären.

»Dass jemand wie Sie so viel Stilempfinden besitzt«, unterbrach sie schließlich die Stille, »erstaunt mich zwar, aber in diesem Punkt muss ich Ihnen recht geben. Schloss Neunwiek sollte nicht als zweitklassige Absteige enden. Ich befürworte Ihr Konzept.«

Damit hatte ich nicht gerechnet. Sie stimmte mir zu? Mir blieb vor Überraschung der Mund offen stehen. Natürlich hatte sie mich gleichzeitig auch beleidigt, aber den Rest konnte man durchaus als Lob werten, oder nicht?

»Ich möchte mir Ihr Zimmer mal ansehen!«

Da sie Anstalten machte, mich mit dem Rollstuhl über den Haufen zu fahren, sprang ich zur Seite.

»Nein, es ist noch nicht fer...«, versuchte ich, sie aufzuhalten, doch es war zu spät.

Sie rollte mit quietschenden Rädern ins Zimmer und sah sich ungläubig um.

»Die Einrichtung ist noch nicht komplett«, rechtfertigte ich mich. Ha, die Untertreibung des Jahres! »Aber die Vorhänge werden schon genäht, und um ein Haar hätte ich heute ein wunderbares Himmelbett ersteigert.«

Adelheid von Kronlitz deutete auf den Sekretär. »Was ist das?«

Ich fuhr mir in einer müden Geste über das Gesicht. »Wonach sieht es denn aus?«

»Nach etwas, das auf den Sperrmüll gehört.«

Ich hätte ihr wirklich gerne widersprochen. Doch sie hatte nicht unrecht. In der düsteren Scheune des Trödelhändlers hatte der Sekretär irgendwie besser ausgesehen.

»Mit dem Budget, das mir Ihr Sohn zur Verfügung stellt, ist es leider nicht ganz einfach, ein feudales Schlosszimmer einzurichten«, verteidigte ich mich. »Aber ich werde das schon hinbekommen!«

Adelheid von Kronlitz' skeptischer Blick stach mir mitten ins Herz. Wieder hätte ich ihr gern widersprochen, aber ich konnte es nicht. Die unschöne Wahrheit ließ sich nicht verdrängen: Mir blieben nur noch fünf Tage, und ich hatte bisher nicht mehr als einen Vorhang und zwei vergammelte Möbelstücke vorzuweisen. Dabei hatte ich die letzten beiden Nächte kaum geschlafen, weil ich das gesamte Internet nach günstigen Antiquitäten durchforstet hatte.

Kraftlos ließ ich mich auf das zerschlissene Polster des Biedermeier-Stuhls sinken. »Ich weiß, ich brauche ein kleines Wunder. Als ich Markus die Wette vorgeschlagen habe, dachte ich wirklich, dass es machbar ist. Aber mit so wenig Geld ist es echt schwierig. Wenn ich wenigstens genug Zeit hätte, um nach Angeboten zu suchen und die alten Möbel aufzuarbeiten, aber ...« Ich brach ab. Erst jetzt wurde mir so richtig klar, wie unwahrscheinlich es war, dass ich in der verbliebenen Zeit noch brauchbare, bezahlbare Möbel fand.

»Das tut mir leid zu hören, Frau Seidel.« In der Stimme von Markus' Mutter schwangen deutlich Missfallen und Tadel mit. »Ich hätte Ihnen sagen können, dass Qualität ihren Preis hat. Aber damit kennen Sie sich ganz offensichtlich nicht aus.«

Na, herzlichen Dank! Adelheid von Kronlitz besaß tatsächlich die Freundlichkeit eines menschenfressenden Drachen. Einem potenziellen Selbstmörder, der auf einem Brückengeländer über einer Zugstrecke balancierte, würde sie wahrscheinlich noch Haltungsnoten geben. Und Minuspunkte für Absprunggeschwindigkeit und schlechtes Timing.

»Mein Sohn wird ebenfalls enttäuscht sein«, setzte sie nun auch noch hinzu. »Ich hatte den Eindruck, dass er große Hoffnungen in Sie setzt.«

Ah ja? Davon hatte ich bisher noch nichts bemerkt. Trotzdem keimten Schuldgefühle in mir auf. Immerhin hatte ich Markus den Floh mit dem besseren Konzept ins Ohr gesetzt. »Mir wäre es auch lieber, meinen Plan erfolgreich umzusetzen. Und noch gebe ich nicht auf«, gab ich gereizt zurück.

»Nun, wie dem auch sei ...« Sie atmete tief ein und ihre Haltung wurde sogar noch eine Spur steifer. »Ich werde mich in meine Räume zurückziehen. Die Handwerker scheinen ohnehin mal wieder Pause zu machen. Es ist schon erstaunlich, wie selten ich hier unten jemanden antreffe.«

Ich lächelte schief. »Tja, Zufälle gibt's.«

Ich hätte zu gerne gewusst, wo Fred und seine Kollegen sich versteckt hielten. Dafür, dass sie mich zurückgelassen und dem Hausdrachen zum Fraß vorgeworfen hatten, würde ich ihnen ordentlich die Leviten lesen!

Adelheid von Kronlitz fuhr zur Tür, hielt dann jedoch noch einmal inne. »Ach, Frau Seidel?«

Ich zuckte zusammen. Offenbar war die Inquisition noch nicht beendet. »Ja?«

»An Ihrer Stelle würde ich mal einen Blick auf den Dachboden werfen.«

Ehe ich fragen konnte, was sie damit meinte, war sie auch schon aus dem Zimmer gerollt.

*

Wie sich herausstellte, war es gar nicht so einfach, zum Dachboden zu gelangen. Man erreichte ihn nur über eine separate Treppe, die ich jedoch erst entdeckte, nachdem ich so leise wie irgend möglich das komplette dritte Stockwerk abgesucht hatte. Ständig in der Angst, Adelheid von Kronlitz erneut in die Arme zu laufen.

Mit klopfendem Herzen stieß ich die Tür zum Speicher auf, die zum Glück unverschlossen war. Trockene, abgestandene Luft schlug mir entgegen, und kaum hatte ich mich einen Schritt in den düsteren Raum vorgewagt, lief ich schon in die erste Spinnwebe hinein.

»Igitt!« Ich fuhr mir angeekelt über das Gesicht, um die klebrigen Fäden wegzuwischen.

Ich tastete nach dem Lichtschalter. In dem fahlen Licht, das schräg über mir durch eine kleine Dachluke fiel, konnte ich fast nichts erkennen. Aber kaum war die nackte Glühbirne an der Decke flackernd zum Leben erwacht, blieb mir vor Überraschung die Spucke weg.

»Ich glaub's ja nicht!« Staunend sah ich mich um.

Der Speicher zog sich über die gesamte Fläche des Schlosses. Er war so mit Möbelstücken, Gemälden und Kisten vollgestellt, dass es an einigen Stellen kaum noch ein Durchkommen gab. Die meisten Stücke waren mit weißen Laken abgedeckt worden, auf denen sich über Jahre hinweg zentimeterdick der Staub angesammelt hatte. Anderes Mobiliar dagegen war achtlos in einer Ecke abgestellt und sich selbst überlassen worden. Mit wachsender Begeisterung bahnte ich mir einen Weg durch das Chaos und lüftete die Laken. Als ich eine edle Récamiere in relativ gutem Zustand entdeckte, hätte ich am liebsten einen Freudenschrei ausgestoßen. Genau so etwas hatte ich gesucht! Ich befand mich in einer Schatzkammer für Innenarchitekten.

Aber natürlich gab es auch viele Stücke, die völlig abgenutzt und unansehnlich waren. Andere wiederum waren von Holzwürmern befallen oder kaputt. Doch ganz sicher würde ich hier oben genug finden, um nicht nur eins, sondern gleich mehrere Hotelzimmer einrichten zu können. Ich hatte mich geirrt: Markus' Mutter war kein Drache, sondern meine ganz persönliche Glücksfee! Energiegeladen stemmte ich die Hände in die Taille. Als Erstes musste ich Ordnung in dieses Chaos bringen!

Den Rest des Tages arbeitete ich wie besessen. Zuerst verschaffte ich mir einen groben Überblick. Anschließend rückte ich Möbel herum und räumte Truhen mit Geschirr, Kleidern, alten Spielsachen und Kerzenständern erst aus und dann in neuer Zusammenstellung wieder ein. Die guten Stücke versuchte ich in Richtung Speichertür zu schieben, doch ohne Hilfe stieß ich schon bald an meine Grenzen. Gerade als ich beschloss, Fred kurz um Hilfe zu bitten, zwang mich ein Anruf von Sophie zu einer Pause. Mittlerweile war ich am ganzen Körper mit Staub paniert. Ich brauchte wirklich dringend eine Dusche!

»Ja?«, meldete ich mich atemlos.

Ein aufgeregter Wortschwall brach über mich herein.

»Immer mit der Ruhe, Sophie!«, unterbrach ich meine Schwester. »Kannst du bitte etwas langsamer sprechen?«

Ich hörte, wie Sophie sich dazu zwang, langsam ein- und wieder auszuatmen.

»Notfall-Frauenabend«, sagte sie schließlich mühsam beherrscht. »In zwanzig Minuten in der Dorfkneipe ›Zum Wellenbrecher‹. Giulia ist heute unangemeldet auf der Bildfläche erschienen.«

Es dauerte einen Moment, bis ich ihren letzten Satz in einen sinnvollen Zusammenhang bringen konnte. Erst dann fiel mir wieder ein, dass Giulia Emmas Mutter und somit auch Oles Exfreundin war. Wie mir Sophie erzählt hatte, war sie Oles große Liebe gewesen, und es hatte ewig gedauert, bis er über sie hinweggekommen war.

»Ich komme sofort!«, versprach ich ihr. Dann musste die Dusche eben warten.

15. Kapitel

Sophie, Jutta, Ariane und ich saßen zusammen an einem blank polierten Tisch. Jutta gab dem beleibten Mann hinter dem Tresen ein Zeichen. »Hinnerk, machst du uns vier Kurze?«

Sie blickte in die Runde und erklärte: »Sophie braucht etwas Starkes gegen den Schock, und wir drei müssen uns solidarisch zeigen!«

Die Kneipe Zum Wellenbrecher, entsprach mit ihrem urigen Ambiente genau dem Bild, das man sich von einer Dorfkneipe auf Rügen machte. An den mit dunklem Holz vertäfelten Wänden hingen Fischernetze und ausrangierte Bootsutensilien, am Tresen saßen ein paar bärtige Stammgäste, und aus den Boxen schallten leise die Lieder eines Shanty-Chors.

Sophie vergrub ihr Gesicht in den Händen. »Was will Giulia denn plötzlich hier? Ich versteh das einfach nicht.«

»Bei uns hat sie ein Zimmer gemietet«, berichtete Jutta, die mit ihrem Mann Mattes eine kleine Pension betrieb. »Giulia meinte, sie wisse noch nicht, wie lange sie bleiben wird.«

»Hat sie zugenommen?«, fragte Sophie voller Hoffnung. »Hat sie vielleicht eine Halbglatze bekommen? Oder eine schlimme Hautkrankheit? Lepra oder so etwas?«

Jutta rutschte verlegen auf ihrem Stuhl herum. »Tut mir leid, aber sie sieht immer noch toll aus«, gestand sie Sophie. »Wie Salma Hayek. Nur besser.«

»Besser?«, hakte ich besorgt nach.

Jutta zuckte entschuldigend mit den Schultern. »Na ja, die

Hayek kenne ich nur aus dem Fernsehen. Giulia dagegen stand leibhaftig vor mir. Neben ihr bin ich mir vorgekommen wie ein alter Wischlappen, den man nach ein paar Jahren irgendwo unter der Spüle wiederfindet.«

Oje, das klang nicht gut. Jetzt konnte ich verstehen, warum Sophie in Panik ausgebrochen war.

Hinnerk brachte uns die Schnäpse. Als er die angespannte Stimmung am Tisch bemerkte, verzog er sich schleunigst wieder. Wir stießen an, kippten das bittere Gesöff herunter und kämpften die nächsten Minuten mit dem Hustenreiz.

»Bestimmt will sie Ole zurückhaben«, jammerte meine Schwester. »Ich habe ja geahnt, dass meine Glückssträhne bald ein Ende haben und etwas Schlimmes passieren wird. Stimmt's, Jule? Sag den anderen, dass ich dir davon erzählt habe!«

Von ihrem abergläubischen Gerede wollte ich gar nichts hören. Nur deswegen steigerte sich Sophie überhaupt erst in diese Sache hinein. Okay, und wegen der atemberaubend schönen Ex …

»Wahrscheinlich will Giulia nur ein paar Tage mit ihrer Tochter verbringen und die Ruhe hier in Glowe genießen. Da Giulia in Berlin wohnt, sehnt sie sich bestimmt nach ein bisschen Abwechslung. Du weißt schon: Natur, Meer, Strand, frische Luft.«

Sophie schienen meine Argumente nicht zu überzeugen. »Aber Giulia hasst dieses Dorf«, sagte sie. »Seit ich hier wohne, ist sie kein einziges Mal hergekommen. Wenn die *Frau Künstlerin* endlich mal Zeit für ihre Tochter aufbringen konnte, mussten wir Emma mit dem Zug zu ihr nach Berlin schicken.«

»Und weshalb ist sie dann deiner Meinung nach hier?«, fragte ich, obwohl ich die Antwort bereits ahnte.

Sophie hob den Zeigefinger, und ihre Augen verengten sich. »Das kann ich dir sagen! Von Emma habe ich nämlich erfahren, dass sie ihrer Mutter erst kürzlich am Telefon von meinem Einzug bei Ole erzählt hat. Anscheinend hat Giulia auf die Nachricht, dass ihr Ex jetzt mit einer anderen Frau zusammenlebt, etwas komisch reagiert.«

Ariane runzelte die Stirn. »Komisch? Inwiefern denn komisch?«

Sophie strich sich fahrig eine Haarsträhne aus dem Gesicht. »Keine Ahnung. Meine Informantin ist elf Jahre alt. Es war schon schwierig genug, ihr die Sache mit dem Telefongespräch zu entlocken.«

Jutta orderte eine frische Runde bei Hinnerk. »Ariane und ich kennen Giulia ganz gut«, sagte sie daraufhin nachdenklich. »Immerhin hat sie ein paar Jahre in Glowe gelebt. Ich würde ihr sofort zutrauen, dass sie die Eifersucht hergetrieben hat. Dass sie zurückhaben will, was vermeintlich ihr gehört. Oder?« Sie schaute fragend zu ihrer Schwester.

»Das denke ich leider auch!« Ariane warf Sophie einen entschuldigenden Seitenblick zu. »Sorry, ich würde dir lieber etwas anderes sagen.«

Gerade als Hinnerk die neue Runde bei uns abgestellt hatte, hieb ich mit der flachen Hand wütend auf den Tisch. Der Wirt ergriff aufs Neue die Flucht.

»So langsam habe ich wirklich genug von eurer Unkerei«, sagte ich. »Ist doch völlig egal, was diese Giulia will. Im Endeffekt zählt nur, was Ole davon hält.« Ich fixierte meine Schwester mit festem Blick. »Und dieser Mann liebt dich über alles. Ihr beide seid glücklich miteinander. Daran kann auch seine Exfreundin nichts ändern.«

In einer energischen Geste hob ich mein Glas und kippte den Schnaps in einem Zug herunter. Himmel, was für ein scharfes Zeug! Aus meinem Augenwinkel stahl sich eine Träne.

»Recht hast du!«, stimmte mir nun auch Jutta zu. Offenbar war sie für vernünftige Argumente zugänglicher als meine Schwester. »Warum reden wir überhaupt über Giulia? Ole betet dich an. Seine Ex hat nicht die geringste Chance.«

Die tiefen Furchen auf Sophies Stirn glätteten sich beim Gedanken an Ole ein wenig. Trotzdem wandte sie ein: »Aber du hast mir doch letztes Jahr erzählt, dass Giulia seine große Liebe war und er nie wirklich über sie hinwegge…«

Jutta winkte ab. »Vergiss mein Geschwätz von damals!«, fiel sie ihrer Freundin resolut ins Wort.

Ariane grinste. »Genau! Meine geliebte Schwester ist nämlich schwer tratschsüchtig. Bevor ich ihr von meiner Trennung von Oliver berichten konnte, wusste sie schon, dass ich mit ihm Schluss gemacht habe. Wahnsinn, oder?«

Juttas Wangen färbten sich rot. »Was kann ich denn dafür, dass die Leute mir immer alles erzählen? Wenn du gewollt hättest, dass die Trennung ein Geheimnis bleibt, hättest du mit Oliver eben nicht mitten im Penny streiten dürfen. Das halbe Dorf hat mitbekommen, dass du ihn einen schnarchnasigen Sesselpupser genannt hast, mit dem du auf keinen Fall den Rest deines Lebens verbringen willst.«

Mein Handy vibrierte in der Tasche. Auch wenn ich mich momentan in einer Krisensitzung befand, konnte ich es mir nicht verkneifen, einen Blick darauf zu werfen. Es zeigte eine eingehende Nachricht von Markus an:

Mit dem Schnaps von Hinnerk solltest du vorsichtig sein!

Seit unserem ersten Nachrichtenaustausch standen Markus und ich ständig in Kontakt miteinander. Und ich musste zugeben, dass sich unsere Kommunikation nicht allein auf das Berufliche beschränkte. Ich hatte mich sogar schon dabei ertappt, wie ich mich insgeheim auf seine Nachrichten freute. Markus' Sinn für Humor kam erst in seinen Textnachrichten richtig zum Vorschein. Wenn wir uns von Angesicht zu Angesicht gegenüberstanden, nahm ich in erster Linie seine herablassende Art wahr. Ganz dem Ehrlichkeits-Pakt verpflichtet, hatte ich ihm das auch geschrieben. Daraufhin hatte er entgegnet, dass er dieses Kompliment nur erwidern könnte – meine Unhöflichkeit wäre in schriftlicher Form auch kaum zu bemerken.

Dass Markus allerdings zu wissen schien, wo ich mich gerade aufhielt, beunruhigte mich schon etwas. Hastig sah ich mich in der Kneipe um, aber ich konnte ihn nirgends entdecken.

Verfolgst du mich etwa??

Innerhalb weniger Sekunden kam seine Antwort. *Natürlich! Schließlich bin ich im ganzen Dorf als »Stalker vom Schloss« bekannt. Wusstest du das nicht?*

Ha, ha! Veräppeln kann ich mich selbst. Wo steckst du?

Jutta orderte bei Hinnerk schon wieder eine Runde Schnaps.

Ariane stöhnte gequält auf. »Muss das sein? Meine Magenwand beginnt sich von dem Zeug schon aufzulösen.«

»Ich würde auch lieber einen Cocktail trinken«, verteidigte sich Jutta. »Aber von Wein kriege ich Kopfschmerzen und Bier mag ich nicht. Und was anderes gibt es in dieser Spelunke halt nicht.«

»Wir könnten auch Tee bestellen«, schlug Ariane vor.

»Tee?« Jutta verzog das Gesicht. »Ich trinke an meinem freien Abend ohne Mann und Kinder doch keinen *Tee*. Du könntest ruhig ein bisschen mehr Verständnis für meine Bedürfnisse zeigen! Immerhin weißt du, was für einen Stress ich immer mit der Pension und der Familie habe.«

Zwischen den beiden Schwestern entbrannte ein erbitterter Streit über den weiteren Konsum alkoholischer Getränke. Ich war wirklich froh, dass meine Schwester und ich eine derart harmonische Beziehung hatten. Sophie und ich stritten uns nie. Na ja, nur ganz selten jedenfalls. Und solange wir uns nicht stritten, verstanden wir uns wirklich hervorragend.

Schon erhielt ich von Markus eine Antwort: *Ich bin draußen bei deinem Auto und versuche gerade, einen GPS-Sender anzubringen. Solche technischen Hilfsmittel erleichtern das Stalken ungemein.*

Ich schüttelte grinsend den Kopf. So ein Idiot!

»Ich geh mal kurz an die frische Luft«, verkündete ich.

Sophie runzelte die Stirn. »Ist dir nicht gut? Soll ich mitkommen?«

»Nein, nein, alles in Ordnung«, beruhigte ich sie und schnappte mir meine Jacke.

Ich wusste selbst nicht, weshalb ich ihr nichts von Markus erzählte. Vielleicht wegen der blöden Kommentare, die unweigerlich folgen würden? Genau, das musste es sein! Meine Geheimniskrämerei war reiner Selbstschutz.

*

Ich stieß die Tür der Kneipe auf und trat ins Freie. Es war dunkel geworden, und am Himmel funkelten die ersten Sterne. Ich zog meine Jacke enger um mich, da vom Meer eine ziemlich frische Brise wehte.

»Du kannst noch aufrecht stehen«, meinte eine tiefe

Stimme. »Das ist ein gutes Zeichen, wenn man aus dieser Kneipe kommt.«

Im Schein einer Straßenlaterne lehnte Markus entspannt an meinem Wagen, die Arme locker vor der Brust verschränkt. Er trug Jeans und ein Hemd, dessen Farbton mich an einen Tannenwald erinnerte. Seine Augen blitzten amüsiert. Wie immer wirkte er so, als könnte ihn nichts auf dieser Welt aus der Ruhe bringen. Sofort fühlte ich mich dazu herausgefordert, genau dieses Wunder zu bewerkstelligen.

»Nur weil ein paar meiner Gehirnzellen von Hinnerks Schnaps abgetötet worden sind, kippe ich nicht gleich vom Stuhl«, entgegnete ich. »Im Gegensatz zu dir habe ich nämlich genug davon.«

Er zog lächelnd seine Augenbrauen in die Höhe. »Deine Bescheidenheit und Demut beeindrucken mich immer wieder aufs Neue.«

Kira lief auf mich zu und begrüßte mich begeistert. Da ich sie heute auf dem Schloss mit einigen von Muffins Hundekeksen bestochen hatte, waren wir jetzt dicke Freunde.

Ich bückte mich, um sie zu streicheln. »Sieh mal einer an, wer da seinen Hund nicht angeleint hat«, murmelte ich.

Markus stieß einen leisen Pfiff aus. Kira verlor sofort ihr Interesse an mir und hechtete pflichtbewusst zu ihrem Herrchen zurück. »*Mein* Hund hört aufs Wort.«

Ich vergrub grummelnd die Hände in meinen Jackentaschen. Pah! Wenn ich nicht Tag und Nacht mit der Umgestaltung seines Schlosszimmers beschäftigt gewesen wäre, hätte ich mit Muffins Erziehung bestimmt auch schon enorme Fortschritte gemacht.

»Besäufst du dich etwa ganz alleine bei Hinnerk?«

»Nein, ich bin mit Sophie, Ariane und Jutta hier. Wir haben

eine Krisensitzung, weil Giulia spontan beschlossen hat, in Glowe einen längeren Urlaub zu verbringen.«

»Oles Giulia?« Markus versteifte sich unmerklich, und für den Bruchteil einer Sekunde legte sich ein Schatten über sein Gesicht.

Oh, oh. Hatte ich nicht gerade noch gedacht, dass Markus nichts aus der Ruhe bringen konnte? Seine Reaktion wertete ich nicht als gutes Zeichen.

Besorgt trat ich näher. »Darf ich fragen, was du von Giulia hältst? Magst du sie?«

Markus' Blick wanderte nachdenklich die leere Straße hinab. Um diese Uhrzeit herrschte im Dorf nur noch wenig Verkehr. »Ich habe Giulia früher einmal gemocht, ja«, antwortete er schließlich. »Doch ich wurde von ihrer rücksichtslosen Seite genauso überrascht wie Ole. Sie hat ihn betrogen und ihre Familie im Stich gelassen. Aber Ole wollte das einfach nicht einsehen.« Ein empörter Zug zeichnete sich um seine Mundwinkel ab. »Nach der Trennung hat er sie sogar verteidigt und andauernd Entschuldigungen für ihr egoistisches Verhalten gefunden.«

Das klang gar nicht gut. Mein Magen zog sich voller Sorge zusammen. »Sophie hat Angst, dass Giulia einen Keil zwischen Ole und sie treiben könnte«, platzte es aus mir heraus, obwohl ich keine Ahnung hatte, ob Sophie es gutheißen würde, wenn ich ihm davon erzählte. »Das würde meiner Schwester das Herz brechen, Markus!«

Er stieß sich vom Auto ab und kam zu mir. Plötzlich standen wir so dicht voreinander, dass ich den Kopf in den Nacken legen musste, um zu ihm aufzusehen.

»Ich bin mir sicher, dass Sophie sich keine Sorgen machen muss«, sagte er und legte mir sanft eine Hand auf den Arm.

»In Giulia habe ich mich zwar getäuscht, aber in Ole kann ich lesen wie in einem Buch. Glaub mir, er liebt Sophie von ganzem Herzen! Und daran wird niemand etwas ändern.«

Er sprach mit so viel Überzeugung, dass ich erleichtert aufatmete.

»Danke!«, sagte ich leise. »Das ist gut zu wissen.«

Sekundenlang sahen wir uns in die Augen. Plötzlich spürte ich ein nervöses Flattern im Magen. Schnell unterbrach ich den Blickkontakt und trat einen Schritt zurück.

»Und ...«, begann ich wahllos einen Satz, um meine Verlegenheit zu überspielen, »äh ... und was treibt dich eigentlich um diese Uhrzeit hierher?«

»Du meinst, abgesehen von meinen Verpflichtungen als Stalker?« Ein provokantes Lächeln spielte um seine Lippen. »Ich war mit Kira eine Runde spazieren, und als ich dein Auto gesehen habe, wollte ich dir eigentlich nur Danke sagen.«

Überrascht hob ich den Kopf. »Ah ja? Wofür denn?«

»Ich habe von Fred gehört, dass du heute wieder eine Katastrophe bei den Umbauarbeiten verhindert hast. Dafür bin ich dir wirklich dankbar! Irgendwie scheint die Kommunikation zwischen den Handwerkern und meiner Mutter nicht richtig zu funktionieren.«

Kein Wunder, wenn sich alle umgehend aus dem Staub machten, sobald Adelheid von Kronlitz auf der Bildfläche erschien.

Ich winkte schulterzuckend ab. »Hab ich gern gemacht! Ich war schließlich sowieso dort.«

Markus stieß einen Seufzer aus. »Schade, dass unser Deal schon in fünf Tagen endet. Du bist mir eine große Hilfe.«

»Tja, wirklich schade«, stimmte ich ihm zu. »Wobei du es natürlich in der Hand hättest, die Frist zu verlängern ...«

Markus zögerte einen Moment, doch dann schüttelte er entschlossen den Kopf. »Das wäre dir gegenüber nicht fair«, stellte er fest. »Schließlich arbeitest du ohne Bezahlung, und ich möchte nicht, dass du dir ausgenutzt vorkommst.«

Ich gab es ungern zu, aber es war ein nobler Zug von Markus, dass er die Situation nicht zu seinem Vorteil nutzen wollte. Und das, obwohl ich darauf drängte.

»Hey, Angeber-Typ, du kannst ja richtig nett sein!«, neckte ich ihn.

Er lachte leise. »Überrascht dich das?«

»Und ob! Außerdem merke ich gerade, dass ich damit überhaupt nicht klarkomme.« Mir kam ein schrecklicher Gedanke. »Muss ich jetzt auch nett zu dir sein?«

Markus lachte laut auf. »So etwas würde ich niemals von dir verlangen. Ich weiß doch, wie schwer dir das fällt.« Er bückte sich, um Kira anzuleinen. »Dann halte ich dich mal nicht länger von deiner Krisensitzung ab. Die anderen vermissen dich bestimmt schon.«

Er wandte sich zum Gehen, hielt dann jedoch noch mal inne. »Ach, das hätte ich fast vergessen: Fred hat ein paar Farbmuster für dich dagelassen. Hast du das gesehen?«

Ach, verdammt! Ich hätte nach Sophies Anruf doch noch einen Blick in das Schlosszimmer werfen sollen.

Als ich den Kopf schüttelte, fuhr Markus fort: »Auf seinem Zettel stand, wenn du ihm bis morgen früh eine Nachricht schickst, würde er gleich die Farbe besorgen. Was ich im Übrigen seltsam finde. Ich dachte nämlich, dass Fred für mich arbeitet und mit dem Umbau voll ausgelastet ist. Zumal er zu den wenigen gehört, auf die Verlass ist.«

Ich stöhnte innerlich auf. Markus tat ja gerade so, als würde ich die Bauarbeiten boykottieren. »Keine Sorge, das mit Fred läuft außerhalb der regulären Arbeitszeit. Das ist eine Sache zwischen ihm und mir.«

»Aha.« In seinem Tonfall schwang eindeutig Skepsis mit. »Meine Mutter hat mir erzählt, dass du heute auf dem Dachboden einen Heidenlärm veranstaltet hast«, wechselte er das Thema. »Sie hatte schon Angst, die Decke würde über ihr einstürzen.«

Adelheid von Kronlitz hatte sich über mich beschwert? Okay, sie war wohl doch nicht meine Glücksfee.

»Sie hat mich selbst dort raufgeschickt«, verteidigte ich mich. »Außerdem sind diese alten Möbelstücke ziemlich schwer, und ich bin nicht der Hulk!«

»Nicht?« Mit einem breiten Grinsen musterte er meine ganzen 1,59 Meter. »Also auf mich wirkst du ziemlich furchteinflößend.«

Ich kniff die Augen zusammen. »Machst du dich etwa über mich lustig?«

Er hob spöttisch die Hände. »Nein, natürlich nicht! Ich bin doch nicht lebensmüde.«

Es klang so ehrlich angsterfüllt, dass mir gegen meinen Willen ein Lachen entfuhr. »Morgen versuche ich weniger Lärm zu machen«, versprach ich, »um deine Mutter nicht zu stören bei … äh …« Was machten Hausdrachen wohl in ihrer Freizeit? Sich die Reißzähne für den nächsten Angriff feilen? Die Knochen ihrer Opfer sortieren und beschriften? »… was auch immer sie so tut.«

Ich fuhr mir mit einem Seufzer durch die Haare, wobei sich eine kleine Staubwolke löste. Erst jetzt fiel mir wieder ein, dass ich immer noch nicht geduscht hatte. Hm, das war mir jetzt schon ein wenig peinlich. Zum Glück schien sich Markus nicht daran zu stören.

»Dann hast du auf dem Dachboden tatsächlich ein paar brauchbare Dinge gefunden?«, fragte er. »Ich war schon ewig nicht mehr dort oben. Ich dachte, das ganze Gerümpel wäre längst verrottet oder von Holzwürmern gefressen worden.«

Beim Gedanken an meine Fundstücke begann ich zu strahlen. »Nein, da sind wahre Schätze dabei. Natürlich muss das Holz aufpoliert und die Stoffbezüge müssen ausgebessert werden, aber diese Möbelstücke haben Charakter und Charme.« Erneut seufzte ich, als ich daran dachte, was ich noch alles machen musste. »Ich würde deutlich schneller vorankommen, wenn ich Hilfe hätte.«

Markus legte den Kopf schief. »Ist das ein Wink mit dem Zaunpfahl? Brauchst du etwa die Hilfe eines starken Mannes?«

»Das wäre zwar schön, aber leider ist Fred mit dem Umbau beschäftigt, und Ole ist mit seinem Segelkurs voll ausgelastet.« Ich zuckte bedauernd mit den Schultern. »Andere starke Männer kenne ich auf Rügen leider nicht.«

Er fasste sich an die Brust, als wäre er schwer getroffen worden. »Au, das tat weh! Ich würde dir ja trotzdem helfen, aber nur, wenn du mich morgen ganz, ganz lieb darum bittest.« Er zwinkerte mir zum Abschied zu und wandte sich erneut zum Gehen.

»Vergiss es!«, rief ich ihm hinterher. »Lieber lasse ich mich von der Récamiere zerquetschen, wenn ich sie die Treppe runterschaffe.«

»Alles klar!«, entgegnete er, ohne sich dabei umzudrehen. »Gute Nacht, Mini-Hulk!«

Mini-Hulk? MINI-HULK? Also das war doch die Höhe. Ich schnappte empört nach Luft. »Ich warne dich! Wenn du mich noch einmal so nennst, dann ... dann ...«

Mist! Mir fiel nichts ein. Aber Markus war sowieso schon außer Hörweite. Ich stampfte wütend mit dem Fuß auf und drehte mich zur Kneipentür um. Zu meiner Überraschung stand dort meine Schwester, die neugierig auf die sich entfernenden Schemen von Markus und Kira blickte.

»War das nicht Markus?«, fragte sie. »Habt ihr euch gestritten?«

»Ja!«, entfuhr es mir prompt, doch dann winkte ich ab. »Nein, haben wir nicht. Im Grunde endet so jedes unserer Gespräche. Markus bringt mich einfach auf die Palme.«

»Aha.« Ein Schmunzeln zuckte um ihre Mundwinkel.

»Aha?« Ich sah sie verständnislos an. »Was soll das denn heißen?«

Sophie verschränkte die Arme vor der Brust. Der zufriedene Gesichtsausdruck, den sie dabei aufsetzte, gefiel mir ganz und gar nicht.

»Du würdest Markus bestimmt als stolz, eigensinnig und dickköpfig bezeichnen, nicht wahr?«, fragte sie grinsend.

Ich nickte heftig. »Exakt! Besser könnte ich es nicht auf den Punkt bringen. Er kann einem unheimlich auf die Nerven gehen, oder?«

Sophie entgegnete nichts. Sie starrte mich nur schweigend an, als müsste mir jetzt ein Licht aufgehen. Als ich sie jedoch nur fragend anblickte, murmelte sie kopfschüttelnd: »Ist es zu fassen? Himmel, Jule, wie kann man nur so blind sein!«

Sie drehte sich um, öffnete die Kneipentür und ließ mich einfach stehen.

16. Kapitel

Zufrieden stemmte ich die Hände in die Taille. Mein *Raubzug* durch den Speicher war bisher ein voller Erfolg gewesen. An der Tür warteten ein in seine Einzelteile zerlegter Kleiderschrank aus massivem Holz und eine Kommode mit schönen Verzierungen darauf, in den ersten Stock geschafft zu werden. Den Schrank hatte ich schon so vorgefunden, was den Transport ungemein erleichterte. Ich konnte nur beten, dass er aufgebaut tatsächlich so gut aussah, wie ich es mir erhoffte. Außerdem hatte ich heute noch einen Schminktisch entdeckt, zwei Nachttischchen und die Récamiere, in die ich mich gestern schon verliebt hatte. Daneben häufte sich ein Berg aus Dekorationsartikeln wie Kerzenständer, Vasen, Wandleuchten und Gemälde. Ich konnte es kaum abwarten, alles unten in meinem Schlosszimmer zu sehen! Das Einzige, was mir jetzt noch fehlte, war ein Doppelbett. Und ein starker Mann. Doch ich war Markus schon den ganzen Morgen erfolgreich aus dem Weg gegangen. Daran war Sophie mit ihren haltlosen Unterstellungen nicht ganz unschuldig.

Ich hatte sie gestern in der Kneipe noch zur Rede gestellt, und sie hatte doch allen Ernstes behauptet, dass Markus und ich uns nur deswegen so leidenschaftlich zofften, weil wir uns unglaublich ähnlich wären. Schon allein für diese Beleidigung hätte ich ihr am liebsten einen Tritt ans Schienbein verpasst. Aber meine Schwester hatte sich immer mehr in ihre Theorie hineingesteigert. Mit einem süffisanten Grinsen hatte sie hinzugefügt, dass Markus im Grunde perfekt zu mir passen würde, denn im Gegensatz zu Lars wäre er ein Typ mit Schmackes. Ein Mann, der *echtes* Selbstbewusstsein besaß und stark genug war, mit einer Frau wie mir klarzukommen, ohne sie mit Excel-Tabellen und Zeitplänen kleinhalten zu müssen. Markus war zwar tatsächlich ein völlig anderer Typ Mann, aber dafür war er schwierig, kompliziert und ... und irgendwie stachlig. Ja, genau, stachlig traf es eigentlich perfekt! Trotzdem hatte Sophie es mit ihrer idiotischen Theorie geschafft, dass ich Markus heute lieber nicht begegnen wollte. Und das war etwas, das mich tatsächlich ein wenig verunsicherte. Weshalb war mir Sophies Gerede nicht einfach egal?

Besser, ich lenkte mich ab! Ich hatte ohnehin keine Zeit, mir über Markus von Kronlitz den Kopf zu zerbrechen. Denn je mehr Arbeit ich in dieses Hotelzimmer steckte, umso mehr wollte ich diesen Job. Zwar würde ich mir damit nicht meinen Traum vom eigenen Hotel erfüllen, aber es kam dem wenigstens ziemlich nahe. Immerhin konnte ich aktiv bei der Gestaltung des Schlosshotels mitwirken, und als Hotelmanagerin würde Markus die Leitung allein mir überlassen. Ich musste diese Frist unbedingt einhalten!

Ich ließ meinen Blick über das Chaos schweifen, das sich im Laufe vieler Generationen hier oben angesammelt hatte. Bestimmt lag hier irgendwo ein Doppelbett herum!

Ich arbeitete mich zum hinteren Teil des Speichers vor, der leider nur spärlich beleuchtet war. Dort stieß ich auf ein wildes Durcheinander aus zerlegten Möbelstücken. Ein säulenartiges Holzstück, in das verschlungene Ranken geschnitzt waren, ragte aus dem Haufen hervor. War das etwa der Pfosten eines Himmelbetts? Gott, das wäre ja fantastisch!

Eifrig machte ich mich daran, nach den anderen drei Bettpfosten zu fahnden. Leider war mir dabei ständig ein massives Wohnzimmerbuffet im Weg, das eingekeilt und ziemlich schief inmitten der zerlegten Möbelstücke stand. Es war schmal und so hoch, dass es an die Dachschräge stieß.

»Ha, jetzt hab ich dich!«, jauchzte ich, als ich unter einem Holzstapel endlich den zweiten Pfosten entdeckte.

Leider steckte er fest. Ich stützte mich mit den Füßen ab und zog mit aller Kraft daran. Dabei ächzte ich so laut, dass ich Adelheid von Kronlitz wahrscheinlich einen Stock tiefer beim Reißzahn-Wetzen störte. Als ich schon aufgeben wollte, kam endlich Bewegung in den Möbelhaufen. Bedauerlicherweise sogar mehr, als mir lieb war. Einige der schweren Stücke rutschten krachend zur Seite und gaben das eingekeilte Wohnzimmerbuffet frei. Es begann, bedrohlich zu schwanken. Offenbar war das alte Ding nur noch durch diesen Haufen aus Einzelteilen aufrecht gehalten worden. Wie erstarrt glotzte ich auf die hässliche Monstrosität, die wie in Zeitlupe nach vorne kippte, während ich mich immer noch an dem Bettpfosten festklammerte.

»Jule!«

Ich hatte noch nicht einmal die Zeit, den Kopf zu drehen, da warf sich ein Gewicht gegen mich. Ich wurde mit Wucht von den Füßen gerissen und zur Seite geschleudert. Der unsanfte Aufprall presste mir die Luft aus den Lungen, doch ich landete auf einem warmen Körper anstatt auf dem harten Boden und zwei starke Arme hielten mich fest umklammert. Markus hatte sich im Fallen gedreht, sodass ich nun mehr oder weniger auf ihm lag. Das Buffet schlug neben uns mit einem ohrenbetäubenden Krachen auf dem Boden auf.

Oh Gott! Ohne Markus hätte mich das Ding wie eine Fliege zerquetscht! Im Nu waren wir in eine dichte Staubwolke eingehüllt. Reflexartig presste ich mein Gesicht an seine Brust, während Markus' Hand über meinen Rücken strich. Obwohl die Gefahr vorüber war und sich die Staubwolke wie eine Decke auf uns herabsenkte, rührte ich mich nicht. Mein Herzschlag wollte sich partout nicht beruhigen. Also konzentrierte ich mich auf die Hand, die über meinen Rücken strich. Die Berührung störte mich nicht, im Gegenteil. Bei dem Schreck, der mir gerade in den Gliedern saß, fühlte es sich einfach perfekt an. Außerdem fiel mir wieder einmal auf, wie gut Markus roch, während ich das Gesicht an seiner Brust vergrub. Überdeutlich spürte ich die Stellen, an denen sich unsere Körper berührten. Erst nach einem Moment bemerkte ich jedoch, dass Markus deutlich schwerer atmete als gewöhnlich.

Besorgt hob ich den Kopf und sah ihm in die Augen. »Hast du dir wehgetan?«

»Nein, mir bohrt sich nur irgendetwas Kantiges in die Nieren«, sagte er mit einem leichten Lächeln.

In seinem Blick lag so viel Erleichterung, dass ich vollends die Fassung zu verlieren drohte. Hatte er solche Angst um mich gehabt? Schnell richtete ich mich auf, damit er sich aus seiner unbequemen Lage befreien konnte.

Stöhnend erhob er sich und fasste sich an die Seite. »Ich fürchte, für eine Karriere als Stuntman bin ich mittlerweile zu alt.«

Mit zittrigen Fingern fuhr ich mir über das Gesicht. »Du ... du hast mir das Leben gerettet«, stammelte ich.

Markus blickte auf das Wohnzimmerbuffet, das wie ein gefällter Baum auf dem Boden lag. »Das war ganz schön knapp. Ich habe offensichtlich genau im richtigen Augenblick beschlossen, dir hier oben einen Besuch abzustatten.«

Ich ließ mich auf die nächstbeste Kiste sinken. »Es ging alles so schnell. Ich wollte mich bewegen, aber mein Körper war wie erstarrt.« Tränen sammelten sich in meinen Augen. »Himmel, ich könnte jetzt tot sein!«

Markus ließ sich neben mich auf die Kiste sinken. »Vielleicht hättest du nur ein paar Kratzer abbekommen«, versuchte er, mich zu beruhigen. »Schließlich bist du der Mini-Hulk!«

Ich brachte nur ein dünnes Lächeln zustande. »Da ich so klein bin«, schniefte ich, »hätte mich der Luftzug vielleicht auch einfach nach hinten weggeweht.«

»Da muss ich dich enttäuschen. So leicht wie du aussiehst, bist du gar nicht.« Er ließ die Schultern kreisen und betastete seine Brust. »Ich glaube, als du auf mir gelandet bist, sind meine Lungenflügel kurzzeitig kollabiert.«

Ich warf ihm einen entrüsteten Blick zu – und plötzlich mussten wir beide auflachen. Die Kälte des Schocks wich langsam wieder aus meinen Gliedern.

»Danke«, sagte ich, nun wieder ernst. »Danke, dass du mir geholfen hast.«

»Ach«, winkte er ab. »Das war nur eine alte Familientradition. Du weißt schon: mutige Ritter, holde Jungfrauen in Not und so weiter.«

Ich grinste. »Na, dann besten Dank, edler Ritter, für die Erfüllung deiner Pflicht als Edelmann.«

Ein jungenhaftes Funkeln trat in seine Augen. »Traditionell bedankt sich die holde Jungfer dafür mit einem Kuss!«

»Du willst einen Kuss von mir? Als Bezahlung?« Ich stieß ein fassungsloses Schnauben auf.

»Was denn?« Markus zuckte mit Unschuldsmiene die Achseln. »Mir geht es einzig und allein um die Einhaltung der

Tradition. Also? Ich warte.« Er beugte sich zu mir und spitzte auffordernd die Lippen.

Ich drückte ihn lachend von mir weg. »Herr im Himmel, schenk mir Geduld!«, stöhnte ich. »Dieser Mann hat mir das Leben gerettet. Ich darf ihn nicht umbringen.«

Ich stand auf und versuchte vergeblich, mir den Staub von den Kleidern zu klopfen.

»Was hast du hier hinten überhaupt gesucht?«, wollte Markus wissen.

Seufzend griff ich nach einem der Bettpfosten, der von dem herabfallenden Buffet in der Mitte halbiert worden war. »Eigentlich hatte ich gehofft, ein Himmelbett zu finden.« Ich warf den kaputten Pfosten resigniert zurück auf den Boden. »Gibt es vielleicht ein Himmelbett in einem eurer Zimmer im dritten Stock? Eines, das ihr nicht mehr braucht?«

Er steckte die Hände in die Hosentaschen und dachte einen Moment lang nach. »Meines Wissens gibt es nur noch eins. Aber ...«, er stockte einen Moment und räusperte sich, »... das benutze ich.«

Vor Überraschung verschluckte ich mich fast. »*Du* schläfst in einem Himmelbett?« Ich musste mir auf die Zunge beißen, um nicht laut loszuprusten. Ein ersticktes Lachen entwich mir trotzdem.

»Als ich den Ost-Flügel bezogen habe, war das Himmelbett schon da«, entgegnete er so würdevoll, wie es ihm angesichts meines Gekichers möglich war. »Aber das Ding ist so schwer, dass ich beschlossen habe, es stehen zu lassen.«

»Ist dir das nicht zu ... unmännlich?«

»Die Samtvorhänge habe ich selbstverständlich abgemacht.« Er rümpfte die Nase. »Die waren mir zu weibisch.«

»Ist klar.« Ich nickte grinsend.

Wie es wohl in Markus' Wohnbereich aussah? Er hatte immerhin schon meine peinlichsten Besitztümer durch das Autofenster begutachten können. Vermutlich war er – abgesehen von einem prunkvollen Himmelbett – eher der minimalistische Typ.

Ich machte mich daran, mir einen Weg zurück zur Treppe zu bahnen. Markus folgte mir auf dem Fuße, was mich seltsam nervös machte. Als ich mich über eine hüfthohe Kommode hangelte, ertappte ich mich bei dem Gedanken, wie mein Hintern bei dieser Aktion ausgesehen hatte. War das zu fassen?

»Im Untergeschoss haben wir auch ein paar Möbel zwischengelagert«, erzählte Markus in diesem Moment. »Sie stammen aus den Zimmern, die wir gerade umbauen. Allerdings sind sie schon sehr abgenutzt. Ich wollte sie einem örtlichen Trödelhändler überlassen. Er hat ein großes Talent, solche Sperrmüll-Möbel zu überteuerten Preisen zu verkaufen.«

Ähm, ja, das kam mir irgendwie bekannt vor. Ich glaubte, dass ich besagten Trödelhändler sogar kannte.

»So genau habe ich mir die Sachen allerdings nicht angesehen«, fügte Markus hinzu. »Mein unprofessioneller Plan für das Hotel sieht schließlich vor, preisgünstige und stillose Möbel zu kaufen.«

»So abfällig habe ich das nie gesagt!«, verteidigte ich mich über meine Schulter hinweg. »Aber ich schaue mir die Sachen gerne mal an. Danke für den Tipp!«

Als wir die Speichertür wieder erreicht hatten, sah Markus kurz auf seine Uhr. »Ein bisschen Zeit hab ich noch. Wenn du möchtest, helfe ich dir, die Möbeln nach unten zu schaffen.« Er setzte ein breites Grinsen auf. »Außer du bist immer noch der Meinung, dass du dich lieber von der Récamiere zerquetschen lässt, als meine Hilfe anzunehmen?«

Meine Güte, schrieb Markus eigentlich alles penibel auf, was ich von mir gab? Wenigstens hätte er zur Abwechslung auch mal ein nettes Zitat von mir aufgreifen können!

Ich warf einen Blick auf meine angesammelten Schätze. Nach meinem Erlebnis mit dem Wohnzimmerbuffet stand mir wirklich nicht mehr der Sinn nach waghalsigen Aktionen. »Es wäre toll, wenn du mir helfen könntest. Vielen Dank!«

Hoffentlich zwang er mich nicht dazu, auch noch »Bitte, bitte« zu sagen! Doch Markus schien heute nicht auf Konfrontationskurs zu sein.

»Wir könnten später zusammen nach einem passenden Bett suchen«, bot er stattdessen an. »Wir besorgen uns Taschenlampen und leuchten die dunkleren Ecken des Speichers ab.« Mit zusammengekniffenen Augen sah er über seine Schulter hinweg in das Halbdunkel. »Es würde mich nicht wundern, wenn wir dabei auf die mumifizierte Leiche eines Vorfahren stoßen, der sich hier oben verirrt hat.«

Womöglich stand ich auf dem Schlauch, aber so langsam verstand ich überhaupt nichts mehr. »Du willst mir helfen? Aber dafür hast du doch gar keine Zeit.«

»Ich nehme mir die Zeit.« Seine ernste Miene führte dazu, dass mir plötzlich seltsam flau im Magen wurde.

Markus machte einen Schritt nach vorne, sodass wir nun direkt voreinander standen und sich unsere Arme fast berührten.

»Vielleicht möchte ich einfach nur sichergehen, dass ich meinen Teil unserer Abmachung einhalten und dich als Hotelmanagerin einstellen muss.«

Huch! Gerade hatte mein Herz vor Freude tatsächlich

einen kleinen Sprung gemacht. »Dann traust du mir mittlerweile zu, dass ich das Hotel alleine leiten kann? Aber wieso denn plötzlich?«

»Zum einen bist du mir schon jetzt eine große Hilfe, auf die ich eigentlich nicht mehr verzichten möchte«, meinte er. »Du hast es sogar geschafft, Fred und meine Mutter für deine Sache einzuspannen. Gerade bei meiner Mutter ist das eine beachtliche Leistung.«

»Und zum anderen?«, hakte ich neugierig nach.

»Ich habe mir mal in Ruhe deine Bewerbungsmappe angesehen«, gestand er mit einem verlegenen Lächeln. »Deine Vita ist wirklich beeindruckend. Im Gegensatz zu den namhaften Hotels, in denen du bisher gearbeitet hast, ist ein kleines Schlosshotel auf Rügen vielleicht doch keine allzu große Herausforderung für dich.«

Er deutete auf die Möbel, die ich bereitgestellt hatte. »Es wäre toll, wenn wir dein Konzept mit den vorhandenen Mitteln tatsächlich umsetzen könnten.«

Markus glaubte also tatsächlich an meine Idee! Leider fiel mir in diesem Moment etwas ein, das ich unbedingt noch mit ihm besprechen musste. Mein Glücksgefühl verflüchtigte sich schlagartig.

»Markus, mein Chef wirft mich raus«, gestand ich ihm mit belegter Stimme. »Kurz bevor ich hergekommen bin, habe ich in München ziemlich großen Mist gebaut.«

»Wie bitte?« Damit hatte er offensichtlich nicht gerechnet. Sein fassungsloser Blick sprach Bände.

Ich deutete auf die Récamiere. »Können wir uns einen Moment setzen? Ich möchte es dir gerne in Ruhe erklären.«

Mit gerunzelter Stirn musterte mich Markus, doch er tat mir den Gefallen. So saßen wir gemeinsam in unseren eingestaubten Klamotten auf dem Speicher, und ich erzählte ihm die ganze Geschichte mit der vergessenen Reservierung. Leider ließ es sich nicht vermeiden, dass ich dabei auch meinen Exfreund Lars und unsere Probleme erwähnte. Das war zwar ein wenig persönlich, aber ich wollte, dass Markus ein genaues Bild meiner damaligen Situation bekam.

»Ich nehme es dir nicht übel, wenn du es dir jetzt anders überlegst«, beendete ich schließlich meinen Bericht. »Schließlich hattest du ohnehin Zweifel, ob du mich einstellen sollst.«

Ich biss mir auf die Lippen, als Markus nichts sagte. »Denkst du gerade darüber nach, wie du mich so höflich wie möglich vom Schloss werfen kannst? Bist du deshalb so still?«

»Nein, das ist es nicht«, versicherte er mir schnell. »Ich bin offen gestanden beeindruckt. Ich weiß nicht, ob ich an deiner Stelle so ehrlich gewesen wäre. Wenn du nichts gesagt hättest, hätte ich vermutlich nie davon erfahren. Jedenfalls hatte ich nicht vor, bei deinem Chef in München anzurufen.«

»Ich bin trotzdem froh, dass du es jetzt weißt.«

Er lehnte sich vor und stützte die Ellbogen auf die Knie. »Vielleicht ist das nur ein weiteres Anzeichen dafür, dass ich kein Profi-Hotelier bin, aber ich finde, dass jedem von uns ein Fehler passieren kann. Schließlich sind wir keine Maschinen. Für mich ist das jedenfalls kein Grund, dir den Job nicht zu …«

Ich legte ihm die Hand auf den Arm, um ihn zu stoppen. »Lass mich meinen Teil der Abmachung zuerst erfüllen, bevor wir weiter über den Job reden, okay? Das ist schließlich der Deal.«

Natürlich wollte ich dieses Schlosshotel leiten. Aber es war mir wichtig, dass Markus – nachdem ich ihm eben erst von meinem Fauxpas berichtet hatte – nichts überstürzte. Vielleicht hatte mein Fehler in München auch mehr an meinem Ego gekratzt, als ich mir eingestehen wollte. Ich musste mir selbst beweisen, dass ich den Posten als Hotelmanagerin wirklich verdiente!

»Ich habe noch vier Tage Zeit, um mit einem minimalen Budget ein feudales Schlosszimmer einzurichten. Und ich habe dir versprochen, dass ich das schaffen werde.« Ich stand auf und stemmte die Hände in die Taille. »Dann lass uns jetzt weitermachen! Ich muss schließlich einen Termin einhalten.«

Markus betrachtete mich schweigend. Offenbar versuchte er gerade vergeblich, aus mir schlau zu werden. Schließlich zuckte er mit den Schultern und erhob sich ebenfalls. »Ich glaube zwar nicht, dass ich meine Meinung ändern werde, aber okay: Halten wir uns an den Deal! Und ich werde dir dabei helfen.«

Wow, wer hätte das gedacht? Markus war nicht nur viel toleranter und menschlicher als mein Chef in München, er unterstützte mich sogar.

Zum Beweis ging Markus nun in die Knie, griff nach den Beinen der Kommode und stemmte sie auf seiner Seite in die Höhe. Ich tat es ihm gleich, hatte damit aber leider etwas mehr Probleme. Gott, war das Ding schwer!

Markus blickte mich über die Kommode hinweg an. Seine Miene war im Gegensatz zu meiner völlig entspannt. »*Kopulationstage?* Ernsthaft, Jule?«

Upps. War mir das in meinem Bericht eben tatsächlich rausgerutscht? »Mhm«, brummte ich nur. Das Thema wollte ich definitiv nicht vertiefen.

Markus murmelte etwas von »unfassbar« und »hätte noch ganz andere Dinge vergessen«.

Okay, vielleicht hätte ich ihm nicht ganz so viele private Dinge über mich verraten sollen, aber er war erstaunlich verständnisvoll. Seit unserer ersten Begegnung am Strand hatte sich zwischen uns eindeutig etwas verändert.

*

Die friedliche Stimmung zwischen Markus und mir hielt allerdings nicht lange an. Schon als wir zusammen mit eingekeilter Kommode auf der Speichertreppe standen, fielen wir in unser altes Verhaltensmuster zurück. Weil er nämlich meinte, dass es meine Schuld wäre, dass das verdammte Ding festklemmte. Was natürlich überhaupt nicht stimmte! Bis wir das blöde Möbelstück endlich die Treppe runterbugsiert hatten, war ein handfester Streit im Gange.

Wenigstens gab es einen Lichtblick, denn wir mussten nicht noch eine weitere Treppe nach unten nehmen. Das Schloss besaß nämlich einen Aufzug, der nachträglich eingebaut worden war, wie ich jetzt erfuhr. Das erklärte auch, wie Adelheid von Kronlitz uns trotz des Rollstuhls im ersten Stock mit ihrer Anwesenheit beglücken konnte.

»Brauchst du eine Pause?«, fragte Markus auf dem halben Weg zum Fahrstuhl.

»Warum?«, zischte ich.

»Weil du mittlerweile so stark in die Knie gegangen bist, dass wir die Kommode als Absprungschanze für die Vierschanzen-Tournee nutzen könnten.«

Ich warf ihm über die Kommode, die tatsächlich ein starkes Gefälle aufwies, einen gehässigen Blick zu. Schweißtropfen sammelten sich auf meiner Stirn, und die Muskeln in meinen Armen brannten. Doch ich biss die Zähne zusammen.

»Das ist eine spezielle Tragetechnik«, entgegnete ich giftig. »Die ist besonders rückenschonend.«

Ich atmete tief durch und versuchte, die Kommode etwas höher zu wuchten. Vergeblich. »Von mir aus müssen wir auch wirklich nicht in diesem lahmarschigen Tempo den Flur entlangschleichen. Wenn du willst, können wir ruhig einen Zahn zulegen!«

Vielleicht war das etwas kurzfristig gedacht, aber ich wollte das Ding nur noch so schnell wie möglich loswerden. Jede Sekunde, die ich länger aushalten musste, bedeutete die reinste Qual.

»Gerne!«, sagte Markus mit einem dünnen Lächeln. In seinen Augen blitzte es.

Oje, dieses gefährliche Funkeln kannte ich bereits! Der gemeine Kerl beschleunigte doch tatsächlich. Als wir den Aufzug endlich erreichten, hatte ich vor Erleichterung Tränen in den Augen.

Markus war nicht einmal außer Atem. »Sollen wir den Rest auch gleich vom Speicher holen?«

Wie bitte? Wollte er mich etwa umbringen? Zum Glück fiel mir sofort ein gutes Gegenargument ein.

»Ich möchte die Kommode erst mal unten im Zimmer sehen«, sagte ich und drückte eilig die Aufzugtaste. »Um zu prüfen, ob die Stilrichtung auch passt.«

Fünf Minuten später wusste ich, dass sie perfekt passte. Endlich nahm mein feudales Schlosszimmer Gestalt an! Natürlich musste die Kommode geputzt, aufpoliert und die Scharniere geölt werden, aber das war eine Kleinigkeit. Nach meinen diversen Fehlschlägen fühlte sich dieser kleine Erfolg einfach fantastisch an. Da war ich auch bereit, mich wieder als Möbelpacker zu betätigen.

Eine halbe Stunde später hatten Markus und ich es fast geschafft. Bei der letzten Fuhre packten wir die Récamiere und die ganzen Dekorationsartikel in den Aufzug. Nur mit Mühe konnte ich mich noch hineinquetschen.

Ich grinste Markus hämisch an. »Ich würde sagen, der Aufzug ist voll. Du musst leider die Treppe ...«

Ehe ich meinen Satz beenden konnte, hatte Markus sich schon zu mir hineingeschoben, und die Türen schlossen sich.

»Geht doch«, sagte er zufrieden.

Wir standen so dicht beieinander, dass ich spüren konnte, wie sein Atem über meine Wange strich.

Mein Herz begann zu flattern. Mein Rücken war gegen die Lehne der Récamiere gepresst, und Markus' linker Oberschenkel presste sich zwischen meine Beine. Als sich der Aufzug ruckelnd in Bewegung setzte, kippte ich auch noch gegen Markus. Er hielt mich fest. Hitze schoss durch meine Adern.

Ignoriere es!, befahl ich mir. Wir mussten schließlich nur ein Stockwerk nach unten fahren. In wenigen Sekunden würde diese unangenehme Situation vorbei sein. Wobei *unangenehm* vielleicht nicht ganz das richtige Wort war ...

Der Aufzug arbeitete sich widerwillig nach unten und gab dabei jede Menge unheimlicher Geräusche von sich. Meine Aufmerksamkeit galt allerdings wichtigeren Dingen als der profanen Angst, in den Tod zu stürzen. Die ganze Spannung, die sich zwischen Markus und mir in unseren Wortgefechten aufgebaut hatte, schien kurz vor der Entladung zu stehen.

Ich wagte nicht, ihm in die Augen zu sehen, und so starrte ich stur auf seine Brust. Was mir allerdings auch nicht weiterhalf. Die Luft zwischen uns knisterte förmlich. Markus'

Atemzüge waren längst nicht mehr so ruhig und gleichmäßig wie noch wenige Augenblicke zuvor. Er hielt mich immer noch fest, und ich konnte mich absolut nicht dazu durchringen, ihn abzuschütteln. Jede Faser meines Körpers vibrierte plötzlich vor Verlangen. Ich fuhr mir mit der Zunge über die Lippen und kämpfte gegen das Bedürfnis an, Markus zu berühren. Etwas in mir hielt es sogar für eine grandiose Idee, sofort den Aufzug anzuhalten und mit diesem Mann an Ort und Stelle unglaublich verruchte Dinge anzustellen.

Diese plötzliche Anziehung hatte fast schon etwas Magisches. Vielleicht hatte uns jemand was ins Wasser getan? Einen Liebestrank? Es hätte mich jedenfalls nicht gewundert, wenn wie aus dem Nichts Albus Dumbledore im Fahrstuhl erschienen wäre, um uns mitzuteilen, dass wir unter einem hirnzellenvernichtenden »Erotikus bumsus«-Fluch stünden.

Endlich kam der Lift mit einem Ruck zum Stehen, und die Türen öffneten sich. Zum Glück! Markus war schneller aus dem Aufzug heraus, als ich gucken konnte. Er drehte mir den Rücken zu, und ich konnte nur sehen, wie er sich kopfschüttelnd durch die Haare fuhr. Mit weichen Knien taumelte ich hinter ihm her. Mir war schwindlig, und ich fühlte mich, als hätte ich gerade verbotenen Sex gehabt. So ein Mist!

17. Kapitel

»Ich habe keine Ahnung, was da passiert ist. Dabei mögen wir uns nicht einmal besonders!« Ich nickte nachdrücklich, um meinen Worten mehr Gewicht zu verleihen.

Trotzdem konnte ich damit die Skepsis auf Arianes Gesicht nicht vertreiben.

Bevor sie mir widersprechen konnte, hob ich den Zeigefinger. »Und Sophie kann mir mit ihrem psychologischen Geschwafel gestohlen bleiben!«

Heute Mittag hatte ich selbst eine Krisensitzung einberufen, doch ich hatte mich dabei auf Ariane als Teilnehmerin beschränkt. Denn zum einen musste Sophie noch in der Praxis arbeiten, und zum anderen hätte sich meine Schwester nur in ihren haltlosen Unterstellungen bestätigt gefühlt.

Wir saßen in einem urigen Café in Putgarten, einem romantischen Dorf in der Nähe des Kap Arkona. In einem Holzofen neben der Theke brannte ein Feuer und verbreitete eine heimelige Atmosphäre. Das alte Steinhaus war vollgestopft mit Antiquitäten und gebrauchten Büchern, die die Cafébesucher kaufen konnten. Die verwinkelten Zimmer waren in einem herrlich chaotischen Stilmix eingerichtet. Ich hatte es mir in einem gelb-weiß gestreiften Strandkorb gemütlich gemacht, der neben einem Fenster an der Wand stand.

»Also ich weiß nicht«, entgegnete Ariane unschlüssig. Sie nippte an ihrem Cappuccino. Der Milchschaum blieb als kleiner weißer Bart an ihrer Oberlippe kleben. »Für gewöhnlich herrscht so eine sexuell aufgeladene Stimmung nicht zwischen Leuten, die sich nicht mögen.«

»Genau das ist ja mein Problem. Warum zum Teufel wollte ich Markus die Kleider vom Leib reißen, obwohl er mich die meiste Zeit in den Wahnsinn treibt?«

Ariane fuhr sich mit der Hand über den Mund, um ihren Milchbart abzuwischen. Trotzdem konnte ich sehen, wie sie verstohlen in sich hineingrinste.

»Okay, halten wir uns mal an die Fakten«, schlug sie vor. »Kommt es zu einem unerwünschten Körperkontakt zwischen Mann und Frau, tritt für gewöhnlich die Frau dem Mann in die Kronjuwelen. Das hast du jedoch nicht getan. Stattdessen hattest du Schnappatmung und Hitzewallungen. Und danach warst du so durcheinander, dass du wie Aschenputtel panikartig aus dem Schloss gerannt bist. Ich denke, der Fall ist klar.« Ariane zog vielsagend ihre Augenbrauen hoch und grinste.

Ich verschränkte die Arme vor der Brust. »Findest du das witzig?«

»Irgendwie schon. Es ist ziemlich lustig, wie du dich gegen das Offensichtliche sträubst. Gib doch endlich zu, dass du dich von Markus angezo…«

Ich hob hastig die Hand, um sie zu unterbrechen. »Stopp! Sprich es nicht laut aus.« Ich atmete tief ein und ließ langsam die Luft aus mir entweichen wie aus einem alten Ballon. »Ich muss mich erst mal an den Gedanken gewöhnen.«

Es war leider die einzig logische Erklärung für das, was vorgefallen war. Auch wenn sich alles in mir dagegen sträubte.

»Zieh doch nicht so ein Gesicht!«, beschwerte sich Ariane. »Was ist denn schon dabei? Meiner Meinung nach beweist das nur, dass du Geschmack hast. Markus ist gebildet, hat Manieren, besitzt ein Schloss, ist ein erfolgreicher Geschäftsmann und sieht verdammt gut aus.«

Ich fand, sie zeichnete ein etwas zu positives Bild von ihm, doch ich hatte im Moment nicht die Energie, ihr all seine schlechten Seiten aufzuzählen.

Die Bedienung, eine korpulente Frau in den Fünfzigern mit kurzen blonden Locken, kam gut gelaunt an unseren Tisch. »Bitte schön! Einmal Milchreis mit Zimt und hausgemachtem Pflaumenkompott.« Sie stellte einen braunen Steingutteller vor mich und legte, passend zum urigen Ambiente, einen Holzlöffel dazu. »Lassen Sie es sich schmecken!«

»Danke!«

Der Milchreis duftete herrlich. Da ich noch nichts zu Mittag gegessen hatte, hätte ich mich eigentlich sofort darauf stürzen müssen, aber durch diese ganze blöde Situation war mir der Appetit vergangen.

»Selbst wenn ich mich von Markus angezogen fühle, ist das nur etwas rein Körperliches«, sagte ich nachdrücklich. »In dem Fahrstuhl haben irgendwelche animalischen Urinstinkte meinen Verstand ausgeschaltet und die Kontrolle übernommen. Aber ich kann mir beim besten Willen nicht vorstellen, mit Markus eine Beziehung zu führen.«

Ariane zuckte mit den Schultern. »Ich würde dir Markus ohnehin nicht für etwas Festes empfehlen. Du kannst mit ihm sicherlich eine Menge Spaß haben, aber mach dir lieber keine Hoffnungen auf eine Beziehung!«

Ich runzelte die Stirn. »Wie meinst du das denn?«

»Bisher hat es noch keine Frau geschafft, dass er sich fest an sie bindet. Und glaub mir, es haben schon einige versucht und sich an ihm die Zähne ausgebissen.«

Ich rührte nachdenklich in meinem Milchreis. Dass Markus

mit Mitte vierzig noch Junggeselle war, hatte mich auch schon gewundert. Hätte er nicht längst damit beschäftigt sein müssen, mit einer Ehefrau viele kleine Von-Kronlitz-Nachkommen zu produzieren?

»Soweit ich weiß, hatte er bisher noch keine ernste Partnerschaft«, berichtete Ariane weiter. »Markus mag es lieber unverbindlich. Im Dorf heißt es, er hat noch nicht einmal eine Frau bei sich auf dem Schloss wohnen lassen.«

»Ernsthaft?«

Okay, noch ein Argument, das gegen Markus sprach. Schon vor Jahren hatte ich mir geschworen, dass ich auf solche emotionsverkrüppelten Beziehungsneurotiker nicht mehr hereinfiel. Ich brauchte wirklich keinen Kerl, für den es ein Drama war, wenn ich in seinem Bad eine eigene Zahnbürste deponieren wollte. Aus diesem Alter war ich eindeutig heraus! Ich suchte nach einem reifen Mann, der sich ebenfalls nach einer festen Bindung und einer Familie sehnte. Im Grunde musste ich mir über Markus somit überhaupt nicht den Kopf zerbrechen, oder? Weder über die körperliche Anziehung zwischen uns, noch über irgendwelche tiefergehenden Gefühle, die ich mir vielleicht nur noch nicht eingestehen wollte. Damit hatte Ariane mir wahrscheinlich mehr geholfen, als sie ahnte. Der Knoten in meinem Magen löste sich, und ich widmete mich endlich meinem verspäteten Mittagessen.

»Wegen unseres Ehrlichkeits-Pakts muss ich dich etwas fragen«, schob ich zwischen zwei Löffeln ein. »Wenn Markus mich anstellt, muss ich ihm dann auch immer die Wahrheit sagen? Immerhin ist er dann mein Chef, und das könnte ziemlich unangenehm für mich werden. Kann ich bei ihm eine Ausnahme machen?«

Ariane, die gerade enttäuscht in ihre inzwischen leere Cappuccino-Tasse geblickt hatte, hob den Kopf. »Nach dem, was du mir gerade erzählt hast? Auf keinen Fall! Keine Ausnahmen!«

»Oh. Okay.«

Ariane warf mir einen misstrauischen Blick zu. »Ich hoffe, du hältst dich an dein Versprechen. Schließlich weiß man nie, wie sich die Dinge entwickeln. Ich hätte damals auch nicht gedacht, dass ich irgendwann mal was mit Markus haben würde.«

Mir klappte die Kinnlade herab. Ich wusste, dass ich Ariane völlig entgeistert anstarrte, aber ich hatte meine Gesichtszüge einfach nicht unter Kontrolle. »Ihr … ihr seid ein Paar gewesen?«

Da Ariane gerade nach ihrem Portemonnaie griff und nach Kleingeld fahndete, merkte sie zum Glück nicht, wie sehr mich ihre Offenbarung aus der Bahn warf.

»Quatsch!«, entgegnete sie abwesend. »Wir waren kein Paar. Wir hatten nur so etwas wie einen intensiven Flirt. Aber das ist schon eine halbe Ewigkeit her.«

»Aha.«

Weshalb hatte Ariane das noch nie erwähnt? Irgendwie ging mir das gegen den Strich. Markus hatte also nicht nur eine Reihe von *Gespielinnen*, um mit den Worten seiner Mutter zu sprechen, nein, eine davon war sogar aus meinem direkten Bekanntenkreis. Ich … Halt! Stopp!, rief ich mich selbst zur Ordnung. Ich wollte doch gar nichts von Markus. Selbst wenn er mit jeder Frau auf Rügen im Bett gewesen war, konnte mir das völlig gleichgültig sein.

Ariane schien allerdings zu bemerken, dass ich keinen besonders glücklichen Eindruck machte. »Keine Sorge, Jule. Das war nur eine Art Strohfeuer.«

»Sorgen? Weshalb sollte ich mir denn Sorgen machen?« Ich lachte auf. Es klang leider etwas gekünstelt. Offenbar war mir Markus doch nicht ganz so gleichgültig, wie ich es mir permanent einzureden versuchte. »Ist doch schön, wenn ihr euren Spaß hattet.«

»Teilweise hatten wir tatsächlich viel Spaß«, räumte Ariane ein. »Markus küsst einfach fantastisch.«

»Das muss an der vielen Übung liegen«, murmelte ich kaum hörbar.

Ariane warf mir einen fragenden Blick zu. »Wie bitte?«

Ich winkte ab. »War nicht so wichtig. Sollen wir jetzt gehen? Du musst bestimmt zurück in deinen Laden.«

Als ich Ariane nach meiner Flucht vom Schloss angerufen hatte, war sie zufällig in der Gegend gewesen, weil sie einen Hausbesuch für eine kosmetische Gesichtsbehandlung gemacht hatte. Mit diesen Kundenbesuchen besserte sie ihr Einkommen auf, auch wenn sie in dieser Zeit ihren Laden in Sellin schließen musste.

Sie warf einen Blick auf die Uhr. »Das lohnt sich nicht mehr. Bis ich dort bin, ist sowieso bald Feierabend. Außerdem wage ich mal die Prophezeiung, dass sowieso kein Kunde mehr kommt.«

Ich sah sie mitfühlend an. »Ich wünschte, ich könnte dir irgendwie helfen. Das Konzept deines Ladens ist toll, und du hast es verdient, damit Erfolg zu haben.«

»Weißt du, ich habe all meine Ersparnisse hineingesteckt und musste dazu noch einen Kredit aufnehmen.« Einen Augenblick bekam ihre lockere, unbeschwerte Art einen Riss, und ich sah ehrliche Panik in Arianes Auge. »Lange kann ich nicht mehr durchhalten, Jule. Dann dreht mir die Bank den Geldhahn zu.«

Sofort überwältigte mich das schlechte Gewissen. Da jammerte ich Ariane wegen Markus die Ohren voll, dabei stand ihr selbst das Wasser bis zum Hals. Ich musste sie unbedingt unterstützen! Aber wie?

»Sag mal, hast du noch Zeit für einen weiteren Hausbesuch?«, fragte ich spontan. »Ich würde nämlich gerne eine Gesichtsbehandlung buchen. Diese staubige Dachbodenluft hat meinem Teint überhaupt nicht gut getan. Und einen Gutschein für meine Schwester brauche ich auch. Für eine spezielle Anti-Aging-Behandlung.«

Ariane zog eine Grimasse. »Das ist lieb von dir, Jule. Aber ich möchte wirklich nicht, dass du aus Mitleid …«

»Das mache ich doch nicht aus Mitleid«, unterbrach ich sie resolut. »Hast du dir Sophies Haut in letzter Zeit mal angeguckt? Wegen dieser Giulia bekommt sie noch Sorgenfalten, und das wird ihrer Beziehung bestimmt nicht helfen.«

Ein Schmunzeln zuckte um Arianes Mundwinkel. »Ich verstehe! Du machst das nur aus Liebe zu deiner Schwester.«

»Logo. Was hast du denn gedacht?« Ich winkte der Bedienung. »Und eingeladen bist du natürlich auch. Als kleines Dankeschön, weil du dir mitten am Tag Zeit für mich genommen hast.«

Mir war nicht entgangen, dass Ariane ihr Kleingeld abgezählt vor sich auf den Tisch gestapelt hatte.

»Nein, du tust schon genug für mich«, wehrte sie meine Einladung sofort ab. »Lass mich wenigstens meinen Cappuccino bezahlen.«

Ich warf ihr einen scharfen Blick zu, der jeden Widerspruch im Keim erstickte. »Kommt nicht infrage! Ich habe dich von der Arbeit abgehalten. Dabei hast du *wirkliche* Probleme.

Und ich erzähle dir auch noch von meiner idiotischen Theorie mit Albus Dumbledore und dem ›Erotikus bumsus‹-Fluch.«

Ariane lachte auf. »Es wäre unverzeihlich, wenn du mir das *nicht* erzählt hättest! Außerdem bin ich gerne für dich da, und du kannst mich jederzeit wieder anrufen«, versicherte sie mir. Plötzlich hellte sich ihr Gesicht auf. »Hey, wie wäre es, wenn ich dir dafür beim Aufbau des Kleiderschranks in deinem Schlosszimmer helfe? Dafür brauchst du definitiv ein zweites Paar Hände, und ich schätze, ich bin dir lieber als Markus.«

Jetzt war ich es, die widersprechen wollte, doch Ariane fügte entschlossen hinzu: »Keine Widerrede! Dann kann ich mich wenigstens ein bisschen revanchieren.«

Ich gab mit einem Grinsen nach. »Okay! Dann widmen wir uns jetzt zuerst meiner eingestaubten Haut und danach dem eingestaubten Schrank.«

*

Arm in Arm verließen Ariane und ich das Café. Es lag direkt an einem kleinen Marktplatz, in dessen Mitte sich ein von Bäumen eingerahmter Teich befand. Für den Fall, dass jemand urplötzlich die Orientierung verlor, stand dort ein gelbes Ortsschild mit der Aufschrift INSEL RÜGEN. Irgendein Spaßvogel hatte das Schild mit einem Edding beschmiert: *Wir sind reif für die* INSEL RÜGEN.

Auf dem gegenüberliegenden Teil des Marktplatzes drängten sich die Touristen an den Verkaufsständen der Kunsthandwerker, an denen man Rügener Kreidemännchen, Ledergürtel oder Nostalgieschilder kaufen konnte. Wir bogen jedoch nach links in Richtung Hauptstraße ab.

Schon nach wenigen Schritten blieb ich wie angewurzelt

stehen. »Was macht die denn hier?«, entfuhr es mir perplex. »Ich dachte, Sophie muss arbeiten.«

Fast hätte ich meine Schwester nicht erkannt. Sie trug ein Kopftuch und eine riesige runde Sonnenbrille, mit der sie wie eine Insektenkönigin aussah. Außerdem verhielt Sophie sich äußerst merkwürdig. Sie presste sich mit dem Rücken an eine Hauswand und spähte immer wieder vorsichtig um die Ecke.

»Sie wirkt wie eine Spionin an ihrem ersten Ausbildungstag«, stellte Ariane fest.

Das traf es ziemlich genau. Neugierig gingen wir auf sie zu.

Sophie bemerkte uns erst, als wir direkt vor ihr standen. Sie starrte uns völlig entgeistert an. »Was macht ihr denn hier?«, zischte sie im Flüsterton.

»Dasselbe wollten wir dich auch fragen«, entgegnete ich, ohne jedoch die Stimme zu senken.

»Pscht!«, fuhr sie mich an. »Nicht so laut! Sonst hören sie uns noch.«

»Wer denn?« Gerade als ich neugierig um die Ecke spähen wollte, zog sie mich so heftig am Kragen meiner Jeansjacke zurück, dass ich komplett das Gleichgewicht verlor und mit meinem ganzen Gewicht gegen sie fiel. Mit einem gemeinsam gekreischten »Uuuaaah!« landeten wir auf dem Boden.

Ariane schaute kopfschüttelnd auf uns herab. »Als Spione seid ihr völlig unbrauchbar. Viel zu auffällig.«

Sophie schien unser Sturz überhaupt nicht zu kümmern. Auch auf eine Entschuldigung wartete ich vergebens. »Haben sie uns gehört?«, fragte sie Ariane nur. »Kommen die drei her?«

Während wir uns aufrappelten, presste sich nun Ariane an

die Hauswand. Sie holte einen Handspiegel aus ihrer Tasche und nutzte ihn wie ein Profi als Observierungshilfe.

»Verdammt«, fluchte meine Schwester. »Auf die Idee mit dem Spiegel bin ich natürlich nicht gekommen.«

»Aha, wir beschatten also Ole, Emma und Giulia«, sagte Ariane mit hochgezogenen Augenbrauen. »Aber keine Sorge, die drei stehen gerade völlig ahnungslos an der Hühnergötter-Rekordkette.«

An der *was*? Doch dann fiel mir wieder ein, dass Steine, die ein natürlich entstandenes Loch besaßen, hier als Hühnergötter bezeichnet wurden. Die Slawen, die einst auf Rügen gelebt hatten, hatten geglaubt, dass ihre Hühner dank dieser Steine vor bösen Geistern geschützt waren. Das hatte mir Emma jedenfalls erzählt, die am Strand ständig auf der Suche nach Hühnergöttern, Bernstein, Fossilien oder Muscheln war. Von ihr hatte ich auch einen alten Aberglauben erfahren: Wenn man einen Hühnergott am Strand fand, sollte man durch das Loch auf die Ostsee sehen und sich dabei etwas wünschen. Wenn man dann noch auf den Stein spuckte, war die Sache so gut wie geritzt. Seit ich das wusste, lief ich jeden Morgen am Hundestrand in gebückter Haltung am Wassersaum entlang und hielt Ausschau nach einem magischen Wunscherfüllungsstein.

»Gib mal her!« Ich entriss Ariane den Spiegel, um mir selbst ein Bild zu machen. Leider brauchte ich etwas länger, bis ich den richtigen Winkel gefunden hatte.

»Und?«, fragte Sophie atemlos.

»Ich will ja nicht meckern«, gab ich zurück. »Aber für eine Hühnergötter-Rekordkette ist die nicht besonders lang.«

Sophie stöhnte entnervt auf. »Die Kette ist mir doch wurscht! Was ist mit Giulia? Begrabscht sie Ole wieder?«

Ich kippte den Spiegel ein wenig zur Seite. Giulia und Ole schienen sich zu unterhalten, und Emma leckte genüsslich an einem großen Waffeleis. »Die reden nur, keine Sorge.«

Endlich konnte ich Oles berüchtigte Ex in Augenschein nehmen. Verflixt, sie hatte tatsächlich Ähnlichkeit mit Salma Hayek! Giulia hatte volle Lippen, eine beneidenswerte Figur, und gerade warf sie ihre dunklen Locken in einer anmutigen Bewegung über die Schulter.

»Findest du, dass Giulia besser aussieht als ich?«, fragte Sophie prompt. »Sei bitte ehrlich, Jule!«

»Sie sieht ... anders aus als du«, antwortete ich vorsichtig.

»Ich weiß selbst, dass sie anders aussieht als ich«, fuhr sie mich an. »Schließlich sind wir keine eineiigen Zwillinge.«

Ich ließ den Spiegel für einen Moment sinken und warf meiner Schwester einen, wie ich hoffte, ermutigenden Blick zu. »Ich wollte damit sagen, dass ihr beide völlig unterschiedliche Typen seid. Das ist, als wolle man Sekt und Milch miteinander vergleichen. Da gibt es kein besser oder schlechter.«

Das schien Sophie nicht im Mindesten zu beruhigen. »Gibt es wohl«, keifte sie. »Sekt ist besser als Milch, das weiß doch wohl jeder. Deswegen kostet er auch mehr und wird nur zu besonderen Anlässen getrunken. In deinem Vergleich bin bestimmt ich die billige Milch, oder?«

Okay, ich gab es auf! Mit Sophie war anscheinend nicht mehr vernünftig zu sprechen. Ich konzentrierte mich lieber wieder auf Arianes Handspiegel.

Emma war inzwischen fast fertig mit ihrem Eis, und Giulia lachte gerade über etwas, das Ole gesagt hatte. Dabei fuhr sie ihm in einer liebevollen Geste den Arm hinunter bis zu seiner Hand. Oje, das war keine beiläufige Berührung gewesen!

Von dem glühenden Blick, den sie ihm gleichzeitig zuwarf, gar nicht zu reden.

Sophie hatte tatsächlich recht: Giulia begrabschte Ole. Auf die Entfernung war es jedoch schwer zu beurteilen, ob Ole das gefiel oder nicht. Nun sagte er etwas zu Emma, woraufhin sich die drei in gemütlichem Tempo in Bewegung setzten. Erst jetzt fiel mir auf, dass unter Oles Arm mehrere Drachen klemmten.

»Offenbar wollen sie Drachen steigen lassen«, vermutete ich.

»Das haben sie bereits gemacht«, gab Sophie in müdem Tonfall zurück. »Emma hat sich das gewünscht, und Ole hat dafür extra seinen Segelkurs ausfallen lassen.«

Meine Schwester hatte die drei schon die ganze Zeit beschattet, ohne dass sie etwas bemerkt hatten? Keine Ahnung, ob ich Sophie dafür Respekt zollen oder sie für komplett verrückt erklären sollte. Ich ließ den Spiegel sinken, da Ole, Giulia und Emma außer Sichtweite gerieten.

»Ich habe mir deshalb extra freigenommen«, erzählte Sophie. »Ich musste mich einfach mit eigenen Augen davon überzeugen, wie dieses Familientreffen abläuft.« Sie nahm die Sonnenbrille ab und massierte sich die Schläfen. »Bei der Arbeit hätte ich mir sonst permanent ausgemalt, wie sich diese Schlange gerade an Ole heranmacht.«

Ich musste zugeben, dass es mir an ihrer Stelle wahrscheinlich ähnlich ergangen wäre.

»Na ja, jetzt sind die drei ja in Richtung Parkplatz gelaufen«, informierte ich sie. »Wahrscheinlich fahren sie heim, und der Familienausflug ist vorbei.«

»Sie sind gegangen? Dann muss ich schnell hinterher!«

»Du willst sie weiter verfolgen?« Ich blinzelte sie fassungslos an. »Sophie, hast du dir mal überlegt, was passiert, wenn du entdeckt wirst? Wie peinlich das wird? Tut mir leid, Schwesterherz, aber du stellst dich wirklich nicht sonderlich geschickt als Stalkerin an. Wenn du weitermachst, wirst du auf jeden Fall erwischt!«

Sophie schüttelte den Kopf. »Das ist mir egal. Ich halte es einfach nicht aus, zu Hause zu sitzen und …« Während sie redete, machte sie Anstalten in Richtung Parkplatz loszumarschieren.

Ich warf Ariane einen fragenden Blick zu, und sie nickte zustimmend. Ehe Sophie uns entwischen konnte, packten wir sie rechts und links unter dem Arm.

»Ey, lasst mich sofort los!«

Wir zerrten Sophie ungerührt zur nächstbesten Bank und zwangen sie, sich zu setzen.

»Du solltest Ole mehr vertrauen, Sophie!«, versuchte Ariane an die Vernunft meiner Schwester zu appellieren. »An seiner Stelle wäre ich extrem sauer auf dich. Wie kannst du nur so an seiner Liebe zweifeln?«

Sophie lief vor Scham puterrot an. »Ich … ich zweifle doch nicht an Oles Liebe.«

»Und warum spionierst du ihm dann hinterher?«, fragte ich scharf. »Ich kann ja verstehen, dass du dir Sorgen machst, aber diese Aktion ist echt daneben, Sophie!«

Sie nagte schuldbewusst an ihrer Unterlippe. »Ich gebe zu, das Ganze war nicht gerade wohlüberlegt«, räumte sie schließlich ein. »Ich bin irgendwie panisch geworden und habe nicht mehr nachgedacht.«

Sie zog das Kopftuch ab und sagte kleinlaut: »Danke, dass ihr mich zurückgehalten habt.«

»Dafür sind Freunde und Geschwister doch da.« Ich tätschelte ihr beruhigend die Hand.

Dass ich Sophies Sorgen keineswegs für aus der Luft gegriffen hielt, behielt ich lieber für mich. Wer wusste schon, was meine Schwester sonst anstellen würde? Ole, Giulia und Emma hatten wie eine richtige Familie gewirkt. Es war nicht zu übersehen gewesen, wie glücklich Emma mit ihren Eltern war. Ole liebte seine Tochter über alles, und ich fragte mich, ob er – wenn es darauf ankam – Emmas Glück womöglich sogar über sein eigenes stellte.

»Was macht ihr eigentlich in Putgarten, Mädels?«, fragte Sophie nun. Sie blickte neugierig von Ariane zu mir. »Wolltest du nicht den ganzen Tag auf dem Schloss arbeiten, Jule?«

Ehe ich Ariane bremsen konnte, antwortete sie schon frei heraus: »Wir hatten hier spontan eine Krisensitzung. Jule und Markus haben nämlich heute festgestellt, dass sie scharf aufeinander sind.«

Ich schlug stöhnend die Hände vor das Gesicht. Verdammt! Wieso tat Ariane mir das nur an?

Sophie grinste selbstgefällig. »Na, sieh einer an! Das sind ja mal interessante Neuigkeiten. Ich sollte wirklich als Orakel arbeiten.«

»Ich weiß überhaupt nicht, ob es Markus genauso gegangen ist«, stellte ich die Sache richtig. »Und von meiner Seite aus war das rein körperlich, ohne tiefere Bedeutung. Ein akuter Sex-Notstand oder so etwas.«

»Schon klar!« Die beiden kicherten ungeniert.

Ich beschloss, dass ein Themenwechsel dringend angebracht war.

»Lasst uns gehen! Schließlich haben wir noch etwas vor.« Ich wandte mich an Sophie. »Wir beide bekommen von Ariane eine Gesichtsbehandlung. Habe ich für uns gebucht. Ich spendiere dir sogar die Spezial-Anwendung gegen besonders fiese Falten.«

»Wie bitte?« Geschockt betastete meine Schwester ihr Gesicht.

Nun war ich es, die sich ein Grinsen nicht verkneifen konnte.

»Das war total unnötig, Jule!« Ariane boxte mich freundschaftlich auf den Oberarm. »Zum Glück sind Jutta und ich nicht so gemein zueinander. Im Gegensatz zu euch haben meine Schwester und ich eine echt harmonische Beziehung.«

Sophie und ich wechselten einen Blick – und begannen beide zu lachen.

18. Kapitel

Ariane hielt ihr Versprechen und half mir beim Aufbau des Kleiderschranks. Da natürlich keine Aufbauanleitung beilag und selbst die kleinen Teile aus massivem Holz verdammt schwer waren, war das eine Heidenarbeit. Aber wir schafften es bis zum Abend. Ich war wirklich dankbar für ihre Unterstützung.

Auch in den nächsten Tagen ging es erfreulich gut voran. Nachdem Fred die hintere Wand des Zimmers gestrichen hatte, konnte ich mich vor Begeisterung über die teure Wandfarbe kaum noch einkriegen. Sie schimmerte so edel wie eine Seidentapete und gab dem Zimmer ein elegantes Flair. Da ich mit den Möbeln vom Dachboden eine Menge Geld eingespart hatte, beschloss ich, in ein paar weitere Eimer der exklusiven Farbe zu investieren, um auch den Rest des Zimmers damit zu streichen. Ich wollte jedoch Freds Gutmütigkeit nicht ausnutzen und übernahm dieses Mal alleine das Streichen. Jedenfalls hatte ich das vor, doch dann tauchten am frühen Abend plötzlich Ole und Sophie in Arbeitsklamotten auf, um mir zu helfen. Gemeinsam machte das Streichen sogar Spaß, besonders weil Ole mit bleicher Miene in drei Metern Höhe auf der Leiter balancierte und sich permanent über die protzig hohen Wände beschwerte.

Am nächsten Morgen brachten Nane und Trudi die fertigen Vorhänge vorbei. Sie waren einfach großartig geworden. Die beiden Frauen hatten sich selbst übertroffen! Ich hätte mit der Nähmaschine nicht einmal ein brauchbares Stofftaschentuch zustande gebracht. Als ich mich zum wahrscheinlich zwanzigsten Mal bei ihnen bedankte, meinte Trudi, wenn ich mich revanchieren wollte, könnte ich gerne zu ihr nach Hause kommen und ihr schmerzendes Hühnerauge mit einem Bimsstein bearbeiten. Im Überschwang der Gefühle erklärte ich mich dazu tatsächlich bereit. Mittlerweile hoffte ich allerdings inständig, dass sie das nicht ernst gemeint hatte.

Das Schlosszimmer nahm immer mehr Gestalt an. Zu meinem Leidwesen schaute auch Adelheid von Kronlitz jeden Nachmittag bei mir herein, um sich nach dem Stand der Dinge zu erkundigen und ein bisschen Gift abzusondern. Mit ihren Drachenaugen entdeckte sie die einzige nicht ganz gleichmäßig gestrichene Stelle im ganzen Raum. Oder den winzigen Brandfleck auf dem Teppich, den ich mit Sophie auf dem Antiquitätenmarkt in Stralsund erstanden hatte. Trotzdem erkannte ich an dem wohlwollenden Blitzen in ihren Augen, dass die Schlossherrin mit den Fortschritten zufrieden war.

Der Einzige, der nicht bei mir auftauchte, war Markus. Seit unserer Fahrt im Aufzug hatte ich ihn kaum zu Gesicht bekommen. Auch seine Handynachrichten drehten sich nur noch um den Umbau des Schlosses. Auf einen witzigen Spruch oder ironischen Kommentar wartete ich vergebens. Der unangenehme Verdacht keimte in mir auf, dass Markus mir aus dem Weg ging. Und zwar sehr effizient. Das ging mir gewaltig gegen den Strich. Schließlich war ich hier das Opfer, und wenn schon jemand dem anderen aus dem Weg ging, dann ich ihm. Er war es doch gewesen, der sich in letzter Sekunde in den Aufzug gequetscht hatte und derart auf

Tuchfühlung gegangen war. Das war alles seine Schuld. Am schlimmsten an der ganzen Sache war, dass ich ihn und unsere Kabbeleien irgendwie vermisste.

Am Abend vor Ablauf der Frist saß ich im Schneidersitz in meinem Schlosszimmer auf dem Boden. Die Handwerker hatten schon Feierabend gemacht, und ich genoss die Ruhe, die auf dem Schloss eingekehrt war. Muffin hatte seinen Kopf auf meinen Oberschenkel gelegt und döste vor sich hin. In den letzten Tagen hatte ich ihn mit aufs Schloss genommen, weil ich es Nane nicht zumuten wollte, andauernd den Hundesitter zu spielen. Da Markus sich nicht in meiner Nähe blicken ließ, konnte er sich auch schlecht über meinen Hund beschweren.

»Na, wie findest du es, Muffin?«, fragte ich in die friedliche Stille hinein.

Natürlich war das Zimmer nicht so prunkvoll eingerichtet wie in einem Luxushotel, doch der Raum besaß nun ein stilvolles Ambiente. Elegant, aber gleichzeitig einladend und freundlich. Die vergangenen Stunden hatte ich damit verbracht, alles noch einmal auf Hochglanz zu polieren. Bronzefarbene Wandleuchter verbreiteten ein warmes Licht, und auf der Kommode hatte ich frisches Obst in einer Silberschüssel angerichtet. Sogar an die kleinen Schokoladentäfelchen auf den Kopfkissen als Gruß des Hauses hatte ich gedacht.

»Noch vor fünf Tagen hätte ich nicht für möglich gehalten, dass es so gut werden würde«, sagte ich zufrieden.

Ohne den Kopf zu heben, blickte Muffin mit großen Augen zu mir auf und stieß geräuschvoll den Atem aus.

»Ja, ich weiß.« Ich zog eine unglückliche Grimasse. »Es ist nicht perfekt. Aber nur wegen dieses blöden Betts.«

Das Bett war bis zum Ende mein größtes Problem geblieben. Auf den letzten Drücker hatte ich schließlich bei einem Antiquitätenhändler in Stralsund ein altes Doppelbett erstanden. Das Holz und die Stilrichtung passten zwar mehr oder weniger zum Rest des Zimmers, aber ein Himmelbett wäre einfach schöner gewesen.

Den Rest meines Budgets hatte ich in eine gute Matratze investiert, denn daran durfte ein Hotelier niemals sparen. Wenn die Gäste nicht gut schliefen, war ihr ganzer Urlaub im Eimer, dagegen halfen dann auch nicht mehr Rügens Schönheit und die herrlichen Strände. Ganz schlimm war es, wenn man ein Hotel mit durchgelegenen »Arschbomben«-Matratzen erwischte: In ihnen sank umgehend der ganze Körper ein, die Seiten klappten nach oben und der Hintern hing als schwerster Körperteil nur wenige Zentimeter über dem Boden.

»An dem Bett kann ich jetzt nichts mehr ändern«, erklärte ich Muffin schulterzuckend. »Entweder die Suite gefällt Markus, oder das war der letzte Tag, den wir hier auf dem Schloss verbracht haben.«

Bei dem Gedanken verspürte ich ein unangenehmes Ziehen in der Magengegend. Auch wenn die vergangene Woche stressig gewesen war, hatte mir die Arbeit großen Spaß gemacht. Am meisten hatte mich gerührt, wie tatkräftig mich alle unterstützt hatten: Fred, Ariane, Trudi, Nane, Sophie, Ole und sogar seine Mutter hatten mir geholfen, ohne großes Aufheben darum zu machen. Nane hatte mir erklärt, dass man auf Rügen eben zusammenhielt. Wie in einer großen Familie. Tatsächlich fühlte ich mich in ihrer Mitte aufgenommen und willkommen, obwohl ich erst seit Kurzem hier war. Wie aus weiter Ferne hörte ich Gertruds Stimme in meinem Kopf: *»Hier ist genau der richtige Platz für dich, Jule.«*

Mein Bauchgefühl sagte mir, dass ich mich auf dieser Insel wohlfühlen würde. Mein Entschluss stand fest: Wenn Markus mir den Job als Hotelmanagerin anbot, würde ich ihn annehmen! Ich hoffte, Katrin würde nicht allzu gekränkt reagieren und meine Entscheidung verstehen. Ob es meine Freundin vielleicht milde stimmte, wenn ich sie so bald wie möglich zu einem Urlaub auf das Schlosshotel Neunwiek einlud? Stopp! Ich machte mir wieder Gedanken um Dinge, die noch völlig ungewiss waren. Erst einmal musste ich den Job bekommen.

Ein letztes Mal sah ich mich im Hotelzimmer um, dann griff ich nach meinem Handy.

Das Zimmer steht zur Besichtigung bereit, Chef. Wann möchtest du es dir anschauen?

Während ich wartete, kraulte ich Muffin gedankenverloren hinter den Ohren. Ich fragte mich, wo Markus wohl gerade steckte. Ob er vielleicht auf dem Schloss war? Das wäre wirklich großartig, denn dann konnten wir die Abnahme eigentlich sofort hinter uns bringen. Damit würde mir eine schlaflose Nacht, in der ich vor Aufregung sicherlich kein Auge zubekam, erspart bleiben.

Endlich kam seine Antwort: *Noch bin ich nicht dein Chef. Treffen morgen 17 Uhr.*

Na herzlichen Dank auch! Er hätte wenigstens ein Fragezeichen hinter die Uhrzeit setzen können! Und dann auch noch so ein blöder Termin. Selbst ein Treffen bei Sonnenaufgang wäre mir lieber gewesen. So musste ich nun den ganzen morgigen Tag bis 17 Uhr irgendwie hinter mich bringen, ohne mir vor Nervosität die Nägel abzuknabbern.

Ich schob Muffins Kopf von mir runter, stand auf und ging zur Tür. Dort löschte ich das Licht. Im Dunkeln hörte ich nur noch das regelmäßige Schnaufen eines schlafenden Hundes. Muffin hatte offenbar nicht einmal mitbekommen, dass sein Kopf nicht mehr bequem auf meinem Oberschenkel lag. War das zu fassen?

»Muffin!«, rief ich laut. »Muffin, komm zu Frauchen!«

Keine Reaktion. Gedankennotiz: Wenn ich mal dringend einen Wachhund benötigte, musste ich mir einen zweiten Hund zulegen. Einen Chihuahua oder irgendeinen anderen kleinen Kläffer.

»Muffin?«

Jetzt hatte ich aber wirklich genug. Ich wollte heim und unter die Dusche!

»MUFFIN«, brüllte ich. »KOMM HER, ABER DALLI!«

Das entspannte Schnaufen stoppte abrupt. Wenigstens ein kleiner Erfolg: Auf meinen Befehl hin wachte mein Hund umgehend auf. Ich musste nur laut genug schreien. Ein paar Sekunden später trottete Muffin schlaftrunken aus dem Zimmer. Allerdings nicht, ohne mir dabei einen vorwurfsvollen Blick zuzuwerfen. Offenbar hatte er nicht vor, mich für den Preis *Bestes Frauchen des Jahres* zu nominieren.

Gerade als wir die Treppe nach unten ins Foyer liefen, erhielt ich noch eine Nachricht von Markus.

Kleiner Tipp, Jule: »ABER DALLI« ist kein korrekter Befehl für Hunde. ☺

Da war es ja wieder – ein Smiley von Markus! Ein Lächeln breitete sich auf meinem Gesicht aus. Markus zeigte mir offenbar doch nicht mehr die kalte ... Moment mal! Er hatte mich gehört? Also musste er direkt über mir gewesen sein. Er hätte problemlos herunterkommen und sofort das Zimmer besichtigen können. Ging er mir etwa immer noch aus dem Weg? Das ... das war doch lächerlich! So ein Blödmann! Wenn er sich weiterhin so verhielt, konnten wir unsere Zusammenarbeit gleich vergessen.

»Komm, Muffin!«, brachte ich zwischen zusammengebissenen Zähnen hervor. »Unser Bett muss noch ein bisschen warten.«

Ich machte auf dem Absatz kehrt und stürmte die Treppe nach oben.

*

Markus zu finden, war leichter, als ich erwartet hatte. Da er mich gehört hatte, steuerte ich im dritten Stock die Räume genau über meinem Schlosszimmer an. Dann riss ich einfach die Tür auf, unter deren Spalt ein Lichtschein hervortrat.

»Wir müssen reden, Markus! Wie du dich mir gegenüber ...« Die Worte erstarben auf meinen Lippen.

Ich stand mitten in einem Badezimmer direkt vor Markus, der – abgesehen von dem Handtuch um die Hüften – relativ nackt war. Er hatte offensichtlich gerade geduscht.

Okay, das war ein *ziemlich guter* Grund, nicht sofort zu mir nach unten zu kommen. Verdammt, auf diesen Gedanken war ich überhaupt nicht gekommen! Aber wer verschickte denn auch bitte schön Handynachrichten, während er unter der Dusche stand? Das hatte ich wirklich nicht ahnen können.

»Jule?« Er legte den Kopf schräg. Dabei löste sich ein Wassertropfen aus den Haaren und fiel auf seine Brust. Der Tropfen rann träge nach unten über Markus' durchtrainierten

Bauch, wo eine feine Haarlinie in tiefere Körperregionen wies. Gebannt folgte ich dem Weg des Tropfens, bis er im Rand des tief sitzenden Handtuchs verschwand. Dabei fiel mir auch das Tattoo auf: Ein chinesischer Drache saß mit aufgerissenem Maul über Markus' rechter Hüfte. Sein Schwanz schlängelte sich in einem eleganten Bogen nach unten, wobei die untere Spitze vom Handtuch verdeckt wurde. Ein Tattoo hatte ich dem Schlossherrn nun wirklich nicht zugetraut. Und dazu noch eines, das ziemlich sexy aussah. Ich fuhr mir mit der Zunge über die Lippen und versuchte mich zu erinnern, weshalb ich eigentlich hier war.

Markus' spöttische Stimme riss mich aus meiner Erstarrung. »Bis eben dachte ich ja, das soll ein Annäherungsversuch werden«, bemerkte er. »Aber in so einem Fall bleiben die Frauen für gewöhnlich nicht zur Salzsäule erstarrt vor mir stehen.«

»Ich ... äh ... ich ... äh ...«, stammelte ich und deutete über meine Schulter auf die Tür, obwohl mir klar war, dass das nur wenig zur Klärung der Situation beitrug.

Weshalb brachte mich Markus nur immer wieder derart aus der Fassung? Das war ich überhaupt nicht von mir gewohnt. Zum Beispiel hatte ich nicht einmal mit der Wimper gezuckt, als vor ein paar Jahren einmal urplötzlich Brad Pitt vor mir an der Hotelrezeption gestanden hatte. Aber bei Markus ...

Reiß dich zusammen!, befahl ich mir streng. Ich zwang mich, den Blick abzuwenden und stattdessen die schwarzweißen Fliesen zu meiner Rechten zu fixieren.

»Ich wollte mit dir reden«, brachte ich endlich eine Erklärung hervor. »Wegen dieser Sache vor ein paar Tagen. Wenn unsere Zusammenarbeit funktionieren soll, sollten wir ein paar Dinge klären.«

Da er nicht sofort antwortete, schielte ich kurz zu Markus hinüber. Der Anblick war beim zweiten Mal leider nicht weniger reizvoll: attraktiver Mann, nasse Haut, Muskeln, sexy Tattoo und ein doofes schwarzes Handtuch, das den Rest leider verdeckte.

Er musterte mich nachdenklich, doch schließlich nickte er. »Ich bin gleich so weit. Du kannst im Nebenzimmer warten.« Wieder zog er spöttisch die Augenbrauen hoch. »Außer du willst hierbleiben und mir beim Anziehen zusehen?«

Hm, mal überlegen …

Nein! Gott, ich benahm mich ja absolut lächerlich! Als ob ich noch nie einen halb nackten Mann gesehen hätte.

»Nein, danke«, entgegnete ich so cool wie möglich. Der Effekt wurde leider dadurch getrübt, dass ich fast schon fluchtartig das Badezimmer verließ und in den Flur stürmte.

Das Nebenzimmer war offenbar Markus' privater Wohnbereich. Nachdem ich den Lichtschalter gefunden hatte, tauchten in der Decke eingelassene Halogenlampen das Zimmer in warmes Licht. Ich lief an einer fast deckenhohen Bronzeskulptur vorbei und ließ meine Finger über das glatte Leder der cremefarbenen Couch gleiten. Markus bevorzugte offenbar klare Linien, gedeckte Farben und moderne, schlichte Eleganz. Im ganzen Zimmer herrschte eine geradezu bemerkenswerte Ordnung, was bewies, dass wir uns doch nicht so ähnlich waren. Kein Vergleich zu dem Chaos, das ich normalerweise hinterließ! Nirgends konnte ich auch nur einen unnützen Gegenstand entdecken. Keine Erinnerungsstücke, keine gerahmten Fotos und keine halb zerfledderten Zeitschriften mit Kaffeeflecken auf dem Cover. Ich rümpfte die Nase. Für meinen Geschmack war das viel zu kühl und anonym. Da Markus' Hündin Kira nicht im Raum war, legte

Muffin sich mit einem friedlichen Seufzer auf den Teppich vor dem Kamin.

Anstatt meiner Neugier zu frönen und mich gründlich umzusehen, ließ ich mich in einen Sessel sinken, um über die Situation nachzudenken, in die ich mich hineinmanövriert hatte. Nun, da ich das mit dem Duschen wusste, konnte ich Markus schlecht unterstellen, dass er mir absichtlich aus dem Weg ging. Sein Alibi war sozusagen wasserdicht. Ha, ha. Zwar ging ich immer noch davon aus, dass er mich die letzten Tage gemieden hatte, aber leider fehlte mir der eindeutige Beweis. Das brachte mich zu der Frage, was ich eigentlich mit ihm besprechen wollte. Dass ich im Aufzug kurzzeitig scharf auf ihn gewesen war? Und davon ausging, dass es ihm ebenso ergangen war? Markus würde mir bestimmt nicht den Gefallen tun, das zuzugeben. Ich schluckte schwer. Verdammt, wenn ich aus dieser Sache wieder herauskommen wollte, musste ich mir schleunigst eine gute Lüge einf... Halt! Ich hatte Ariane versprochen, mich an den Ehrlichkeits-Pakt zu halten.

Oh Gott!

»Muffin, komm!« Ich sprang in die Höhe und klopfte mir aufgeregt auf die Schenkel. »Husch, husch! Wir müssen uns aus dem Staub machen. Sonst blamiert sich Frauchen bis auf die Knochen.«

Mein Hund dachte gar nicht daran aufzustehen. Schließlich hatte er es sich gerade erst bequem gemacht. Ich lauschte panisch auf die Geräusche aus dem angrenzenden Badezimmer. Es war nichts zu hören. Ob das ein gutes oder ein schlechtes Zeichen war?

Ich sah Muffin in die Augen und hielt mit ernster Miene meinen Zeigefinger in die Höhe. »Komm, *aber dalli*!«

Kaum zu glauben, aber es wirkte. Von wegen, das war kein korrekter Befehl für Hunde! Gerade als Muffin sich in Zeitlupe in die Höhe stemmte, ging die Tür auf, und Markus kam herein.

19. Kapitel

»Tut mir leid, dass du warten musstest«, entschuldigte Markus sich, obwohl es nur wenige Minuten gedauert hatte.

Er hatte sich einen blauen Pullover und eine perfekt sitzende dunkelgraue Stoffhose angezogen. Kaum hatte er das Zimmer betreten, erfüllte er den Raum mit seiner Präsenz. Irgendwie ließ seine Anwesenheit die kühle Ordnung und Eleganz etwas wärmer wirken.

Kraftlos ließ ich mich zurück in meinen Sessel sinken. Ich saß in der Falle!

Markus ging zu einer kleinen Bar hinüber. »Kann ich dir was zu trinken anbieten, Jule?«

»Oh ja, bitte«, hauchte ich. »Was starkes.«

Markus schenkte eine bernsteinfarbene Flüssigkeit in zwei Gläser. »Das ist ein Whisky aus den Highlands«, erklärte er, als er mir das Glas reichte. »Dreißig Jahre im Fass gereift. Wenn du darauf achtest, kannst du seine rauchige, leicht salzige Würze in Kombination mit einem Hauch von Torfaroma herausschme…«

Ich kippte das Zeug in einem Zug hinunter und gab ihm das Glas zurück. »Danke.«

»Außerdem ist er unglaublich teuer«, fügte er trocken hinzu. »Ich trinke ihn nur zu besonderen Gelegenheiten.«

Ich zuckte mit den Schultern. »Also ich hab da nix Besonderes herausgeschmeckt. Nur die Schärfe des Alkohols.«

»Dann müssen wir wohl mal zusammen eine Whiskyverkostung machen.« Er zwinkerte mir zu. »Ich kann schließlich keine Hotelmanagerin einstellen, die den Geschmack eines guten Whiskys nicht zu schätzen weiß.«

»Wenn es meiner Karriere dient, besaufe ich mich natürlich gerne«, versicherte ich ihm.

Er stieg über den dösenden Muffin hinweg und setzte sich mir gegenüber. Bevor er etwas sagen konnte, griff ich hastig ein unverfängliches Thema auf.

»Ich hoffe, es ist nicht schlimm, dass ich Muffin mitgebracht habe? Ich möchte schließlich nicht, dass deine Hündin Verdauungsprobleme bekommt.«

»Kira schläft bei meiner Mutter«, sagte Markus. »Sie hat sich bei unserem Abendspaziergang ziemlich ausgepowert.« Er nippte mit genießerischer Miene an seinem Whisky. »Ach ja, dabei habe ich übrigens Ariane getroffen. Ich soll dir einen lieben Gruß ausrichten.«

»Danke.« Mit dem Zeigefinger malte ich Muster auf die Armlehne meines Sessels, ehe ich wie nebenbei feststellte: »Schön, dass ihr beide euch noch so gut versteht.«

»Wieso auch nicht?« Markus runzelte irritiert die Stirn, doch dann schien ihm ein Licht aufzugehen. »Ariane hat dir von unserem kleinen Flirt erzählt, oder? Aber das war vorbei, ehe es richtig angefangen hat. Zum Glück hat sich das nicht negativ auf unsere Freundschaft ausgewirkt.«

Das deckte sich mit dem, was mir Ariane erzählt hatte. Da konnte ich meine Neugier nicht mehr zurückhalten. »Du flirtest recht gerne, kann das sein? Deine Mutter hat mich bei unserem Kennenlernen für eine deiner Gespielinnen gehalten.«

Er lachte auf. »Oh, das tut mir leid! Seit sie sich das Bein gebrochen hat, ist sie noch kratzbürstiger als sonst. Soll ich dir ein Geheimnis verraten?«

Ich nickte reflexartig. Meine übliche Reaktion, wenn mir jemand ein Geheimnis anvertrauen wollte.

»Ich öle ihren Rollstuhl absichtlich nicht. Durch das Quietschen der Räder weiß man immer, wenn sie unterwegs ist.«

»Im Namen der ganzen Schlossbelegschaft möchte ich dir dafür unseren verbindlichsten Dank aussprechen«, sagte ich voller Inbrunst.

Wir sahen uns an – und lachten beide gleichzeitig auf. Die Stimmung zwischen uns nahm einen seltsam vertrauten Zug an, fast so wie vor ein paar Tagen auf dem Speicher.

»Was Mutters Kommentar an sich betrifft«, fuhr Markus fort, »kann ich wohl nicht leugnen, dass ich im Laufe der Jahre einige Freundinnen hatte.«

Interessiert beugte ich mich vor. »Und die Richtige war nie dabei?«

»Wer weiß das schon?« Er hob ratlos die Schultern. »Ich bin wohl einfach das, was man einen überzeugten Junggesellen nennt.«

Ich legte den Kopf schräg. Da musste doch mehr dahinterstecken! Niemand ging freiwillig alleine durchs Leben. »Lass mich raten: Dir wurde in jungen Jahren auf übelste Weise das Herz gebrochen, und nun fällt es dir schwer, einer Frau zu vertrauen?«

Er verzog den Mund. »Nein, da muss ich dich enttäuschen. Ich glaube nur nicht an die große Liebe und gehöre nicht zu den gefühlsduseligen Romantikern. Meine Freiheit ist mir wichtig.« Markus betrachtete nachdenklich den Whisky, den er langsam im Glas schwenkte. »Den Gedanken, für den Rest meines Lebens an ein und dieselbe Frau gebunden zu sein, finde ich erschreckend. Wenn wir ehrlich sind, kann keine

Liebe so lange halten. Im besten Fall wird man irgendwann eine gut funktionierende Zweckgemeinschaft und empfindet so etwas wie Freundschaft füreinander. Bei den meisten entwickelt sich mit den Jahren jedoch eine gegenseitige Abneigung oder sogar Hass.« Er blickte auf und sah mir fragend in die Augen. »Weshalb sollte das erstrebenswert sein?«

Seine Einstellung war so schrecklich nüchtern und realistisch, dass es mir einen Schauder über den Rücken jagte. »Das ist aus ganz vielen Gründen erstrebenswert!«, behauptete ich im Brustton der Überzeugung.

Er musterte mich stirnrunzelnd. »Lass mich raten: Du träumst von einer Hochzeit in Weiß, einem kleinen Einfamilienhaus und zwei Kindern, die im Garten spielen, oder?«

Es ärgerte mich, dass mir meine Sehnsüchte offenbar so deutlich auf die Stirn geschrieben standen. »So kitschig stelle ich mir das ganz bestimmt nicht vor«, gab ich gereizt zurück.

So wie er es formulierte, klang es wie der Gipfel der Spießbürgerlichkeit. Gut, okay, wahrscheinlich wünschte ich mir exakt so ein Leben! Und wie ich seit meiner gescheiterten Beziehung mit Lars wusste, hatte ich mich wohl tatsächlich zu sehr von dieser Sehnsucht leiten lassen. Aber diesen Fehler würde ich nicht noch einmal machen, das hatte ich mir geschworen.

Markus lehnte sich in seinem Sessel vor. »Tut mir leid, Jule, ich wollte dir nicht zu nahe treten«, versicherte er mir. »Vermutlich rühre ich damit an einer Wunde, und das hätte ich nicht tun sollen, vor allem nicht auf so abwertende Weise.«

Etwas verunsichert sah ich ihn an. »Was meinst du?«

»Mir ist in den vergangenen Tagen nur ein paarmal dieser

Gesichtsausdruck aufgefallen. Wenn du dich unbeobachtet fühlst.« Er lächelte. »Wenn du mal nicht für mich oder die Handwerker die taffe und schlagfertige Frau spielst.«

Ich schluckte schwer. »Und wie sieht dieser Gesichtsausdruck aus?«, fragte ich leise.

»Verloren. Sehnsüchtig. Verletzlich. Und ein wenig einsam.«

In seinem Blick glaubte ich Mitgefühl aufblitzen zu sehen, sodass ich schnell den Kopf abwandte. Das Gespräch nahm eine Wendung, auf die ich nicht vorbereitet war. Irgendwie hatte es Markus geschafft, meinen Schutzpanzer zu überwinden. Und nun war er mir plötzlich so nahe, dass ich das Gefühl hatte, mit entblößtem Herzen vor ihm zu sitzen.

»Tut mir leid, aber ich glaube tatsächlich an die Liebe«, gab ich mit belegter Stimme zu. »Auch wenn ich mir nach deinem Plädoyer für das Singleleben dabei dumm vorkomme. Doch weißt du was?« Ich zuckte mit den Schultern. »Dann bin ich eben dumm.«

Er öffnete den Mund, vielleicht um mir zu widersprechen, doch schon fuhr ich fort: »Ja, ich fühle mich manchmal einsam. Jahrelang habe ich dieses unabhängige Leben geführt, das du so toll findest. Aber ich will das nicht mehr. Ich sehne mich nach einem Mann und einer Familie. Siehst du denn nicht, wie sehr eine Partnerschaft das Leben bereichern kann? Wie sie es schöner und aufregender machen kann?«

Nun sprudelten die Worte nur so aus mir heraus: »Ich möchte jemanden an meiner Seite, der mir die Haare beim Einschlafen aus dem Gesicht streicht, weil sie mich sonst an der Nase kitzeln. Ich möchte jemanden, der mit mir tanzt, wenn mein Lieblingssong im Radio kommt. Jemand, dessen

Augen zu strahlen beginnen, wenn ich ins Zimmer komme. Jemand, der mich stark sein lässt, aber mich auch bremst, wenn ich mal wieder mit dem Kopf durch die Wand will. Jemand, dem ich meine Geheimnisse und Träume anvertrauen kann, ohne dass ich mich dafür schämen muss.« Ich holte tief Luft, um wieder zu Atem zu kommen. »Und falls aus dieser Liebe irgendwann Freundschaft wird, finde ich das absolut erstrebenswert«, griff ich sein Argument von vorhin auf. »Wenn ich nämlich nach dreißig Jahren Ehe behaupten kann, dass mein Ehemann zugleich auch mein bester Freund ist, werde ich der glücklichste Mensch der Welt sein.«

Für einen Augenblick herrschte Stille. Nur noch Muffins regelmäßiges Schnaufen war zu hören. Ich versuchte aus Markus' unbeweglicher Miene herauszulesen, ob er mich nun für komplett naiv und weltfremd hielt.

»Du überraschst mich immer wieder«, sagte er schließlich. »Einen Moment lang hast du mich tatsächlich ins Schwanken gebracht. Doch ich bleibe trotzdem bei meiner Meinung.« Er lächelte entschuldigend.

»Was ist mit Kindern? Möchtest …«, setzte ich zu einer Frage an.

»Ich will keine Kinder!«, unterbrach er mich unwirsch. Mit grimmiger Miene leerte er sein Whiskyglas in einem Zug. »Ich finde die Vorstellung, Vater zu sein, grauenvoll.«

Oh! Mit dieser heftigen Reaktion hatte ich nicht gerechnet. Irritiert klappte ich den Mund zu. Es war wohl besser, nicht weiter darauf einzugehen. Mein Gefühl sagte mir, dass Markus nur noch abweisender werden würde, wenn ich weiterbohrte.

»Eigentlich ist es sogar ganz rücksichtsvoll, dass du nicht heiraten willst«, lenkte ich stattdessen ein und versuchte die

Stimmung wieder aufzulockern. »Welcher Mann würde einer Frau schon so eine Schwiegermutter zumuten?«

Ich zwinkerte ihm zu, und Markus' Miene hellte sich auf.

»Wart mal ...« Sein Lächeln erlosch schlagartig. »Hast du etwa gerade meine Mutter beleidigt?«

Oh, oh. Toll gemacht, Jule, wirklich *ganz toll*!

»Ähm ... Nein«, entgegnete ich etwas lahm. Ich rutschte auf meinem Sessel unruhig hin und her. »Ich wollte damit nur andeuten, dass deine Mutter manchmal etwas, nun ...« Fieberhaft suchte ich nach einer netten Umschreibung der Wahrheit. Ach, dieser verdammte Ehrlichkeits-Pakt!

In Markus' Augen sah ich ein amüsiertes Funkeln aufblitzen.

»Oh, du Schuft!« Ich hätte gerne ein Sofakissen nach ihm geworfen, aber natürlich gab es hier keine Kissen. Typisch Mann. »Das werde ich dir heimzahlen, versprochen!«

Er legte den Kopf in den Nacken und lachte befreit auf. Plötzlich wirkte er wie ein kleiner Junge – und nicht wie ein verantwortungsbewusster Geschäftsmann und Schlossbesitzer mit finanziellen Problemen. »Tut mir leid, Jule! Ich konnte der Versuchung nicht widerstehen.«

»An deiner Stelle würde ich jetzt schon zittern vor Angst, denn meine Rache wird fürchterlich und grausam sein«, verkündete ich großspurig.

Plötzlich wurde Markus wieder ernst. Er stützte die Ellbogen auf den Knien ab. »Das setzt allerdings voraus, dass wir weiterhin zusammenarbeiten. Ich habe mir das Schlosszimmer heute Morgen kurz vor der Arbeit angesehen ...«

Ich zog einen Flunsch. Hätte ich das gewusst, hätte ich mir das Aufpolieren der Möbel und die Putzerei auch sparen können.

»... und möchte dir nun ganz offiziell den Job als Hotelmanagerin anbieten. Genau wie wir es abgemacht haben. Das war der Deal.« Markus zögerte und rieb sich mit der Hand über sein Kinn. »Das Zimmer ist toll geworden, Jule, keine Frage! Allerdings solltest du wissen, dass wir nicht alle Hotelzimmer in diesem Stil einrichten können.«

Ich fiel aus allen Wolken. »Aber warum denn nicht? Ich bin doch mit dem Budget, das du mir gegeben hast, ausgekommen.«

»Aber nur, weil du dir fast alle Möbel auf dem Speicher zusammengesucht hast. Unser Dachboden ist zwar vollgestellt mit Antiquitäten, aber dir dürfte klar sein, dass das nicht für alle Hotelzimmer reichen wird. Mit etwas Glück können wir noch sieben oder acht Zimmer auf diese Weise einrichten.«

Verdammt! Ich musste zugeben, dass ich daran noch gar nicht gedacht hatte. Fieberhaft suchte ich nach einem Gegenargument, aber mir wollte partout nichts einfallen. Wenn wir mein Konzept umsetzen wollten, würden wir wohl oder übel weitere Möbel kaufen müssen. Doch wie teuer selbst ein schäbiger Sekretär war, hatte ich zu meinem Leidwesen schon erfahren müssen. Meine Laune sank schlagartig.

»Morgen zu unserem Termin wird der Arbeitsvertrag fertig sein«, meinte Markus. »Bevor du unterschreibst, solltest du dir jedoch darüber im Klaren sein, dass das Schlosshotel nicht ganz so schön und stilecht sein wird, wie du es dir vorgestellt hast.«

Meine bodenlose Enttäuschung stand mir wohl ins Gesicht geschrieben, denn er fügte hinzu: »Ich finde das auch schade, Jule. Aber ich kann mir das Geld dafür leider nicht aus den Rippen schneiden.«

»Ich weiß«, sagte ich deprimiert.

Ich wusste, dass ich mich aufführte wie ein bockiges Kind. Aber alles in mir sträubte sich dagegen, die unschöne Wahrheit zu akzeptieren.

»Jetzt schlaf erst mal drüber! Vielleicht kannst du dich an den Gedanken gewöhnen.« Er schenkte mir ein aufmunterndes Lächeln, das leider nicht so richtig wirkte. »Jedenfalls hoffe ich das. Ich möchte dich als Hotelmanagerin nicht verlieren.«

»Okay.« Ich zwang mich zu einem Lächeln und stand auf. Zwar konnte ich mir nicht vorstellen, dass ich die Sache morgen positiver sah, aber einen Versuch war es wert.

Auch Markus erhob sich. »Was wolltest du eigentlich mit mir besprechen, als du vorhin zu mir gekommen bist?«

Mir war noch gar nicht aufgefallen, dass mir mein peinliches Geständnis erspart geblieben war. Wenigstens in diesem Punkt hatte ich Glück gehabt.

Ich winkte ab. »Ach, war nicht so wichtig ... Das können wir auch ein anderes Mal besprechen.«

Ich machte mich daran zu gehen, doch es dauerte fünf Minuten, bis ich Muffin endlich so weit hatte, sich zu erheben und mit mir zur Tür zu trotten. Ich hatte die Klinke schon in der Hand, als Markus mich noch einmal zurückhielt.

»Jule, darf ich dir eine Frage stellen?«

Ich blieb stehen und nickte. »Natürlich.«

»Was ist eigentlich dein Lieblingssong, zu dem dein Partner mit dir tanzen soll?«

Peinlich berührt kratzte ich mich am Hals. »Mein Vater ist ein großer Fan von Frank Sinatra. Als ich ein kleines Kind war, hat er mich immer auf seine Füße gestellt und wir haben zu *That Old Black Magic* getanzt.«

»Dein Vater hat einen guten Musikgeschmack.«

Sein eindringlicher Blick drohte mich schon wieder aus der Fassung zu bringen. Er weckte in mir das unbestimmte Gefühl, dass Markus mehr in mir sah, als ich ihn sehen lassen wollte. »Gute Nacht, Jule.«

»Gute Nacht!«

20. Kapitel

Die Nacht verlief nicht besonders gut. Ich hatte wirre Träume, in denen ich von hässlichen Möbeln, enttäuschten Hotelgästen und einer übergroßen biologischen Uhr verfolgt wurde. Am schlimmsten war jedoch, dass Markus permanent mit einem knappen Handtuch um die Hüften durch meine Traumsequenzen gelatscht kam und mich fragte, ob ich seinen chinesischen Drachen gesehen hätte. Als ich kurz vor neun Uhr aufwachte, fühlte ich mich wie gerädert.

Gegen Mittag begleitete ich meine Schwester in ein Fachgeschäft für Dessous. Sophie wollte ihre Mittagspause nämlich dazu nutzen, etwas Nettes für Ole zu kaufen, und ich sollte sie dabei beraten. Die hochschwangere Verkäuferin saß auf einem Stuhl hinter der Kasse und blätterte in einer Zeitschrift für werdende Eltern, ohne uns auch nur eines Blickes zu würdigen. Egal, wir fanden fast sofort eine hübsche Spitzenkorsage mit passendem Tanga.

Sophie zog sich schon mal um, während ich noch ein paar weitere Sachen zusammensuchte. Als ich die Umkleidekabine erreichte, wackelte gerade der Vorhang, und ich hörte meine Schwester keuchen. Ich spähte hinein. »Und? Passt es?«

»Dieses Ding bringt mich um«, japste sie. »Ich kriege überhaupt keine Luft.«

»Aber es macht eine tolle Oberweite«, lobte ich das sexy Outfit. »Sehr verführerisch.«

»Die Spitze kratzt«, jammerte sie. »Ich habe das Gefühl, meine Brustwarzen fangen jeden Moment Feuer.«

»Sieh es einfach als Vorspiel an!«, schlug ich vor. »Und wie passt der Tanga?«

»Ich glaube, mein Hintern hat ihn komplett verschluckt.« Sophie zog an dem kleinen Stückchen Stoff herum, das sich in ihr Hüftfleisch bohrte. »Guck mal, mein Po sieht auch schon so vollgefressen aus!«

Da hatte sie nicht unrecht. Obwohl sie ihren eigenen Slip der Marke *praktisch und bequem* aus hygienischen Gründen unten drunter trug, war von dem Tanga nicht mehr viel zu sehen.

»Dein Po sieht nicht wegen des Tangas vollgefressen aus, sondern wegen Nanes leckerem Essen«, bemerkte ich. Auch ich hatte schon bemerkt, dass das allabendliche Familienessen bei Oles Mutter meinen Hüften nicht besonders guttat. »Bist du sicher, dass du die richtige Größe ausgesucht hast?«

»Natürlich ist das die richtige Größe!«, blaffte sie mich an.

Ich reichte ihr seufzend das nächste Set hinein. »Dann probiere mal das!«

»Oh, sehr geschmackvoll«, rief Sophie begeistert. »Danke, Schwesterherz!«

»Du wirst mir nicht mehr so dankbar sein, wenn du dir das Preisschild ansiehst.«

»Autsch! Das ist teuer«, murmelte sie.

»Sind teure Dessous in einer festen Partnerschaft im Grunde nicht sinnlos?«, fragte ich, während sie sich umzog. »Erst quetscht man sich mühevoll hinein, nur um die Dessous drei Minuten später für die gemeinsame Bettgymnastik schon wieder auszuziehen.«

»Es geht um die Verpackung, Jule! Das ist wie bei einem Weihnachtsgeschenk«, erklärte Sophie mir aus dem Inneren der Kabine. »Du weißt zwar, dass es wahrscheinlich nicht die größte Überraschung deines Lebens enthält, aber wenn du die schöne Verpackung siehst, beschleunigt sich trotzdem dein Herzschlag.«

»Kein guter Vergleich«, gab ich kritisch zurück. »Denn im Gegensatz zu einem Weihnachtsgeschenk weiß Ole sehr genau, was sich unter deiner Dessous-Verpackung befindet. Von einer Überraschung kann also nicht die Rede sein. Außer dir wäre über Nacht eine dritte Brustwarze gewachsen.«

»Boah, dass du immer so pragmatisch sein musst!« Sophie schob den Vorhang ein Stück zur Seite und streckte den Kopf heraus. »Ich will Ole eben gefallen. Damit er sieht, dass nicht nur Giulia hübsch ist.«

»Du machst dir wegen dieser Frau viel zu viele Sorgen. Wie oft denn noch? *Ole. Liebt. Dich.*«

Sie stieß einen Seufzer aus. »Ich traue dieser Schlange einfach nicht. Giulia ist immer noch nicht abgereist. Findest du das nicht seltsam?«

»Natürlich ist das seltsam«, stimmte ich ihr zu. »Und vielleicht will sie Ole tatsächlich zurückhaben. Aber du musst ihm vertrauen! Bleib cool!«

»Cool sein, zählt nicht gerade zu meinen Stärken.« Sophie verzog unglücklich die Mundwinkel. »Gestern Abend hätte ich Ole fast eine Szene gemacht, weil er erst gegen halb zwölf heimgekommen ist. Ich hatte mir schon die schlimmsten Dinge ausgemalt. Dabei war er den ganzen Abend nur bei Markus, und die beiden haben sich verquatscht.«

Ich starrte sie wie vom Donner gerührt an. Ole sollte bis halb zwölf bei Markus gewesen sein? Ich schluckte schwer.

Das konnte nicht sein. Schließlich hatte ich gestern selbst mit Markus bis kurz nach zehn Uhr zusammengesessen. Wenn Ole sich nicht unsichtbar machen konnte oder sich während unseres Gesprächs unter dem Sofa versteckt hatte, war er gestern Abend definitiv nicht bei Markus gewesen. Ole hatte Sophie angelogen. Aber warum? Ob er mit Giulia zusammen gewesen war? Oder gab es vielleicht eine andere, völlig harmlose Erklärung, die mir im Moment nur nicht einfallen wollte?

»Ist was?«, fragte meine Schwester mit gerunzelter Stirn. »Du bist plötzlich ganz weiß im Gesicht.«

»Nö, alles super«, entgegnete ich betont fröhlich. Ich wandte mich schnell ab und stöberte scheinbar sehr interessiert in einem Wühltisch mit Alt-Oma-Unterhosen herum.

Fieberhaft ging ich meine Optionen durch. Wenn ich meiner Schwester davon erzählte, drehte sie mit Sicherheit vollends durch. Sie war ohnehin schon das reinste Nervenbündel. Wenn ich allerdings die Klappe hielt, würde mich mein schlechtes Gewissen umbringen. Es gab nur eine Lösung: Ich musste mit Ole unter vier Augen sprechen! Wenn er nicht eine verdammt gute Erklärung für seine Lüge parat hatte, würde ich ihn umgehend an Sophie verpfeifen. So ein Mistkerl! Das hätte ich nie und nimmer von ihm erwartet.

»Also, das gefällt mir jetzt!«, riss Sophies Stimme mich aus meinen Gedanken. »Kommst du mal gucken?«

Erst als ich mir sicher war, dass ich meine Gesichtszüge wieder unter Kontrolle hatte, schaute ich in die Kabine hinein.

»Wow!« Ich musterte sie mit einem anerkennenden Nicken. »Erotisch, aber zugleich stilvoll. Das sitzt viel besser als das andere Outfit. Soll ich noch nach einer anderen Farbe suchen?«

Sophie winkte ab. »Nein, nicht nötig. Das hier nehme ich. Meine Mittagspause ist ohnehin gleich vorbei.«

Während meine Schwester sich wieder anzog, fragte sie: »Willst du den Arbeitsvertrag von Markus eigentlich sofort unterschreiben?«

Ich hätte froh sein müssen, dass das Gespräch eine andere Richtung nahm, doch dieses Thema machte mich auch nicht gerade glücklicher.

»Ich weiß echt nicht, ob ich den Job überhaupt annehmen soll, Sophie.«

»Wie bitte?« Sie riss geschockt den Vorhang zur Seite. Zum Glück waren wir die einzigen Kunden im Geschäft, denn sie hatte ihre Jeans erst bis zu den Knien hochgezogen. »Aber du willst doch auf Rügen bleiben. Du weißt schon: Wurzeln schlagen, zur Ruhe kommen, im Kreis der Familie leben und ...«

»Ja, ich weiß«, unterbrach ich sie gequält. »Aber Markus kann mein Konzept aus finanziellen Gründen nicht umsetzen. Die ganze Woche über habe ich für meinen Traumjob malocht, nur um dann zu erfahren, dass es gar kein Traumjob wird. Ich glaube offen gestanden nicht, dass das Schlosshotel sich mit diesem ungemütlichen Ambiente und bei der großen Konkurrenz auf Rügen lange halten kann. Ruckzuck würde ich wieder auf der Straße sitzen.«

»Dann willst du einfach wieder gehen?« Die Enttäuschung, die sich auf Sophies Gesicht spiegelte, tat mir im Herzen weh.

Ich zuckte hilflos mit den Schultern. »So habe ich mir den Job einfach nicht vorgestellt. Ich würde liebend gerne bleiben, ehrlich! Doch ich kann nicht mit ansehen, wie Markus dieses romantische Schlösschen in ein Durchschnittshotel verwandelt.«

»Für die Einrichtung der Hotelzimmer finden wir bestimmt eine Lösung«, meinte Sophie im Brustton der Überzeugung. »Jule, ich will nicht, dass du gehst! Dann verlieren wir uns ruckzuck wieder aus den Augen, und alles wird wie früher.«

Ich schielte zu der schwangeren Verkäuferin, die uns mit heruntergeklappter Kinnlade anstarrte. Es wäre wirklich schön gewesen, wenn Sophie endlich ihre Hose hochgezogen hätte, aber ich wollte ihre bewegende Ansprache auch nicht unterbrechen.

»Es muss doch irgendeine Möglichkeit geben, dass ihr euch einigen könnt«, setzte meine Schwester flehentlich hinzu. »Vielleicht findet ihr auf die Schnelle einen Teilhaber oder Investor? Dann könntet ihr dein Konzept doch noch umsetzen.«

Ich stutzte. Einen Teilhaber?

Himmel, weshalb war ich nicht selbst auf diese Idee gekommen? Das war die Lösung!

»Sophie, du bist ein Genie!« Freudestrahlend griff ich mit beiden Händen nach dem Gesicht meiner Schwester und drückte ihr einen dicken Schmatzer auf die Lippen.

21. Kapitel

Markus hatte mir geschrieben, dass er mich im Erdgeschoss in der Bibliothek erwartete. Leider hatte ich keine Ahnung, wo sich die Bibliothek überhaupt befand. Ich irrte eine Weile orientierungslos umher, bis ich schließlich eine Doppeltür am Ende eines Flurs öffnete. Sofort schlug mir der Geruch von Leder und alten Büchern entgegen. Ah, hier war ich richtig!

Die Familie von Kronlitz hatte die Bibliothek auf streng traditionelle Weise gestaltet: Dunkle Holzregale voller Bücher, ein riesiger Perserteppich, einige Chesterfieldsessel und Stehlampen, das Ganze in Szene gesetzt vor großen, hohen Fenstern. Markus entdeckte ich hinter einem wuchtigen Schreibtisch. Einige Akten lagen auf dem Tisch, und Markus tippte konzentriert auf einem Taschenrechner herum. Seiner Miene nach zu urteilen, war er mit den Zahlen, die das Gerät ausspuckte, nicht zufrieden.

Da ich nicht angeklopft hatte, räusperte ich mich leise. »Markus?«

Er hob seinen Kopf, und seine Miene hellte sich auf. »Da bist du ja!« Wie ein echter Gentleman stand er sofort auf. »Bitte, nimm Platz!«

Er deutete auf den Stuhl ihm gegenüber und wartete, bis ich mich gesetzt hatte.

»Entschuldige, dass ich zu spät bin. Ich musste erst das ganze Erdgeschoss absuchen, bis ich dich hier gefunden habe.«

Markus lächelte. »Tja, ein Schloss ist ein großartiger Ort, um Verstecken zu spielen. Da fühlt man sich direkt in die Kindheit zurückversetzt, oder?« Er ließ seinen Blick nachdenklich durch die Bibliothek schweifen. »Wenn man als Kind allerdings ständig alleine ist, hat die Größe eines Schlosses eher etwas Bedrückendes an sich«, fügte er etwas leiser hinzu.

Ich musterte ihn überrascht. »Aber Ole war doch bestimmt oft bei dir zu Besuch?«

»Nicht so oft, wie ich es gerne gehabt hätte. Mit dem Fahrrad ist es ganz schön weit vom Dorf bis hierher. Außerdem ...« Markus hielt kurz inne, und über seine Augen schien sich ein Schatten zu legen, »fühlte mein Vater sich gestört, wenn Kinder hier spielten. Denn wer weiß – vielleicht hätten wir ja etwas kaputt gemacht, zu laut gelacht oder vor irgendwelchen wichtigen Leuten ein falsches Wort fallen lassen.«

Mir fiel wieder ein, dass Markus schon einmal in diesem kühlen Tonfall von seinem Vater gesprochen hatte. Selbst sein Körper wirkte plötzlich angespannt.

»Tut mir leid, wenn ich das so offen sage«, platzte es aus mir heraus, »aber das klingt grauenvoll, Markus! Es gibt doch nichts Schöneres als spielende Kinder. All diese leeren Zimmer und Flure sollten dringend mit Leben gefüllt werden.«

Offenbar bereute Markus jedoch schon, dass er mir davon erzählt hatte. Er setzte sich auf und räusperte sich vernehmlich. »Dann sind wir mit dem romantischen Schlosshotel wohl auf dem richtigen Weg, oder?« Er setzte ein unverbindliches Lächeln auf. »Was mich zum Grund unseres heutigen Treffens führt: unsere zukünftige Zusammenarbeit.«

Schwupps! Schon hatte Markus elegant das Thema gewechselt. Er war wirklich ein Meister darin, niemanden zu nahe an sich heranzulassen.

»Ich habe hier deinen Arbeitsvertrag«, fuhr er fort. »Den habe ich von unserem Notar aufsetzen lassen. Wenn du Fragen oder Änderungswünsche hast, kannst du ihn gerne kontaktieren.«

Ehe ich etwas erwidern konnte, reichte Markus mir auch schon die Unterlagen über den Tisch. Obwohl ich überhaupt nicht vorhatte, den Vertrag zu unterschreiben, beugte ich mich reflexartig vor und griff danach. Unsere Hände berührten sich, und für einen kurzen Moment spürte ich die Wärme seiner Haut unter meinen Fingern. Obwohl es nur eine flüchtige Berührung war, beschleunigte sich sofort mein Herzschlag.

»Danke!«, sagte ich mit heiserer Stimme.

Markus lehnte sich in seinem Stuhl zurück, als wolle er schnellstmöglich auf Abstand zu mir gehen. »Wir sollten vorab noch drei grundsätzliche Dinge besprechen, die nicht im Vertrag stehen. Ich hoffe, dass du damit einverstanden sein wirst.«

Wahrscheinlich hätte ich ihn nun unterbrechen und ihm meinen Gegenvorschlag unterbreiten sollen. Allerdings war meine Neugier geweckt.

»Nur zu!«, ermunterte ich ihn.

»Zum einen geht es um deine Unterkunft«, begann er. »Da ich unter der Woche in Stralsund arbeite und manchmal auch über Nacht dort bleibe, fände ich es gut, wenn du hier auf dem Schloss wohnen würdest. Selbstverständlich kostenfrei. Im Erdgeschoss gibt es einen ehemaligen Dienstbotentrakt. Die Zimmer sind zwar klein, aber wenn man ein paar Wände einreißt, könnte man daraus eine nette Wohnung machen. Was hältst du davon?«

Offen gestanden konnte ich mir Schlimmeres vorstellen, als

in einer eigenen Wohnung auf dem Schloss zu residieren. Und als Managerin des Hotels musste ich für meine Angestellten rund um die Uhr verfügbar sein, das war nun mal Teil des Jobs. Markus' Vorschlag schien mir durchaus vernünftig zu sein.

»Wenn ich Muffin mitnehmen darf, ziehe ich gerne ein. Ich hoffe, dass Kira sich mit der Zeit an ihn gewöhnen wird.«

Über diese Bedingung schien Markus zwar nicht besonders erfreut zu sein, aber er nickte zustimmend.

»Gut, dann kommen wir zum zweiten Punkt.« Er lehnte sich vor und verschränkte die Hände auf den Unterlagen. »Ich übertrage dir die Leitung des Hotels. Im Tagesgeschäft wirst du die volle Verantwortung übernehmen. Bei den Grundsatzentscheidungen möchte ich jedoch einbezogen werden.«

Das überraschte mich nicht. Mir war klar, dass ich mich in allen wichtigen Fragen mit ihm abstimmen musste.

»Natürlich. Und was ist der dritte Punkt?«

An seinem Gesichtsausdruck erkannte ich, dass ihm diese letzte Sache etwas unangenehm war. »Der gilt für alle meine Angestellten, sowohl hier auf dem Schloss als auch im Verlag«, erklärte er umständlich. »Ich finde es extrem wichtig, Privates und Berufliches voneinander zu trennen, Jule.«

Markus warf mir einen bedeutungsvollen Blick zu, als wolle er mir den Rest seiner Botschaft telepathisch übermitteln.

»Willst du mir damit sagen, dass du als mein Chef ab sofort netter zu mir sein wirst?«, fragte ich. »Und ich mir nicht mehr deine unverschämten Sprüche anhören muss?«

»Nein. Ja. Also eigentlich …« Er stand auf, verschränkte die Hände auf dem Rücken und begann, hinter dem Schreibtisch auf und ab zu laufen. »Ich möchte damit sagen, dass ich zu meinen Angestellten ein rein platonisches Verhältnis pflege. Ohne Ausnahme. Das führt sonst nur zu Problemen und unangenehmen Verwicklungen.«

»Anders ausgedrückt: kein Knutschen, kein Fummeln, kein Sex«, schlussfolgerte ich.

Er atmete erleichtert auf. »Exakt. Für mich bist du ab sofort keine Frau mehr, sondern nur noch eine Angestellte.«

Tja, dann mussten wir wohl auch nicht mehr über die Sache im Fahrstuhl sprechen. Wahrscheinlich war Markus mir aus diesem Grund die letzten Tage aus dem Weg gegangen. Selbstverständlich war sein Vorschlag absolut vernünftig. Aber es kratzte schon etwas an meinem Ego, dass es Markus offensichtlich nicht schwerfiel, mich als geschlechtsloses Wesen zu sehen. Er hätte wenigstens ein Wort des Bedauerns hinzufügen können! Ich dagegen fühlte mich immer noch mitgenommen, weil er die ganze Nacht halbnackt durch meine Träume gelatscht war. Das war so ungerecht!

»Das muss ich mir erst noch überlegen«, platzte es ohne weiteres Nachdenken aus mir heraus. »Sex mit dir hätte für mich nämlich einige Vorteile.«

Markus blieb abrupt stehen. »Wie bitte?«, fragte er entgeistert. Ha, bestimmt verfluchte er gerade in Gedanken seine immense sexuelle Anziehungskraft.

»Ich möchte mich schließlich in die Dorfgemeinschaft integrieren«, erklärte ich schnippisch. »Und du bist immerhin der Insel-Casanova. Wenn ich auf Rügen andere Frauen kennenlerne, hätten wir somit gleich ein gemeinsames Gesprächsthema.« Als ich den Mund schloss, bereute ich auch schon, was ich gesagt hatte. So viel schlimmer als unsere anderen Frotzeleien war das vielleicht gar nicht, aber mein Ton war schneidend gewesen. Boshaft. Mist, damit war ich eindeutig zu weit gegangen.

Und Markus' Reaktion ließ daran keinen Zweifel. Er holte scharf Luft. »Ich lasse mich nicht gerne als männliches Flittchen bezeichnen«, erwiderte er kalt.

»Es tut mir leid«, stieß ich hervor. »Das war gemein und unangebracht. Bitte entschuldige!«

Ich hob den Kopf und warf ihm einen Blick zu, den ich mir bei Muffin abgeguckt hatte: weit aufgerissene Kulleraugen mit einem Ausdruck des tiefsten Bedauerns und der Bitte um Zuneigung.

»Okay.« Markus atmete tief durch, um sich zu beruhigen.

Ich saß stocksteif auf meinem Stuhl und wagte nicht, mich zu regen. In Gedanken verfluchte ich mich dafür, dass ich mich Markus gegenüber so schlecht kontrollieren konnte. Jetzt standen meine Chancen, dass er auf meinen Vorschlag einging, um einiges schlechter.

»Ich akzeptiere deine Entschuldigung«, sagte Markus endlich. Seine Miene wirkte etwas entspannter, doch in seinem Blick lag immer noch Kälte. »Allerdings wüsste ich gerne, weshalb du plötzlich so herablassend geworden bist! Immerhin haben wir bis gerade eben ein ganz normales Gespräch geführt.«

Die Lüge lag mir schon auf der Zunge: *»Keine Ahnung! Ich weiß auch nicht, was in mich gefahren ist.«* Doch ich musste Markus die Wahrheit sagen!

Verlegen fummelte ich an den Kanten des Arbeitsvertrags herum. »Ich war gekränkt.«

»Gekränkt? Vielleicht bin ich ja ein gefühlloser Trottel, aber ich fürchte, das musst du mir erklären, Jule.«

Oh Gott! Mir blieb auch nichts erspart.

»Wegen dieser Kein-Sex-Regel«, antwortete ich mit brennenden Wangen. »Es scheint dir überhaupt nicht schwerzufallen, in mir keine Frau mehr zu sehen. Es hat sich so angehört, als fändest du sogar Angela Merkel im Hula-Röckchen anziehender als mich.«

Erst als sein schallendes Gelächter die Stille der Bibliothek durchbrach, sah ich auf. Markus hatte den Kopf in den Nacken gelegt und lachte Tränen. Ich versuchte, es positiv zu sehen: Anscheinend hatte mein offenherziges Geständnis das Eis gebrochen. Trotzdem fühlte ich mich verletzt. »Das ist nicht witzig.«

»Doch, das ist es.« Endlich beruhigte er sich wieder. »Weil ich *nie* im Leben auf diese simple Erklärung gekommen wäre, Jule. Wärst du gerade nicht so erfrischend ehrlich gewesen, hätte ich mich den Rest des Tages gefragt, ob ich mich grundlegend in dir getäuscht habe. Und ob es ein Fehler war, dir den Arbeitsvertrag zu geben. Für einen Moment habe ich dich nämlich für eine ziemliche Zicke gehalten.«

Autsch! Bestätigte das nicht meine Theorie, dass Lügen nur in den seltensten Fällen hilfreich waren? Ich zwang mich zu einem Lächeln. »Dann bin ich froh, dass ich dir die Wahrheit gesagt habe.«

»Ich auch. Und wenn es dich beruhigt: Ich finde dich durchaus attraktiver als Angela Merkel. Sehr viel attraktiver.«

Mein Herz machte vor Freude einen kleinen Hüpfer. Ich musste mir Mühe geben, Markus nicht anzustrahlen.

»Gut, dass wir das geklärt haben«, meinte er und klopfte mit den Fingern auf seine Unterlagen. »Dann muss ich mich jetzt leider wieder an die Finanzen machen. Du meldest dich wegen des Vertrags?«

Ich machte jedoch keine Anstalten, mich zu erheben. »Es gibt noch etwas, das ich mit dir besprechen muss.«

Okay, jetzt war es so weit! Ich schlug die Beine übereinander und richtete mich auf. »Hast du schon mal an einen Teilhaber gedacht, Markus? Zusätzliches Kapital gäbe uns die Möglichkeit, das Hotel genauso zu gestalten, wie wir es uns vorstellen.« Ich holte tief Luft und versuchte, mich nicht von seiner skeptischen Miene abschrecken zu lassen. »Und wenn die ersten Wochen nach der Eröffnung eher schleppend laufen, würde zusätzliches Startkapital uns finanziell mehr Luft verschaffen. Außerdem müsstest du das Risiko und die Verantwortung nicht alleine tragen.«

Mit fahrigen Fingern strich ich mir eine Locke hinter das Ohr, die sich aus meiner Hochsteckfrisur gelöst hatte. Für mich hörte sich das wie die perfekte Lösung an, doch Markus' abweisende Körperhaltung machte mir klar, dass er das anders sah.

»Natürlich habe ich darüber schon nachgedacht. Aber mir gefällt die Vorstellung nicht, mit einem Fremden eine derart enge Partnerschaft einzugehen.« Markus schüttelte entschlossen den Kopf.

Davon ließ ich mich jedoch nicht abschrecken. Selbstbewusst streckte ich den Rücken durch. »*Ich* würde gerne deine Teilhaberin werden, Markus! In den vergangenen Jahren habe ich Kapital angespart, und dieses Geld möchte ich dazu verwenden, Teilhaberin des Schlosshotels Neunwiek zu werden.«

So, jetzt war es raus!

Falls Markus von meinem Vorschlag überrascht war, ließ er sich das nicht anmerken. »Und über was für eine Summe reden wir?«

Aus meiner Tasche zog ich eine Mappe hervor. »Ich habe hier eine Aufstellung gemacht. Mit Vorschlägen, wozu wir das Geld nutzen könnten. Natürlich ist das nur ein grober Plan, aber er dürfte reichen, damit du dir einen Überblick verschaffen kannst.«

Ha, ich gab mich wie eine richtige Businessfrau! In Wahrheit war ich jedoch einem Herzinfarkt nahe und kippte vor Aufregung fast vom Stuhl. Schon eine Ewigkeit träumte ich von meinem eigenen Hotel – und nun war es urplötzlich in greifbarer Nähe. Nun ja, eigentlich war es nur die Hälfte eines Hotels, aber egal.

Markus studierte die Unterlagen und stieß am Ende einen leisen Pfiff aus. »Mit so einem Betrag habe ich offen gestanden nicht gerechnet.«

»Ein Teil des Geldes stammt aus einer kleinen Erbschaft von meiner Großtante«, erklärte ich. »Außerdem habe ich lange gespart.«

Er schob die Papiere zusammen und sah mich nachdenklich an. »Eine Teilhaberschaft würde tatsächlich unsere dringendsten Probleme lösen.«

Ich deutete auf den Taschenrechner, auf dem er bei meinem Eintreten so missmutig herumgetippt hatte. »Wir müssten beim Umbau nicht mehr jeden Cent umdrehen. Und was das Hotel betrifft, sind wir definitiv auf einer Wellenlänge. Schließlich wolltest du mich gerade als Hotelmanagerin einstellen. Weshalb holst du mich dann nicht gleich als Teilhaberin an Bord?«

Markus schwieg. Warum sagte er denn nichts, um Himmels willen? Ich fing an, nervös mit meinem Fuß zu wippen.

»Ich muss zugeben, dass deine Argumente recht überzeugend sind«, meinte er schließlich.

Markus deutete auf meine Mappe. »Diese Summe spart man nicht in vier, fünf Jahren an, Jule. Was hattest du mit diesem Geld vor?«

Seltsam, dass es nun ausgerechnet Markus sein würde, dem ich als Erstem von meinem geheimen Traum erzählte. Aber in Anbetracht unserer Situation fühlte es sich richtig an.

»Ich wollte schon immer ein eigenes Hotel«, gestand ich ihm. »Das wünsche ich mir schon seit dem ersten Tag meiner Ausbildung. Und daran hat sich bis heute nichts geändert.« Unwillkürlich breitete sich ein Strahlen auf meinem Gesicht aus. »Ich liebe diese besondere Atmosphäre eines Hotels, das Kommen und Gehen, das pulsierende Leben und die vielen unterschiedlichen Gäste, die diesen Beruf nie langweilig werden lassen. Das ist einfach meine Welt.«

Er nickte, als würde er verstehen, was ich damit meinte. »Ich bewundere Menschen, die nicht nur träumen, sondern auch für ihre Träume kämpfen.«

Wieder einmal betrachtete er mich mit diesem eindringlichen, intensiven Blick. Mein wild pochendes Herz stockte für einen Moment und kam völlig aus dem Rhythmus.

Trotzdem war Markus mir bisher eine Antwort schuldig geblieben. Ich rutschte unruhig auf meinem Stuhl herum. Vielleicht hatte ich ihn mit meinem Vorschlag überrumpelt?

»Ich verstehe, wenn du dich nicht sofort entscheiden willst«, kam ich ihm entgegen. »Du kannst es dir gerne überlegen und darüber schlafen.«

Einen quälend langen Augenblick herrschte Stille, und nur das Ticken einer alten Standuhr war zu hören.

»Nein, das brauche ich nicht«, sagte Markus entschlossen und stand auf.

Keine Bedenkzeit? Das konnte nur bedeuten, dass er

ablehnte. Oder? Oh Gott, ich stand kurz vor einem Kollaps! Hoffentlich wurde ich jetzt nicht ohnmächtig.

Markus kam um den Schreibtisch herum zu mir. Ich wäre gerne ebenfalls aufgestanden, aber ich traute meinen Knien nicht. Sie fühlten sich schon im Sitzen kraftlos und zittrig an.

Markus setzte eine ernste Miene auf und hielt mir die Hand hin. »Jule Seidel, herzlichen Glückwunsch! Du bist ab sofort Miteigentümerin des Schlosshotels Neunwiek.«

Okay, vielleicht wurde ich jetzt doch ohnmächtig.

22. Kapitel

Die nächsten Tage flogen nur so dahin. Während der Notar unseren Gesellschaftervertrag aufsetzte, stürzte ich mich voller Elan in meinen neuen Job.

Sogar meine Freundin Katrin freute sich für mich. Natürlich war sie traurig, dass ich München nun für immer den Rücken kehren würde, aber immerhin verwirklichte ich damit meinen großen Traum. Sie konnte sich die Bemerkung jedoch nicht verkneifen, dass ich als Teilhaberin des Schlosshotels wohl ab sofort nicht mehr beim erstbesten Liebeskummer die Flucht ergreifen konnte. Na ja, am besten, ich schwor der Liebe in Zukunft ganz ab. Ich liebte meine Familie, meinen Hund, mein Hotel und meine neue Heimat. Das musste reichen.

Giulia schien es leider ähnlich zu gehen. Auch sie entdeckte die Liebe für ihre Familie und Rügen neu. Obwohl meine Schwester jeden Abend die Götter um Giulias Abreise anflehte – oder wahlweise um einen tödlichen Blitzschlag –, blieb Oles Ex uns weiterhin erhalten. Sophie und ich mussten sogar einen grauenvollen Abend lang Giulias Gesellschaft ertragen, da Emma ihre Mutter zum Familienessen bei Nane eingeladen hatte. Die ganze Zeit über war ich damit beschäftigt, Ole und Giulia mit Argusaugen zu beobachten. Obwohl Nane wie immer superlecker gekocht hatte, bekam ich kaum etwas herunter. Es war direkt peinlich, wie Giulia sich Ole an den Hals warf. Selbst während des Essens betatschte sie ihn ständig, klimperte mit den Wimpern, lachte über jede noch so kleine Bemerkung von Ole oder versuchte ihn mit Anekdoten ihrer Vernissagen zu beeindrucken. Doch all ihre verzweifelten Versuche, seine Aufmerksamkeit zu gewinnen, schienen ins Leere zu laufen. Ole hatte nur Augen für Sophie und gab sich lediglich dann mit Giulia ab, wenn es sich nicht vermeiden ließ. Entweder war er ein hervorragender Schauspieler, oder es gab einen anderen Grund, weshalb er Sophie angelogen hatte. Ich musste dringend mit ihm reden!

Leider gestaltete sich ein Gespräch mit Ole unter vier Augen schwieriger, als ich erwartet hatte. Sobald er durch die Haustür trat, klebte Sophie an ihm wie eine Klette. Das lag wohl an ihren Verlustängsten. Ich hätte ihn auf die Toilette verfolgen können, aber so weit ging meine Geschwisterliebe dann doch nicht. Es war wohl erfolgversprechender, ihn tagsüber auf seinem Handy anzurufen und zu einer ehrlichen Aussprache zu zwingen.

Währenddessen schritt der Umbau der Gästezimmer erfreulich voran. Ich hatte sowohl auf dem Dachboden als auch im Erdgeschoss weitere gut erhaltene Antiquitäten entdeckt und zusammen mit Fred in den ersten Stock gebracht. Für die weniger gut erhaltenen Stücke fand ich ganz in der Nähe einen Schreiner, dessen Frau auch noch gleich das Nähen der Vorhänge übernahm. Perfekt! Beim Gedanken daran, was ich bis zur Eröffnung des Hotels noch alles erledigen musste, wurde mir allerdings ganz schlecht. Zum Beispiel wartete der kleine Ballsaal im Erdgeschoss darauf, in einen Frühstücksraum verwandelt zu werden, und im Foyer fehlte es schlichtweg an allem. Angefangen von der Rezeption, über die Garderobe, die Sitzgruppen, bis hin zu einem Kronleuchter. Vor allem aber fehlte das einladende Ambiente. Der

Umbau meiner Wohnung im Erdgeschoss stand deshalb erst einmal ganz hinten auf der To-do-Liste. Doch Sophie und Ole hatten mir versichert, dass ich bei ihnen wohnen bleiben konnte, so lange ich wollte.

Markus übernahm das Marketing für die Eröffnung, sodass ich mir um Flyer, Homepage und Presse nicht auch noch Gedanken machen musste. Überraschenderweise gestaltete sich der Anfang unserer Zusammenarbeit angenehm friedlich. Nun ja, *relativ* friedlich traf es wohl eher. Da Markus und ich nun mal beide impulsiv und dickköpfig waren, ließen sich ein paar Reibereien nicht vermeiden. Doch unsere Auseinandersetzungen halfen uns sogar, neue Lösungen zu finden, an die wir vorher überhaupt nicht gedacht hatten. Auf eine seltsam verquere Weise waren unsere Streitigkeiten ziemlich produktiv.

Da wir wegen der Eröffnung unter Zeitdruck standen, hatte ich beschlossen, auch am Wochenende zu arbeiten. An einem regnerischen Samstagnachmittag stand ich deshalb allein im zukünftigen Frühstücksraum und presste wütend mein Handy ans Ohr. »Ole? Hör endlich auf, mich zu ignorieren!«, besprach ich nun schon zum siebten Mal seine Mailbox.

Womöglich hätte er mich eher zurückgerufen, wenn ich nicht gleich bei meiner ersten Nachricht gedroht hätte, ihm sein bestes Stück an den Oberschenkel zu tackern, falls er meine Schwester tatsächlich mit Giulia betrog.

»Meine Geduld ist am Ende!«, zischte ich. »Und das ist keine leere Drohung. Wenn ich heute Abend nach Hause komme, werde ich meiner Schwester von deiner Lüge erzählen. Ich spiele nicht länger die schweigende Mitwisserin. Jetzt ist endgültig Schluss!« Ich wollte auflegen, doch dann fügte ich noch hinzu: »Ich bin echt enttäuscht von dir, Ole. Bisher dachte ich, du wärst einer von den Guten.«

Ich steckte das Handy in die Hosentasche und atmete tief durch, um mich wieder zu beruhigen. Dass Ole mich nach all meinen Nachrichten noch nicht zurückgerufen hatte, hielt ich für ein eindeutiges Zeichen seiner Schuld. Beim Gedanken daran, Sophie heute Abend davon zu erzählen, krampfte sich mein Magen schmerzhaft zusammen. Bei meiner Ankunft auf Rügen hatte sie mir noch erzählt, dass sie so unglaublich glücklich mit Ole und ihrem neuen Leben auf der Insel war. Und nun musste ausgerechnet ich es sein, die diesem Glück ein Ende bereitete! Das fachte meine Wut auf Ole nur noch weiter an.

Gerade als ich wieder nach der Spachtel griff, um die schäbige Tapete von der Wand abzulösen, ging die Tür auf. Markus kam mit entschlossenen Schritten auf mich zu, und sofort spürte ich ein leichtes Flattern in der Magengrube. Selbst das dunkelgrüne Ölzeug, das er wohl zum Schutz gegen den Regen angezogen hatte, stand ihm gut. Seine Hündin Kira blieb allerdings wie angewurzelt stehen, als sie Muffin neben mir auf dem Boden liegen sah. Das war immerhin ein Fortschritt, denn bei ihrem ersten Zusammentreffen mit Muffin auf dem Schloss hatte sie blitzartig die Flucht ergriffen.

»Genug gearbeitet«, verkündete Markus. »Du brauchst eine Pause!«

»Aber es gibt noch so viel zu tun, und die Eröffnung ...«, wollte ich widersprechen, doch Markus nahm mir einfach die Spachtel aus der Hand.

»Hey«, rief ich empört. »Gib die wieder her!«

»Hol sie dir doch!«, sagte er mit einem herausfordernden

Grinsen, während er die Spachtel mit ausgestrecktem Arm über den Kopf hielt.

Für einen Moment war ich tatsächlich versucht, mich mit meinem ganzen Gewicht an seinen Arm zu klammern, um an das Werkzeug zu kommen. Aber seit dem Vorfall im Fahrstuhl vermied ich es, ihm körperlich zu nahe zu kommen. Schließlich wollte ich nicht riskieren, erneut Opfer meiner Hormone zu werden.

Ich stemmte die Hände in die Taille. »Dürfte ich wenigstens erfahren, weshalb ich so dringend eine Pause machen soll?«

»Du hast mir doch vor ein paar Tagen beim Streichen erzählt, dass du dich um Muffins Erziehung kümmern willst«, sagte er, während er mein Arbeitsgerät sicher in einer Innentasche seiner Jacke verstaute. »Deshalb wollte ich dir vorschlagen, dass wir gemeinsam üben. Ich habe hinten im Schlosspark einen kleinen Agility-Parcours für Kira gebaut. Das würde deinem Hund bestimmt auch Spaß machen.«

Es war wirklich nett von Markus, dass er mir bei der Hundeerziehung helfen wollte. Trotzdem hielt sich meine Begeisterung in Grenzen. Zweifelnd sah ich zum schlafenden Muffin auf dem Boden und dann zu den Fenstern des Frühstücksraums. Regentropfen perlten von den Glasscheiben ab, und am Himmel türmten sich dunkle Wolkenberge. Schon der Anblick ließ mich frösteln.

»Bei dem Wetter?« Ich zog eine Grimasse. »Ich werde doch pitschnass. Meine Regenjacke habe ich damals eher unter modischen Aspekten ausgewählt.«

»Dann musst du dir dringend richtige Regenklamotten besorgen! Du lebst jetzt auf Rügen. Aber fürs Erste kann ich dir bestimmt etwas von meiner Mutter borgen.« Er stupste mich mit dem Ellbogen an. »Komm schon! Hundehalter kennen kein schlechtes Wetter.«

»Och, na gut«, gab ich mich geschlagen.

Es wurde tatsächlich Zeit, dass ich Muffins Erziehung in Angriff nahm. Außerdem schien Markus davon wirklich etwas zu verstehen. »Aber nur kurz, dann muss ich hier weitermachen.«

»Oh bitte, keine überschwänglichen Dankesreden!«, sagte Markus mit einem Augenrollen. »Das ist mir jetzt direkt peinlich, Jule. Ich mache das doch gern.«

Schmunzelnd schüttelte ich den Kopf. »Okay, verstanden.« Ich streckte den Rücken durch, neigte den Kopf und erklärte in gesetztem Tonfall: »Herzlichen Dank für Euer Angebot, Herr von Kronlitz, ich nehme Eure Hilfe gerne an.«

Er grinste zufrieden. »Na bitte, du kannst ja doch höflich sein.«

*

Eine halbe Stunde später stand ich mit Muffin im Nieselregen neben dem Hindernisparcours. Wir begannen das Training mit dem Üben einiger simpler Befehle. Schwer zu sagen, wer von uns beiden unglücklicher war. Adelheid von Kronlitz hatte sich nämlich zu einem Mittagsschläfchen hingelegt, und da Markus seine Mutter nicht wecken wollte, hatte er mir zum Schutz gegen das schlechte Wetter eine alte Skijacke aus seinem Schrank mitgebracht. Nicht nur, dass sie mir viel zu groß war, nein, sie war auch noch so dick gefüttert, dass mir trotz der kühlen Meeresbrise Schweißtropfen den Rücken hinunterliefen. Nun ja, immerhin blieb ich trocken.

Davon einmal abgesehen war ich Markus allerdings dankbar, dass er mich nach draußen gelockt hatte. Die Luft war heute herrlich frisch und roch nach Erde und Gras. Nach der staubigen Arbeit auf dem Schloss eine wahre Wohltat.

»SIIIIIITZ!«, schrie ich Muffin an.

Mein armer Hund blinzelte mich völlig verstört an.

»Du musst ihn nicht anbrüllen!«, korrigierte mich Markus. »Dein Hund hat so gute Ohren, dass du den Befehl auch flüstern könntest. Wichtig sind deine Körperhaltung und die Entschlossenheit, mit der du den Befehl vermittelst. Zeig Muffin, dass du der Chef bist!«

»Okay!« Ich nickte. »Ich stelle mir einfach vor, er ist ein fauler Handwerker.«

»Wenn es dir hilft, bitte! Aber denk diesmal auch an das Handzeichen. Das hast du schon wieder vergessen«, fügte er tadelnd hinzu.

Ich verdrehte die Augen. Markus war ein verdammt strenger Lehrer. Ich machte mich für den nächsten Versuch bereit. Dass ich mir in der Skijacke wie ein fettes Michelinmännchen vorkam, blendete ich einfach aus. Ich stellte mich breitbeinig hin, machte mich so groß wie möglich und fixierte meinen Hund mit entschlossenem Blick.

»So, Muffin, du hast also die Kloschüssel an der falschen Wand montiert?«, zischte ich leise.

Er legte den Kopf schief und blickte mit seinen großen Kulleraugen zu mir auf. Ach, er war aber auch zu goldig! Am liebsten hätte ich ihn jetzt ein bisschen geknuddelt. Nein! Ich musste hart blieben. Genau, ich war der Chef! Als ich mir sicher war, dass ich seine Aufmerksamkeit hatte, hielt ich ihm meine ausgestreckte Hand hin.

»Platz!«, sagte ich energisch.

Muffin war so schnell auf dem Boden, dass ich kaum meinen Augen traute. Er leckte sich über die Schnauze und starrte mich in Erwartung weiterer Befehle treuherzig an.

»Er hat es gemacht«, flüsterte ich ungläubig. Ein Strahlen breitete sich auf meinem Gesicht aus. »Markus, hast du gesehen? Er hat es tatsächlich gemacht.«

»Sehr gut!«, lobte mein Lehrer. »Muffin kennt die Befehle also schon von seinem früheren Besitzer. Bisher hast du sie aber immer wie eine Bitte formuliert, und Muffin hat dich als Rudelführer nicht ernst ... Wow!«

Markus schwankte ein wenig, als ich ihm vor Freude um den Hals fiel. »Danke! Ohne dich hätte ich das nie so schnell hinbekommen.«

Unsere Blicke trafen sich, und wir lächelten uns an. Markus strich mir eine vom Regen feuchte Locke aus dem Gesicht. »Ich wusste, dass du es schaffst.«

Seine Finger lagen immer noch an meiner Wange, und auch ich machte keine Anstalten, meine Hände von seinen Schultern zu lösen. Obwohl ich dafür auf den Zehenspitzen balancieren musste. Die Welt um uns herum schien zu verschwimmen. Das schlechte Wetter, unsere beiden Hunde und der Wind, der uns die Haare zerzauste – all das nahm ich kaum noch wahr. Ich hatte nur noch Augen für Markus. Für die kleinen Bartstoppeln auf seinem Kinn, den feinen Schwung seiner Lippen und die winzigen Regentropfen, die sich in seinen langen Wimpern verfangen hatten. Mein Herz schlug rasend schnell. Markus strich zärtlich mit dem Daumen über meine Wange.

»Jule«, raunte er mit tiefer Stimme und beugte sich zu mir herab. Mit angehaltenem Atem wartete ich auf das, was jetzt gleich kommen würde. Plötzlich schien eine ganze Armee von Schmetterlingen durch meinen Körper zu fliegen. Unsere Lippen kamen sich näher, und ein Prickeln lief durch …

Markus löste sich so ruckartig von mir, dass mir ein erstickter Laut entwich. Er trat hastig einen Schritt zurück, so als hätte ich eine ansteckende Krankheit, vor der er sich in Sicherheit bringen musste. Ehe ich etwas sagen konnte, wich er meinem Blick aus und wandte mir den Rücken zu.

Er räusperte sich. »Ich denke, das reicht fürs Erste«, sagte er und nahm wieder seine Rolle als Lehrer ein. »Man sollte die Grundbefehle nur kurz, aber dafür mehrmals am Tag mit dem Hund üben. Zu lange Einheiten überfordern das Tier.«

Der abrupte Themenwechsel überforderte sowohl mein Hirn als auch meinen Körper. Meine Lippen fühlten sich auf traurige Weise ungeküsst an. Allerdings ahnte ich, weshalb Markus sich so seltsam benahm: die Kein-Sex-Regel. Ich hatte bis eben keinen einzigen Gedanken daran verschwendet. Weshalb ich Markus für seine Selbstbeherrschung vermutlich dankbar sein sollte. Also riss ich mich ebenfalls zusammen und steckte die Hände in die Jackentaschen.

»Okay, das machen wir«, versprach ich. »Ich übe mit Muffin ab sofort mehrmals am Tag die Befehle.«

»Dann geht's damit weiter!« Markus deutete auf den Agility-Parcours. Er bestand aus bemalten Holzstangen zum Slalomlaufen, einer selbst gebauten Wippe und einem Hindernis zum Überspringen. Den Abschluss bildete ein großes, schon ziemlich verrostetes Stahlrohr, das wohl als Kriechtunnel dienen sollte. »Ich führe dir mit Kira mal vor, wie so etwas geht.«

Er gab seiner Hündin ein Zeichen, und sofort flitzte sie los. Wie ein perfekt eingespieltes Team liefen die beiden die Stationen ab. Kira war so eifrig bei der Sache, dass sie den Parcours in Windeseile absolvierte.

»Großartig, mein Mädchen!«, lobte Markus seine Hündin.

Während er Kira streichelte, warf Muffin mir einen unglücklichen Blick zu. »Keine Sorge, Süßer«, raunte ich ihm zu. »Die beiden sind die Streber in der ›Schloss-Neunwiek‹-Hundeklasse. Wir beide gehören zu der coolen Fraktion, die das total gechillt angeht.«

Markus deutete auf die Slalom-Station. »Also, Jule, ihr müsst jetzt …«

»Ich weiß«, unterbrach ich ihn mit einer ungeduldigen Geste. »Ich habe ja keine Tomaten auf den Augen.« Ich klopfte an meinen Oberschenkel und sagte so herrisch wie möglich: »Komm, Muffin!«

Er setzte sich in Bewegung, und wir erreichten die Slalomstation. Zu meiner Überraschung benötigte Muffin überhaupt keine Anweisungen mehr. Offenbar war es nicht das erste Mal, dass mein Hund einen Parcours absolvierte. Allerdings ging Muffin die Sache völlig anders an als Kira. Mit dem Elan eines Manisch-Depressiven trottete meine Riesendogge um die Holzstangen herum. Wie ein Betrunkener torkelte er über die Wippe. Und vor dem etwa einen halben Meter hohen Hindernis blieb er erst einmal einen Moment stehen, um einen tiefen Seufzer auszustoßen. Erst dann sprang er darüber. Ich fand seine Energieeffizienz wirklich beeindruckend. Mein Hund sprang keinen Zentimeter zu hoch, da hätte kein Blatt Papier dazwischen gepasst. Schließlich verschwand Muffin im Kriechtunnel.

Und kam nicht mehr heraus.

»Muffin?« Ich bückte mich und starrte in das Ende des Tunnels hinein, doch ich sah nichts als Schwärze. »Hey, mein Junge?«

Kein Laut war zu hören. Nicht einmal leise Atemgeräusche oder ein Winseln.

»Oh Gott, er steckt bestimmt fest!«, rief ich mit plötzlicher Panik. »Schließlich ist er viel größer als Kira. Vielleicht bekommt er keine Luft mehr? Wahrscheinlich erstickt er da drin!«

Ich hörte gerade noch, wie Markus sagte: »So ein Blödsinn, Jule!«, da war ich schon mit dem Kopf voraus in den Tunnel gekrochen.

»Muffin? Komm zu Frauchen, mein Süßer!«

Ich rümpfte die Nase. Hier drin roch es nicht besonders gut. Die feuchten Blätter unter mir vermoderten in diesem Rohr bestimmt schon seit Jahren. Ich wollte mir gar nicht vorstellen, was für Kleingetier sich darin eingenistet hatte.

»Jule, komm wieder raus!«, sagte Markus. Er musste direkt hinter mir am Tunnelausgang stehen. »Das ist doch albern.«

Ich wollte mich zu ihm umwenden, doch ich stieß mit dem Kopf an das Rohr, was ein hohles Geräusch verursachte. »Ich muss mein Baby retten!«

»Das ist eine Riesendogge«, entgegnete Markus entnervt. »Und kein Baby.«

»Ist mir egal!«, fuhr ich ihn an. »Muffin gehört zu mir. Er ist alles, was ich habe.«

Ups! Eigentlich hatte ich das nicht sagen wollen. Das klang wirklich erbärmlich. Wie eine Frau in der Midlife-Crisis, die sich an die Liebe ihres Hundes klammerte. Besser, ich startete jetzt endlich meine Rettungsaktion! Ich begann, tiefer in den Tunnel zu robben. Meine Güte, war das eng! Leider kam ich nicht besonders weit. Lediglich mein Oberkörper verschwand im Inneren des Rohres. Mein Hinterteil dagegen verkeilte sich irgendwie unvorteilhaft in der Tunnelöffnung.

»Scheiße!«, fluchte ich leise.

Ich verlagerte mein Gewicht auf meine Ellbogen und zog mich mit aller Kraft vorwärts. Nichts. Das lag nur an dieser dick gefütterten Skijacke von Markus!

»Hhhhhhhg«, entfuhr es mir ächzend, als ich einen zweiten verzweifelten Versuch wagte.

Von draußen hörte ich amüsiertes Gelächter. »Du steckst doch nicht etwa fest, Jule?«

Hitze schoss in meine Wangen. Lieber Gott, erspare mir bitte diese Peinlichkeit!

»Nein«, log ich wie aus der Pistole geschossen. Der Ehrlichkeits-Pakt war mir gerade völlig schnurz. »Alles in Butter!«

Ich biss die Zähne zusammen und drückte dieses Mal mit aller Kraft in die entgegengesetzte Richtung. So ein Mist! Auch zurück kam ich nicht mehr. Wahrscheinlich klemmte ich wegen dieser fetten Daunenjacke wie ein Weinkorken im Tunnelrohr.

Ich musste der Wahrheit ins Gesicht blicken: Ohne Markus, der sich draußen offenbar gerade schlapp lachte, würde ich für immer hier drin bleiben müssen. Es war ein eindeutiges Zeichen meiner Verzweiflung, dass ich ernsthaft über diese Option nachdachte. Meine Schwester würde mir bestimmt ab und zu etwas zu essen vorbeibringen. Die hintere Hälfte von mir wäre auch viel an der frischen Luft, während der andere Teil vor Regen und Schnee geschützt wäre. Man konnte es schlimmer treffen, oder?

Ich stieß ein leises Wimmern aus und ließ meinen Kopf ungeachtet der modrigen Blätter auf den Boden des Rohrs sinken. »Wieso passiert so etwas nur immer mir?«

Ein kratzendes Geräusch vor mir ließ mich abrupt aufhorchen. Ob hier drinnen Ratten lebten? Eine Sekunde später fuhr etwas Feuchtes und Warmes über mein Gesicht. Ach, natürlich. Da hatte ich doch beinahe den Grund für meinen Besuch im Kriechrohr vergessen.

»Muffin!«, rief ich erleichtert. »Du lebst noch. Bist du gekommen, um mich zu trösten?«

Wahrscheinlich hatte er sich hier drin nur versteckt, um nicht noch einmal den doofen Parcours absolvieren zu müssen. Kluger Hund!

»Muffin, wir üben jetzt einen Befehl für Fortgeschrittene«, erklärte ich ihm. Energisch befahl ich: »Schieb das Frauchen, Muffin! Schieb!«

Er stupste mit seiner Schnauze an meine Wange. Keine Ahnung, was das bedeuten sollte. Vielleicht war es eine Aufforderung, aus dem Tunnel zu kriechen. Ha, ha.

»Wenn du da draußen nicht endlich aufhörst zu lachen, kannst du gleich etwas erleben!«, rief ich Markus wütend zu.

»Ent... entschuldige ... bitte«, hörte ich ihn japsen. Nur um dann noch mal loszuprusten.

»Ist das Jule, die da drin steckt?«, erklang in diesem Augenblick eine zweite männliche Stimme. Ich konnte sie nicht auf Anhieb einer Person zuordnen, da die Geräusche von draußen nur gedämpft durch das Stahlrohr drangen.

»Ja, ist sie«, entgegnete Markus. »Sie hängt im Kriechtunnel fest.«

»Sehr gut!«, stieß die andere Stimme erleichtert aus. »Ich habe schon das ganze Schloss nach ihr abgesucht.«

Ich zog misstrauisch die Augenbrauen zusammen. »Ole? Bist du das?«

Jemand, wahrscheinlich Ole, klopfte von außen an das

Stahlrohr. Es hörte sich an, als ob direkt neben meinem Ohr ein Gong geschlagen wurde. »Tach schön, liebste Schwägerin!«

»Schwägerin?«, wiederholte ich fassungslos. Der hatte sie wohl nicht mehr alle! Zum einen waren Sophie und er überhaupt nicht verheiratet, was ich unter normalen Umständen nicht so genau genommen hätte. Doch zum anderen belog und betrog er meine Schwester aufs Übelste. Zugegeben, die Sache mit dem Betrügen vermutete ich nur, aber ich war mir mittlerweile sicher, dass er Dreck am Stecken hatte. »Nur über meine Leiche! Wenn ich Sophie heute Abend von deiner Lügerei erzähle, seid ihr geschiedene Leute.«

Für einen kurzen Moment herrschte Schweigen.

»Ich würde sagen, wir lassen sie da drin«, hörte ich Ole sagen. »Es wird ewig dauern, bis sie hier draußen jemand findet.«

»Ich weiß nicht«, entgegnete Markus unschlüssig. »Ich mag sie irgendwie. Außerdem brauche ich ihr Geld. Jule hat den Gesellschaftervertrag noch nicht unterschrieben.«

»Nur wegen meines Geldes würdest du mich nicht hier drinnen sterben lassen?«, fragte ich empört. »Du ... du ...« Ehe mir ein gebührendes Schimpfwort einfiel, hörte ich die Männer draußen laut losprusten.

»Ihr Mistkerle!«

Ich hätte gerne noch weitere Beleidigungen von mir gegeben, doch schon wurde ich von vier Männerhänden am Hintern gepackt. Das klang erotischer, als es war. Um ehrlich zu sein, fiel mir spontan keine Situation ein, die mir je peinlicher gewesen wäre.

Schwungvoll zogen mich Ole und Markus aus dem Tunnel und stellten mich ohne weitere Umstände auf die Beine.

Schwankend und mit blinzelnden Augen sah ich, wie Muffin hinter mir ebenfalls aus dem Tunnel kroch und schwanzwedelnd eine Runde drehte.

Markus grinste mich breit an und zupfte mir ein vergammeltes Blatt aus den Haaren. Ohne Vorwarnung zog er mich an sich und umschloss mein Gesicht mit seinen Händen. »Danke, dass du so herrlich verrückt bist, Jule!«

Ehe ich wusste, wie mir geschah, drückte er mir einen Kuss auf die Lippen.

23. Kapitel

Zwanzig Minuten später waren meine Knie immer noch weich wie Pudding. Wie konnte ein einfacher Kuss, der kaum eine Sekunde gedauert hatte, mich nur so aus der Fassung bringen? Schließlich war das von Markus eher eine freundschaftliche Geste gewesen. Oder? Bei mir war das eindeutig anders. Als sich unsere Lippen für einen flüchtigen Augenblick berührt hatten, war es mir vorgekommen, als hätte ich einen elektrischen Schlag erhalten. Mein Herzschlag hatte kurz ausgesetzt, und ein Kribbeln war vom Kopf bis zu den Zehenspitzen durch meinen Körper gelaufen. Ich wollte mir gar nicht erst ausmalen, was ein *richtiger* Kuss von Markus mit mir anstellen würde. Aber jetzt war nicht der richtige Moment, um darüber nachzugrübeln. Jetzt musste ich mich nämlich dringend auf Sophies Probleme und die Rechtfertigungen ihres *windigen* Segellehrers konzentrieren!

Ich nahm den Teebeutel aus meiner Tasse und legte ihn in das große emaillierte Spülbecken in der Schlossküche.

»So, dann schieß mal los!«, sagte ich zu Ole, während ich mich zu den beiden Männern an den langen Holztisch setzte. »Ich schätze, du hast mich wegen meiner letzten Mailbox-Nachricht gesucht, oder?«

Ole wirkte nicht die Spur schuldbewusst, im Gegenteil. Er hielt meinem fragenden Blick stand, ohne mit der Wimper zu zucken. »Exakt.«

Markus räusperte sich. »Ich lasse euch beiden besser allein.«

Ole hob abwehrend die Hand. »Nein, bleib ruhig. Schließlich weißt du über alles Bescheid.«

Ich fuhr zu Markus herum, der neben mir saß. »Du weißt, dass er meine Schwester angelogen hat?«

»Nun ja … schon irgendwie«, räumte er widerwillig ein.

»Natürlich weiß Markus, was ich an dem Abend vorhatte«, gab Ole unumwunden zu. Er betrachtete seinen besten Kumpel mit säuerlicher Miene. »Schließlich war er offiziell mein Alibi. Nur musste dir der Trottel ja unbedingt zur falschen Zeit eine SMS schicken.«

»Ich habe einfach nicht daran gedacht, okay?«, verteidigte sich Markus.

»Und was hast du in Wahrheit an diesem Abend gemacht?«

Ole stützte die Ellbogen auf den Tisch und fuhr sich mit den Händen durch die Haare. »Es tut mir leid, aber das kann ich dir leider nicht sagen.«

»Nicht?« Ich zog meine Augenbraue in die Höhe. »Gut, dann vielen Dank für das aufschlussreiche Gespräch!«

Ich machte Anstalten aufzustehen, doch Ole griff nach meinem Arm. »Jule, ich schwöre dir, dass ich Sophie nicht betrüge! Weder mit Giulia, noch mit einer anderen Frau. So etwas könnte ich deiner Schwester niemals antun. Ich liebe Sophie.« Er sah mich aus seinen meerblauen Augen so offen und ehrlich an, dass ich nichts lieber wollte, als ihm zu glauben.

»Dann gib mir was!«, flehte ich. »Eine winzige Information, einen Beweis – irgendetwas, damit ich mich Sophie gegenüber nicht schuldig fühlen muss.«

Er wechselte einen stummen Blick mit Markus. »Ich versuche, etwas zu organisieren«, sagte Ole schließlich. »Aber das Ganze ist komplizierter, als ich gedacht hatte, und es wird sich wohl noch eine Zeit lang hinziehen. Aber ich verspreche dir, dass der Tag kommen wird, an dem ich dir die Wahrheit sage. Und Sophie selbstverständlich auch. Aber ehe es so weit ist, will ich, dass es ein Geheimnis bleibt.«

»Aha.«

Ich fuhr mir ratlos über das Gesicht. Nun hatte ich zwar tatsächlich etwas mehr Informationen, aber einen Reim konnte ich mir trotzdem nicht darauf machen.

Unschlüssig nagte ich an meiner Unterlippe. »Und Giulia hat ganz bestimmt nichts damit zu tun?«

Ole schüttelte empört den Kopf. »Hältst du mich für einen Volltrottel? Sie hat mich hintergangen, belogen und betrogen. Und bis vor ein paar Wochen war sie Emma eine lausige Mutter, die fast jeden Besuchstermin kurzfristig abgesagt hat. Ich empfinde absolut nichts mehr für diese Frau.«

Okay, das klang glaubwürdig. Anscheinend gehörte Ole zu den wenigen Männern, denen beim Anblick einer schönen Frau nicht umgehend das Hirn in die Hose rutschte.

»Ich weiß, das ist viel verlangt, Jule«, sagte er, »aber ich bitte dich einfach, mir zu vertrauen.«

Ich warf Markus einen unsicheren Blick zu. »Was sagst du dazu? Hintergehe ich meine Schwester, wenn ich meinen Mund halte?«

Keine Ahnung, warum ich ihn überhaupt nach seiner Meinung fragte. Doch aus irgendeinem Grund war mir wichtig, wie er die Sache sah.

»Da ich Oles Geheimnis kenne, kann ich dir versichern, dass du dir keine Sorgen machen musst.« Markus legte seine

Hand auf meine und drückte sie leicht. Die Wärme, die von ihm ausging, fühlte sich viel zu gut an.

»Wenn deine Schwester trotzdem böse auf dich sein sollte, werde ich die Schuld auf mich nehmen und Sophie versichern, dass wir dich in die Mangel genommen haben«, versprach er mir. »Allerdings denke ich nicht, dass es so weit kommt.«

Er sagte das voller Überzeugung, doch es war der aufrichtige Ausdruck in seinen Augen, der meine letzten Zweifel beiseite wischte.

Ich gab mir einen Ruck. »Gut, ich werde Sophie nichts davon erzählen.«

Ole atmete sichtlich erleichtert auf. »Danke! Du wirst es nicht bereuen.«

»Hoffentlich«, murmelte ich.

Er erhob sich. »Entschuldigt mich bitte! Ich möchte nicht unhöflich sein, aber ich muss zurück in die Segelschule. Dort wartet noch ein Haufen Büroarbeit auf mich.«

Auch Markus stand auf. Erst jetzt fiel mir auf, dass er ein wenig größer war als Ole. Beiden Männern sah man an, dass sie in Form waren. Im Gegensatz zu Ole mit seinen gutmütigen Lachfältchen wirkte Markus jedoch deutlich ernster und verschlossener. Wenigstens konnte ich mir auf die Fahne schreiben, dass Markus in meiner Gegenwart oft große Mühe hatte, diese eiserne Selbstbeherrschung nicht zu verlieren. Keine Ahnung, weshalb ausgerechnet ich ihn derart aus der Reserve lockte. Dabei war ich doch so ein harmonieliebender und verständnisvoller Mensch!

Wir verabschiedeten uns voneinander, und Ole lief zur Tür. Eine Sache beschäftigte mich jedoch noch. »Warum hast du Markus eigentlich das Geheimnis verraten, wenn niemand davon wissen darf?«, hielt ich ihn zurück.

»Weil ich seine Hilfe brauche. Und deine nicht«, gab Ole mit einem frechen Grinsen zurück.

»Und weil ich schweigen kann wie eine Grab«, fügte Markus trocken hinzu.

Ich fuhr zu ihm herum. »Ach? Und ich nicht, oder wie?«

Er schnaubte auf. »Erst vor ein paar Tagen hast du mir erzählt, dass du mit elf Jahren heimlich Sophies Tagebuch gelesen und dem Nachbarjungen daraufhin prompt verraten hast, dass sie auf ihn steht.«

So langsam verdichtete sich mein Verdacht, dass Markus heimlich alles notierte, was ich den lieben langen Tag so von mir gab. Das war doch nicht normal, dass er sich das alles merkte!

»Ich wollte die beiden doch nur verkuppeln«, verteidigte ich mich. »Außerdem bin ich eben ein mitteilsamer Mensch. Ganz im Gegensatz zu dir. Du achtest ja immer peinlich genau darauf, nichts von dir preiszugeben, Mister Schweigsam.«

Er zog eine Augenbraue in die Höhe. »Ah ja? Vielleicht würde ich gerne mehr reden, hast du daran schon mal gedacht? Aber ich komme ja überhaupt nicht zu Wort, weil du ständig am Quasseln bist.«

»Das ist nur mein verzweifelter Versuch, die Stille zu füllen!«, rief ich empört.

Oles Lachen unterbrach unser Wortgefecht.

»Ihr benehmt euch wie ein altes Ehepaar.« Er legte den Kopf schräg und musterte uns. »Dazu noch dieser Kuss vorhin … Sagt mal, läuft da was zwischen euch?«

Wir schüttelten synchron den Kopf, und Markus hob abwehrend die Hände. »Um Gottes willen, nein!«

»Das ist alles rein platonisch«, ergänzte ich.

»Wir sind nur Freunde«, stimmte Markus mir zu. »Wenn's hochkommt.«

Ich winkte ab. »Ja, aber eigentlich nicht mal das. Im Grunde können wir uns überhaupt nicht leiden.«

»Dann ist ja gut.« Ole grinste und tippte sich zum Abschied mit zwei Fingern an die Stirn. »Macht's gut, ihr beiden!«

*

Ich konnte nur hoffen, dass ich meine Entscheidung, Ole zu vertrauen, nicht bereuen würde. Zum Glück geschah in den nächsten Wochen nichts, das erneut mein Misstrauen geweckt hätte. Allerdings hatte ich auch so viel um die Ohren, dass ich kaum noch mitbekam, was außerhalb des Schlosses geschah. Draußen kletterten die Temperaturen in die Höhe, und der Sommer hielt auf Rügen Einzug. Was ich nur deshalb registrierte, weil beim Renovieren immer wieder eine warme Meeresbrise durch die geöffneten Fenster hereinwehte.

Pausen gönnte ich mir nur selten. Aber ich gewöhnte mir an, mich am späten Nachmittag mit Muffin draußen im Schlosspark ein paar Minuten auf den Rasen zu setzen. Dort hatte man einen wunderbaren Blick auf den Bodden. Oft sah ich vor der privaten Anlegestelle des Schlosses Segelschiffe oder Fischkutter vorbeifahren. Ich lauschte dem Summen der Hummeln, dem Zwitschern der Vögel und dem Flüstern des Windes, der durch die Blätter der Bäume strich. Wenn mir dann noch der Duft von Rosenblüten und frisch gemähtem Gras in die Nase stieg, war ich überzeugt, im Paradies gelandet zu sein. Ich konnte kaum glauben, dass dieser wunderschöne Ort ab sofort ein fester Bestandteil meines Lebens sein sollte.

Mittlerweile hatte ich nämlich den Vertrag mit Markus unterschrieben, und damit war es offiziell: Ich war Teilhaberin des Schlosshotels Neunwiek und laut Einwohnermeldeamt auch eine echte Rügenerin. Nun hatte ich ein Zuhause, konnte Wurzeln schlagen und meinen Frieden finden, genau wie Shanti-Gertrud prophezeit hatte. Bisher fühlte ich mich allerdings eher gestresst und überarbeitet. Oft wankte ich erst nach Mitternacht ins Bett, nur um schon nach wenigen Stunden wieder aufzustehen, damit ich gleichzeitig mit den Handwerkern im Schloss ankam.

Sophie zwang mich jedoch dazu, mit ihr einmal pro Woche den UGLY-Frauenabend zu besuchen. Da ich mich nur zu gern mit Ariane bei einem Gläschen *Traubensaft* aus dem Tetra Pak entspannte, wäre ich allerdings auch freiwillig mitgegangen. Obwohl ich gestehen musste, dass mir Shanti-Gertruds Vorträge zuweilen etwas auf die Nerven gingen. Beim letzten Treffen hatte sie zum Beispiel eine schier endlose Predigt über die Liebe in unserer heutigen Gesellschaft gehalten.

»Ihr sucht Liebe?«, hatte sie mit bewegter Stimme in die Runde gefragt. »Dann tut auch was dafür, meine Damen! Und damit meine ich keine Fitnessübungen, Schönheits-OPs oder Anti-Aging-Cremes.« Sie hob mahnend den Zeigefinger. »Nein, ich spreche von euren inneren Einstellungen. Liebe wird heutzutage wie ein Konsumgut behandelt. Als könnte man sie im Supermarkt kaufen. Ich sage nur Speed-Dating oder Single-Portale: Suche Mann mit Porsche, biete Modelmaße!« Sie machte eine dramatische Pause. »Doch man *konsumiert* keine Liebe, man muss Liebe *leben*. Ihr müsst ehrliche und rückhaltlose Liebe geben, dann erhaltet ihr auch welche!«

Meinen Einwand, dass ich gerne meine Liebe geben würde, aber sie anscheinend niemand haben wollte, überhörte sie einfach.

Wirklich Sorgen machte mir jedoch Ariane. Sie konnte nicht verbergen, wie sehr sie ihre finanziellen Probleme quälten. Mit jeder Woche wurden die Ringe unter ihren Augen dunkler. Ich verließ die UGLY-Frauenabende immer mit dem verzweifelten Wunsch, ihr zu helfen, doch mir wollte einfach nicht einfallen, wie. Trudi dagegen verabschiedete sich jedes Mal mit einem fiesen Grinsen von mir und dem Hinweis, dass ich für das Nähen der Vorhänge noch ihre Fußpflege übernehmen müsste. Igitt!

Neben all dem Trubel gab es jedoch eine Sache, die mich mehr als alles andere beschäftigte. Obwohl ich mich krampfhaft bemühte, Markus aus meinem Kopf zu verbannen, tauchte er ständig in meinen Gedanken auf. Sobald ich morgens die Augen aufschlug – schwupps! –, war er auch schon da. Seit dem Nachmittag auf dem Hundeplatz fragte ich mich, wie es wohl wäre, wenn wir uns richtig küssen würden. Wäre das der Kuss meines Lebens? Immerhin trug Markus, wenigstens phonetisch gesehen, das Wort »Kuss« schon im Namen.

Bei der Arbeit suchte ich ständig seine Nähe, als wäre er ein Magnet, der mich anzog. Ich wurde regelrecht süchtig nach seinen kleinen, flüchtigen Berührungen, die mein Herz unwillkürlich schneller schlagen ließen. Und ich bildete mir ein, dass genau diese Berührungen von Markus nicht ganz so zufällig waren, wie es scheinen sollte. An Tagen, an denen er im Verlag arbeitete und nicht auf dem Schloss war, schien mir irgendwie die Energie zu fehlen. Als wäre mein Leben plötzlich unvollständig und leer, wenn dieser stoffige Kerl kein Teil davon war. All das war allerdings aus so vielen Gründen falsch: Wir waren Geschäftspartner, es gab die Kein-Sex-Regel, und wir passten nicht mal ansatzweise zusammen. Markus war überzeugter Junggeselle und ergriff schon beim Wort *Beziehung* die Flucht. Ich dagegen war kein Fan von flüchtigen Affären und suchte nach einem Mann, mit dem ich eine reife, liebevolle Beziehung führen konnte.

Außerdem stritten wir uns ständig. Vielleicht entluden sich so nur die Spannungen zwischen uns, aber Tatsache blieb: Je näher die Eröffnung rückte, umso häufiger brüllten wir uns an. Den heftigsten Streit gab es wegen des Hotelpersonals. Ich hatte schon meine Fühler nach geschulten Fachkräften ausgestreckt, als Markus mir mitteilte, dass er nur regionale Arbeitskräfte einstellen wollte, selbst wenn sie nicht die notwendige Kompetenz besaßen. War das zu fassen? Er fand es jedoch wichtig, Arbeitsplätze für die Insulaner zu schaffen. Durch die steigenden Lebenshaltungskosten auf Rügen konnten sich nämlich viele Einheimische ein Leben auf der Insel nicht mehr leisten und mussten notgedrungen aufs Festland ziehen. Meine Argumente, dass wir nicht die Heilsarmee waren und der gute Ruf eines Hotels in beträchtlichem Ausmaß von der Professionalität der Angestellten abhing, schienen ihn gar nicht zu kümmern.

»Markus, denk doch mal nach. Wenn wir nicht erfolgreich sind, können wir auch nichts Gutes für die einheimische Wirtschaft tun«, versuchte ich ihn anfangs noch ruhig zu überzeugen.

Markus zuckte mit den Schultern. »Meine Entscheidung

steht. Du wirst sie akzeptieren müssen. In diesem Punkt lasse ich nicht mit mir reden.«

Dass wir gleichberechtigte Partner waren, schien er völlig vergessen zu haben. Wut wallte in mir auf.

»Sagt dir zufällig der Ausdruck ›Kompromissbereitschaft‹ etwas?« Ich winkte schnaubend ab. »Ach, was frage ich überhaupt? Ich kenne schließlich schon die Antwort. Du bist so arrogant und überheblich, dass es dir völlig gleichgültig ist, ob jemand eine andere Meinung …«

»Du musst dich schon entscheiden: entweder arrogant *oder* überheblich«, fiel Markus mir ungerührt ins Wort. »Das sind Synonyme.«

Mir blieb vor Empörung der Mund offen stehen. Am liebsten hätte ich mit dem Fuß aufgestampft oder Markus irgendetwas Schweres an den Kopf geworfen.

»Oh Gott, du bist sprachlos!«, stellte er überrascht fest. Markus zückte mit einem selbstzufriedenen Grinsen sein Handy. »Darf ich diesen denkwürdigen Moment in einem Foto festhalten?«

»Nein, das darfst du nicht!«, fauchte ich und machte auf dem Absatz kehrt.

In solchen Augenblicken konnte ich mir glaubhaft versichern, dass ich Markus von Kronlitz verabscheute. Leider dachte ich deswegen keine Sekunde weniger an ihn.

Wir stritten uns ganze fünf Tage wegen des Hotelpersonals, bis ich schließlich zähneknirschend nachgab. Was vor allem daran lag, dass ich ein schlechtes Gewissen hatte. Ich hatte nämlich für das Foyer einen edlen Empfangstresen bestellt, der etwas über dem Budget lag, das wir vereinbart hatten. Wenn ich Markus seinen Willen ließ, beruhigte das wenigstens mein schlechtes Gewissen wegen des Empfangstresens.

Insgeheim bezeichnete ich das als einen beiderseitigen stillschweigenden Kompromiss, bei dem jedoch nur eine Seite alle Fakten kannte. Ich wusste eben, wie man mit komplizierten Männern umging!

24. Kapitel

Suchend sah ich mich auf dem Dachboden des Schlosses um. Fünf Tage! Wir hatten nur noch fünf Tage bis zur Eröffnung und das Foyer war noch so gut wie leer. Der Empfangstresen, den ich bestellt hatte, sah zwar großartig aus, aber es fehlte noch der Loungebereich, in dem die Gäste Zeitung lesen und sich unterhalten konnten. Gott sei Dank waren die Hotelzimmer und der Frühstücksraum inzwischen fertig. Nur das Foyer machte mir noch Sorgen.

Obwohl ich mich reichlich aus dem Möbelfundus hier oben bedient hatte, war das Chaos kaum weniger geworden. Heute wollte ich mir einen Bereich des Speichers vornehmen, den ich bisher vernachlässigt hatte, weil er komplett zugestellt war. Ich hatte gerade erst angefangen, mir einen Weg frei zu räumen, als ich ein Kribbeln in meinem Nacken spürte. Schwere Schritte kamen zielstrebig auf mich zu.

»Ich habe gerade die Rechnung für unseren Empfangstresen gefunden, Jule«, sagte Markus direkt hinter mir. »Möchtest du mir dazu etwas sagen?«

Oh, oh. Damit hatte sich die Sache mit dem beiderseitigen stillschweigenden Kompromiss wohl erledigt.

»Hallo, Markus!«, sagte ich, ohne mich umzudrehen. »Wie hast du mich hier oben entdeckt? Mit deiner magischen Kristallkugel?«

»Ich habe etwas Besseres als eine Kristallkugel«, entgegnete er trocken. »Meine Mutter.«

Ach ja, der Hausdrache! Auf wundersame Weise hatte Adelheid von Kronlitz ihre Augen und Ohren wirklich überall. Von ihr konnte die NSA noch was lernen.

»Sie hat gehört, dass du raufgegangen bist. Mutter meinte, sie hätte dir hinterhergerufen, weil sie mit dir sprechen wollte.«

»Ah ja?« Ich stellte eine eingestaubte Stehlampe mit eingerissenem Schirm beiseite und vermied es weiterhin, ihm in die Augen zu sehen. Ich hatte seine Mutter zwar gehört, aber anstatt stehen zu bleiben, hatte ich mich wie der Blitz auf den Speicher geflüchtet. Obwohl ihr Gips mittlerweile ab war, fuhr Adelheid von Kronlitz immer noch mit dem Rollstuhl herum, da sie ihr Bein noch nicht belasten durfte. Es war zwar gemein, aber insgeheim war ich erleichtert, dass sie mir noch nicht auf Schritt und Tritt folgen konnte.

Markus wedelte mit der Rechnung vor meiner Nase herum. »Du weißt, dass wir das Geld, das du als Teilhaberin eingebracht hast, dringend brauchen, um die ersten Wochen zu überstehen. Bisher haben wir nicht gerade viele Zimmerreservierungen. Wir müssen auf unsere Ausgaben achten!«

Ich verkniff mir die bissige Frage, wie er sich eigentlich vorgestellt hatte, die Anfangszeit ohne meine Investition zu überbrücken. Aber im Grunde fand ich es ja gut, dass er ein Auge auf die finanziellen Dinge hatte.

»Ich spare doch!«, verteidigte ich mich. »Was denkst du, weshalb ich gerade nach Sitzmöbeln für den Loungebereich suche?«

Er warf einen skeptischen Blick auf das Chaos um uns herum. Markus bezweifelte anscheinend, dass ich hier oben fündig werden könnte. »Das ist im Moment doch gar nicht wichtig«, wandte er ein. »Für den Sektempfang werden wir ohnehin Stehtische aufstellen.«

»Und danach? Die Gäste müssen sich nach der Eröffnung doch irgendwo hinsetzen können! Außerdem habe ich keine Ahnung, was wir mit dem Parkettboden anstellen sollen. Diese tiefen Schrammen im Eingangsbereich machen einen total schlechten Eindruck.« Mir wurde wieder einmal bewusst, wie unglaublich viel ich noch zu erledigen hatte. »Ich muss auch noch Kevin, unseren neuen Rezeptionisten, anlernen, und Nane hat gestern im Dorf gehört, dass der Koch unseres Catering-Service angeblich eine Lebensmittelvergiftung hat. Gott, wenn das tatsächlich stimmt ...«

Ich stieß den Atem aus und fuhr mir mit den Händen über das Gesicht. »Lass uns jetzt bitte nicht über den Empfangstresen streiten, Markus! Dafür fehlt mir einfach die Energie.«

»Du willst *nicht* streiten?« Erstaunt ließ er die Rechnung sinken und musterte mich stirnrunzelnd.

Bestimmt sah ich schrecklich aus. Schon seit Wochen war ich nicht mehr beim Friseur gewesen, und meine widerspenstigen Locken konnte ich selbst mit einem Haargummi kaum noch bändigen. Meine Arbeitsjeans war an mehreren Stellen eingerissen, und anstatt Make-up hatte ich Staub und Farbkleckse im Gesicht.

Markus legte die Rechnung beiseite, und ehe ich es mich versah, schloss er mich in seine Arme. Im ersten Augenblick war ich davon so überrascht, dass ich mich versteifte. Doch dann gab ich meinen Widerstand auf und lehnte mich dankbar an seine Brust, während er mir tröstend über den Rücken strich. Seine Umarmung fühlte sich so gut an, dass mir fast die Tränen kamen. Mir war gar nicht bewusst gewesen, wie sehr meine Nerven blank lagen.

»Mach dir nicht so viele Sorgen!«, murmelte Markus. »Wir

kriegen das alles hin. Für das Problem mit dem Parkettboden habe ich schon eine Idee.«

»Ah ja?«, schniefte ich.

»Wir legen einfach einen großen Teppich drauf! Am besten den Perser aus der Bibliothek. Mir ist es egal, wenn ich dort beim Arbeiten kalte Füße bekomme.«

Ich musste lächeln. »Das ist sehr selbstlos von dir.«

»Tja, so bin ich eben.« Er machte sich von mir los und sah mir in die Augen. »Du musst die Verantwortung nicht alleine tragen, Jule. Wir beide sind ein Team, schon vergessen? Ich mach dir einen Vorschlag: Ich helfe dir beim Suchen, und wenn wir nach einer Stunde nichts gefunden haben, hilfst du mir beim Streichen des Foyers.«

Eigentlich hätte ich mich lieber noch ein bisschen von ihm umarmen lassen, aber ich nickte. »Okay, das klingt fair.« Ich strich mir eine Locke hinter das Ohr. »Meinst du, hier oben gibt es vielleicht noch einen alten Kronleuchter?«

Ein Schmunzeln zuckte um seine Mundwinkel. »Du glaubst ernsthaft, dass meine Familie einen schönen teuren Kronleuchter im Speicher eingemottet hat, statt ihn aufzuhängen?«

»Nun ja, vielleicht fand ihn einer deiner Vorfahren zu angeberisch«, stellte ich eine gewagte Vermutung an. Immerhin sprach ich von Markus' direkter Verwandtschaft.

»Na schön«, sagte er seufzend, »dann suchen wir also nach einigermaßen erhaltenen Beistelltischen, Sitzmöbeln *und* einem Kronleuchter.«

Gemeinsam machten wir uns an die Arbeit. Doch der einzige Schatz, den wir entdeckten, war ein gut erhaltenes Grammofon. Es funktionierte zwar nicht mehr, würde sich aber zur Dekoration im Foyer trotzdem gut machen. Als mir beim Durchstöbern einer Kiste ein Stapel uralter Briefe in die

Hände fiel, konnte ich es mir nicht verkneifen, sie kurz durchzublättern. Ich zog erstaunt die Augenbrauen hoch. »Das sind alles Liebesbriefe an einen Wilhelm von Kronlitz. Allerdings von verschiedenen Frauen.«

Markus warf nur einen flüchtigen Blick darauf. »Das wundert mich nicht«, meinte er schulterzuckend. »Wahrscheinlich hat mein Vorfahre nicht mal besonders gut ausgesehen. Mein Vater hat mich immer davor gewarnt, dass viele Frauen es auf unseren Titel, das Schloss und unser vermeintliches Vermögen abgesehen haben. Leider hatte er nicht unrecht damit. Du solltest mal sehen, wie die Augen vieler Frauen aufleuchten, wenn ich beim ersten Treffen meinen Namen nenne!«

Ich lachte auf. »Du armer Tropf! Es muss schlimm für einen Mann sein, wenn sich ihm die Frauen scharenweise an den Hals werfen. Besonders für einen überzeugten Junggesellen wie dich.«

»Okay, es hat manchmal auch gute Seiten«, räumte er grinsend ein. Doch dann wurde er wieder ernst. »Trotzdem nervt es irgendwann.«

»Bei mir müssen Sie sich deswegen keine Sorgen machen, *Herr von Kronlitz*!« Ich benutzte den Tonfall, den ich damals bei unserem Bewerbungsgespräch nur schwer hatte ablegen können. »Außerdem weiß ich genau, dass es mit eurem Vermögen nicht weit her ist. Ansonsten hätte ich dich natürlich schon längst nach allen Regeln der Kunst verführt und mir dein sexy Drachentattoo mal aus der Nähe angesehen.«

Beim letzten Wort wurde mir plötzlich klar, was ich da gesagt hatte. Ich klappte schnell den Mund zu, wobei das jetzt auch nichts mehr half. Weshalb hatte ich denn nur angefangen, von seinem Tattoo zu reden? Und von Sex?

Markus schwieg. Sekundenlang sahen wir uns in die

Augen, und plötzlich spürte ich wieder diese Spannung zwischen uns, genau wie damals im Fahrstuhl. Sein Blick wanderte tiefer und blieb an meinen Lippen hängen. Das Herz schlug mir bis zum Hals.

Nur mit Mühe gelang es mir, mich abzuwenden. »Dann … ähm … machen wir mal weiter«, sagte ich und drückte mich an ihm vorbei. »Hilfst du mir mit diesem Schrank?«

Er räusperte sich. »Klar!«

Als wir das Möbelstück zur Seite geschoben hatten, hielten wir beide überrascht inne.

»Was ist denn das?«, entfuhr es mir erstaunt.

Direkt unter einem kleinen Dachfenster befand sich ein gemütliches Lager aus unterschiedlich großen Kissen. Auf einem Schuhkarton stand ein Plastikdinosaurier, eine krakelige Kinderzeichnung war an die Rückseite eines Regals gepinnt, und bunte Spielzeugautos lagen verstreut herum. Bevor wir den Schrank verrückt hatten, war nichts von all dem zu sehen gewesen.

Ich nahm den Tyrannosaurus Rex in die Hand und pustete den Staub fort. »Das sieht aus wie ein Versteck«, stellte ich fest. »Das geheime Versteck eines Kindes.«

Ich drehte mich zu Markus um. Als ich seinen Gesichtsausdruck sah, ließ ich den Dinosaurier sinken. Markus war so bleich, als wäre ihm gerade ein Gespenst begegnet.

»Ich war schon ewig nicht mehr hier«, murmelte er. Er ging in die Knie und hob ein rotes Feuerwehrauto auf. »Ich hatte diesen Ort vollkommen vergessen. Ist das zu fassen?«

Er schüttelte den Kopf und drehte das Auto nachdenklich in Händen. Auf seinem Gesicht zeichneten sich eine ganze Reihe unterschiedlicher Gefühlsregungen ab. Ich hatte ihn noch nie so aufgewühlt gesehen.

»*Du* warst hier oben?«, fragte ich verwirrt. Selbstverständlich hatte ich als Kind auch meine geheimen Rückzugsorte gehabt. Zum Beispiel unter dem Schreibtisch meines Vaters oder im Inneren meines Kleiderschranks. Ganz alleine im hinterletzten Eck eines riesigen Speichers zu spielen, wäre mir allerdings viel zu gruslig gewesen.

Markus deutete auf eine schmale Lücke zwischen den Möbeln. »Dort habe ich mich auf allen vieren hindurchgequetscht. Bis ich irgendwann zu groß dafür geworden bin.« Er ließ sich umständlich auf die Kissen sinken, auf denen er zum letzten Mal als Kind gesessen hatte. »Hier oben habe ich mich immer sicher gefühlt.«

Ein Versteck, das so schwer zu erreichen war, dass kein Erwachsener hierherkommen konnte. Mir kam ein schrecklicher Gedanke. All die Bemerkungen von Markus schienen sich zu einem Bild zusammenzufügen.

»Dein Vater?«, fragte ich in die Stille hinein.

Er nickte, und seine Miene wurde hart. »Er hatte hohe Ansprüche an seinen einzigen Erben. Seine Strafen waren streng und oft auch schmerzhaft. Es war kaum möglich, seinen Erwartungen zu genügen.« Er lachte bitter auf. »Im Grunde erfüllte er sie nicht einmal selbst. Aber das habe ich natürlich erst als Erwachsener erkannt.«

Es war nicht nötig, dass Markus ins Detail ging. Ich konnte mir auch so den tyrannischen Vater vorstellen, der für sein Kind weder Verständnis noch Mitgefühl übrighatte.

»Von wegen moralische Grundsätze ...« Er stieß einen abfälligen Laut aus. »In Wahrheit war er völlig skrupellos. Vor allem, wenn es um sein verdammtes Schloss ging. Als nach dem Krieg hier auf der Insel andere Verhältnisse anbrachen, sah es eine Weile so aus, als würde unsere Familie das Schloss verlieren. Aber mein Vater und mein Großvater haben alles getan, um das zu verhindern. Sie haben sich vordergründig angepasst und es verstanden, den richtigen Leuten ein paar ›Gefälligkeiten‹ zu erweisen. So haben die beiden das allen Ernstes genannt! Natürlich hat mein Vater es gehasst, dass er in jener Zeit nicht mehr der Schlossherr war, sondern als eine Art Verwalter arbeiten musste, während Neunwiek als Erholungsheim genutzt wurde. Aber er konnte auf dem Schloss bleiben. Und nur darauf kam es an. Dass er dafür lügen und seine eigenen Freunde verraten musste – tja, das hat er eiskalt in Kauf genommen.«

Wut und Scham zeichneten sich in seinem Gesicht ab. Kein Wunder, dass Markus nicht gerne über diesen Teil seiner Familiengeschichte sprach.

Vorsichtig quetschte ich mich neben ihn auf das Kissenlager. Staubflocken tanzten im Sonnenlicht über unseren Köpfen wie Erinnerungsstücke aus der Vergangenheit. Genauso selbstverständlich wie Markus mich vorhin umarmt hatte, griff ich nun nach seiner Hand und hielt sie fest in meiner.

»Ich habe das noch nie jemandem erzählt«, sagte er leise, »aber als Vater vor ein paar Monaten gestorben ist, habe ich nicht die geringste Trauer empfunden. Seltsam, oder? Offen gestanden habe ich mich sogar befreit gefühlt.« Er wandte mir den Kopf zu und sah mich fragend an. »Hältst du mich jetzt für einen schlechten Menschen?«

Ich hielt seinen Blick fest. »Nein, kein bisschen. Ich denke, deine Gefühle sind unter diesen Umständen völlig normal.«

»Aber er war mein Vater!«, widersprach er und ballte seine freie Hand zur Faust. »Und er hatte nicht nur schlechte Seiten. Vieles von dem, was ich heute bin, habe ich ihm zu verdanken.«

»Das sagt dir dein Verstand. Trauer hat aber etwas mit Gefühlen zu tun. Der Tod deines Vaters liegt noch nicht lange zurück. Gib dir etwas Zeit!« Ich drückte seine Hand. Noch immer waren unsere Finger fest miteinander verflochten.

Irgendwann würde Markus seinen Groll überwinden und Frieden mit seinem Vater schließen, da war ich mir sicher. Gedankenverloren zog er mit dem Daumen Kreise über meinen Handrücken. War Markus sich der Vertraulichkeit, die diese zärtliche Geste vermittelte, überhaupt bewusst?

»Weißt du, ich habe manchmal das Gefühl, dass er mir immer noch über die Schulter sieht und alles, was ich tue, abfällig kommentiert. Er hätte es gehasst, dass wir das Schloss wieder zu einem Hotel umbauen.«

Ich zog meine Augenbrauen in die Höhe. »Lass mich raten«, sagte ich trocken. »Dein imaginärer Vater ist von mir nicht besonders begeistert?«

Markus legte den Kopf zurück und lachte auf. »Du wärst ihm viel zu rebellisch, aufmüpfig und selbstbewusst.« Er blickte mich streng an und donnerte mit tiefer Stimme: »Als Frau solltest du wissen, wo dein Platz ist, Jule Seidel. Außerdem ist standesgemäßes Verhalten in diesem Haus oberste Pflicht.«

Ich fasste mir lachend an die Brust. »Ach, du lieber Himmel! Da rutscht einem ja das Herz in die Hose.«

Doch sein gezwungenes Lächeln ließ mich wieder ernst werden. Diese donnernde Stimme war für ihn Realität gewesen. Ich kannte Markus mittlerweile gut genug, um zu wissen, dass er mit Gefühlen wie Hilflosigkeit und Angst nicht gut zurechtkam. Er war ein erwachsener Mann. Stark, selbstbewusst und stolz. Aber in ihm steckte auch noch ein Stück des kleinen Jungen, der sich hier auf dem Speicher versteckt hatte.

»Dein Vater ist tot, Markus. Du allein hast es in der Hand, ob er jetzt noch eine Rolle in deinem Leben spielt.«

»Ah ja? Und wie stelle ich das an?«

Ich stupste ihn sanft mit der Schulter an. »Erlaube dir, auch mal schwach zu sein. Gesteh dir Fehler zu und sei nicht so hart zu dir selbst. Vielleicht brauchst du nur jemanden, der dir ein bisschen Halt gibt. Jemand, bei dem du nicht den starken, unverwundbaren Kerl spielen musst.«

Sein Blick blieb an unseren ineinander verschränkten Händen hängen. Noch immer strich sein Daumen sanft über meinen Handrücken. »Und wer schwebt dir da so vor?«

Ich schluckte schwer. Ich hatte keine Ahnung, was er jetzt von mir hören wollte. Obwohl mein Herz sofort ungefragt ein Schild in die Höhe hielt mit der Aufschrift *Ich mach es! Ich mach es!*, biss ich mir auf die Zunge. Markus hätte das bestimmt als zudringlich empfunden. Schließlich wollte er keine Frau in seinem Leben. Oder?

»Ole vielleicht«, schlug ich stattdessen vor. »Oder … ähm … deine Mutter.«

»Meine Mutter?« Er ächzte wie unter einer Last. »Ich weiß nicht, Jule. Wir sind nicht besonders gut darin, offen miteinander zu reden. Meine Mutter hat die Denkweise meines Vaters übernommen, ohne sie je infrage zu stellen. Als er noch lebte, hatte sie nie eine eigene Meinung.«

Er löste abrupt seine Finger aus meinen. Irgendetwas lief plötzlich völlig falsch.

»Aber ich darf mich nicht beschweren, oder?« Markus straffte den Rücken und lächelte kühl. »Mir geht's schließlich gut.« Er klatschte in die Hände. »Genug Trübsal geblasen! Wir sollten runtergehen. Das Foyer streicht sich schließlich nicht von allein.«

Verdammt! Weshalb fühlte ich mich jetzt nur so elend? Als hätte ich den Moment verpasst, das Richtige zu sagen.

Mein Blick fiel neben mir auf die Kinderzeichnung, die Markus als kleiner Junge an die Rückwand des Regals geheftet hatte. Sie zeigte einen Ritter, der entweder auf einem missgebildeten Pferd oder einer dunkelbraunen Giraffe ritt. Der Ritter hatte sein Schwert erhoben und beschützte eine Prinzessin vor einem furchteinflößenden Dinosaurier. Plötzlich fiel mir wieder ein, wie Markus mich hier oben in letzter Sekunde davor bewahrt hatte, von dem Wohnzimmerbuffet erschlagen zu werden.

Ich wandte mich ihm zu. Wir saßen immer noch auf dem Kissenlager, und Markus versuchte gerade, sich den Staub aus den Haaren zu schütteln. Der Schatten eines Dreitagesbartes bedeckte seine Wangen, und seine Kleider waren voller Farbflecke. Ohne weiter nachzudenken, legte ich Markus eine Hand auf den Arm, um ihn am Aufstehen zu hindern. Erstaunt sah er erst meine Hand und dann mich an.

»Eben fällt mir ein, dass deine Bezahlung noch aussteht«, sagte ich mit klopfendem Herzen.

Irritiert runzelte er die Stirn. »Wie bitte?«

»Weiß du nicht mehr? Du hast mir hier oben das Leben gerettet. Aber ich habe mich geweigert, die Tradition einzuhalten und meinen Ritter mit einem Kuss zu belohnen.«

»Jule, was …«

Er stockte, als ich mich vorbeugte und meine Hand auf seine Wange legte. Mir wurde bewusst, dass ich noch nie die Initiative zum allerersten Kuss ergriffen hatte. Diesen wagemutigen Schritt hatte ich bisher immer den Männern überlassen. Markus' Atem strich warm über meine Haut. Meine Finger glitten zärtlich an seinem Kiefer entlang und seinen

Hals herab. Als ich meine Lippen sanft auf seine legte, schloss ich die Augen.

Die Berührung war leicht und fast schon unschuldig, trotzdem hallte sie in meinem ganzen Körper wider. Unsere Lippen verschmolzen miteinander. Ein herrlicher Schwindel erfasste mich, und ein Prickeln rieselte wie ein Regenschauer meinen Rücken hinab. Unter meinen Fingern spürte ich, wie sich Markus' Herzschlag beschleunigte. Seine warmen Hände legten sich um meine Taille, und er zog mich noch näher an sich. Ich schlang meine Hände um seinen Nacken und öffnete bereitwillig die Lippen. Als sich unsere Zungen zum ersten Mal berührten, löste es einen solchen Ansturm an Gefühlen in mir aus, dass es mir fast den Atem raubte.

»Gott, was machst du nur mit mir, Jule?«, flüsterte er.

Markus drückte mich an sich und drehte sich in einer geschmeidigen Bewegung mit mir herum, bis ich unter ihm auf den Kissen lag.

»Das Gleiche könnte ich dich fragen.«

Er verteilte zärtliche Küsse auf meinem Gesicht. Mir war schmerzlich bewusst, wie vergänglich dieser Moment war. Nur für einen flüchtigen Augenblick konnten wir einfach so tun, als würde uns nicht ein klaffender Abgrund voneinander trennen. Dies hier musste eine einmalige Sache bleiben!

»Wir haben nur dieses eine Mal, Markus«, wisperte ich.

Er nickte wortlos. Mit ernster Miene strich er mir eine Locke aus der Stirn und fuhr mit sanften Fingern die Konturen meines Gesichts nach. Die Zärtlichkeit und Wärme, die dabei in seinen grünen Augen lagen, trafen mich direkt in mein Herz. Für einen wahnwitzigen Moment glaubte ich, mehr in seinem Blick zu entdecken. Mehr als nur Leidenschaft und Zuneigung. Ich fühlte mich Markus so nahe wie noch nie zuvor. Er senkte die Lippen auf meine … und wir wurden eins.

Wie aus weiter Ferne hörte ich Schritte auf der Speichertreppe. »Markus? Jule?«, rief Fred. »Die Stühle für den Frühstückssaal werden gerade angeliefert. Habt ihr wirklich welche mit einem Zebramuster bestellt?«

Widerwillig löste Markus sich von mir und legte seine Stirn an meine. »Damit wäre unser Augenblick wohl vorüber.«

»Wir kommen sofort!«, rief ich Fred zu, doch ich war noch nicht in der Lage aufzustehen.

Mein Körper fühlte sich seltsam schwerelos an. Ich hatte das Gefühl, als wäre das Innerste meiner Seele gerade nach außen gekehrt worden.

In meinem Kopf hörte ich meine eigene Stimme: *Es heißt, ein Blick sagt mehr als hundert Worte. Doch ein Kuss sagt die Wahrheit.*

25. Kapitel

Das Streichquartett stimmte gerade den *Sommer* der *Vier Jahreszeiten* von Vivaldi an.

Zum ersten Mal an diesem Tag gönnte ich mir eine Verschnaufpause. Ich nippte an meinem Sekt und ließ meinen Blick über die zahlreichen Gäste im Foyer schweifen. Bisher war die Eröffnungsfeier unseres Gutshotels ein voller Erfolg. Als Hotelmanagerin hatte ich der Presse einige Interviews gegeben, die feierlichen Reden waren vorüber und nun kam der angenehme Teil des Abends. Fast jeder hatte ein Sektglas in der Hand, es wurden angeregte Unterhaltungen geführt, und die Kellner des Catering-Services liefen mit silbernen Tabletts voller Leckereien umher.

Viele Leute aus dem Dorf waren gekommen und natürlich alle Mitglieder der UGLY-Frauengruppe. Aber auch einige wichtige Persönlichkeiten der Insel waren unserer Einladung gefolgt. Gerade unterhielt sich Markus mit ein paar Anzugträgern, von denen einer ein Politiker und ein anderer der Geschäftsführer eines großen Internet-Reiseportals war. Keine Ahnung, wie Markus es geschafft hatte, ihn hierher zu locken. Mein östrogengesteuertes Ich fand die Tatsache, dass Markus eindeutig der attraktivste Mann dieser Runde war, ohnehin viel wichtiger. Der dunkle Anzug stand ihm wirklich hervorragend. Unwillkürlich musste ich an unseren Kuss auf dem Speicher denken. Die Tage vor der Eröffnung waren so stressig gewesen, dass es gar nicht so schwierig gewesen war, die Gefühle zu verdrängen, die der Kuss in mir ausgelöst hatte. Aber ich wusste, dass ich mich schon bald damit auseinandersetzen musste. Ich konnte mich nicht mehr länger selbst belügen: Was ich für Markus empfand, ging über rein körperliche Anziehung oder eine unbedeutende Schwärmerei weit hinaus. Verflixt, ich hatte mich Hals über Kopf in ihn verliebt!

Das war schlecht. Sehr schlecht sogar. Wenn sich zwischen uns noch einmal so etwas wie auf dem Dachboden abspielte, war die Katastrophe vorprogrammiert. Damit würde ich alles riskieren: unsere Freundschaft, unsere Zusammenarbeit und damit das Hotel. Wollte ich das alles tatsächlich riskieren? Für eine Liebe, die ohnehin keine Zukunft hatte?

»Ich hoffe, ich störe dich nicht gerade beim Anschmachten?«, riss die Stimme meiner Schwester mich aus meinen Gedanken. »Wenn du Markus weiter so mit den Augen verschlingst, ist bestimmt bald nichts mehr von ihm übrig.«

»Ich schmachte überhaupt niemanden an!« Genau wegen solcher doofen Kommentare hatte ich meiner Schwester nichts von dem Kuss mit Markus erzählt.

Sophie hatte sich zur Feier des Tages für ein Vamp-Hosenschisser-Outfit entschieden. Sie trug zwar das rote Kleid, das wir gemeinsam in Sellin gekauft hatten, zerstörte jedoch ihr verführerisches Outfit mit einer langweiligen schwarzen Strickweste, die sie bis zum Hals zugeknöpft hatte.

»Zieh doch bitte diese scheußliche Weste aus«, bat ich sie zum fünften Mal.

»Aber dann sieht jeder meine Brüste«, zischte Sophie.

»Quatsch! Brüste gelten erst dann als entblößt, wenn man die Nippel sieht«, klärte ich sie auf. »Das ist bei dir eindeutig nicht der Fall. Du zeigst in diesem Kleid nur großzügig Dekolleté – und das ist sexy. Los, sei kein Feigling!«

Sophie zupfte unschlüssig an ihrer Weste herum. »Ich ziehe sie aus, aber erst daheim vor Ole, okay? Ich fühle mich einfach nicht wohl, wenn ich der halben Welt meine Gaudiknödel präsentiere.«

Ich prustete los. »Gaudiknödel? So nennst du deine Brüste?«

Sophie gab mir keine Antwort, denn sie starrte fassungslos zur Eingangstür. Was war denn los? Ein schneller Blick über die Schulter ließ mich einerseits erleichtert aufatmen – keine Katastrophe im Hotel – und andererseits mitfühlend zusammenzucken. Im Eingang stand Giulia, Oles Ex, in einem hochgeschlitzten schwarzen Abendkleid mit glitzernden Stickereien und Pailletten. Sie warf ihre dunklen Locken zurück, und ihre tiefroten Lippen waren zu einem selbstbewussten Lächeln verzogen. Ihr Outfit war für eine Hoteleröffnung viel zu übertrieben. Das hinderte einige der anwesenden Männer jedoch nicht daran, Giulia mit Sabber im Mundwinkel anzustarren.

Sophie schnappte empört nach Luft. »Sie verfolgt uns! Die blöde Kuh wusste genau, dass Ole und ich hier sind. Schließlich sollte sie heute Abend auf Emma aufpassen.« Ihre Augen verengten sich. »Der Schlitz ihres Kleides ist so hoch, dass ich sogar von hier aus die Farbe ihres Slips erkennen kann. Damit will sie bestimmt Ole anmachen.«

Ehe ich es mich versah, hatte meine Schwester ihre Weste ausgezogen und auf den Tisch neben uns gepfeffert. Anscheinend wollte sie nun doch ihre Gaudiknödel präsentieren.

Ich tätschelte ihr beruhigend den Arm. »Ole wird über ihr Auftauchen sicher nicht glücklich sein. Schließlich ist sie Emmas Babysitter.« Ich fragte mich, wer nun auf das Kind aufpasste. Nane und Lorenz waren ebenfalls hier auf der Party. War Emma etwa mit Muffin ganz allein?

Doch Sophie war bereits aufs hundertachtzig. »Ich habe die Schnauze voll!«, zischte sie. »Schon viel zu lange sehe ich mir jetzt mit an, wie sie meinen Freund anbaggert. Sie lässt einfach nicht locker. Vorhin hat sie uns sogar erzählt, dass sie sich hier ein Atelier zum Malen suchen möchte. Angeblich weil das Licht auf Rügen so viel besser ist als in Berlin.« Sie schnaubte auf. »Dass ich nicht lache! Aber jetzt ist Schluss, Jule.«

Ehe ich sie davon abhalten konnte, stürmte sie zu Giulia, die sich gerade suchend im Foyer umblickte. Es war nicht schwer zu erraten, wen sie suchte. Ich hielt ebenfalls Ausschau nach Ole. Schließlich war er der Einzige, der die nahende Katastrophe noch verhindern konnte. Zum Glück entdeckte ich ihn als Erste. Er stand mit seinen Eltern an der Treppe. Anscheinend wollten sie gerade nach oben, um sich die fertigen Gästezimmer anzusehen. So schnell mich meine Pumps trugen, rannte ich zu ihm und klammerte mich an seinen Arm. »Du musst mitkommen! Zwischen Sophie und Giulia fliegen gleich die Fetzen.«

Ich wollte ihn hinter mir herzerren, aber Ole rührte sich nicht vom Fleck. »Giulia ist hier?«, entgegnete er überrascht. »Aber das ist doch kein Grund, dass Sophie und sie sich streiten.«

»Kein Grund?«, wiederholte ich ungläubig. Männer waren manchmal wirklich schwer von Begriff. »Sag mal, bist du blind? Giulia will dich zurückhaben, und sie flirtet mit dir bei jeder Gelegenheit.«

»Na und?« Ole zuckte gleichgültig mit den Schultern. »Soll sie doch. Giulia hat keine Chance. Und Sophie weiß, dass ich sie liebe.« Mit einem Grinsen fügte er hinzu: »Und es schadet doch niemandem. Im Gegenteil: Giulia ist unserer Tochter endlich mal wieder eine gute Mutter. So ausgeglichen und glücklich habe ich Emma schon ewig nicht mehr erlebt.«

Ich fuhr mir stöhnend über das Gesicht. Diese ganze Geschichte war ja noch verworrener, als ich geglaubt hatte. Ole war also durchaus aufgefallen, dass er angebaggert wurde, aber er hatte es seiner Tochter zuliebe hingenommen. Ich bezweifelte allerdings, dass das die richtige Entscheidung war, wenn Emma für ihre Mutter nur ein Mittel zum Zweck darstellte.

In diesem Moment hörte ich hinter mir zwei keifende Frauenstimmen, die das Streichquartett zu übertönen drohten. Oh nein!

»Ich verstehe, dass du nur das Beste für deine Tochter willst«, sagte ich so ruhig wie möglich. »Aber stell dir mal folgendes Szenario vor: Sophies Exmann Felix kommt zu Besuch, doch anstatt nach zwei Wochen abzureisen, nistet er sich hier ein. Er flirtet mit *deiner* Freundin und befingert Sophie bei jeder Gelegenheit. Und sie nimmt das alles hin, ohne klar Position zu beziehen. Wie würdest du dich dabei fühlen?«

Jetzt hatte ich ihn! Ich konnte es deutlich an dem Widerwillen erkennen, der sich in Oles Zügen abzeichnete. Er räusperte sich. »Ich schätze, das fände ich nicht so gut«, räumte er ein.

Ich zog ihn erneut am Arm, und dieses Mal folgte er mir, wenn auch widerstrebend. »Du musst mit Giulia jetzt Klartext reden«, verlangte ich, während wir uns dem Tumult näherten, »und darauf hoffen, dass ihre neu entdeckten Muttergefühle nicht nur gespielt sind! Denn wenn du nichts tust, verletzt du Sophies Gefühle.«

Wir erreichten die Menschentraube, die sich um Sophie

und Giulia gebildet hatte. »Außerdem solltest du nicht vergessen, dass ich dich mit deinem ominösen Geheimnis in der Hand habe.«

»Du erpresst mich?«, fragte Ole fassungslos.

»Nein, ich trete dir lediglich in den Arsch«, stellte ich richtig. »Sicherheitshalber.«

Ein Kabeljau-Häppchen flog an meinem Ohr vorbei, während Ole und ich uns vordrängelten. Himmel, passierte das wirklich ausgerechnet auf unserer Eröffnungsfeier? Nun ja, immerhin konnte am Ende niemand behaupten, dass die Party langweilig gewesen war. Inzwischen hatte selbst das Streichquartett aufgehört zu spielen.

»Meine Damen«, hörte ich Markus' besänftigende Stimme. »Bitte beruhigt euch! Und Giulia, ich wäre dir wirklich sehr verbunden, wenn du die Horsd'œuvres essen würdest, anstatt Sophie damit zu bewerfen.«

»Aber sie hat mir meinen Mann geklaut«, keifte Giulia.

Mit einem Mal sah sie gar nicht mehr so wunderschön aus. Ihre Miene war verzerrt, und es hätte mich nicht gewundert, wenn ihre Augen jeden Moment vor Hass rot aufgeleuchtet hätten. »Ole gehört mir. Ich bin seine große Liebe, und er wird schon bald zu mir zurückkommen!«

Ich hätte mich spätestens jetzt kreischend auf Giulia geworfen, doch Sophie stand hoch aufgerichtet vor ihr und starrte sie nur kalt an. Diese eiserne Selbstbeherrschung hatte sie natürlich allein mir zu verdanken. Schließlich hatte ich als Kind meine große Schwester einem jahrelangen Intensivtraining in Sachen Nerventerror und gemeinen Quälereien unterzogen. Bedankt hat sie sich dafür selbstverständlich nie.

»Meinst du nicht, Ole hätte das schon längst getan, wenn er noch etwas für dich empfinden würde, Giulia?«, entgegnete sie kühl. An dem leichten Zittern ihres Kinns und den weit aufgerissenen Augen erkannte ich, dass sie nicht so gelassen war, wie sie vorgab. »Für mich sieht es eher so aus, als ob du dich ihm schon seit Wochen vergeblich an den Hals wirfst.«

Giulias Gesichtsfarbe nahm einen recht ungesunden Ton an. »Du hast keine Chance gegen mich, du hässlicher Bauerntrampel!«, spie sie hasserfüllt aus. »Schon allein Emma zuliebe wird Ole zu mir zurückkehren, und dann sind wir wieder eine Familie. Es wäre besser für dich, wenn du einfach verschwindest!« Sie schnappte sich von einem Teller der Umherstehenden ein weiteres Häppchen, doch ehe sie Sophie damit bewerfen konnte, griff eine starke Männerhand nach ihrem Handgelenk.

»Ole«, stieß Giulia perplex aus.

Sie versuchte, ein unschuldiges und gleichzeitig gekränktes Lächeln aufzusetzen, was ihr jedoch nicht besonders gut gelang. »Du wirst nicht glauben, wie deine Freundin mich gerade beleidigt hat. Sie hat …«

»So redest du nie wieder mit Sophie, verstanden?«, fiel Ole ihr mit eiskalter Stimme ins Wort. In seinen Augen funkelten Wut und Verachtung. »Es ist höchste Zeit, dass wir beide ein ernstes Gespräch miteinander führen, Giulia. Allerdings ohne Publikum. Wir reden draußen!«

Sie klappte den Mund zu und nickte schweigend. Wahrscheinlich überlegte sie schon fieberhaft, welche Lügen sie Ole auftischen konnte, um aus dieser Geschichte heil herauszukommen. Ich räumte ihr allerdings nur geringe Chancen ein. Dieses Mal war sie eindeutig zu weit gegangen.

»Ich bin gleich zurück, mein Schatz!« Ole schenkte Sophie ein liebevolles Lächeln, ehe er sich Markus zuwandte. »Kümmerst du dich bitte um sie?«

»Natürlich.« Markus nickte seinem Freund zu und legte einen Arm um Sophies Schulter.

Hey, was war denn mit mir? Ich konnte mich doch um Sophie kümmern. Immerhin war ich ihre Schwester. Wenn ich nicht gewesen wäre, hätte Ole sich gar nicht erst eingemischt. Na ja, andererseits war ich nicht besonders gut darin, Menschen zu beruhigen. Markus dagegen schon, wie ich aus eigener Erfahrung wusste.

Giulia warf ihre Haare zurück, straffte die Schultern und verließ hocherhobenen Hauptes vor Ole das Schloss. Von irgendwo hörte ich Trudi lauthals rufen: »Mach sie fertig, Ole!«

»Musst du denn immer deinen Senf dazugeben?«, zischte eine andere Stimme, die ich Shanti-Gertrud zuordnete.

»Was denn?«, gab Trudi ungerührt zurück.

In diesem Augenblick setzte zum Glück das Streichquartett wieder ein, und die lieblichen Melodien von Mozart erfüllten den Raum. Die Gäste nahmen ihre Unterhaltungen wieder auf, und der Spuk war offiziell vorüber.

Nun war es allerdings um Sophies Selbstbeherrschung geschehen. Sie begann zu zittern, und Tränen stiegen ihr in die Augen. »Entschuldigt bitte«, schniefte sie. Wie ein Häufchen Elend sah sie von Markus zu mir. »Ich wollte euch eure Eröffnungsfeier nicht verderben. Das tut mir alles so schrecklich leid.«

»Machst du Witze?«, fragte Markus ungläubig. »Von dieser Eröffnungsfeier wird morgen ganz Rügen sprechen. Und wie du vielleicht weißt, ist jede Art von Werbung gut.«

»Genau«, stimmte ich ihm zu. »Es gibt nichts Schlimmeres als eine langweilige Party.«

Markus drückte Sophie mit einem aufmunternden Lächeln

an sich. »Du siehst aus, als könntest du einen Schluck vertragen. Ich habe oben einen Whisky, der wärmt dich von innen und bringt deinen Kreislauf wieder in Schwung.«

»Das klingt gut.« Sophie wischte sich mit der Hand eine Träne aus dem Augenwinkel. »Ich glaube, ich war noch nie in meinem Leben so sauer auf jemanden. Ich hatte das Gefühl, ich platze gleich.«

»Geht ruhig! Ich habe hier unten alles im Griff«, versicherte ich den beiden. »Und Markus' Whisky ist wirklich lecker. Sehr süffig.«

Ich blickte zu Markus, und wir grinsten uns beide an.

»Hast du das gehört?«, fragte Sophie ihn im Weggehen. »Giulia hat mich einen hässlichen Bauerntrampel genannt.«

»Nur weil sie eifersüchtig war«, entgegnete er im Brustton der Überzeugung. »Dein Kleid steht dir nämlich ganz hervorragend, Sophie.«

»Oh, vielen Dank!«, hauchte sie erfreut. »Schön, dass es dir gefällt.«

Ich sah den beiden hinterher, bis sie am oberen Treppenabsatz verschwunden waren.

»Einen Cent für deine Gedanken, Jule!«, sagte Ariane mit einem Mal neben mir.

»Ich dachte nur, dass ... dass ...« Ich verstummte.

Ich hatte nur gerade gedacht, dass dieser Mann einfach großartig war.

26. Kapitel

Es war kurz nach Mitternacht, und gerade waren die letzten Gäste gegangen. Trotz des Zwischenfalls mit Giulia hatten mir alle versichert, dass es ein wundervoller Abend gewesen war. Sophie und Ole waren schon vor einigen Stunden glücklich und eng umschlungen nach Hause entschwunden, nachdem Giulia sich beleidigt aus dem Staub gemacht hatte.

Ich legte die Hand vor den Mund und gähnte herzhaft. Es war ein langer, aufregender Tag gewesen. Leider war er für mich noch nicht zu Ende. Da morgen Mittag die ersten Gäste anreisen würden, wollte ich noch ein wenig aufräumen. Überall standen leere Sekt- und Weinflaschen herum, und gebrauchte Servietten lagen verstreut auf den Tischen. Um mich wachzuhalten, hatte ich die Musikanlage aufgedreht und meine Pumps ausgezogen. Ich schnappte mir eine Tüte, und zu den Klängen von Joe Cockers *Feelin' Alright* sammelte ich den Müll ein.

»Feeling alright, ho-ho … ho-ho … Feeling alright, ho-ho …«, sang ich leise mit.

»Du willst jetzt noch aufräumen?«, sagte Markus direkt hinter mir.

Ich stieß vor Schreck einen Schrei aus. »Musst du dich so an mich ranschleichen?«

Markus hatte seine Mutter gerade nach oben in ihre *Gemächer* begleitet. Adelheid von Kronlitz hatte den gesamten

Abend in ihrem Rollstuhl neben der herrschaftlichen Treppe Position bezogen und dort wie eine Königin Hof gehalten. Ihr schien die Party ebenfalls gefallen zu haben.

»Ich habe mich überhaupt nicht angeschlichen«, verteidigte sich Markus. »Du hast nur die Anlage so laut aufgedreht. Aber wenn du möchtest, kann ich dich beim nächsten Mal gerne von der anderen Seite des Raums mit Horsd'œuvres bewerfen, damit du vorgewarnt bist.«

»Ha, ha.« Ich stopfte ein paar Servietten in den Müllsack. »Ich würde jetzt auch lieber ins Bett gehen, aber bis morgen muss es hier wieder picobello aussehen.«

»Haben wir dafür nicht die Putzfrauen eingestellt?«, fragte Markus und begann nun seinerseits das Leergut einzusammeln. »Aufräumen und sauber machen ist doch ihr Job.«

»Wer weiß, wie zuverlässig sie sind«, murmelte ich seufzend.

Wie von Markus gewünscht, stammten die Frauen aus dem Nachbarort und waren echte Rüganer. Die beiden hatten noch nie professionell geputzt, und ich war mir nicht sicher, wie ernst sie diesen Job nahmen.

Markus schnalzte tadelnd mit der Zunge. »Willst du hier etwa eine Solonummer abziehen? Nach dem Motto: Ich vertraue niemandem und erledige alles allein?«

»Ich mache mir eben Sorgen und gehe lieber auf Nummer sicher.«

Er trat zu mir und hielt meinen Blick fest. »Ich möchte meine Partnerin nicht schon nach drei Monaten in Kur schicken müssen, weil sie völlig überarbeitet ist.«

»Das will ich doch auch nicht.« Ich ließ die Tüte sinken. »Aber selbst wenn ich mich jetzt hinlege, könnte ich nicht schlafen. Weil ich nämlich die ganze Zeit an dieses Chaos hier denken müsste. Mein Verstand kann da sehr stur sein.«

»Ja, das weiß ich«, sagte er mit einem Lächeln. »Ich durfte auch schon Bekanntschaft mit deinem Dickschädel machen.«

Markus fuhr sich mit der Hand nachdenklich über die Wange. Plötzlich hellte sich seine Miene auf. »Ich muss dich einfach ablenken, damit dein Verstand das Chaos hier vergisst! Und wenn du danach entspannt bist, kannst du bestimmt auch einschlafen.«

Ich schluckte schwer. Meinte er damit etwa das, was ich gerade dachte? Ich konnte natürlich nicht leugnen, dass das eine durchaus hilfreiche Ablenkungsmaßnahme wäre … Wobei man sich natürlich erst mal ein wenig *verspannte*, bevor eine herrliche Gelöstheit den Körper überkam. Sozusagen eine gemeinschaftliche Partnerübung in progressiver Muskelanspannung frei nach Jacobsen.

Ohne ein weiteres Wort wandte Markus sich von mir ab und ließ mich stehen. Tja. Offenbar dachte er an etwas anderes als ich.

Er verschwand hinter dem Empfangstresen und tippte auf dem Computer herum. Wenige Sekunden später erfüllten die ersten Takte von *That Old Black Magic* den Raum.

Mir wurde abwechselnd heiß und kalt. Er hatte sich meinen Lieblingssong gemerkt? Markus kam zielstrebig auf mich zu und verbeugte sich vor mir. »Darf ich um diesen Tanz bitten, meine Dame?«

Ich nickte ihm lächelnd zu, während mein Herz viel zu schnell pochte. »Es wäre mir eine Freude, mein Herr.«

Er zog mich an sich und musterte mich von oben herab. »Sag mal, bist du geschrumpft?«

So viel zum Thema Romantik.

»Ich bin barfuß«, knurrte ich. »Zum Aufräumen habe ich meine Schuhe ausgezogen.«

Er grinste »So klein bist du richtig süß!«

Gerne hätte ich ihn für diesen Kommentar ans Schienbein getreten, doch schon begann er, mich im Foyer herumzuwirbeln. Selbstverständlich war er ein großartiger Tänzer. Hatte ich denn etwas anderes erwartet? Ich lag wie schwerelos in seinen Armen, während Frank Sinatras Stimme den Raum erfüllte:

»... The same old witchcraft when your eyes meet mine.

The same old tingle that I feel inside

When that elevator starts its ride ...«

Ach ja, das Kribbeln im Fahrstuhl. Das passte zu Markus und mir ja wie die Faust aufs Auge. Das Leben hatte manchmal wirklich Sinn für Humor. Mein Herz schlug so aufgeregt in meiner Brust, dass es mich aus dem Takt zu bringen drohte.

»Ich kann nicht glauben, dass du dir mein Lieblingslied gemerkt hast«, sagte ich mit belegter Stimme. Mein Blick war geradeaus auf sein graues, perfekt sitzendes Hemd gerichtet.

Schwungvoll drehte Markus sich mit mir herum, und plötzlich lag ich nach hinten gelehnt in seinen Armen. Unsere Gesichter waren nur noch Zentimeter voneinander entfernt.

»Es ist seltsam, aber ich kann mich immer an alles erinnern, was du mir erzählst.«

Da waren sie wieder – die Schmetterlinge in meinem Bauch! Das aufgeregte Flattern erinnerte mich jedoch daran, dass ich meine Gefühle für Markus unbedingt im Zaum halten musste. Ich schluckte schwer und versuchte, mich auf Frank Sinatra zu konzentrieren. Der sang jedoch gerade über brennendes Verlangen, das nur durch Küsse gestillt werden konnte.

Okay, das war leider überhaupt nicht dazu geeignet, mich

auf andere Gedanken zu bringen. Ich hätte Markus sagen sollen, dass *Enter Sandman* von Metallica mein Lieblingslied war. Dann würden wir jetzt headbangend durchs Foyer schwofen.

Trotzdem genoss ich jede Sekunde unseres Tanzes, bis die letzten Takte des Songs verklangen.

Wir waren direkt vor dem Treppenaufgang zum Stehen gekommen. Doch wir lösten uns nicht voneinander.

»Es ist schon spät«, meinte Markus schließlich mit rauer Stimme. »Und morgen früh wird der Kronleuchter geliefert.«

Ich musste mich verhört haben. »Der … was?«

Markus deutete lächelnd nach oben. »Du meintest doch, dass hier über uns ein Kronleuchter hängen müsste. Deshalb habe ich mich ein wenig umgehört.«

»Wirklich? Wir bekommen einen Kronleuchter?«

Oh Gott, weshalb hatte ich denn plötzlich Tränen in den Augen? Ich wollte jetzt nicht weinen! Doch ich war so unglaublich gerührt. Markus hatte sich extra mir zuliebe diese Mühe gemacht?

»Aber unser Budget …«

»Keine Sorge!«, unterbrach er mich. »Für einen Kronleuchter war er relativ günstig. Ein alter Freund meines Vaters besitzt ein Landgut in der Nähe von Stralsund, und er hatte so ein Monstrum im Keller. Offenbar verbrauchen diese Dinger einen Haufen Strom, und das Abstauben ist auch nicht gerade einfach.«

Ich fiel ihm strahlend um den Hals. »Du bist wunderbar, Markus!«

»Und ich dachte schon, du bemerkst es nie.« Er legte mir eine Hand in den Rücken und drückte mich noch etwas enger an sich.

»Ich wusste das bereits«, gab ich zu. »Ich wollte nur nichts sagen, damit dein Ego nicht zu groß wird.«

Mein Mund bewegte sich zwar, aber eigentlich achtete mein Gehirn gar nicht mehr darauf, was ich von mir gab. Ich war viel zu sehr auf unsere Umarmung konzentriert. Auf Markus' muskulösen Körper, seinen Duft, seine Hände und seine Lippen, die sich meinen näherten.

»Zu spät«, murmelte er.

Zu spät? Von was hatten wir gerade gesprochen? Ach, egal! Ich reckte mich ihm entgegen, und endlich, endlich küssten wir uns wieder. Zuerst zärtlich und behutsam, doch als ich meine Hände um seinen Nacken schlang, wurden unsere Küsse verlangender. Atemloser. Hungriger. Markus presste mich so fest an sich, als würde er mich nie mehr loslassen wollen. Das war wohl auch der Moment, in dem sich der letzte Rest Vernunft von mir verabschiedete. Nichts auf der Welt hätte mich jetzt noch dazu bringen können aufzuhören. Ich wollte Markus spüren und seine Haut berühren! Er packte mich an den Hüften, hob mich hoch und stellte mich auf dem zweiten Treppenabsatz ab.

»Viel besser!«, murmelte er zufrieden, während er nun mit dem Mund die zarte Haut in meinem Nacken erkundete.

»Jetzt bin ich größer als du«, sagte ich schmunzelnd.

»Ich hoffe, es stört dich nicht, wenn der Mann kleiner ist als die Frau?«, fragte er, ohne seine Liebkosungen zu unterbrechen. Ich hörte seiner Stimme an, dass er beim Sprechen lächelte. Sein zärtliches Knabbern gefolgt von seinen leichten Küssen trieb mich schier in den Wahnsinn.

Mir entwich ein leises Stöhnen. »Nein, ich bin da durchaus tolerant.«

Ich fuhr mit den Fingern durch sein dichtes Haar, während

seine Hand meinen Bauch hinauf zu meinen Brüsten wanderte. Innerlich verfluchte ich mein Kleid. Heute Abend hatte ich mich für ein schwarz-weißes Etuikleid entschieden, das sehr stilvoll war und bis knapp über die Knie ging. Perfekt für eine Eröffnungsfeier, aber zum Herumfummeln denkbar schlecht geeignet. Entweder man war komplett angezogen oder auf einen Schlag splitterfasernackt. Obwohl Markus mir schon so nah war, schien mich die Sehnsucht nach ihm innerlich zu verbrennen.

Als sich unsere Lippen erneut fanden, waren seine Küsse noch leidenschaftlicher als zuvor. Fast schon besitzergreifend fuhr seine Zunge zwischen meine Lippen. Lust schoss durch jede Faser meines Körpers.

Völlig unvermittelt löste sich Markus von mir. Seine Hände, die mich eben noch verlangend gestreichelt hatten, schoben mich nun weg.

Mir schwindelte, weil ich das Gefühl hatte, dass mir der Boden unter den Füßen weggerissen wurde. Wenn er jetzt wieder mit dieser supervernünftigen Kein-Sex-Regel anfing, würde ich … würde ich …

Doch stattdessen hielt Markus mir in einer fragenden Geste seine Hand hin. »Möchtest du mit mir nach oben kommen?« Sein Blick war unerwartet ernst. Er wirkte in dieser Situation überhaupt nicht so sorglos und unbekümmert, wie es sein Ruf als Frauenheld nahelegte.

Ich biss mir auf meine geschwollenen Lippen. Sahen wir der Wahrheit ins Gesicht: Ich war noch nie gut darin gewesen, Regeln einzuhalten.

Während ich ihm in die Augen blickte, legte ich meine Hand in die von Markus. »Ja, das möchte ich.«

27. Kapitel

Die Morgendämmerung brach langsam an. Es war so still im Schloss, dass ich durch die geschlossenen Fenster hindurch das erste Zwitschern der Vögel hören konnte. Ich lehnte mich mit der Stirn an das Fensterglas, in der Hoffnung, die Kühle würde etwas Klarheit in das Chaos meiner Gedanken bringen. Ich war so dumm! So unglaublich dumm. Gerade erst hatte ich beschlossen, dass es wegen meiner Gefühle für Markus nie mehr zu einem Kuss kommen durfte. Und jetzt das …

Im Bett hinter mir wälzte sich Markus unruhig herum. Ich hielt den Atem an und versteifte mich. Hoffentlich wachte er nicht auf! Das Gespräch, das nach unserer gemeinsamen Nacht unweigerlich folgen würde, bereitete mir jetzt schon Übelkeit.

Vor einer halben Stunde war ich in seinen Armen aufgewacht. Berauscht, erfüllt und mit einem glückseligen Lächeln auf den Lippen. Unsere Beine waren ineinander verschlungen gewesen, und ich hatte seinen warmen, gleichmäßigen Atem in meinem Nacken gespürt. Für einen kurzen, flüchtigen Augenblick hatte ich mein Glück in vollen Zügen genossen. Doch dann hatte mich die Realität eiskalt erwischt. Ein einziger Gedanke, drei kleine Worte, hatten sämtliche Glücksgefühle auf einen Schlag verfliegen lassen.

Deshalb starrte ich nun kurz vor der Morgendämmerung mit brütendem Blick aus dem Fenster.

Unsere Liebesnacht war in jeder Hinsicht einzigartig gewesen. All die Energie, die sich normalerweise in unseren Streitereien entlud, hatte plötzlich ein anderes Ventil gefunden. Beim ersten Mal hatten wir uns Zeit gelassen und jede zärtliche Berührung genossen. Aber beim zweiten Mal ... Ach, du liebe Güte! Allein beim Gedanken daran begannen meine Wangen zu glühen. Ich hatte eindeutig die Kontrolle über mich verloren. Immerhin konnte ich mich damit trösten, dass es Markus ganz offensichtlich ebenso ergangen war. Noch nie hatte ich mich in der ersten Nacht mit einem Mann derart gehen lassen. Ich war in seinen Armen einfach dahingeschmolzen und hatte seine Berührungen in vollen Zügen genossen. Und dennoch ... Obwohl ich diese Erfahrung um nichts in der Welt missen mochte, war die Nacht ein Fehler gewesen. Ich hatte Markus viel zu nahe an mich herangelassen. Diese Sache ging mir so tief unter die Haut, dass es mir fast schon Angst einjagte. Denn ich liebte Markus. Genau diese drei bedeutungsvollen Worte waren mir kurz nach dem Erwachen in den Sinn gekommen: *Ich liebe dich.*

Ich stieß den Atem aus, und die Fensterscheibe, an die ich immer noch meine Stirn presste, beschlug. Die Welt vor meinen Augen verschwamm und wurde von weißem Nebel verdeckt. Zwar hatte ich schon vorher gewusst, dass ich verknallt war, vielleicht sogar verliebt. Aber Liebe? Das war noch mal eine ganz andere Nummer. Liebe ging viel tiefer. Sie betraf nicht nur das Herz, sondern auch die Seele. Wie hatte ich nur zulassen können, dass es so weit kam? Denn für mich gab es keinen Platz in Markus von Kronlitz' Leben. Sobald er aufwachte, würde er mich wahrscheinlich mit peinlich berührtem Blick ansehen. Er würde sagen, dass wir das Ganze als einen einmaligen Ausrutscher verbuchen sollten. Dann würde er bestimmt vorschlagen, dass wir uns ab sofort noch strenger an die No-Sex-Regel halten und einfach so tun sollten, als sei nichts zwischen uns geschehen. Und schon konnte ich mich in die lange Schlange seiner Ex-Geliebten einreihen.

Nein, ich würde es nicht ertragen, diese Worte von ihm zu hören! Für mich war unsere gemeinsame Nacht wie ein wunderbarer Traum gewesen. Von Markus zu hören, dass sie für ihn ohne jede Bedeutung war, würde mir das Herz zerreißen. Um das zu verhindern, blieb mir nur noch eine Wahl: Ich musste das Spiel nach seinen Regeln spielen ...

Ich trat vom Fenster zurück und lief ins Nebenzimmer mit dem Kamin. Es dauerte eine Weile bis ich im Halbdunkeln ein Blatt Papier und einen Kugelschreiber gefunden hatte. Dann stellte ich mich ans Fenster und schrieb im fahlen Licht der Morgendämmerung:

Verdammt, jetzt hat mich der »Stalker vom Schloss« doch noch rumgekriegt. ☺ Danke für die nette Nacht! Ich versuche, zur Lieferung des Kronleuchters rechtzeitig da zu sein. Gruß, Jule

Ich hoffte, dass der Subtext auch für einen Mann verständlich war: »Lass uns einfach zur Tagesordnung übergehen und nicht mehr über diese Sache reden.«

Denn das war doch genau das, was Markus wollte, oder?

Auf Zehenspitzen schlich ich ins Schlafzimmer zurück und legte die Nachricht neben Markus aufs Bett. Ich betrachtete seine entspannten Gesichtszüge und die geschlossenen Augen mit den langen Wimpern. Mein Herz zog sich schmerzhaft zusammen. Ich musste den Wunsch, den Zettel einfach zu zerknüllen und mich wieder zu ihm ins Bett zu kuscheln, gewaltsam niederkämpfen. Markus war der falsche Mann für mich! Er konnte nichts dafür, dass ich dumm genug gewesen war, mich trotz seiner Warnung in ihn zu verlieben.

Hastig wandte ich mich ab und sammelte meine Kleider ein. Ob Markus sein graues Hemd, das ich mir beim Aufstehen einfach übergestreift hatte, vermissen würde? Ich hob den Kragen an und sog Markus' Duft ein, der am Stoff haftete. Wahrscheinlich war es kindisch, aber ich wollte dieses Hemd unbedingt behalten.

Barfuß tapste ich aus dem Zimmer. Ich schluckte. Aber als ich den Flur entlanglief, konnte ich die Tränen, die in meinen Augen brannten, nicht mehr zurückhalten.

28. Kapitel

Zu Hause bei Sophie und Ole fiel ich in einen unruhigen Schlaf. Als ich wieder aufwachte, stellte ich geschockt fest, dass es schon fast ein Uhr war. Jeden Moment konnten die ersten Gäste im Schlosshotel eintreffen!

Wie der Blitz rannte ich unter die Dusche. Während mir das warme Wasser über den Kopf rieselte, wanderten meine Gedanken wieder zu Markus. Hatte ich mit meinem Zettel wirklich das Richtige getan? Auf der Schlosstreppe hatte ich immerhin für einen kurzen Moment den Eindruck gehabt, dass Markus mich nicht leichtfertig gefragt hatte, ob ich mit ihm nach oben gehen wollte.

Quatsch! Verärgert über meine gefühlsduseligen Hoffnungen drückte ich resolut auf die Shampooflasche, nur um festzustellen, dass das Stutenmilchshampoo von Ariane leer war. Fluchend pfefferte ich die Flasche aus der Duschkabine. Muffin, der vor dem Waschbecken lag und geduldig auf mich wartete, sah sich erschrocken um.

»Tut mir leid, mein Großer«, murmelte ich.

Wenn ich den Gerüchten im Dorf Glauben schenkte, war Markus ein berüchtigter Frauenheld, auch wenn er selbst behauptete, dass der Klatsch völlig übertrieben war. Gestern Abend auf der Treppe hatte er wahrscheinlich nur die Gelegenheit ergriffen, mal wieder Sex zu haben. Warum auch nicht, schließlich war er ein ungebundener Mann! Es wäre absolut wirklichkeitsfremd, mir jetzt etwas anderes einzureden. Ich hätte es vergangene Nacht ganz sicher mitbekommen, wenn Markus mir im Bett eine Liebeserklärung ins Ohr geflüstert hätte. Doch das hatte er nicht getan. Nicht einmal eine Andeutung, dass es mehr als eine unbedeutende Affäre sein könnte, war ihm über die Lippen gekommen. Für ihn war es nur ein One-Night-Stand gewesen, nicht mehr und nicht weniger. Nein, was ich getan hatte, war absolut richtig! Meine Nachricht hatte Markus bestimmt deutlich gemacht, dass ich das Ganze locker nahm und er sich gar nicht erst die Mühe machen brauchte, mich abzuservieren. Wahrscheinlich würde er mich heute auf dem Schloss mit einem unbeschwerten Lächeln empfangen, mir kurz verschwörerisch zuzwinkern, und dann würde alles ganz normal weitergehen. Damit konnte ich leben. Und mein verräterisches Herz würde ich irgendwie dazu bekommen, sich ruhig zu verhalten und Markus zu vergessen!

*

Eine halbe Stunde später stand ich auf der Schlosseinfahrt und hätte vor Frust am liebsten geschrien. Schon jetzt war dieser Tag eine einzige Katastrophe: Ich hatte verschlafen, meine Bluse war ungebügelt, und meine Locken standen strohig in alle Richtungen ab, weil ich gezwungen gewesen war, sie mit Duschgel zu waschen. Nachdem ich mich fertig gemacht hatte, war leider keine Zeit mehr gewesen, mit Muffin an den Hundestrand zu gehen. Die Quittung dafür bekam ich prompt, als wir am Schloss ankamen. Kaum hatte ich Muffin die Autotür geöffnet, war er herausgeflitzt, um sich unverzüglich um seine Darmentleerung zu kümmern. Nun lag ein riesiger Hundehaufen direkt auf der Einfahrt. Hätte mein Ex doch nur einen Chihuahua gekauft!

Zum Glück fand ich in meinem Wagen noch einen einzelnen Hundekotbeutel. Bei erneuter Inaugenscheinnahme des Haufens musste ich jedoch feststellen, dass eine 20-Liter-Mülltüte angebrachter wäre. Was hatte meine Hundesitterin Emma Muffin gestern Abend nur zu essen gegeben? Oder hatte mein Hund vielleicht unbemerkt Sophies Kater gefressen?

Ich hastete ins Foyer, um nach einer größeren Tüte zu suchen, blieb jedoch wie angewurzelt am Eingang stehen. »Wow!«

Direkt über der Treppe hing ein Kronleuchter und tauchte das Foyer in goldenes Licht. »Wow«, entfuhr es mir erneut, »ist der schön!«

Der Raum wirkte völlig verändert. Der Kronleuchter verlieh ihm eine elegante, altehrwürdige Note. Sofort hatte ich rauschende Ballabende mit Herren in Smokings und Damen in ausladenden Abendkleidern vor Augen. Ich hätte Markus vor Dankbarkeit küssen können! Nun ja, genau genommen hatte ich das letzte Nacht schon getan …

Kevin, den ich in Ermangelung anderer Bewerber als Rezeptionist eingestellt hatte, schlenderte zu mir. Er war neunzehn, seit seinem Schulabschluss arbeitslos und wohnte bei seinen Eltern im Dorf. Ich hatte schnell gemerkt, dass er ein aufgeschlossener und ziemlich cleverer junger Mann war. Nur zeigte er am Hotelgewebe bisher ebenso viel Interesse wie Muffin an Agility-Parcours.

»Nettes Teil, oder?« Er hatte die Hände in den Hosentaschen und kaute mit geöffnetem Mund Kaugummi. »Hat fast drei Stunden gedauert, bis wir das Ding da oben hatten. Echt krass harte Arbeit!«

»Kann ich mir vorstellen.«

Nach einem kritischen Blick durchs Foyer stellte ich fest,

dass die Putzfrauen ganze Arbeit geleistet hatten. Alles war picobello sauber. Leider sah der Raum ohne die Stehtische nun wieder erschreckend leer aus.

Ich wandte mich an Kevin. »Bevor gleich die ersten Gäste ankommen ...«

»Die sind schon da«, unterbrach er mich. Er machte eine Kaugummiblase, die mit einem lauten Knall zerplatzte. »Sind oben auf ihren Zimmern. Hat alles super gefunzt.«

Das wagte ich zu bezweifeln. Verdammt, warum war ich nicht pünktlich hier gewesen!

»Auf die Gefahr hin, mich zu wiederholen«, sagte ich mit strenger Miene zu Kevin. »Während der Arbeitszeit kaust du nicht Kaugummi, steckst die Hände nicht in die Hosentaschen und sprichst wie ein normaler Mensch!«

»Ist gut, Chefin!«

Ich bemerkte, dass er die Weste seiner Uniform falsch zugeknöpft hatte, biss mir jedoch gerade noch rechtzeitig auf die Zunge. Immerhin trug ich heute eine zerknitterte Bluse, was auch nicht gerade adrett aussah. Wir beide gaben wirklich ein großartiges Bild ab!

»Hast du das Gepäck der Gäste aufs Zimmer gebracht, so wie wir es abgesprochen haben?«

»Ne, war nicht nötig«, meinte Kevin schulterzuckend. »Da waren Ehemänner dabei. Die können das Gepäck ihrer Frauen ja wohl selbst aufs Zimmer bringen.«

»Wie bitte?«, schnappte ich.

Okay, schön ruhig bleiben! Am besten, ich zählte erst mal bis zehn: Eins, zwei, drei ... Nein, das half nicht.

Ich setzte gerade dazu an, Kevin die Leviten zu lesen, als Markus die Treppe herunterkam. Er trug einen dunkelblauen Anzug und ein weißes Hemd ohne Krawatte. Es war ihm nicht anzusehen, dass er vergangene Nacht nur wenig Schlaf abbekommen hatte.

Als er mich erblickte, verlangsamten sich seine Schritte. Seine Miene war wie versteinert.

»Guten Morgen, Jule. Oder besser gesagt: Guten Nachmittag.«

Offenbar hatte ich mich getäuscht. Markus empfing mich weder mit einem unbeschwerten Lächeln, noch machte er Anstalten, mir verschwörerisch zuzuzwinkern.

Ich schluckte schwer. »Entschuldige, dass ich so spät dran bin«, murmelte ich. »Das wird nicht wieder vorkommen. Ich war von gestern nur noch so geschafft.«

»Wenn ich auf einer Party breit war, komme ich am nächsten Tag auch total schwer aus der Kiste«, meinte Kevin solidarisch. »Da muss ich erst mal in Ruhe abkeimen.«

Er fing meinen fragenden Blick auf und fügte erklärend hinzu: »Ausruhen. Ich muss mich ausruhen.«

Markus zog eine Augenbraue in die Höhe. »Das ist gut zu wissen, Kevin. Wenn du mal nicht zur Arbeit kommst, wissen wir dann ja, was Sache ist.«

Kevin ließ sich von Sarkasmus offenbar nicht beeindrucken. Stattdessen grinste er breit. »Genau.«

Markus zog seinen Autoschlüssel aus der Hosentasche. »Ich fahre jetzt nach Stralsund in den Verlag«, informierte er uns. »Ihr kommt hier auch ohne mich klar. Bei mir kann es spät werden.«

Überrascht blinzelte ich ihn an. Eigentlich hatten wir ausgemacht, dass er heute auf dem Schloss blieb und wir den Umbau meiner Wohnung planten. Ehe ich etwas sagen konnte, hatte Markus sich auch schon an mir vorbeigeschoben und war an der Tür.

Kevin winkte ihm hinterher, »Yo, hau rein, Chef!«, und erklärte mir unaufgefordert: »Das sagt man zum Abschied. So was wie ›Mach's gut!‹.«

»Aha«, murmelte ich zerstreut.

Vielleicht war es ganz gut, wenn Markus und ich erst einmal auf Abstand gingen? Schließlich war es nicht leicht, nach einer gemeinsamen Liebesnacht wieder zur Tagesordnung überzugehen. Oder?

Kurzentschlossen lief ich Markus hinterher und holte ihn draußen auf der Einfahrt ein. »Bist du sauer auf mich?«

»Nein«, presste er hervor. »Es ist alles in *bester Ordnung*.«

Ohne auf mich zu achten, marschierte er in großen Schritten auf sein Auto zu.

»Habe ich etwas falsch gemacht? Ist es ...« Ich schluckte schwer. »Ist es wegen dem, was ich dir geschrieben habe?«

Er blieb abrupt stehen und wandte sich so ruckartig zu mir um, dass ich erschrocken zurückwich.

»Eine *nette Nacht*, Jule?« An seinem Kiefer zuckte ein Muskel. »Ernsthaft? Du findest, der Sex mit mir war ›nett‹?«

Das war also sein Problem? Weil ›nett‹ im Allgemeinen als Umschreibung von ›ganz okay, aber eher durchschnittlich‹ benutzt wurde? Ich presste wütend meine Zähne zusammen. Dumm wie ich war, hatte ich erwartet, dass er aus einem triftigen Grund sauer auf mich war. Zum Beispiel, weil ich mitten in der Nacht abgehauen war. Oder weil ich mit meiner Nachricht seine Gefühle verletzt hatte, da diese Nacht für ihn mehr als eine unbedeutende Bettgeschichte war. Aber nein, offenbar war einzig und allein sein Ego angekratzt.

»Oh, entschuldige«, höhnte ich. »Beim nächsten Mal werde ich schreiben, dass es der atemberaubendste Sex meines

Lebens war und du der beste Liebhaber bist, den sich eine Frau wünschen kann.«

Was leider sogar der Wahrheit entsprochen hätte. Aber lieber wäre ich splitternackt in ein Brennnesselfeld gesprungen, als Markus das auf die Nase zu binden. »Wärst du dann zufrieden?«

Er schwieg einen quälend langen Moment. Aus seiner unbewegten Miene konnte ich beim besten Willen nicht ablesen, was gerade in ihm vorging.

»Das ist vollkommen gleichgültig«, knurrte er schließlich. »Es wird nämlich kein nächstes Mal geben.«

»Wenigstens in diesem Punkt sind wir uns einig«, gab ich bissig zurück.

Zu meiner eigenen Überraschung meldete sich in diesem Augenblick die Stimme der Vernunft in mir. Dieses Gespräch lief völlig aus dem Ruder! Auf diese Weise würden Markus und ich überhaupt nichts miteinander klären.

Er wollte gerade die Fahrertür öffnen und einsteigen, doch ich hielt ihn zurück.

»Warte, Markus! Lass uns doch vernünftig darüber sprechen«, bat ich ihn. »Wenn unsere Zusammenarbeit funktionieren soll, können wir die ... äh ... Ereignisse der letzten Nacht nicht einfach so stehen lassen.«

Markus verharrte einen Moment. Dann drehte er sich wieder zu mir um und lehnte sich mit verschränkten Armen an den Wagen. »Du hast wahrscheinlich recht.« Er atmete tief durch und machte mit seiner Hand eine einladende Geste. »Ich lasse dir den Vortritt. Du zuerst!«

Ich musste mir Mühe geben, nicht das Gesicht zu verziehen. Na toll, jetzt hatte ich den Schwarzen Peter! Nervös knetete ich meine Finger.

»Ich möchte mich für den Zettel entschuldigen. Als ich heute Nacht neben dir aufgewacht bin, dachte ich nur, dass ich ... beziehungsweise wir ... äh ... also dass du wahrscheinlich nicht ...« Ich stockte.

Himmel, das war sogar noch schwieriger, als ich gedacht hatte! Am besten, ich blieb bei den Fakten.

Ich rieb mir über die Stirn und begann noch mal von vorne. »Wir sind Geschäftspartner, Markus, und dieses Hotel liegt uns beiden am Herzen. Was allerdings unser Privatleben betrifft, wünschen wir uns beide völlig unterschiedliche Dinge. Ich möchte eine feste Beziehung und in nicht allzu ferner Zukunft eine Familie gründen. Schließlich höre ich schon laut und deutlich meine biologische Uhr. *Tick-Tack*.«

Ich grinste, doch an Markus' Blick konnte ich erkennen, dass er meinen Scherz nicht besonders witzig fand. Ich räusperte mich und fuhr fort: »Während du dein Junggesellenleben liebst. Daran hat sich wohl nichts geändert, oder?« Hoffnungsvoller als beabsichtigt fügte ich hinzu: »Oder kannst du dir doch vorstellen, mit einer Frau irgendwann in den Hafen der Ehe einzulaufen?«

Markus wurde schlagartig blass um die Nasenspitze. »Heiraten?«, fragte er und richtete sich auf. »Nein, an meiner Einstellung zur Ehe hat sich nichts geändert. Ich liebe meine Freiheit. Eine Ehe oder Kinder sind absolut kein Thema für mich.« Nervös strich er seinen Anzug glatt. »Hör zu, Jule, lass uns das alles einfach vergessen, okay? Wahrscheinlich habe ich deine Nachricht nur in den falschen Hals bekommen. Tut mir leid, dass ich so gereizt reagiert habe! Das lag vermutlich am Stress mit der Eröffnungsfeier und an dem Schlafmangel. Ich bin froh, dass du unseren Ausrutscher so locker siehst.«

Er hob die Hand und hielt kurz inne, doch dann tätschelte

er mir tatsächlich freundschaftlich den Oberarm. »Wir machen weiter wie vorher und halten uns ab sofort rigoros an die Kein-Sex-Regel. Einverstanden?«

Meine Kehle war wie zugeschnürt, weshalb ich nur wortlos nickte. Jetzt war es doch passiert: Markus hatte mich abserviert. Genau so, wie ich es erwartet hatte.

Schneller als ich gucken konnte, hatte er sich ins Auto gesetzt. Als er über die Auffahrt des Schlosses davonbrauste, flog seitlich der Kies davon. Sein rechter Vorderreifen pflügte dabei mitten durch Muffins Hundehaufen. Offenbar konnte Markus gar nicht schnell genug Abstand zwischen uns bringen.

»Chefin?«, rief Kevin von der Eingangstür und winkte mir aufgeregt zu. »Da ist ein Typ in der Dosenleitung, der nächsten Monat mit einer Hochzeitsgesellschaft das halbe Schloss buchen will.«

Ich schluckte mehrmals hintereinander, um die Tränen zurückzuhalten. »In der Dosenleitung?«, fragte ich mit heiserer Stimme.

»Am Festnetztelefon! Ich hab schon alle wichtigen Daten abgefragt und ins System eingegeben.«

Ich atmete tief ein und straffte meinen Rücken. Wie hatte Freddy Mercury schon so treffend festgestellt: The show must go on. Um den bohrenden Schmerz in meinem Herz musste ich mich später kümmern. »Okay, ich komme.«

29. Kapitel

Ich stürzte mich in die Arbeit, um mich von Markus und meinem Liebeskummer abzulenken. Die Reservierungen nahmen täglich zu, die Gäste wurden zahlreicher, und somit gab es auch immer mehr Dinge, die es zu erledigen galt.

Da die Renovierungsarbeiten für das Hotel abgeschlossen waren, nahmen sich Fred und seine Kollegen nun den Umbau meiner Privatwohnung im Erdgeschoss vor. Nach Feierabend legte ich auch oft selbst Hand an, und so machten wir gute Fortschritte. Es würde nicht mehr lange dauern, dann konnte ich bei Ole und Sophie ausziehen, sodass die beiden wieder etwas mehr Zeit für sich hatten. Da Giulia wutentbrannt abgereist war, herrschte zwischen den beiden mittlerweile wieder ungetrübtes Liebesglück. Außerdem hatte Sophies ältester Sohn Bastian angekündigt, dass er bald ein paar Tage zu Besuch kommen würde, und Sophie freute sich schon jetzt riesig darauf. Hoffentlich war meine Wohnung bis dahin fertig, denn ich ging davon aus, dass mein Neffe nicht besonders scharf darauf war, das Gästezimmer mit seiner Tante und ihrer Riesendogge zu teilen. Die gute Nachricht war, dass sich das Verhältnis zwischen Markus und mir mit der Zeit wieder normalisierte. So unbeschwert und locker wie vorher war es jedoch nicht mehr. Dabei strengte ich mich wirklich an, mir meine verletzten Gefühle nicht anmerken zu lassen. Manchmal sehnte ich mich jedoch so sehr nach ihm, dass ich es kaum ertragen konnte, neben ihm zu stehen und ihn nicht zu berühren. Dann suchte ich stets unter einer fadenscheinigen Ausrede das Weite.

Dass Sex eine Freundschaft kaputt macht, konnte ich hiermit also offiziell bestätigen. Aber hätte ich auf unsere gemeinsame Nacht verzichtet, wenn ich die Chance gehabt hätte, die Uhr zurückzudrehen? Die Antwort lautete ganz klar: Nein. Es hatte sich einfach zu gut angefühlt, in seinen Armen zu liegen, von ihm geküsst zu werden und die Wärme seines Körpers zu spüren. Und in meiner Erinnerung konnte ich diese Momente immer wieder erleben.

Leider hatten es Erinnerungen jedoch an sich, dass sie mit der Zeit verblassten. Genau wie das graue Hemd, das ich von ihm geklaut hatte, immer mehr Markus' Geruch verlor. Vier Wochen nach der Eröffnungsfeier bemerkte ich, dass ich vergessen hatte, wie sich seine Hände auf meiner Haut angefühlt hatten. Und wenn ich abends im Bett die Augen schloss, fiel es mir immer schwerer, mir den sanften Druck seiner Lippen auf meinen ins Gedächtnis zu rufen. Aber ich musste die Situation hinnehmen, wie sie war, und so bekämpfte ich meinen Kummer mit einem allseits beliebten Hilfsmittel: Frustessen. Männer mochten undurchschaubar und kompliziert sein, aber auf Schokolade konnte eine Frau sich immer verlassen.

Deshalb war ich gleich doppelt erfreut, als Ariane eines Nachmittags vor mir an der Rezeption stand und zwei Eisbecher in den Händen hielt. »Überraschung!«, rief sie. »Zeit für eine Arbeitspause, Jule.«

»Dich schickt der Himmel!«, sagte ich grinsend. »Ist das Schokoladeneis?«

»Natürlich!« Sie überreichte mir feierlich einen der Becher. »Drei Kugeln, extra für dich.«

Ich wandte mich an Kevin. »Hältst du bitte die Stellung? Ariane und ich gehen ein paar Minuten chillen. Wir wollen unsere Friedhofstelzen in die Sonne halten.«

Ariane blinzelte mich verständnislos an. »Friedhofstelzen?«

»Unsere blassen Beine«, erklärte ich.

Eigentlich hatte ich vorgehabt, Kevin Nachhilfestunden in besserer Ausdrucksweise zu geben. Die Realität sah leider so aus, dass ich seinen Jungendslang mit jedem Tag besser beherrschte.

Als Ariane und ich mit unserem Eis nach draußen in den Sonnenschein traten, nahm ich mir einen Moment, um tief durchzuatmen. Nachmittagsstille lag über dem Anwesen. Die meisten Hotelgäste waren am Strand oder machten einen Ausflug. Markus arbeitete in Stralsund, und der Gärtner glänzte mal wieder durch Abwesenheit. Butterblumen und Gänseblümchen blühten auf der weitläufigen Rasenfläche, und die Rosenbüsche neben dem Kiesweg standen in voller Blüte. Durch die viele Arbeit im Schloss hatte ich fast vergessen, wie schön es hier draußen war.

»Laufen wir zum Bootsanleger?«, schlug Ariane vor.

»Gerne! Ein bisschen Bewegung tut mir bestimmt gut.«

Eine warme Brise spielte mit dem Saum meines Sommerkleids, während wir den Fußweg entlangschlenderten. Ich löffelte genießerisch mein Schokoladeneis.

»Wie läuft es im Laden?«, fragte ich vorsichtig.

»Es geht.« Ariane wiegte den Kopf hin und her. »Jetzt in der Hochsaison kommen deutlich mehr Leute. Die Touristen sind ganz begeistert von den regionalen Produkten, besonders von meinen selbst gegossenen Seifen. Und während sie am Strand sind, mache ich ein paar Hausbesuche, so wie heute. Das ist ein ganz guter Nebenverdienst.«

»Das sind doch positive Nachrichten!«, stellte ich ehrlich erleichtert fest. »Es geht also aufwärts.«

Ariane verzog das Gesicht und stocherte mit dem Löffel in ihrem Eis herum. »Meine Bank ist leider anderer Meinung. Sie haben gesagt, es wäre nur ein Tropfen auf den heißen Stein.«

Wir erreichten den Holzsteg, zogen unsere Schuhe aus und ließen unsere Füße ins Wasser hängen. Wir schwiegen einen Moment und ich genoss die angenehm kühlen Wellen, die sanft um meine Knöchel schwappten. Eine Windböe strich über das Schilfgras am Ufer und ließ die Blätter leise rascheln.

Ariane warf mir einen prüfenden Blick zu. »Und wie sieht es bei dir an der Liebesfront aus?«

Natürlich hatte ich ihr von meiner Nacht mit Markus erzählt. Ariane war nicht die Spur überrascht gewesen, dass es so weit gekommen war.

»Da gibt es nichts Neues«, antwortete ich schulterzuckend. »Ich muss ihn einfach vergessen! Irgendwann wird mein doofes Herz das auch noch begreifen.«

»Ich verstehe einfach nicht, weshalb du ihm nicht ganz offen sagst, was du für ihn empfindest. Das ist doch bescheuert!«

Ich musste mir Mühe geben, nicht genervt die Augen zu verdrehen. Seit Wochen führten wir jetzt schon diese Diskussion.

»Und warum sollte ich das tun? Um mich vor Markus bis auf die Knochen zu blamieren?« Ich schüttelte entschieden den Kopf, während ich meinen Blick über den Jasmunder Bodden wandern ließ. Etwas entfernt entdeckte ich ein Segelboot und zwei Kanufahrer, die in gemütlichem Tempo in

Richtung Breege paddelten. »Nein, danke. Kaum hatte ich das Wort ›Beziehung‹ in den Mund genommen, ist er so schnell geflüchtet, dass ich nur noch eine Staubwolke von ihm gesehen habe. Es würde überhaupt nichts bringen, wenn ich ihm meine Liebe gestehe.«

Ariane zog einen enttäuschten Flunsch. »Aber ihr gehört zusammen, Jule! Das spüre ich einfach. Wahrscheinlich wäre alles anders gekommen, wenn du ihm nicht diese idiotische Nachricht geschrieben hättest.« Sie hob den Zeigefinger. »Ich denke sogar, dass dein Zettel gegen unseren Ehrlichkeitspakt verstoßen hat.«

»Nein, hat er nicht. Unsere Vereinbarung bezieht sich nämlich nicht auf den Subtext einer Botschaft.«

Sie stöhnte auf und murmelte etwas, das sich verdächtig nach »Korinthenkacker« anhörte.

Ich stellte meinen leeren Eisbecher auf dem Holzsteg ab. »Davon abgesehen bin ich mir sicher, dass Markus keine tieferen Gefühle für mich hat. Er hat schließlich kein einziges Mal von Liebe gesprochen.«

Ariane warf wie ein Fernsehprediger die Hände nach oben. »Herr im Himmel, ihr beiden Sturköpfe raubt mir noch den letzten Nerv!« Im Tonfall einer geduldigen Mutter erklärte sie mir: »Jule, man muss doch nicht immer alles gleich aussprechen. Gefühle kann man auch auf andere Art und Weise vermitteln. Man *spürt* doch, ob man dem anderen gleichgültig ist oder nicht.«

Nachdenklich starrte ich auf meine Füße hinab, die ich im seichten Uferwasser hin und her schwang. Das Sonnenlicht malte ein Netz aus glitzernden Linien auf den sandigen Boden. Für einen kurzen Moment schwebte eine Libelle über dem Wasser, und das schimmernde Blau ihres Körpers harmonierte perfekt mit dem Türkisblau des Boddens. Es hatte sich so richtig angefühlt, wie Markus mich geküsst und berührt hatte. Als würde ich ihm etwas bedeuten. Oder bildete ich mir das nur ein?

»Er selbst hat doch die Kein-Sex-Regel aufgestellt, oder?«, setzte Ariane hinzu. »Ich denke nicht, dass Markus sich so wenig im Griff hat, dass er leichtfertig seine eigene Regel ignoriert. Ich glaube sogar, dass er viel mehr für dich empfindet, als ihm lieb ist. Sag ihm endlich die Wahrheit! Vielleicht kann er dann auch über seinen eigenen Schatten springen.«

Ich zog einen unglücklichen Flunsch. »Du hast leicht reden, Ariane«, entgegnete ich. »Du musstest dich schließlich noch nie an unseren Ehrlichkeitspakt halten. Wenn du dich mit einem Mann treffen würdest, wüsstest du, wie viel Mut das kostet.«

Da Ariane schwieg und plötzlich eingehend das Schilfgras am Ufer betrachtete, runzelte ich misstrauisch die Stirn. »Oh mein Gott, du hast jemanden kennengelernt, oder?«

»Nein, hab ich nicht«, wehrte sie sofort ab. »Ich ... ich habe mich nur mit Oliver getroffen.«

»Mit Oliver, deinem Exfreund? Dem Langweiliger und Sex-Muffel?«

»So schlimm ist er auch wieder nicht«, verteidigte sie ihn. »Oliver hat auch seine guten Seiten.«

Damit hatte sie sich verraten. Genauso hatte ich auch Lars verteidigt. »Oh nein, Ariane. Bitte sag mir, dass du nicht wieder schwach geworden bist!«

Ihre Wangen färbten sich tiefrot. »Mir geht es zurzeit eben nicht besonders gut. Die ganze Sache mit dem Kredit wächst mir über den Kopf. Ich habe einfach jemanden gebraucht, an den ich mich anlehnen kann.« Sie zuckte halb entschuldigend, halb trotzig mit den Schultern. »Das heißt aber nicht, dass wir wieder zusammen sind.«

Ich verkniff mir all die klugen Argumente, weshalb eine Affäre mit dem Ex keine gute Idee war. Denn ich konnte Ariane verstehen. Jeder, der längere Zeit Single war, kannte diese Augenblicke, in denen man ohne Fallschirm in die Tiefe zu stürzen schien und dringend jemanden brauchte, an dem man sich festhalten konnte. In solchen Momenten war die Einsamkeit nur schwer zu ertragen.

Ich legte den Arm um ihre Schulter und drückte sie an mich. »Hauptsache, du kehrst nicht wieder zu ihm zurück, okay? Du hast mir nämlich einmal aufgetragen, dass ich dir dann mit einer Bratpfanne auf den Kopf hauen soll. Und das möchte ich nur ungern tun.«

»Okay.« Sie lächelte mir dankbar zu. Dann blieb ihr Blick an unseren blassen Beinen hängen. »Hey, wir haben ja tatsächlich Friedhofstelzen! Das ist echt traurig, oder? Dabei haben wir den Strand und das Meer direkt vor der Haustür.«

»Ja, wir sollten unbedingt mal *Urlaub* auf Rügen machen«, stimmte ich ihr grinsend zu.

Ich zog die Füße an, schüttelte das Wasser ab und stand auf. »Gehen wir zum Schloss zurück? Ich möchte dir etwas zeigen. Vor ein paar Tagen hatte ich nämlich eine Idee, die ich gerne mit dir besprechen würde.«

»Das klingt aber ominös.«

Eigentlich hatte ich vorgehabt, Ariane erst davon zu erzählen, wenn ich schon einige Dinge vorbereitet hatte. Aber vielleicht würde mein Vorschlag bewirken, dass sie Olivers Schulter zum Anlehnen ab sofort gar nicht mehr brauchte?

Wir liefen zurück ins Schloss. Ich lotste Ariane quer durch

das Foyer und blieb vor einer Tür stehen, die direkt an den Frühstücksraum grenzte.

»Et voilà!«, verkündete ich feierlich und deutete auf die geschlossene Tür. »Zukünftig wollen Markus und ich in diesem Raum Kosmetikbehandlungen und Wellness-Massagen für unsere Gäste anbieten. Wir sind von den weiblichen Gästen nämlich schon mehrfach danach gefragt worden.«

Ariane blieb vor Überraschung der Mund offen stehen. »Willst du damit etwa sagen, dass *ich* …?« Sie wagte es anscheinend nicht, die Frage laut auszusprechen.

Ich nickte grinsend. »Natürlich nur, wenn du möchtest. Wir würden für dich mit den Gästen die Termine vereinbaren. Am besten wir machen feste Behandlungszeiten aus, zum Beispiel abends nach Ladenschluss oder jetzt am Nachmittag, wenn du auch deine anderen Hausbesuche erledigst. Wie findest du die Idee?«

Ich sah Hoffnung in Arianes Augen aufblitzen. »Kann ich mir das Zimmer mal ansehen?«, fragte sie aufgeregt.

»Ähm …« Ich kratzte mich peinlich berührt am Hals. »Also im Moment macht der Raum wirklich nicht viel her, Ariane. Offen gestanden sind wir noch nicht einmal dazu gekommen, ihn auszuräumen.«

»Egal!« Sie schob sich an mir vorbei und riss die Tür auf. Leider kam sie nicht weit, denn der ganze Raum war bis zur Decke vollgestopft mit braunen Aktenheftern. Nur ein schmaler Pfad inmitten der Aktenberge war noch frei.

»Das sind alte Unterlagen von der Verwaltung des Gutes«, erklärte ich. »Die Familie Kronlitz hat ja leichte Messi-Tendenzen, wenn du mich fragst. Die werfen nix weg, weder alte Möbel noch Papiere. Aber Markus hat sich bereit erklärt, die Akten in den Keller zu schaffen.«

Doch Ariane schien sie überhaupt nicht wahrzunehmen. Mit großen Augen blickte sie sich in dem Raum um. »Hier könnte ich die Behandlungsliege aufstellen«, murmelte sie. »Direkt gegenüber dem Fenster. Dann müsste das Glas blickdicht sein, aber das Sonnenlicht würde trotzdem eine freundliche Atmosphäre schaffen.«

Ich nickte eifrig. »Unsere Gäste wären bestimmt begeistert von deinen regionalen Bio-Produkten, insbesondere von deinen Anwendungen mit der Rügener Heilkreide.«

»Das könnte ein toller Behandlungsraum werden«, meinte sie schwärmerisch. »Ich sehe alles schon genau vor mir.«

Ich folgte Ariane, doch obwohl ich den Bauch einzog, blieb ich fast zwischen den Aktenstapeln stecken. Dabei hatte ich nicht mal Markus' überdimensionale Skijacke an. Hatte ich etwa zugenommen? Ich sah an mir herab. Nun ja, die Knöpfe meines Sommerkleides standen im Brustbereich tatsächlich ziemlich unter Spannung. Ich musste meiner Schokoladensucht in Zukunft wohl etwas weniger frönen!

»Natürlich könnte es etwas stressig für dich werden, wenn du neben deinem Laden auch noch unsere Gäste betreuen musst«, gab ich zu bedenken.

»Das schaffe ich schon!«, meinte sie zuversichtlich. »Besser ich habe Stress beim Arbeiten als Stress beim Studieren meiner Kontoauszüge.« Sie breitete die Arme aus. »Das hier wäre als zweites Standbein perfekt. Weißt du, dass das die Rettung für mich sein könnte, Jule?«

Schlagartig legte sich ein Schatten über ihr Gesicht, und ihr Lächeln erlosch. »Aber ich kann es mir nicht leisten, den Raum zu mieten. Die Bank ...«

Ich winkte ab. »Markus und ich wollen überhaupt keine Miete von dir. Für uns wäre die Zusammenarbeit eine Win-

win-Situation: Unsere Gäste sind glücklich, und du bekommst neue Kunden.«

Sie betrachtete mich zweifelnd. »Ehrlich?«

Ich griff nach ihrer Hand. »Heutzutage gehören Wellness-Behandlungen einfach zum Service eines guten Hotels. Du würdest uns also einen Gefallen tun. Los, gib dir einen Ruck! Komm an Bord unserer Schlosshotel-Truppe!«

Ariane fiel mir freudestrahlend um den Hals. »Ich bin dabei!«

30. Kapitel

Zwei Wochen später hatte mich Sophie an meinem freien Tag dazu überredet, mit ihr für ihre nächste Heilpraktiker-Prüfung zu lernen. Im Gegenzug wollte sie mich zum Mittagessen in ein cooles U-Boot-Restaurant in Putbus einladen. Ich freute mich schon auf die *weiße Stadt*, die auch als das Venedig des Nordens bezeichnet wurde.

Obwohl ich fast neun Stunden geschlafen hatte, schlurfte ich an diesem Morgen völlig erschöpft in die Küche. Dort saß meine Schwester schon topfit am Tisch und las in ihren Büchern.

»Ach du lieber Himmel!«, entfuhr es ihr beim Anblick meines verquollenen Gesichts. »Hast du heute Nacht durchgemacht?«

Nein, ich hatte lediglich ein Versprechen eingelöst und einen Abend lang auf Freds drei kleine Söhne aufgepasst, weil er mir beim Streichen meines ersten Schlosszimmers geholfen hatte. Jetzt wusste ich, weshalb das Ehepaar Schwierigkeiten hatte, einen Babysitter zu finden. Die drei Rabauken waren ständig in Bewegung und hatten eine verrückte Idee nach der anderen. Als ihre Eltern zurückkamen, war ich einem Nervenzusammenbruch nahe. Aber das war es wert gewesen, denn Fred und seine Frau hatten den freien Abend in vollen Zügen genossen.

»Kaffee«, hauchte ich.

Sophie winkte in Richtung Kaffeemaschine. »Du weißt ja, wie es geht.«

»Als ich hier eingezogen bin, hast *du* mir Kaffee gemacht«, maulte ich. »Und mir das Frühstück sogar ans Bett gebracht.«

»Das war vor ein paar *Monaten*«, entgegnete sie mit hochgezogenen Augenbrauen. »Als du für einen *Urlaub* hierhergekommen bist.«

»Nächste Woche ziehe ich aus«, versprach ich.

»Schon gut!«, lenkte sie ein. »Schließlich bist du ohnehin fast nur zum Schlafen hier.«

Die Maschine ratterte und spuckte meine morgendliche Koffeindosis aus. Dankbar atmete ich das würzige Aroma ein und nippte vorsichtig an der heißen Flüssigkeit.

Ich beugte mich vor und warf einen kritischen Blick aus dem Fenster. »Es gießt ja in Strömen. Typisch, ausgerechnet an meinem freien Tag! Die ganze Woche war perfektes Wetter.«

»Wir sind immer noch auf Rügen und nicht in der Karibik«, bemerkte meine Schwester. »Aber laut Wetterbericht soll heute Mittag wieder die Sonne scheinen.«

Ich sah zu Muffin hinab. »Willst du mich wirklich zu deinem Morgenspaziergang dort hinausjagen?«

Mein Hund warf mir einen traurigen Blick zu und stieß ein leises Winseln aus.

»Na schön!«, ergab ich mich seufzend. »Aber lass mich bitte zuerst frühstücken, okay?«

Ich plünderte den Kühlschrank und belud den Tisch mit frischen Brötchen, Wurst, Käse und dem leckeren Rügener Honig, den Sophie bei einem befreundeten Imker kaufte.

»Du isst doch sonst nie etwas zum Frühstück«, bemerkte meine Schwester erstaunt. »Seit ich dich kenne, kriegst du morgens nicht mehr als ein Butterbrot hinunter.«

Ich zuckte mit den Schultern. »Ist es jetzt etwa verboten zu frühstücken? Ich habe eben Hunger.«

»Schon gut. Ich finde es nur seltsam, dass du eine Gewohnheit urplötzlich änderst.«

Sie legte den Kopf schief und musterte mich. »Sag mal, trägst du heute extra für mich einen Push-up?«

Ich sah an mir herab. Tatsächlich schienen meine *Gaudiknödel* noch ein wenig mehr zugelegt zu haben. Eigentlich praktisch, dass ich gerade dort zunahm.

»Ich habe in letzter Zeit eventuell zu viel gegessen«, räumte ich ein. »Kann sein, dass ich ein bisschen zugenommen habe.«

»Und ungewöhnlich müde bist du auch, oder?«, hakte sie nach. »Bist du vorgestern nicht während der Arbeit eingenickt?«

Was sollte das denn? Machte Sophie gerade eine Heilpraktiker-Gesundheitsanalyse?

»Das waren höchstens zehn Minuten«, verteidigte ich mich. »Das kann jedem mal passieren.«

»Mhm.« Sie beugte sich mit zusammengekniffenen Augen über den Tisch. »Die Pickel sind auch neu.«

Ertappt fasste ich mir ans Gesicht. »Das kommt von der Schokolade. Ein paar Pickel und die Extrakilos sind jetzt aber auch kein Weltuntergang.« Als ich Sophies besorgte Miene sah, seufzte ich jedoch ergeben auf. »Okay, ab sofort ernähre ich mich wieder gesünder. Versprochen!«

Ich biss gerade in mein Honigbrötchen, als Sophie mich ohne Vorwarnung fragte: »Habt ihr eigentlich verhütet? Markus und du?«

Ich keuchte auf vor Schreck und verschluckte mich prompt am Brötchen. Hustend rang ich nach Atem, und meine Augen tränten. »Willst du mich umbringen?«, japste ich. »Ich wäre an diesem Brötchen fast erstickt.«

»Und?«, hakte Sophie erbarmungslos nach. »Habt ihr?«

Musste sie mich ausgerechnet jetzt an Markus und unsere Liebesnacht erinnern? Ich hatte schon genug damit zu tun, *nicht* dauernd an Markus zu denken. Jetzt wünschte ich mir, dass ich Sophie nichts davon erzählt hätte.

»Sag schon!«, drängte sie.

Ich stöhnte auf und vergrub mein Gesicht in den Händen. »Beim ersten Mal schon«, murmelte ich kleinlaut. »Leider habe ich die Pille seit Lars nicht mehr genommen.«

»Ihr habt nur beim ersten Mal verhütet?«, wiederholte sie entsetzt. »Was soll das denn heißen?«

Gott, war das peinlich! Meine Wangen wurden so heiß wie zwei Herdplatten.

»Beim zweiten Mal haben wir uns hinreißen lassen. Es war einfach so ... so ...« Auf der Suche nach Worten rang ich die Hände und begegnete dabei Sophies Blick. Ihre Augen waren weit aufgerissen, und die Fassungslosigkeit stand ihr ins Gesicht geschrieben.

»Okay, ich weiß, das war scheiße«, sagte ich hastig, um ihren Vorwürfen zuvorzukommen. »So etwas ist mir vorher noch nie passiert, ehrlich! Mein ganzes Leben lang habe ich mich in diesem Punkt immer vorbildlich und verantwortungsbewusst verhalten. Aber in dieser Nacht mit Markus ...« Ich stockte und schüttelte den Kopf. Wie sollte ich ihr auch erklären, was ich selbst nicht verstand? Wie war nur es möglich, dass sich ausgerechnet bei diesem Mann mein gesunder Menschenverstand vollständig verabschiedet hatte? Ich hatte mich von meinen Gefühlen mitreißen lassen, aber das machte die Sache natürlich auch nicht besser.

Sophie nahm betont langsam ein Buch in die rechte Hand. Dann beugte sie sich blitzschnell vor und hieb mir damit auf den Kopf. Ich zuckte zurück und rieb mir über die Stirn. »Aua! Spinnst du?«

»Das war für deine Dummheit. Als große Schwester ist es meine Pflicht, so etwas zu tun.« Sie atmete tief durch und legte wie ein Arzt die gefalteten Hände vor sich auf den Tisch. »Letzte Periode?«

Nein! Nein, nein, nein, das konnte nicht sein. Jetzt erst verstand ich, worauf ihre Fragen abzielten. Ich versuchte zu schlucken, aber mein Mund war plötzlich wie ausgetrocknet.

»Es war alles so stressig mit dem Umbau und der Eröffnung, aber …« Ich hielt inne, da sich mit einem Schlag alle Härchen an meinem Körper aufrichteten. »Ich bin überfällig, Sophie. Schon ziemlich lange.«

Sie stand wortlos auf und schnappte sich ihre Handtasche.

»Wo willst du denn hin?«, fragte ich verdutzt.

»Ich fahre jetzt zur Apotheke, und du wartest hier.« Sie stellte eine Flasche Orangensaft auf den Tisch. »Am besten du trinkst viel, damit deine Blase für den Schwangerschaftstest voll ist.«

»Für den Schwangerschaftstest?«, wiederholte ich. Die Worte fühlten sich in meinem Mund völlig falsch an. Ich stieß ein hysterisches Lachen aus. »Sophie, nein, das kann nicht sein. Das ist bestimmt nur ein Zufall.« Ich lief meiner Schwester hinterher, die sich an der Garderobe schon ihren Regenmantel überstreifte. »Ich kann nicht schwanger sein! Ich habe keinen Heißhunger auf saure Gurken, ich muss mich nicht übergeben. Mir ist noch nicht mal übel.«

»Diese Symptome kann man haben, muss man aber nicht.

Jede Schwangerschaft verläuft anders. Manche Frauen bekommen schon in der sechsten Woche ein Bäuchlein, während andere im fünften Monat noch gertenschlank sind. Außerdem«, fügte sie mit einem süffisanten Lächeln hinzu, »futterst du so viel, dass du überhaupt keinen Heißhunger bekommen kannst.«

Ich ignorierte diese letzte Bemerkung. Panik stieg in mir auf. Ich hatte das Gefühl, keine Luft mehr zu bekommen.

»Du ... verstehst nicht, Sophie«, brachte ich keuchend hervor. »Das ... darf nicht ... Markus will keine ...«

Alles um mich herum begann sich zu drehen. Hilfesuchend griff ich nach Sophies Arm. »Ich kann nicht ... ganz allein ...«

Sophie ließ ihre Handtasche fallen. »Du hyperventilierst, Jule!« Sie schlang mir einen Arm um die Taille, um mich zu einer kleinen Bank neben der Garderobe zu bugsieren. »Du musst langsamer atmen!«

Sie eilte davon und kam gleich darauf mit einer Papiertüte zurück. »Halt die Tüte vor Mund und Nase!«, befahl sie. »Das wird helfen.«

Ich atmete in die Tüte, und tatsächlich spürte ich schon nach wenigen Sekunden, wie das Engegefühl in meiner Brust nachließ und die Luft wieder gleichmäßig in meine Lungen strömte.

Sophie setzte sich neben mich und strich mir eine Locke aus der feuchten Stirn. »Geht es wieder?«

Obwohl ich die Tüte in meiner Hand sinken ließ, schüttelte ich gleichzeitig den Kopf. »Glaubst du wirklich, ich bin schwanger?«, flüsterte ich.

Sie nickte. »Jule, ich irre mich bei so was nur selten. Meiner Freundin Annika habe ich es auch jedes Mal angesehen, wenn sie schwanger war. Sie nennt das meinen sechsten Sinn.

Shanti-Gertrud würde vermutlich sagen, dass man es an der Veränderung in der Aura merkt.«

Meine unglückliche Liebe zu Markus hatte mir schon extrem zugesetzt. Ich hatte nicht gedacht, dass ich mich noch schlimmer fühlen könnte. Doch wenn Sophie recht behielt, dann ... ich wusste nicht, was ich tun sollte.

Meine Schwester rückte näher an mich heran und legte ihren Arm um meine Schulter. »Wäre das denn so schlimm?«, fragte sie vorsichtig. »Am Tag deiner Ankunft hast du mir vom Ticken deiner biologischen Uhr erzählt. Du wünschst dir doch Kinder.«

Tränen sammelten sich in meinen Augen. »Aber nicht so«, schluchzte ich. »Nicht alleine, ohne Ehemann. Oder überhaupt einen Mann.«

Sie schnalzte missbilligend mit der Zunge. »Jetzt mach mal halblang! Du weißt doch überhaupt nicht, wie Markus darauf reagieren wird.«

»Oh doch! Markus will keine Kinder, das hat er mir klipp und klar gesagt. Wenn ich tatsächlich schwanger bin, besteigt er wahrscheinlich das nächstbeste Spaceshuttle, um auf den Mond zu flüchten.«

Darauf fiel offenbar nicht einmal Sophie ein gutes Gegenargument ein. Sie kannte den besten Freund von Ole und seine Einstellung zu Beziehungen schließlich gut genug. In bedrücktem Schweigen saßen wir nebeneinander, während mir lautlos Tränen über das Gesicht kullerten.

»Jetzt machen wir erst einmal den Test!«, unterbrach sie schließlich die Stille. Sophie setzte ein so aufmunterndes Lächeln auf, dass es fast schon gruselig wirkte. »Dann sehen wir weiter, okay?«

Sie stand auf und drückte mir einen sanften Kuss auf die

Stirn. »Jule, ich bin immer für dich da, egal, was passiert. Zusammen packen wir das, versprochen!«

Ich nickte ihr zu und zwang mich zu einem Lächeln, das bestimmt nicht weniger gruselig aussah. »Okay.«

Vielleicht hatte ich ja Glück, und Sophies Schwangerschaftsradar war kaputt. Dann wären meine größten Probleme nur die unglückliche Liebe zu Markus und meine daraus resultierende Schokoladensucht. Oh Gott!

31. Kapitel

In Ermangelung eines eigenen Büros saß ich heute allein an Markus' Schreibtisch in der Bibliothek, um die neuesten Buchungsbestätigungen zu schreiben. Doch anstatt zu arbeiten, starrte ich nur auf den Schwangerschaftstest in meiner Hand. Die zwei blauen Streifen in dem Sichtfenster waren immer noch deutlich zu sehen. Seit zwei Tagen schleppte ich den Test permanent mit mir herum, weil ich mich ständig vergewissern musste, dass das alles nicht nur ein Traum war.

Ich drehte den Test zwischen den Fingern und kämpfte wieder mit den Tränen. Dabei hatte ich in den letzten Tagen so viel geweint, dass ich eigentlich gar keine Flüssigkeitsreserven mehr haben konnte. Bestimmt sah ich schon so runzlig und vertrocknet aus wie eine Mumie. Heute Morgen hatte ich wohlweislich auf einen Blick in den Spiegel verzichtet. Ich wollte nicht dem morgendlichen Schrecken von verquollenen Augen und Schwangerschaftsakne ins Gesicht sehen.

Ich stand auf und lief zum Fenster. Draußen auf dem Parkplatz belud gerade eine vierköpfige Familie, die bei uns zu Gast war, ihr Auto für den Tag am Strand. Ihre fröhlichen Stimmen und das Lachen der Kinder drangen trotz der geschlossenen Fenster bis in die Bibliothek. Kein einziges Wölkchen zeigte sich am azurblauen Himmel, und es versprach ein wunderschöner Sommertag zu werden. In Anbetracht meiner Probleme erschien mir dieses Gute-Laune-Wetter fast wie Hohn.

Wieder blickte ich auf den Schwangerschaftstest in meiner Hand. Immer noch zwei blaue Streifen, natürlich. Gott, ich benahm mich völlig idiotisch! Verärgert schüttelte ich den Kopf.

Ich musste mich endlich erwachsen verhalten und der Realität ins Auge sehen: Ich würde bald Mutter werden. Es war Zeit, mich von meiner Idealvorstellung der glücklichen Familie im Einfamilienhaus mit weißem Lattenzaun zu verabschieden. Dann würde eben alles anders werden, als ich es mir immer ausgemalt hatte. Na und? Davon würde die Welt nicht untergehen. Ich war fast vierzig und wusste mittlerweile, dass das Leben nie so verlief wie geplant. Im schlimmsten Fall würde ich das Kind eben alleine und ohne Hilfe des Vaters großziehen. Aber das hatten vor mir auch schon viele andere Mütter geschafft.

Ich stieß den Atem aus und rieb mir über die Stirn. Wenn ich mich nur nicht so schrecklich unsicher gefühlt hätte! Zum Glück hatte ich Sophie an meiner Seite, die seit zwei Tagen unermüdlich wiederholte, dass alles gut werden würde. Sie schwor mir, dass diese Unsicherheit bei der ersten Schwangerschaft völlig normal war. Und ich von einer ganzen Horde begeisterter Babysitter umgeben war – sie, Nane, Emma, Ole, Ariane, Shanti-Gertrud und alle anderen würden mir ohne zu zögern helfen.

Auch meine Freundin Katrin würde mir trotz der Entfernung sicher mit Rat und Tat zur Seite stehen. Mir kam Mia, Katrins Baby, in den Sinn. Vor ein paar Monaten im Krankenhaus in München hatte ich sie zum ersten Mal im Arm gehalten und mit einem einzigen Augenaufschlag hatte sie mein Herz gewonnen. Dieser kleine, hilflose Wurm war mir wie ein Wunder vorgekommen. Ein unglaubliches und zauberhaftes Wunder des Lebens.

Ich blickte auf meinen flachen Bauch hinab. Dort drin wuchs nun mein eigenes Wunder heran. Zaghaft hob ich meine freie Hand und strich mit zittrigen Fingern darüber.

»Hallo, du!«, flüsterte ich. »Wir beide kennen uns noch nicht. Aber du weißt vielleicht schon, dass ich unglaublich viel Schokolade esse.« Unter Tränen musste ich lächeln. »Ich bin die Managerin deines kleinen Hotels da drin. Am besten du schlägst beim Zimmerservice die nächsten Monate richtig zu, denn du musst unbedingt größer werden als ich. So wie dein ...«, ich schluckte schwer, »... so wie dein Papa. Vielleicht bekommst du ja auch seine grünen Augen mit den langen Wimpern? Und seinen Sturkopf? Das wäre schlimm, denn dann werden wir beide uns ganz oft in die Haare kriegen.«

Ich lachte erstickt, während sich mein Herz vor Traurigkeit zusammenzog. »Weißt du was? Wenn du erst mal da bist, dann tanze ich mit dir zu meinem Lieblingslied. So wie dein Papa mit mir getanzt hat, in der Nacht als du ...« Meine Stimme brach mit einem Schluchzen ab.

Ach, diese verdammten Hormone! Wenn das die nächsten Monate so weiterging, würde ich tatsächlich noch Rügen fluten.

Aber wahrscheinlich waren die Schwangerschaftshormone nicht allein an meiner Verfassung schuld. Die komplizierte Situation mit Markus und meine Gefühle für ihn taten ihr Übriges.

Ein Klopfen an der Tür ließ mich erschrocken herumfahren. Anstatt mir die Tränen von den Wangen zu wischen, versteckte ich hinter meinem Rücken hastig den Schwangerschaftstest in der Hosentasche und ließ meine Bluse darüberfallen.

»Störe ich?«, fragte Markus. Er hatte die Ärmel seines Hemds hochgekrempelt und hielt eine Aktenmappe in der Hand. »Ich räume gerade das Zimmer für Ariane aus, doch manche der Unterlagen dort drin sind gar nicht so alt. Wir sollten hier oben einen anderen Platz dafür …« Er hielt inne. Markus war beim Sprechen mit großen Schritten näher gekommen, doch nun blieb er wie angewurzelt stehen. Von einer Sekunde auf die andere verschwand der unnahbare Gesichtsausdruck, den er mir gegenüber seit Wochen an den Tag legte. Stattdessen wirkte er plötzlich besorgt.

»Jule, du weinst ja!«

Ehe ich etwas sagen konnte, war er auch schon bei mir und zog mich in seine Arme. Anstatt ihm zu versichern, dass alles in Ordnung wäre, erwiderte ich einfach seine Umarmung und vergrub mein tränenüberströmtes Gesicht an seiner Brust. Hinter mir schlug etwas dumpf auf dem Boden auf. Offenbar hatte Markus die Aktenmappe einfach losgelassen. Mit beiden Händen drückte er mich nun an sich und streichelte mir zärtlich über den Rücken.

»Hey, was ist denn los?«, fragte er sanft.

»Ich … äh …«, schluchzte ich, »… ich bin …«

In meinem Inneren schrie ich die drei Worte regelrecht heraus: *Ich bin schwanger.* Doch sie wollten mir einfach nicht über die Lippen kommen.

Natürlich würde ich es Markus sagen. Ich *musste* es ihm sagen. Aber noch nicht jetzt. Schließlich wusste ich selbst erst seit zwei Tagen von der Schwangerschaft, und für so ein schwieriges Gespräch war ich momentan einfach nicht in der richtigen Verfassung. Dafür war ich viel zu durcheinander. Zuerst musste ich wenigstens ansatzweise mein inneres Gleichgewicht wiederfinden.

»Ich glaube … es war einfach zu viel Stress in letzter Zeit«, brachte ich schließlich hervor. »Mir wächst irgendwie alles über den Kopf.«

Im Grunde war das die Wahrheit, trotzdem fühlte es sich an wie eine Lüge.

»Das ist kein Wunder«, erwiderte Markus verständnisvoll. »Du hast in den letzten Monaten Tag und Nacht für das Hotel gearbeitet. Ich habe mich schon gefragt, wo du all die Kraft hernimmst.«

Ich war dankbar, dass Markus mich immer noch festhielt und ich ihm nicht in die Augen blicken musste. Bestimmt konnte er mir mein schlechtes Gewissen an der Nasenspitze ablesen. Ich sollte es ihm sagen. Jetzt sofort. Aber … ich konnte einfach nicht.

»Möchtest du dir einige Tage freinehmen?« Markus ließ mich los und schob mich an den Schultern von sich, um mich fragend anzusehen. »Wir werden den Laden hier schon schmeißen, keine Sorge! Und du kannst endlich mal an den Strand, schwimmen gehen und die Sonne genießen.«

Ich musste gestehen, dass das verlockend klang. »Ich überlege es mir, okay?«, sagte ich und brachte ein Lächeln zustande. Da fiel mir jedoch noch etwas ein: »Könntest du morgen vielleicht etwas später in den Verlag fahren? Ich habe nämlich einen Arzttermin. Da ein paar wichtige Geschäftsleute anreisen, ist mir nicht wohl dabei, Kevin die Rezeption so lange allein zu überlassen.«

»Natürlich! Du kannst dich auf mich verlassen, Jule.«

Markus gehörte zu den wenigen Menschen, denen ich tatsächlich absolut vertraute. Er meinte, was er sagte, und wenn er sein Wort gab, konnte man sich sicher sein, dass er es hielt. Das war ja gerade das Problem: Wenn Markus sagte, dass er unter gar keinen Umständen Kinder haben wollte, glaubte ich ihm das voll und ganz.

Erneut zeichnete sich Sorge auf seinem Gesicht ab. »Ich hoffe, es ist nichts Ernstes? Bist du krank?«

»Nein, es ist nur ein ... äh ... gewöhnlicher Arzttermin«, wiegelte ich seine Bedenken unbeholfen ab. Was man eben normalerweise beim Arzt so tat: Blutabnahme, Ultraschall, Mutterpass und so weiter. Ha, ha.

Tatsächlich hatte ich wohl nicht sehr überzeugend gewirkt, denn die Falte zwischen Markus' Augenbrauen vertiefte sich.

»Weißt du, dass du mir Angst machst? Erst finde ich dich hier weinend in der Bibliothek, und dann sagst du mir, dass du morgen zum Arzt musst. Außerdem siehst du völlig fertig aus, wenn ich das so offen sagen darf.« Sein Griff um meine Schultern verstärkte sich. »Jule, du würdest mir doch sagen, wenn etwas mit dir nicht stimmt, oder?«

Oh Gott, ich konnte ihn einfach nicht mehr länger anlügen! Ich hatte mir geschworen, das nie wieder zu tun. Nie wieder wollte ich die Wahrheit verschweigen. Aber die Worte kamen mir einfach nicht über die Lippen. Innerlich zerriss es mich fast.

Er hob sanft mein Kinn und zwang mich, ihn anzusehen. »Bist du wirklich gesund?«

Okay, diese Frage konnte ich immerhin wahrheitsgemäß beantworten. »Ja, ich bin gesund.« Ich hielt seinem Blick stand. »Großes Indianerehrenwort.«

Markus gab sich keine Mühe, seine Erleichterung zu verbergen. Seine Miene entspannte sich, und mit einem Seufzer nahm er mich erneut in die Arme. »Mir fällt gerade ein Stein vom Herzen«, murmelte er in mein Haar.

So unauffällig wie möglich kuschelte ich mich enger an ihn. Weshalb war Markus denn jetzt wieder so lieb zu mir? Ich konnte mir viel leichter einreden, dass ich mir überhaupt keine Hoffnungen zu machen brauchte, wenn er sich wie ein beziehungsunfähiger Idiot verhielt. Aber so? Ich schloss die Augen, während mich der Duft seines Aftershaves einhüllte und mein dummes Herz in meiner Brust aufgeregt flatterte.

32. Kapitel

»Ich mach es ja!«, rief ich genervt in mein Handy. »Heute sag ich es Markus, versprochen.«

Zur Abwechslung hatte ich für den Spaziergang mit Muffin einen Weg gewählt, der direkt unter den berühmten Kreidefelsen entlangführte. Das war nicht ganz ungefährlich, denn immer wieder gab es Abbrüche, bei denen Fußgänger auch schon verschüttet worden waren. Doch der Anblick der strahlend weißen Felsen, die sich direkt über mir erhoben, war einfach atemberaubend. Ich fühlte mich mitten in ein Gemälde des Malers Caspar David Friedrich versetzt, der die majestätischen Kreidefelsen mehrfach verewigt hatte.

»Warum niad gleich jetzt?«, drängte Katrin mich mit der Unerbittlichkeit eines Sklaventreibers.

Ich stöhnte gequält auf. »Weil ich gerade mit Muffin barfuß am Strand spazieren gehe und Markus überhaupt nicht in meiner Nähe ist.«

Ich hatte vier Leuten anvertraut, dass ich schwanger war: Sophie, Ariane, Jutta und Katrin. Alle vier schienen sich nun gemeinschaftlich gegen mich verschworen zu haben. Seit drei Tagen forderten meine Freundinnen vehement, dass ich mich mit Markus aussprach. Andauernd rief eine von ihnen an oder ich wurde mit Whats-App-Nachrichten bombardiert. Sie hatten extra für diesen Anlass eine »Sag es Markus!«-Gruppe eröffnet.

»Wo is' das Problem, Jule?«, fragte Katrin verständnislos.

»Sag oafach: ›Ich bin schwanger‹. Der Rest ergibt sich dann von alloa.«

»So einfach ist das nicht, Katrin.«

Ich blieb am Wassersaum stehen und starrte auf den Horizont. Es war früh am Morgen, die Touristen lagen noch in ihren Betten, und ich hatte fast das Gefühl, die Insel für mich allein zu haben. Die Luft war herrlich frisch, und die Sonnenstrahlen funkelten wie Diamanten auf den Wellen des Meeres.

»Es fühlt sich an, als würde ich Markus ein Kind unterjubeln«, gestand ich Katrin. »Aber so eine Frau bin ich nicht.«

»Das woaß i' doch«, versicherte sie mir.

»Dafür habe ich zu viel Anstand und Ehre.«

»Und Angst«, ergänzte Katrin.

Leider hatte sie damit nicht ganz unrecht. Meine Angst, verletzt zu werden, hatte mich zum Beispiel den doofen Zettel schreiben lassen. Und aus Angst konnte ich Markus nicht meine wahren Gefühle gestehen. Genau wie damals, als ich Angst gehabt hatte, mit Lars über meine Zweifel an dem Baby-Projekt zu sprechen und stattdessen heimlich die Pille genommen hatte. Verdammt! Offenbar war es doch nicht so einfach, alte Gewohnheiten abzulegen. Immer noch tappte ich in dieselbe Falle und ging Konflikten lieber aus dem Weg. Aber damit war jetzt endgültig Schluss!

»Moment amoi!«, bat Katrin.

Offenbar hatte sie die kleine Mia während unseres Telefonats gestillt, denn nun konnte ich im Hintergrund einen kleinen Baby-Rülpser hören. Wie süß! Unwillkürlich zauberte mir das Geräusch ein Lächeln ins Gesicht.

»Jetzt bin i' wieder für dich da.«

»Katrin, heute werde ich mit Markus sprechen!«, verkündete ich entschlossen.

»Super!«, rief sie erfreut.

»Ich muss lernen, wirklich ehrlich zu einem Mann zu sein. Nicht nur im Alltag, sondern auch wenn es ernst und unangenehm wird. Warum fällt mir das nur so schwer?«

»Du hast deinen Glauben an die Liebe verloren, so sieht's aus!«, antwortete sie wie aus der Pistole geschossen. »Du bist zu oft enttäuscht und verletzt worden. Und jetzt denkst du, du verjagst die Männer, wenn du wirklich offen und ehrlich bist. Außerdem gehst du von vornherein davon aus, dass die Sache nicht funktionieren wird – wie jetzt bei Markus. Aber nicht immer geht es schief, Jule. Schau mich und Carlos an! Wir mussten uns auch erst zusammenrauf'n. Und jetzt würde i' mei Spatzl ums Verrecken nicht mehr hergeben. Vielleicht ist es bei Markus und dir genauso?«

»Aber das finde ich nur heraus, wenn ich mit ihm Tacheles rede. Sofort. Keine Ausflüchte oder falsche Entschuldigungen mehr.« Ich machte umgehend kehrt und trat den Rückweg an. Wenn ich mich beeilte, konnte ich Markus noch erwischen, bevor er in den Verlag fuhr.

»Vorgestern hab i' übrigens Lars getroffen«, berichtete Katrin jetzt.

»Aha«, gab ich wenig interessiert zurück.

»Lars hat gsagt, dass er echt enttäuscht von dir war«, erzählte Katrin. »Deswegen hat er sich auch erst jetzt all deine Nachrichten angschaut. Sag amoi, wie oft hast du dich denn bei ihm entschuldigt?«

O Mann! Die Einzelheiten des Lars-Dramas hatte ich in der Zwischenzeit so schön verdrängt. Ich hätte wirklich darauf verzichten können, damit wieder konfrontiert zu werden.

»Oft.« Ich hielt kurz inne, um mich dann seufzend zu korrigieren: »Sehr oft. Von der ›Bitte verzeih mir‹-Entschuldigung bis zur ›Ich bereue es zutiefst‹-Beteuerung war alles dabei. Ich hatte gehofft, er gibt mir die Chance, mich ein letztes Mal mit ihm auszusprechen.«

»Jedenfalls wollte Lars wissen, wie es dir geht und wo du jetzt arbeitest.« Bedeutungsschwanger fügte sie hinzu: »Und ob du einen Freund hast.«

Ich kam aus dem Tritt und stolperte über meine eigenen Füße. »Wie bitte?«, fragte ich ächzend. »Unsere Beziehung ist beendet. Lars hat mich rausgeworfen. Und er hat sich danach geweigert, noch mal mit mir zu reden. Warum interessiert er sich denn jetzt plötzlich wieder für mich?«

»Ruhig Blut!«, versuchte Katrin mich zu beschwichtigen. »Am End' schreibt er dir vielleicht eine verspätete Versöhnungs-E-Mail, na und? Denk lieber an dein Gespräch mit Markus!«

Na toll! Immerhin war sie es gewesen, die mit dem Thema Lars angefangen hatte. Aber gut, ich sagte nichts mehr dazu. Stattdessen verabschiedete ich mich von Katrin und schwor, mich sofort bei ihr zu melden, sobald es etwas Neues gab.

Ich war fest entschlossen, umgehend zu fahren und mich mit Markus auszusprechen. Oh Gott, warum war mir denn mit einem Mal so schrecklich flau im Magen? Setzte jetzt doch noch die Morgenübelkeit bei mir ein?

*

Ich marschierte ins Foyer und blieb wie angewurzelt vor der Rezeption stehen. Ich traute meinen Augen nicht.

»KEVIN!« Meine Stimme überschlug sich beinahe.

Er blinzelte mich unschuldig an. »Ja, Chefin?«

»Kevin, ich fasse es nicht, dass ich das überhaupt sagen

muss: Während der Arbeitszeit puhlen wir uns weder mit dem Finger im Ohr herum, noch kontrollieren wir dann die Farbe des dadurch gewonnenen Schmalzes!«

»Mir war langweilig.« Er zuckte mit den Schultern. Offensichtlich war Kevin sich keiner Schuld bewusst. »Und außer mir war überhaupt niemand da.«

»Und was bin ich? Niemand?« Ich schüttelte entnervt den Kopf. »Du weißt nie, wer im nächsten Moment um die Ecke kommt.«

Aus dem Frühstücksraum hörte ich Besteckgeklapper und das Stimmengewirr der Gäste. Der Duft von frischem Kaffee lag in der Luft. Ich liebte diese entspannte Tageszeit, wenn die Gäste ganz in Ruhe ihr Frühstück genossen und Pläne für den Tag schmiedeten.

»Du repräsentierst hier an der Rezeption unser Schlosshotel«, erklärte ich ihm zum hundertsten Mal. »Wenn du dich schlecht benimmst, wirkt sich das automatisch auf den Ruf unseres Hauses aus und ...« Mitten in meiner Strafpredigt brach ich ab. Diesen Vortag konnte ich Kevin eigentlich auch später halten! Es war ja nicht so, als würde er ihn noch nicht kennen.

»Ist Markus noch da?«, fragte ich stattdessen.

»Der Chef ist in dem Aktenraum. Er meinte, dass er ihn heute Morgen noch leer kriegt.«

»Sehr schön!«

Ich atmete tief durch und marschierte in meinen High Heels zielstrebig los. Ich grüßte die Gäste lediglich im Vorübergehen und hielt erst vor der Tür zu Arianes zukünftigem Kosmetikraum inne. Meine Finger zitterten, als ich sie um die Klinke schloss. Vielleicht hätte ich vorher noch schnell die Kreislauftropfen einnehmen sollen, die mir der Frauenarzt wegen meines hohen Blutdrucks für den Notfall verschrieben hatte? Doch statt mit dieser Entschuldigung kehrtzumachen, legte ich für einen kurzen Moment meine freie Hand auf meinen Bauch, um mich daran zu erinnern, dass ich das nicht für mich allein machte. Irgendwie beruhigte mich das.

»Dann verpassen wir deinem Papa mal den Schock seines Lebens!«, murmelte ich.

Ohne anzuklopfen, betrat ich den Raum. Wie immer, wenn ich Markus sah, beschleunigte sich mein Herzschlag.

»Jule?« Überrascht blickte er von einem rechteckigen Stück Papier auf, das er in Händen hielt. Ein Lächeln huschte über seine Züge. »Mit dir habe ich so früh gar nicht gerechnet. Wolltest du nicht ein wenig kürzer treten?«

Ich winkte ab. »Passt schon! Außerdem habe ich etwas Wichtiges mit dir zu besprechen.« Aber zuerst blickte ich mich um. »Wow, der Raum ist größer, als ich erwartet hatte!«

Tatsächlich hatte Markus bis auf einen kniehohen Stapel schon alles fortgeschafft, und die Regale waren ebenfalls verschwunden. Ariane würde sich freuen.

»Fehlt nur noch dieser Rest hier«, bestätigte Markus. »Schau mal, das ist gerade aus einem der Ordner gefallen! Ich habe keine Ahnung, wie das zwischen die Unterlagen geraten ist.«

Ich ging zu ihm, und erst jetzt erkannte ich, dass er ein vergilbtes Foto in Händen hielt. Sofort musste ich grinsen. »Bist das etwa du?« Ich deutete auf den etwa fünfjährigen Jungen mit Hemd und Krawatte, der neben zwei Männern im Sonntagsanzug vor dem Eingangsportal des Schlosses stand. »Wie goldig! Du warst ja richtig zum Abknutschen.«

»Manche Dinge ändern sich zum Glück nie.« Er zwinkerte mir zu, wurde dann jedoch wieder ernst. »Die beiden Männer sind mein Vater und mein Großvater. Kurz nachdem das Bild aufgenommen wurde, ist mein Großvater an einem Herzinfarkt gestorben.«

»Oh, das tut mir leid.« Ich betrachtete das Foto genauer. »Die beiden ziehen aber ziemlich finstere Mienen. Kommt ihr da gerade von einer Beerdigung?«

Markus stieß einen tiefen Seufzer aus. »Nein, so streng haben sie immer geguckt. Das Erbe der von Kronlitz, Pflichterfüllung und Disziplin waren für die beiden immer das Wichtigste.«

Mir fiel wieder sein Versteck auf dem Speicher ein, das wir zusammen entdeckt hatten. Markus' Vater musste ein grausamer, herzloser Mann gewesen sein. »Dann war dein Großvater ebenfalls ein diktatorischer Kotzbrocken?«, entfuhr es mir betroffen.

»So könnte man es nennen.« Markus starrte nachdenklich auf das Bild. »Als mein Großvater noch gelebt hat, war es allerdings mein Vater, der ständig unterdrückt und drangsaliert wurde. Ich kann mich erinnern, dass er damals noch mit mir gespielt und mich manchmal sogar in den Arm genommen hat. Doch das hat sich mit Großvaters Tod geändert.« Markus' Miene verfinsterte sich. »Natürlich nicht von heute auf morgen. Es war ein schleichender Prozess. Bis er irgendwann der gleiche unausstehliche Tyrann war wie Großvater.«

Ich zuckte zusammen, als Markus ohne jede Vorwarnung das Foto in der Mitte zerriss. Offensichtlich wollte er mit dieser Zeit seines Lebens nichts mehr zu tun haben.

»Anscheinend haben wir von Kronlitz' ein Diktator-Gen in der Familie, das von Generation zu Generation weitervererbt wird«, stellte er verbittert fest. »Deswegen will ich auf keinen Fall Kinder haben. Am Ende mutiere ich ebenfalls zu so einem Scheusal und schlage meinen Sohn windelweich, nur weil er ein Buch aus unserer Bibliothek nicht zurückgestellt hat.«

Vor Überraschung blieb mir der Mund offen stehen. Das war der Grund, weshalb er keine Frau und Kinder haben wollte? Weil Markus sich selbst misstraute? Er schien zu befürchten, dass etwas Böses in seinem Inneren schlummerte. Aber das war doch völlig absurd!

Markus musterte mich fragend. »Habe ich dich erschreckt, Jule? Du sagst ja gar nichts.«

»Weil ich völlig fassungslos bin. Wie kannst du nur glauben, dass du so bist wie dein Vater?« Ich trat näher an ihn heran und hielt seinen Blick mit meinem fest. »So etwas wie einen Familienfluch gibt es nicht, Markus! Du könntest niemals so herzlos sein, das weiß ich.«

Mit einem traurigen Lächeln schüttelte er den Kopf. »Dann weißt du mehr als ich, denn ich würde nicht für mich die Hand ins Feuer legen.«

»Aber ich würde es! Jederzeit und ohne zu zögern«, beteuerte ich. Zu sehen, wie sehr ihn diese Sache quälte, versetzte mir einen schmerzhaften Stich. »Du bist liebevoll, warmherzig und aufmerksam, Markus. Und du hast eine Engelsgeduld! Andere Männer wären bei meinem Sturkopf schon längst ausgeflippt, doch du hast mich sogar angestellt und zu deiner Partnerin gemacht.« Wie von selbst legten sich meine Finger an sein Gesicht. »Bitte hör auf, an dir zu zweifeln! Manchmal bist du zwar ein bisschen dickköpfig und reitest auf deinen Prinzipien herum, aber selbst das liebe ich an dir.«

Erstaunen blitzte in Markus' Augen auf. Mir wurde abwechselnd heiß und kalt, als mir bewusst wurde, was ich gerade gesagt hatte. Doch dieses Mal würde ich keinen Rückzieher machen!

»Jule …«, setzte er an, doch ich schüttelte leicht den Kopf, und er verstummte.

»Ich glaube an dich, Markus«, fuhr ich fort. »Und ich glaube auch an *mich*. Ich weiß nämlich, dass ich niemals einen Mann so sehr …« Ich kam für einen Moment ins Stocken. Mein Herzschlag dröhnte in meinen Ohren, als ich meinen Satz von Neuem begann: »Ich weiß, dass ich niemals einen Mann so sehr lieben könnte wie dich, wenn er nicht absolut großartig wäre.«

Es dauerte einen quälend langen Augenblick, ehe Markus auf mein Geständnis reagierte. Allerdings schloss er mich weder in seine Arme, noch küsste er mich heiß und innig. Zwischen seinen Augenbrauen bildete sich lediglich eine tiefe Furche.

»Warum dann der Zettel?«, fragte er skeptisch. »Du hast mir überdeutlich klargemacht, dass dir unsere gemeinsame Nacht nichts bedeutet.«

So viel zu meiner Behauptung, dass der Subtext einer Botschaft keine Lüge war …

»Der Zettel war ein Fehler.« Bei der Erinnerung daran schluckte ich schwer. »Ich hätte es nicht ertragen, wenn du mich am nächsten Morgen einfach abserviert hättest, so wie all die anderen Frauen vor mir. Es hätte mir das Herz gebrochen. Ich dachte, du bist erleichtert, wenn ich dir vormache, dass ich das genauso locker sehe wie du.« Ich wich seinem Blick aus und starrte zu Boden. »Das war dumm, ich weiß. Im Endeffekt habe ich damit alles komplizierter gemacht, und gestritten haben wir uns trotzdem. Es tut mir leid.«

Ich wollte einen Schritt zurücktreten, aber Markus zog mich einfach wieder an sich. »Jule?«

Ich musste mich zwingen, ihm ins Gesicht zu sehen. Die tiefe Furche zwischen seinen Augenbrauen war verschwunden, und er betrachtete mich mit einem Lächeln. Reflexartig hielt ich den Atem an.

»Weshalb warst du dir eigentlich so sicher, dass ich dich am nächsten Morgen abserviert hätte?«

Nun hob er die Hand und strich mit den Fingern meinen Hals entlang. Die Berührung sandte sanfte Stromstöße durch meinen Körper.

»Na ja, weil ... du willst doch nicht ...«, stammelte ich, »und dein Ruf im Dorf ...«

Verdammt, weshalb brachte ich eigentlich keinen einzigen zusammenhängenden Satz zustande?

Er schnalzte verärgert mit der Zunge. »Hab ich dir nicht gesagt, dass du auf diese Gerüchte nicht so viel geben sollst?« Seine Hand in meinem Rücken verstärkte den Druck. »Du scheinst mich nicht so gut zu kennen, wie du glaubst. Denkst du ernsthaft, ich habe mich so wenig im Griff, dass ich die Beziehung zu meiner Geschäftspartnerin wegen eines unbedeutenden One-Night-Stands aufs Spiel setze?«

»Mpf«, war alles, was ich hervorbrachte. Mein Sprachzentrum war offenbar außer Betrieb.

Er beugte sich vor. »Ich gebe zu, dass mir meine Gefühle für dich am Anfang ein bisschen Angst gemacht haben«, flüsterte er so dicht über meinem Ohr, dass mein Herz in meiner Brust flatterte. »Aber in den letzten Wochen hat es mich innerlich fast zerrissen. Ich konnte es kaum ertragen, dich nicht mehr berühren zu dürfen. Du hast mir gefehlt, Jule. Und ich will nicht mehr ohne dich sein.«

Seine Lippen strichen über meine Stirn. Ich spürte seinen warmen Atem auf meiner Haut und hob den Kopf an. Wie von selbst suchten sich unsere Münder und …

Es klopfte an die Tür. »Chefin?«, hörte ich Kevins Stimme von draußen. »Es brennt.«

»Was?!!«, riefen Markus und ich gleichzeitig aus.

Wir lösten uns gerade noch rechtzeitig voneinander. In der nächsten Sekunde steckte Kevin auch schon den Kopf durch die Tür. »Diese Hochzeitsgesellschaft ist angekommen. Da ist ein Gedränge vor meiner Rezeption wie in einer Burgerbude. Das nervt total!«, beschwerte er sich. »Und dann steht da schon seit zehn Minuten ein Typ aus München bei mir rum. Behauptet, dass er Ihr Lover ist. Er ist so hobbitmäßig klein, macht sich aber total wichtig.«

»Was?«, japste ich. »Lars ist hier?«

Kevin nickte bestätigend. »Genau, so heißt der Kerl.«

Markus musterte mich misstrauisch. »Lars? Hast du mir nicht erzählt, dass ihr euch getrennt habt?«

Oh nein. Nein, nein, nein! Das hatte ich nun von meinem Hang zum Davonlaufen: Ich wurde gnadenlos von meiner Vergangenheit eingeholt.

Ich warf Markus einen nervösen Blick zu und zwang mich zu einem Lächeln. »Entschuldige mich bitte!«, sagte ich, während ich schon zu Kevin eilte. »Das ist nur ein Missverständnis. Ich kläre das sofort.« Jedenfalls hoffte ich das.

33. Kapitel

Ich zerrte Kevin hinter mir her in Richtung Foyer. Fieberhaft ging ich in Gedanken meine Optionen durch.

»Folgender Plan«, verkündete ich atemlos. »Ich kümmere mich um die Hochzeitsgesellschaft, und du bringst Lars währenddessen in meine Wohnung!«

»Ist die denn schon fertig?«, fragte Kevin.

»Seit vorgestern. Allerdings bin ich gerade erst dabei einzuziehen, und es ist noch recht chaotisch.«

Die Möbel standen zwar schon, aber ich musste erst noch die ganzen Umzugskartons und Tüten voller Klamotten auspacken.

Schon hörte ich die aufgeregten Stimmen der Gäste aus dem Foyer. Ich drückte Kevin meinen Wohnungsschlüssel in die Hand. »Lars soll auf mich warten, bis ich an der Rezeption fertig bin. Aber pass auf, dass er nicht Markus in die Arme läuft, okay?«, bläute ich ihm ein. »Ich möchte nicht, dass die beiden sich begegnen. Ich gebe dir sechzig Sekunden Vorsprung und übernehme dann die Rezeption. Ich verlasse mich auf dich, Kevin!«

Er nickte stolz. »Wird erledigt, Chefin!« Er salutierte vor mir wie ein Feldwebel und wandte sich zum Gehen, hielt dann jedoch noch mal inne. »Stimmt das eigentlich? Ich meine, dass der Typ Ihr Lover ist.«

Ich schüttelte den Kopf. »Nein! Wir haben uns getrennt, bevor ich nach Rügen gekommen bin.«

Wenn mich nicht alles täuschte, schien Lars allerdings anderer Meinung zu sein. Ansonsten wäre er kaum hier aufgetaucht. Er hatte meine zahlreichen Entschuldigungen wohl irgendwie missverstanden.

Kevin grinste. »Zum Glück! Sie haben etwas Besseres verdient als diesen Eklon.«

Ich wusste zwar nicht, was ein Eklon war, aber ich nahm es mal als Kompliment. »Danke, das ist lieb von dir.« Ich scheuchte ihn mit beiden Händen davon. »Jetzt aber los!«

»Jawohl, Chef. Bereit für *Mission Impossible*!« Breit grinsend trabte Kevin los.

Nach einer Minute lugte ich wie ein Spion um die Ecke und sah gerade noch, wie Kevin mit Lars im Flur neben der Rezeption verschwand. Das war zwar ein Umweg zu meiner Wohnung, doch auf diese Weise würden sie wahrscheinlich nicht auf Markus treffen. Damit war diese potenzielle Katastrophe schon mal abgewendet. Kevin war ein Schatz!

Dank meiner jahrelangen Routine schaffte ich es, die Hochzeitsgesellschaft souverän in Empfang zu nehmen, mich für die Verzögerung bei der Zimmerverteilung zu entschuldigen und sie erfolgreich mit einer Flasche Wein pro Zimmer zu besänftigen. Alkohol als Bestechung klappte immer. Nach außen hin ließ ich mich nicht aus der Ruhe bringen. Nicht einmal, als bei all dem Trubel auch noch eine der Putzfrauen neben mir auftauchte, weil sie ausgerechnet jetzt mit mir über eine Gehaltserhöhung sprechen wollte. Gerade als ich den Eltern des Bräutigams den letzten Zimmerschlüssel in die Hand drückte und ihnen einen schönen Aufenthalt wünschte, tauchte Markus vor der Rezeption auf.

»Jule, ich glaube, wir beide haben noch einiges zu besprechen«, meinte er in ernstem Tonfall.

»Auf jeden Fall.« Auch ich wollte die Sache mit Lars so schnell wie möglich richtigstellen. »Zuerst muss ich allerdings mit Frau Haage einen Termin machen, um über ihre Gehaltserhöhung zu reden, und danach …«

»JULE!«, schrie in diesem Augenblick eine Männerstimme durchs Foyer. »Jule, das ist ja fantastisch!«

»Lars?«, entfuhr es mir leicht hysterisch. Warum wartete er denn nicht in meiner Wohnung auf mich?

Wie ein geölter Blitz rannte ich hinter dem Tresen hervor, um dieses peinliche Aufeinandertreffen in letzter Sekunde zu verhindern. Doch da fiel mir mein Exfreund auch schon freudestrahlend um den Hals. Das süßliche Aftershave, das Lars so sehr liebte, hüllte mich ein, und seine linke Hand landete direkt auf meinem Hintern. Da Lars nur wenig größer war als ich, gelang ihm das mühelos.

»Dann war unser Baby–Projekt ja doch erfolgreich«, rief er begeistert. »Julchen, du ahnst gar nicht, wie glücklich mich das macht.«

Wie bitte? Wie kam er denn auf diese Schnapsidee? Hinter ihm tauchte nun Kevin auf, der entschuldigend mit den Schultern zuckte.

»Was meinst du denn damit?«, krächzte ich.

Endlich gab Lars mich wieder frei und hielt mir meinen Schwangerschaftstest unter die Nase. Ach du lieber Himmel, Lars musste ihn in meiner Wohnung entdeckt haben! Ich hatte den Test gestern auf einem Beistelltisch direkt neben der hässlichen Sonnenuntergangslampe aus Florida liegen gelassen.

»Wie weit bist du denn jetzt? Vierter oder fünfter Monat?« Lars starrte mich mit aufgerissenen Augen an und fasste mir im nächsten Moment auch schon an den Bauch. »Man sieht ja noch gar nichts. Aber dein Busen ist eindeutig gewachsen, mein lieber Scholli!«

Ich war vor Schreck wie gelähmt. Zwar öffnete und schloss ich mehrmals meinen Mund, aber ich brachte kein einziges Wort hervor. Kevin und Frau Haage starrten mich mit einer Mischung aus Faszination und Ungläubigkeit an, während Markus' Miene völlig versteinert wirkte.

Davon schien Lars allerdings nichts mitzubekommen. Er fuhr sich mit einem glücklichen Seufzen durch seine rotblonden Haare. »Offenbar gehörst du zu den Frauen«, meinte er gut gelaunt, »die in der Schwangerschaft kein Gramm zunehmen. Das ist wohl Glück für uns beide, Julchen!«

Ich hasste es, wenn er mich so nannte.

»Nein, Lars!«, brachte ich endlich hervor. »Das ist ein riesengroßes Missverständnis.«

Wie kam er nur auf die Idee, dass ich schon im vierten oder fünften Monat sein könnte? Ich hatte in meinem ganzen Leben noch keine Schwangere im fünften Monat gesehen, die einen so flachen Bauch hatte. Jedem hier musste klar sein, dass das zeitlich nie und nimmer hinkam! Nur Lars offenbar nicht. Am liebsten hätte ich ihm sofort klipp und klar gesagt, dass er nichts mit meiner Schwangerschaft zu tun hatte. Aber mitten im Foyer und vor meinen Angestellten die Frage der Vaterschaft zu klären, widerstrebte mir zutiefst. Was machte das denn für einen Eindruck? Das wäre fast wie in einer niveaulosen Talkshow, bei der Jule S. kaugummikauend die möglichen Väter ihres Kindes vor der Kamera präsentierte. Die Situation war ohnehin an Peinlichkeit kaum zu überbieten.

Lars blinzelte mich irritiert an, dann hellte sich seine Miene jedoch schlagartig auf. »Habe ich da etwa ein Geheimnis ausgeplaudert?« Er blickte in die Runde. »Oh ja, ich sehe in lauter erstaunte Gesichter! Tja, jetzt ist die Katze aus dem Sack, wie man so schön sagt.« Er zuckte beiläufig mit den Schultern. »Tut mir leid, Jule, aber lange hättest du es sowieso nicht mehr für dich behalten können.«

Zu allem Überfluss marschierte er nun auf Markus zu und streckte ihm die Hand hin. »Sind Sie Jules Geschäftspartner? Ich bin Lars, Jules Freund aus München und ihr zukünftiger Ehemann. Denn unter diesen Umständen wird natürlich geheiratet.« Lars drehte sich zu mir um und zwinkerte mir zu. »Nicht wahr, Julchen?«

Mir rutschte das Herz in die Hose. »Heiraten?«, ächzte ich.

Also bitte, ich würde doch keinen Eklon heiraten! Lieber zog ich mein Kind alleine in einem Ein-Zimmer-Iglu am Nordpol auf. Mal von der nicht unwichtigen Tatsache abgesehen, dass Lars überhaupt nicht der Vater meines Kindes war.

Lars hielt Markus immer noch die ausgestreckte Hand hin, doch der ignorierte sie einfach. »Ich verstaue dann mal die restlichen Akten«, sagte er kühl und wandte sich zum Gehen. In dem Blick, den er mir zuwarf, lagen so viel Enttäuschung und Bitterkeit, dass mir ganz schlecht wurde.

Kaum war Markus im Flur neben der Rezeption verschwunden, legte Lars schon wieder los: »Dein Geschäftspartner scheint nicht glücklich über deine Schwangerschaft zu sein. Kann man ihm nicht verübeln. Wenn du mit mir zurück nach München kommst, wird er das Hotel schließlich allein leiten müssen.«

Lars hatte also einfach so entschieden, dass ich mein Hotel aufgeben und mit ihm zurück nach München kommen würde? Ohne auch nur ein einziges Mal mit mir darüber zu sprechen? Er hatte sich wirklich kein bisschen verändert. Hätte ich nachgefragt, hätte er vermutlich behauptet, dass er das aus Liebe tat. Weil er nur das Beste für mich wollte. Aber das hier war keine Liebe. Jedenfalls keine, die mich glücklich machen würde. Und genau deshalb würde ich mir das nicht länger gefallen lassen.

»Sei endlich still!«, fuhr ich ihn an.

Ups! Wahrscheinlich hatte man mich im ganzen Schloss gehört. Für einen Augenblick herrschte Totenstille im Foyer. Ich atmete tief durch, um meine Fassung zurückzugewinnen.

»Lars, komm mit nach draußen! Wir beide müssen dringend miteinander sprechen. Unter vier Augen.«

»Ach herrje, Schwangere und ihre Launen!«, stöhnte Lars, während er mir folgte.

*

Muffin trottete hinter uns her, während Lars und ich nebeneinander auf dem Kiesweg durch den Park liefen.

»Als Erstes würde mich interessieren, weshalb du plötzlich hier auftauchst, Lars«, begann ich unser Gespräch. »Vor ein paar Monaten hast du schließlich gesagt, dass du mich nie wiedersehen willst.«

»Das war doch verständlich, oder?«, meinte Lars. »Du hast mein Vertrauen missbraucht, mich verraten und aufs Schlimmste hintergangen.«

Ich schluckte schwer. Plötzlich war mein schlechtes Gewissen wieder genauso präsent wie bei unserer Trennung.

»Es hat eine Weile gedauert, bis ich den Schmerz und die Trauer über deinen Verrat überwunden habe«, fuhr Lars fort. »Erst vor zwei Wochen war ich seelisch dazu in der Lage, all deine Nachrichten zu lesen und meine Mailbox abzuhören.« Er blieb stehen und seufzte tief auf. »Und ich gebe zu, dass ich dich und dein Verhalten jetzt besser verstehe, Julchen. Bei unserem Baby-Projekt habe ich an ein oder zwei Punkten wohl tatsächlich übertrieben.« Es fiel ihm offenbar nicht leicht, diesen Fehler zuzugeben. An einen Baum gewandt fügte er kaum hörbar hinzu: »Zum Beispiel als ich dir dein Handy wegen der elektromagnetischen Strahlung wegnehmen wollte.«

»Schön, dass du das so siehst«, sagte ich dankbar.

Muffin trat neben mich und drückte sich an mich. Lars hatte er bisher kaum eines Blickes gewürdigt, was allerdings kein Wunder war. Mein Ex hatte schließlich nur kurz Muffins Herrchen gespielt.

»Ich bin mir meiner Schuld durchaus bewusst, Lars. Aber ich bin auch froh, dass du das alles mittlerweile objektiver sehen kannst.«

»Das tue ich, Julchen«, versicherte er mir. Mit bewegter Miene ergriff er meine Hand. »Deshalb bin ich bereit, dir zu verzeihen. Lass uns noch einmal von vorne anfangen!«

»Äh ...« Mist, genau das hatte ich befürchtet! Ich fühlte mich wie ein herzloses Scheusal.

Vorsichtig entzog ich ihm meine Hand. »Natürlich bin ich erleichtert, dass du mir verzeihst! Aber ich habe hier auf Rügen ein neues Zuhause gefunden. Für mich gibt es kein Zurück mehr. Auch für uns beide nicht.«

Lars blinzelte mich verständnislos an. »Aber was ... was ist mit all deinen Entschuldigungen?«, stammelte er. »Du hast gesagt, du bereust, was du mir angetan hast, und würdest es sofort rückgängig machen, wenn du könntest.«

»Das stimmt auch. Ich bereue, dass ich dich angelogen und

hintergangen habe. Dass ich dich hingehalten habe, statt einen Schlussstrich zu ziehen«, erklärte ich ihm geduldig. »Aber das ist Monate her, und mein Leben ist nach unserer Trennung weitergegangen.«

»Und was soll das jetzt genau heißen?«

Ich holte tief Luft, um mir Mut zu machen. Dieses Mal würde ich dem Konflikt nicht aus dem Weg gehen und ehrlich zu Lars sein. »Ist dir nie der Gedanke gekommen, dass wir in Wahrheit überhaupt nicht zusammenpassen? Im Grunde ist unsere einzige Gemeinsamkeit, dass sich jeder von uns nach einer Familie sehnt. Aber das ist keine echte Liebe und auch keine Basis für eine Beziehung, Lars! Wir unterscheiden uns in den wirklich wichtigen Dingen. Du bist ordnungsliebend, und ich bin chaotisch. Du kümmerst dich um deine Partnerin, aber hast in einer Beziehung auch gerne das Sagen. Ich dagegen wünsche mir eine gleichberechtigte Partnerschaft, in der man Rücksicht auf den anderen nimmt. Und offen gestanden: Ich fand es schrecklich, dass du mich an meinen freien Tagen nie hast ausschlafen lassen.«

Immer noch blickte Lars völlig verständnislos drein. Oh Gott! Ich musste wohl deutlicher werden. »Ich bin die völlig falsche Frau für dich, denn ich kann nicht so sein, wie du mich gern hättest. Wir beide wären niemals glücklich miteinander geworden. Es tut mir leid, Lars, aber ich empfinde nichts mehr für dich.«

Ich wandte mich zur Seite und wollte unseren Spaziergang fortsetzen, doch Lars hielt mich am Arm fest.

»Wie kannst du so etwas nur sagen, Jule? Denk doch mal an unser Kind!«

Jetzt betatschte er schon wieder ungefragt meinen Bauch. Ich musste mir für die weitere Schwangerschaft unbedingt ein

T-Shirt besorgen mit der Aufschrift: *Wenn Sie MIR an den Bauch fassen, stecke ich IHNEN den Finger ins Ohr!*.

»Lars, ich habe *die Pille* genommen!«, sagte ich überdeutlich. »Erinnerst du dich? Deshalb haben wir uns getrennt.«

»Was willst du damit sagen?«

Ich seufzte tief auf. Auch wenn ich Lars damit verletzte, blieb mir wohl nichts anderes übrig, als es ganz offen auszusprechen.

»Du bist nicht der Vater des Kindes«, erklärte ich unmissverständlich. »Ich bin noch ganz am Anfang der Schwangerschaft.«

Lars zog so schnell die Hände von meinem Bauch, als hätte er sich daran verbrannt. »Du hast mich betrogen?«

Ich schnappte empört nach Luft. »Nein, ich habe dich *nicht* betrogen«, stellte ich mit Nachdruck fest. »*Du* hast vor ein paar Monaten unsere Beziehung beendet.«

Einen langen Augenblick herrschte Schweigen. Eine Sommerbrise spielte mit den Blättern der Bäume, und ein sanftes Rauschen erfüllte die Luft. An Lars' Miene konnte ich ablesen, wie es in seinem Inneren arbeitete. Schließlich schienen seine Wut und Enttäuschung die Oberhand zu gewinnen.

Seine Augen verengten sich. »Wer ist der Kerl?«

Ich schüttelte müde den Kopf. »Das ist doch vollkommen gleichgültig.«

»Das ist es ganz und gar nicht.« Sein Gesicht nahm eine dunkelrote Farbe an. »Schließlich war ich dir als Vater deines zukünftigen Kindes nicht gut genug. Mich würde schon interessieren, was für ein Mann deinen hohen Ansprüchen genügt. Er muss ja ein toller Kerl sein, wenn er dir so schnell ein Kind machen durfte.«

Lars war verletzt, dafür hatte ich Verständnis. Am besten

ich blieb ruhig! Wenn ich ebenfalls gereizt reagierte, würde es nur in einem unschönen Eklat enden.

»Lars, es tut mir leid!«, meinte ich beschwichtigend. »Und dass ich jetzt schwanger bin, hat nichts mit irgendwelchen erfüllten oder nicht erfüllten Ansprüchen zu tun. Glaub mir bitte, ich habe das so nicht gepla…«

»Das wirst du noch bereuen, das schwöre ich dir!«, zischte er wutentbrannt.

Nun war ich es, die ihn verwirrt anblinzelte. »Was willst du denn damit sagen?«

Ohne ein weiteres Wort machte Lars kehrt und stürmte zum Schloss zurück.

34. Kapitel

»Lars?« Ich lief ihm nach, aber er hatte ein enormes Tempo vorgelegt, sodass ich kaum hinterherkam.

In kürzester Zeit hatte er den menschenleeren Besucherparkplatz erreicht. Die meisten Gäste waren schon zum Strand oder zu ihren Tagesausflügen aufgebrochen.

»Was soll denn das?«, fragte ich keuchend.

»Du glaubst wohl, du kannst dir alles erlauben.« Er warf mir über die Schulter einen kalten Blick zu. »Du verletzt die Menschen in deiner Nähe und nimmst keinerlei Rücksicht auf sie. Aber mir reicht es endgültig, Jule! Ich werde dir zeigen, wie sich das anfühlt.«

Er drückte auf seinen Autoschlüssel und öffnete die Tür zum Rücksitz. Dann beugte er sich vor und fixierte zu meiner Überraschung Muffin, der direkt neben mir stand.

»Komm, mein Junge!« Er klopfte auffordernd auf seinen Oberschenkel. »Komm, ab mit dir ins Auto!«

Was? Wollte Lars mir allen Ernstes Muffin wegnehmen? Mein Herz zog sich vor Schreck zusammen. Reflexartig streckte ich die Hand aus und legte sie auf Muffins Halsband. Dieser tollpatschige Riesenhund und ich waren in den vergangenen Monaten zu einer Einheit zusammengewachsen.

»Lars, bitte!«, versuchte ich ihn zu besänftigen. »Ich verstehe ja, dass ich dich verletzt habe. Aber denk doch daran, was das Beste für den Hund ist! Muffins Zuhause ist hier bei mir. Du bist ein völlig Fremder für ihn.«

»Das ist mir doch egal!«, spie er hasserfüllt aus. »Ich bin extra nach Rügen gefahren, um mich mit dir zu versöhnen. Und was ist der Dank dafür? Ich muss erfahren, dass du von irgend so einem Idioten schwanger bist. Jetzt sollst du genauso leiden wie ich, Jule. Wer sich wie ein Miststück verhält, der wird von mir auch so behandelt!«

Fassungslos starrte ich Lars an. Wie hatte ich diesen Mann nur jemals liebenswert finden können? Natürlich kannte ich diese cholerischen Anfälle, die er stets bekam, wenn etwas anders lief als geplant. Aber bisher hatte ich dafür immer irgendwelche Entschuldigungen gefunden. Und nun wurde mir zum ersten Mal klar, dass es da nichts zu entschuldigen gab. Sein Verhalten war einfach abscheulich.

»Komm zu Herrchen!«, lockte Lars weiter, doch sein Tonfall wurde zunehmend schärfer. »Sei ein braves Hundchen.«

Zum Glück reagierte Muffin nicht und blieb stur neben mir stehen.

»Sei wütend auf mich, damit kann ich leben«, versuchte ich noch einmal, Lars zur Vernunft zu bringen. »Schrei mich an oder … oder verbrenn meine Schuhe! Aber zieh Muffin nicht in diese Sache hinein. Das kannst du nicht machen!«

»Und wie ich das kann!« Lars setzte ein triumphierendes Grinsen auf. »Schließlich habe ich ihn gekauft, und damit bin ich offiziell sein Besitzer. Ich werde ihn dir wegnehmen, und du kannst nichts dagegen tun. Vielleicht stecke ich diese unerzogene Riesentöle auf dem Rückweg einfach in irgendein runtergekommenes Tierheim. Aber du wirst nicht wissen, wo!«

Oh Gott! Er konnte mir Muffin wirklich wegnehmen. »Aber … aber …«, stammelte ich hilflos.

Da Muffin noch immer nicht auf seine Befehle reagierte,

stapfte Lars nun zu uns, packte den Hund an den Vorderpfoten und zog ihn unter sichtlicher Anstrengung zum Wagen. Muffin jaulte auf und warf mir einen hilfesuchenden Blick zu.

Dieses Mal würde ich nicht einfach tatenlos zusehen, wie Lars ausflippte. »Nein«, schrie ich. »Lass ihn sofort los!«

Hätte ich Muffin doch nur den Befehl »Fass« beigebracht! Aber er konnte trotz seiner Größe keiner Fliege was zuleide tun. Deshalb stürzte ich mich nun heldenhaft auf meinen Exfreund und klammerte mich an ihn, um ihn aufzuhalten.

»Lass ihn sofort los, du Scheißkerl!«

Ich trommelte mit meinen Fäusten auf seinen Rücken und versetzte ihm gleichzeitig einen Tritt ans Schienbein. Tatsächlich ließ Lars den Hund für einen Moment los. Allerdings nur, um mich mit zorniger Miene von sich zu stoßen. Mit einem Aufschrei stolperte ich nach hinten und landete hart auf dem Boden.

Ein scharfer Schmerz durchfuhr meine Hüfte, und die Hand, mit der ich meinen Sturz abgefangen hatte, begann sofort zu brennen. Lars würdigte mich keines Blickes. Er hatte Muffin schon halb im Auto und packte ihn nun an den Hinterläufen, um ihn vollends auf den Rücksitz zu bugsieren. Als ich Muffin aus dem Inneren des Wagens leise winseln hörte, schossen mir die Tränen in die Augen.

»Bitte, Lars«, schluchzte ich. »Tu ihm das nicht an.«

»Lassen Sie sofort den Hund los!«, sagte in diesem Moment eine tiefe Stimme. Ihr Klang war so kühl und autoritär, dass Lars reflexartig innehielt.

Blinzelnd schaute ich nach oben. »Markus?«

Mit wenigen Schritten war er bei mir und kniete sich neben mich. Seine Hündin Kira folgte ihm auf dem Fuße.

»Bist du verletzt?«, fragte Markus besorgt. »Hat er dir wehgetan?«

Ich schüttelte schniefend den Kopf. »Ich hab nur ein paar Abschürfungen an der Hand und morgen wahrscheinlich einen blauen Fleck an der Hüfte.«

Er umfasste meine Schultern und half mir wieder aufzustehen.

»Ist wirklich alles in Ordnung?«, hakte er nach.

»Mir geht es gut, aber ... aber Muffin ...« Meine Stimme brach und ich machte eine Kopfbewegung in Lars' Richtung. »Er will ihn mir wegnehmen, um sich an mir zu rächen.«

Mein Exfreund hielt Muffins Hinterläufe immer noch fest umklammert, doch er war mitten in der Bewegung erstarrt. Markus' Auftauchen hatte Lars sichtlich aus dem Konzept gebracht. Hektisch wanderte sein Blick zwischen Markus und mir hin und her. Er konnte sich offenbar nicht entscheiden, wie er sich nun verhalten sollte.

Markus fixierte ihn mit zusammengezogenen Augenbrauen. »Hatte ich Ihnen nicht gesagt, dass Sie den Hund loslassen sollen?« Ohne ihn aus den Augen zu lassen, lief Markus auf ihn zu und baute sich vor ihm auf. Endlich ließ Lars Muffin los, um sich ebenfalls aufzurichten. Doch er musste den Kopf in den Nacken legen, um zu Markus aufzusehen.

Muffin nutzte den Moment. Er schob sich an den Männern vorbei aus dem Auto und sauste wie der Blitz zu mir. Sofort ging ich in die Knie und klammerte mich an ihn. Beim nächsten Entführungsversuch würde Lars mich mitsamt dem Hund in den Wagen wuchten müssen! Mal sehen, ob er das schaffte. Kira stellte sich solidarisch neben uns und versetzte Muffin einen freundschaftlichen Stups mit der Nase. Offenbar hatte sie den Rüden mittlerweile in ihr Herz geschlossen.

Doch für Markus war die Sache noch nicht erledigt. »Sie haben eine Frau, noch dazu eine *schwangere* Frau, brutal zu Boden gestoßen. Wissen Sie, was ich von Männern wie Ihnen halte?« Ein Muskel in seinem Kiefer zuckte vor unterdrückter Wut.

Lars schluckte schwer und lief vor Scham rot an. »Das … das war doch keine Absicht«, stammelte er. »Ich bin keiner dieser Typen, die Frauen schlagen! Ehrlich nicht. Das war nur ein Versehen.«

Auf Markus schien das allerdings nicht viel Eindruck zu machen. »Ich finde trotzdem, dass Sie sich bei Jule entschuldigen sollten.«

Lars Blick zuckte zu mir herüber. »Und wenn ich das nicht will?«, entgegnete er trotzig.

Um Markus' Lippen spielte ein gefährliches Lächeln. »Kira«, sagte er leise.

Er gab seiner Hündin ein Handzeichen, woraufhin sie sich breitbeinig an seine Seite stellte und Lars fixierte. Sie bleckte die Zähne, und das Knurren, das sie dabei ausstieß, jagte mir einen Schauder über den Rücken. Himmel, in Markus' sanftmütiger Jagdhündin steckte ein Monster!

Lars hob abwehrend die Hände und wich zurück.

»Haben Sie es sich vielleicht anders überlegt?«, fragte Markus freundlich.

Lars fuhr sich nervös über die Lippen. »Okay«, gab er nach. »Jule, ich entschuldige mich. Ich hätte dich nicht so hart wegstoßen dürfen. Das tut mir leid.«

Seine Entschuldigung war zwar erzwungen und deshalb nicht viel wert, aber es war besser als nichts. »Angenommen«, sagte ich knapp.

Allem Anschein nach zerriss es Lars innerlich fast, weil er

seinen Rachegelüsten nicht weiter nachgehen konnte. »Aber glaub nicht, dass es deswegen vorbei ist, Jule«, fügte er drohend hinzu. »Ich werde …«

»Sie werden uns jetzt verlassen!«, fiel ihm Markus entschieden ins Wort. »Wirklich bedauerlich, dass Sie schon wieder den Heimweg antreten müssen.«

Er packte Lars am Arm, führte ihn entschlossen um das Auto herum und öffnete die Fahrertür. Aber anstatt ihn umgehend hinter das Lenkrad zu befördern, hielt Markus kurz inne und sagte etwas zu Lars. Leider senkte er dabei die Stimme, sodass ich kein Wort verstand. Ich konnte nur erkennen, dass Lars immer blasser wurde. Schließlich senkte er den Blick und nickte, während Markus ihm mit zufriedener Miene auf die Schulter klopfte.

»Ich denke, wir haben uns verstanden!«, sagte er nun wieder lauter.

Ohne mich noch einmal anzusehen, setzte Lars sich in den Wagen und fuhr davon. Kaum war sein Auto außer Sichtweite, stürmte ich auf Markus zu und fiel ihm um den Hals. Vor Erleichterung kamen mir schon wieder die Tränen. Diese doofen Hormone!

»Ich bin so froh, dass du gekommen bist!«, sagte ich schniefend, während ich ihn gleichzeitig anstrahlte. »Ohne deine Hilfe wäre Muffin jetzt schon auf dem Weg nach München. Es tut mir leid, dass du da hineingezogen wurdest.«

»Du musst dich nicht bei mir entschuldigen«, versicherte er mir. »Schließlich kannst du nichts dafür, dass dein Ex die Kontrolle verloren hat. Ich war in der Bibliothek und habe euren Streit mitbekommen.«

»Ich weiß gar nicht, wie ich dir danken soll.«

Er räusperte sich kurz, ehe er fragte: »Dann werdet ihr beiden wohl nicht heiraten?«

»Quatsch!« Ich schüttelte nachdrücklich den Kopf. »Schon bevor ich nach Rügen gekommen bin, war unsere Beziehung beendet. Abgesehen von einer einzigen SMS hatten wir keinen Kontakt mehr zueinander.«

Markus wirkte erleichtert, was wiederum mich mit Erleichterung erfüllte. Seinen enttäuschten Blick vorhin an der Rezeption würde ich ganz sicher nicht so schnell vergessen.

»Die Sache mit der Schwangerschaft«, begann ich vorsichtig. Ich musste das Thema jetzt ansprechen. Obwohl Markus rein rechnerisch selbst klar sein musste, dass Lars nicht der Vater sein konnte. Womit nur ein Kandidat übrig blieb. Es tat mir wirklich leid, dass Markus es ausgerechnet auf diese Weise erfahren hatte. »Lars hat da etwas missverstanden. Also, schwanger bin ich natürlich schon, aber ...«

»Tut mir leid, aber darüber möchte ich jetzt wirklich nicht sprechen«, fiel Markus mir ins Wort. Er hob abwehrend die Hände und war sichtlich blass um die Nasenspitze geworden.

»Oh. Okay«, stammelte ich überrascht.

Nun ja, eigentlich konnte ich es ihm nicht verübeln. Ich selbst war schließlich fast in Sophies Garderobe kollabiert, als ich von der Schwangerschaft erfahren hatte. Im Vergleich dazu hielt Markus sich noch ganz passabel.

Der Schock über Lars' Auftritt ließ langsam nach, doch meine Knie fühlten sich immer noch weich an. Außerdem war mir schwindlig. Lag das an Markus' Nähe? Hm, schwer zu sagen.

»Was hast du eigentlich zu Lars gesagt? Ich meine, kurz bevor er fluchtartig davongefahren ist.«

»Das war nur ein kleines Gespräch unter Männern«, wiegelte Markus schulterzuckend ab. »Auf alle Fälle musst du dir keine Sorgen machen, dass er sich hier noch einmal blicken lässt.«

Ich hob eine Augenbraue. »Hast du ihm etwa gedroht?«

»Wenn, dann habe ich das äußerst höflich und freundlich getan.«

»Natürlich«, entgegnete ich lächelnd. »Ein Gentleman muss immer den richtigen Tonfall wahren.«

Er setzte eine blasierte Miene auf, die eines englischen Lords würdig gewesen wäre. »In der Tat.«

Obwohl mein Schwindelgefühl sich hartnäckig hielt, musste ich auflachen. »Ich wusste doch, dass du zu den Guten gehörst. Du bist ganz und gar nicht wie dein Vater, Markus. Du könntest niemals so werden wie er!«

Meine Feststellung erinnerte mich wieder an unser Gespräch, das wir vor Lars' Auftauchen geführt hatten. Zwar empfanden wir beide etwas füreinander, doch die Aussicht, Vater zu werden, löste in Markus bestimmt eine Reihe beängstigender Gefühle aus. Kein Wunder, dass er darüber nicht sprechen wollte.

Markus wandte sich in Richtung Hoteleingang. »Vielleicht sollten wir wieder hineingehen?«

Ich nickte und wollte ihm gerade folgen, als mir für einen Moment schwarz vor Augen wurde. »Markus!« Ich klammerte mich an seinem Arm fest, damit ich nicht schon wieder auf dem Boden des Parkplatzes landete.

Sofort legte er die Arme um mich. »Hast du dich bei dem Sturz doch verletzt?«

»Nein, nein.« Ich versuchte, beruhigend zu lächeln. Leider war das gar nicht so einfach, weil sich vor meinen Augen alles drehte. »Das ist nur der Kreislauf. Der Arzt hat mich vorgewarnt, dass ich damit Probleme bekommen könnte. Besonders wenn ich zu viel Stress habe oder mich aufrege.«

Das war nur die halbe Wahrheit. Eigentlich hatte er gesagt, dass schwangere Frauen *in meinem Alter* dazu neigten, in den ersten Wochen der Schwangerschaft Kreislaufprobleme zu bekommen. So eine Frechheit!

»Er hat mir Tropfen mitgegeben, so ein Pflanzenpräparat, weil mein Blutdruck schon in der Praxis nicht besonders gut war. Sie sind in meiner Handtasche.«

»Ich bringe dich in deine Wohnung«, sagte Markus entschlossen. »Und dann ruhst du dich aus. Keine Widerrede! Heute arbeitest du nicht mehr.«

Zur Abwechslung zeigte ich mich mal einsichtig. »Na schön«, gab ich mich seufzend geschlagen.

35. Kapitel

Markus ließ es sich nicht nehmen, mir eigenhändig die Kreislauftropfen einzuflößen. Es war irgendwie schön, von ihm umsorgt zu werden. Daran hätte ich mich gewöhnen können.

Eine halbe Stunde später lag ich auf meinem nagelneuen Bett und musste mir Mühe geben, die Augen offen zu halten. Leider hatte ich noch kein Bettzeug hier in der Wohnung, sodass ich mit der blanken Matratze, einem Sofakissen und einer dünnen Decke vorliebnehmen musste.

Gerade zog Markus die gelb geblümten Vorhänge zu, die Nane für mich genäht hatte. Sofort wurde es dunkler, doch einige Sonnenstrahlen verirrten sich trotzdem noch ins Zimmer und zeichneten tanzende Flecken an die Decke.

»Auf der Flasche steht, dass man von den Tropfen müde wird«, informierte Markus mich. Er schob sich an einem Umzugskarton mit Büchern vorbei und setzte sich neben mich auf die Bettkante. »Merkst du schon was?«

»Ne, ich bin topfit«, murmelte ich schläfrig.

Er nahm mit spitzen Fingern einen kleinen Schlumpf-Schutzengel von meinem vollgestellten Nachttisch. »Kaum zu glauben, dass du dieselbe Frau bist, die unsere Gästezimmer so elegant eingerichtet hat«, sagte er.

»Finger weg!« Ich mobilisierte meine letzten Kraftreserven und entwand Markus den Engel. »Den hab ich schon seit meiner Kindheit. Der passt auf mich auf, wenn ich schlafe.«

»Dir ist schon klar, dass du schwer Nippes-süchtig bist, Jule?«

»Bin ich nicht!« Ich stellte den Schlumpf-Engel sorgsam auf den Nachttisch. Direkt neben einer Muschel vom Strand und einem herzförmigen Kieselstein aus der Provence. »Ich mag eben Erinnerungsstücke.« Schlapp ließ ich mich zurück auf das Kissen sinken. »Wenn ich sie mir ansehe, rufen sie Bilder und Gefühle in mir wach«, erzählte ich ihm. »An mein Leben, meine Reisen und die Menschen, die mir wichtig sind. Meine Erinnerungsstücke sind wie ein geheimes Fotoalbum, dessen Bilder nur ich sehen kann. Sie erinnern mich in schlechten Zeiten daran, wie viele schöne Momente das Leben zu bieten hat.«

»So wie du das sagst, klingt es wunderschön.« Er nahm den herzförmigen Kieselstein und drehte ihn nachdenklich zwischen den Fingern. »Für mich ist das nur ein Stein«, stellte er fast schon bedauernd fest. »Ich habe keine Ahnung, welche Erinnerung er in sich trägt.«

Ich zögerte einen Augenblick, doch dann gab ich mir einen Ruck. »Mach mal die Schublade auf«, bat ich ihn. »Da drin ist eines meiner neueren Erinnerungsstücke.«

Er öffnete sie und zog eine Augenbraue hoch. »Da drin liegt eine Kinderzeichnung. Mit einer Prinzessin und einem Ritter, der auf einer Giraffe reitet.«

»Es ist eine von deinen«, erklärte ich. »Sie hing im Speicher bei deinem Versteck.«

Erstaunt sah er mich an. »Weshalb hast du die mitgenommen? Künstlerisch ist sie ja nicht gerade anspruchsvoll.«

»Weil ich wegen dieser Zeichnung auf die Idee gekommen bin, dich zu küssen. Und das war die beste Idee, die ich jemals hatte. Dieser Kuss war der schönste meines Lebens.«

Markus nahm die Zeichnung in die Hand und schüttelte den Kopf.

»Was ist los?«, fragte ich. Bestimmt hielt er mich jetzt für völlig übergeschnappt.

»Ich versuche mir gerade darüber klar zu werden, warum ich es ungeheuer romantisch und liebenswert finde, dass dir diese krakelige Kinderzeichnung so viel bedeutet und du sie hier bei dir aufbewahrst.« Er warf mir einen irritierten Blick zu. »Ist das nicht total abgedreht?«

Für so eine Frage war ich als Nippes-Süchtige wohl der falsche Ansprechpartner. Ich fand das völlig normal. »Apropos: Dein Hemd, das du am Abend der Eröffnung getragen hast, habe ich auch geklaut.«

»Das habe ich wie verrückt gesucht«, grummelte er. »Ich habe schon an meinem Verstand gezweifelt, weil es plötzlich wie vom Erdboden verschluckt war.«

»Sorry!«

Ich konnte mir ein herzhaftes Gähnen nicht verkneifen. Dabei wusste ich, dass wir noch wichtige Dinge miteinander zu klären hatten. Ich musste unbedingt wach bleiben!

»Ich habe es nur mitgenommen, weil du mir wichtig bist«, murmelte ich.

Markus stützte sich mit der rechten Hand neben meiner Taille auf dem Bett ab.

»Du bist mir auch wichtig, Jule. Ich glaube, dir ist gar nicht bewusst, wie sehr.«

Er sah mir tief in die Augen. Ich wagte kaum zu atmen. Hatte mich jemals ein Mann so angesehen wie er? Als würde er in meinen Augen faszinierende Welten und unausgesprochene Träume entdecken.

»Du bist wie ein Wirbelwind in mein Leben gefegt und hast

meine Welt auf den Kopf gestellt. Mit deiner Herzlichkeit, deinem Temperament und deiner Dickköpfigkeit hast du meine Mauern einfach eingerannt. Du bringst mich dazu, alles infrage zu stellen, woran ich bisher geglaubt habe. Meine Lebensphilosophie, meine Wünsche, meine Ziele ...«

»Das ist gut!«, seufzte ich zufrieden.

»Bisher hat mich noch keine Frau so in meinem Inneren getroffen wie du. Und offen gestanden ...«, er holte tief Luft, »ist das alles ziemlich neu für mich. Ich weiß nicht recht, wie ich damit umgehen soll.«

»Das findest du schon heraus. Bisher machst du dich nämlich gar nicht schlecht«, entgegnete ich. Eines verstand ich allerdings immer noch nicht. »Aber weshalb hast du bei der Aussprache nach unserer ersten Nacht eigentlich so schnell die Flucht ergriffen? Wir standen auf dem Parkplatz, haben geredet. Und dann bist du einfach weggefahren.«

»Weil du aus heiterem Himmel vom Heiraten angefangen hast. Nach unserer ersten Nacht!« Der Vorwurf in seiner Stimme war unüberhörbar. »Schließlich ist es ganz neu für mich, dass ich mir eine feste Beziehung mit einer Frau vorstellen kann. Und dann kommst du mir gleich mit Heiraten!«

»Das war doch nur hypothetisch gemeint!«, sagte ich und verdrehte die Augen. »Mein Gott, bist du verkorkst, wenn es um Beziehungen geht.«

Markus zog eine Grimasse, doch sie wirkte traurig. »Endlich merkst auch du, wie kaputt ich bin.«

»Pah!« Ich wollte eine wegwerfende Handbewegung machen, aber ich war zu müde, um den Arm zu heben. »Wenn du glaubst, das schreckt mich ab, hast du dich geschnitten. Jetzt, wo ich weiß, dass du etwas für mich empfindest, bleib ich an dir kleben wie Frischhaltefolie.«

Er lachte leise. »Ich muss dich warnen: Das könnte ziemlich anstrengend werden.«

»Keine Sorge, für dich wird es ebenfalls anstrengend. Eine Beziehung mit mir ist nämlich auch kein Zuckerschlecken«, räumte ich ungewohnt selbstkritisch ein. »Aber unser superguter Sex wird uns darüber hinwegtrösten.«

Verdammt, hatte ich das gerade laut gesagt? So wie Markus jetzt grinste, hatte ich das wohl. »Du findest Sex mit mir also supergut?«

Da fielen mir spontan noch ein paar ganz andere Begriffe ein: Fantastisch. Leidenschaftlich. Ekstatisch.

»Och, na ja, es war recht zufriedenstellend«, antwortete ich bemüht neutral. Ich wollte das selbstzufriedene Funkeln in Markus' Augen nicht noch weiter befeuern. Leider verriet mich wohl mein gerötetes Gesicht, denn sein Grinsen wurde noch eine Spur breiter.

»Das ist gut zu wissen«, sagte er mit rauer Stimme, sodass sich die kleinen Härchen in meinem Nacken aufrichteten.

»Soll isch dir mal was sagen?«, fragte ich mit schwerer Zunge. Mann, diese Kreislauftropfen hauten mich echt um. »Ich weiß gar nicht, ob ich überhaupt noch heiraten wollen würde.« Hm, war das jetzt grammatikalisch korrekt? Ein Teil meines Gehirns befand sich offenbar schon im Tiefschlaf. »Eigentlich ist das doch gar nicht wichtig. Gerade erst habe ich nämlich gelernt, dass genau die Dinge, die man nicht geplant hat, oft das größte Glück sein können.«

Wie zum Beispiel das kleine Wunder, das in mir heranwuchs. »Ein Papier, auf dem steht, dass isch verheiratet bin, ist doch im Grunde bedeutungslos. Die Gefühle, die man füreinander hat, sind ausschlaggebend. Außerdem ...«, ich gähnte ausgiebig, »... wissen wir die wirklich wichtigen Dinge noch gar nicht voneinander. Zum Beispiel, ob du gut das Bad putzen kannst. Darin bin ich nämlich ganz schlecht.«

Mir fielen endgültig die Augen zu, doch ich hörte Markus lachen. »Stimmt, solche essenziellen Dinge müssen wir unbedingt noch klären. Das Bad kann ich schon mal putzen, das dürfte kein Problem werden.«

»Das ist gut! Keine Sorge, ich hör dir zu, red ruhig weiter.«

»Ich lass dich gleich schlafen. Gib mir nur noch eine Minute, okay?« Er griff nach meiner Hand und zeichnete mit seinem Daumen zärtliche Kreise auf meinen Handrücken. »Ich habe das Gefühl verrückt zu werden bei der Vorstellung, dich nicht bei mir zu haben. Du bist der Ausgangspunkt und der Endpunkt meiner Gedanken. Ich liebe dich, Jule.«

Obwohl ich schon dabei war, in den Schlaf zu gleiten, zauberte er mir damit ein Lächeln aufs Gesicht. Seine Worte waren wie der allerschönste Gute-Nacht-Kuss der Welt.

Ich hörte noch, wie Markus tief durchatmete und weitersprach, doch seine Stimme wurde immer leiser und verschwand in der Ferne.

»Aber ich weiß nicht, ob das ausreichen wird, Jule. Es tut mir leid. Diese Sache mit dem Baby ist für mich …«

36. Kapitel

Als ich die Augen aufschlug, dämmerte es bereits. Ich spürte ein schweres Gewicht auf meiner Schulter und einen warmen Lufthauch, der an meinem Hals entlangstrich.

»Markus?«

Die regelmäßigen Atemzüge stoppten abrupt, dann schmatzte jemand geräuschvoll. Der Geruch von schlecht geputzten Zähnen und Hundefutter stieg mir in die Nase.

»Ach, Muffin«, murmelte ich enttäuscht.

Ich schob seinen Kopf entschlossen von mir herunter. Das teure Hundebett, das ich gekauft hatte und das nun ungenutzt auf dem Boden lag, hätte ich mir vermutlich sparen können.

Ich knipste das Licht an und blickte auf den Wecker. Mist, ich hatte den ganzen Tag verschlafen! Dafür fühlte ich mich jetzt allerdings ausgeruht und hellwach. Auch von den Kreislaufproblemen war nichts mehr zu spüren.

Nach und nach stellten sich die Erinnerungen wieder ein. Markus hatte gesagt, dass er mich liebte! Beim Gedanken daran breitete sich ein Strahlen auf meinem Gesicht aus. Himmel, ich … ich war kurz davor, vor Glück zu platzen! Mir fehlten die Worte, um dieses federleichte und zugleich gewaltige Gefühl in meinem Inneren zu beschreiben. Ich musste Markus unbedingt sehen! Jetzt! Sofort! Aber bevor ich nach oben in seine Suite ging, sprang ich besser noch kurz unter die Dusche.

Ich setzte mich auf und griff nach meinem Handy, das ich

vor dem Hinlegen auf lautlos gestellt hatte. Sophie hatte zwei Mal angerufen, und auf WhatsApp gab es in der »Sag es Markus!«-Gruppe zahlreiche neue Beiträge von Katrin, Ariane, Jutta und Sophie. Zum Beispiel hatte Ariane geschrieben, dass sie immer, wenn sie Markus und mich zusammen sah, an Wladimir Klitschko und Hayden Panettiere denken musste, worüber sich die anderen köstlich amüsiert hatten. Also bitte! So extrem war der Größenunterschied zwischen Markus und mir auch wieder nicht. Nach kurzem Überlegen beschloss ich, die vier noch weiter zappeln zu lassen. Geschah ihnen recht!

In diesem Augenblick fiel mir eine weitere Nachricht auf, die von Markus stammte. Aber weshalb schrieb er mir denn? Schließlich konnte er einfach vorbeikommen. Ich öffnete die Nachricht mit einem mulmigen Gefühl.

Tut mir leid, aber ich musste weg, Jule. Ich brauche etwas Zeit, um mir darüber klar zu werden, wie es zwischen uns weitergehen soll. Bin deswegen in den nächsten Tagen nicht erreichbar. Ich hoffe, du kannst das verstehen.

Immer wieder las ich mir diese vier Sätze durch. Bis ich das Handy schließlich wie betäubt sinken ließ. Ich war nicht in der Lage, einen einzigen klaren Gedanken zu fassen. Ich konnte mir einfach keinen Reim auf Markus' Nachricht machen. Er hatte doch gesagt, dass er mich liebte, oder?

Moment mal … *Die Sache mit dem Baby*, hallte seine Stimme durch meinen Kopf. Kurz bevor ich eingeschlafen war, hatte er irgendetwas wegen des Babys gesagt. War die Schwangerschaft für ihn wirklich so furchtbar, dass er unserer Beziehung keine Chance geben wollte? Musste er deswegen über alles nachdenken?

Ich legte schützend die Hand auf meinen Bauch. Wenn

Markus damit nicht klarkam, hatte er leider Pech gehabt. Entweder nahm er mich und das Baby, oder er bekam gar nichts.

Ich versuchte, Markus anzurufen, um die Sache sofort zu klären, doch er hatte sein Handy tatsächlich ausgeschaltet. Wütend und verzweifelt ballte ich die Hände zu Fäusten. Wie konnte er mir das nur antun? Ich hatte keine Möglichkeit, irgendetwas zu unternehmen. Schließlich nahm ich mein Handy, öffnete die »Sag es Markus!«-Gruppe und verschickte ein einziges Wort: *Krisensitzung*.

*

Vierzig Minuten später saß ich mit Ariane, Jutta und Sophie auf meinem neuen Sofa. Wir hatten es irgendwie geschafft, uns zu viert unter eine Steppdecke zu kuscheln. Über mangelnde menschliche Nähe konnte ich mich somit nicht beschweren. Katrin hätte mir gern per Skype Beistand geleistet, aber leider befand sie sich gerade auf einem Elternabend des Kindergartens.

Zur Krisensitzung hatte Jutta zwei große Eisbecher und eine Liebesschnulze mitgebracht, und nun schmachteten sich Tom Hanks und Meg Ryan auf dem Fernsehbildschirm an. Ich hielt unterdessen einen der XXL-Eisbecher im Arm und löffelte Schokoladeneis. In meiner jetzigen Stimmung konnte ich mich nicht mit so etwas Überflüssigem wie Dessertschüsseln aufhalten.

»Ich finde es sehr beunruhigend, dass du nicht weinst«, stellte Sophie gerade fest. Es hörte sich fast wie ein Vorwurf an. »Seit du schwanger bist, weinst du wegen jedem Mist. Vor ein paar Tagen hast du sogar geflennt, weil der Himmel so schön blau war. Und jetzt sehe ich nicht eine einzige Träne.«

Alle drei starrten mich an wie ein Tier im Zoo.

»Das ist der Schock«, diagnostizierte Ariane. »Das kenne ich. Man ist so überwältigt von den Ereignissen, dass der Körper in eine Schockstarre verfällt und man alles nur noch wie ein Zuschauer im Film wahrnimmt.«

Besser hätte ich es nicht beschreiben können. Ich nickte wortlos und schob mir gleich noch einen Löffel Eis in den Mund. Was ich fühlte, war nur eine kalte Leere, die sich in jede Faser meines Körpers auszubreiten schien. Vielleicht kam das aber auch vom vielen Eis.

»Eine Handy-Nachricht ist immer noch besser als dein Schmierzettel auf dem Kopfkissen«, meinte Jutta, wohl in dem Versuch, mich zu trösten.

»Findest du?«, entgegnete ich zweifelnd. »Wenn er wenigstens ein aufmunterndes Emoticon hinzugefügt hätte. Etwas, das mir zeigt, dass die Dinge, über die er nachdenken muss, im Grunde gar nicht so dramatisch sind.«

Ariane verdrehte die Augen. »Für so etwas ist Markus doch gar nicht der Typ.«

Doch, war er! Seit er mir schrieb, verwendete er sogar Smileys. Weil er sichergehen wollte, dass ich den Tonfall seiner Nachrichten nicht missverstand. Weil ich ihm wichtig war.

»Vielleicht wollte er dir die Sache mit dem Zettel damit heimzahlen?«, mutmaßte meine Schwester. Sie nestelte fahrig an ihrem Pferdeschwanz herum.

»Wenn es schon am Anfang ihrer Beziehung solche fiesen Racheaktionen geben sollte, können sie das Ganze gleich vergessen«, erklärte Jutta rigoros.

Ariane nahm die Fernbedienung und stoppte den Film. Sofort war es mucksmäuschenstill im Zimmer. »Leute, ich will ja keine Pferde scheu machen, aber wir sollten Jule zuliebe der Realität ins Auge sehen«, verlangte sie. »Für mich sieht es nämlich so aus, als würde Markus mal wieder einen Rückzieher machen.«

»Niemals!« Sophie verschränkte die Arme vor der Brust und schüttelte vehement den Kopf. »Markus würde keine Frau im Stich lassen, die von ihm schwanger ist.«

»Du kennst ihn nicht so gut und lange wie ich, Sophie«, widersprach Ariane. »Ich will gar nicht abstreiten, dass er viel für Jule empfindet. Vielleicht kann er sich sogar eine Beziehung mit ihr vorstellen. Aber so wie ich ihn kenne, ist ihm die Sache mit dem Baby einfach zu heftig. Er ist eben kein Familien-Typ!«

Jutta blickte mich mit entschuldigender Miene an. »Ich gebe es ungern zu, aber für mich klingt das gar nicht so abwegig.«

Ariane nahm mir meinen Löffel weg und legte ihn beiseite, um meine Hand fest in ihrer zu halten. Sie sah mich so mitfühlend an, dass meine Kehle plötzlich wie zugeschnürt war. »Du solltest darauf vorbereitet sein, dass es für euch beide kein Happy End geben wird. Womöglich kommt Markus mit dieser Sache einfach nicht klar.«

Leider klang das auch für mich gar nicht so unwahrscheinlich. Ich stellte den XXL-Eisbecher wortlos auf den Tisch. Mir war der Appetit vergangen. Ich strich mir die Locken aus dem Gesicht und stieß ein bitteres Lachen aus.

»Du findest das zum Lachen?«, fragte Sophie stirnrunzelnd.

»Irgendwie schon.« Ich zuckte halbherzig mit den Schultern. »Ich hab's doch gar nicht so schlecht getroffen. Immerhin wurde ich dieses Mal weder bestohlen noch mit dem Zimmermädchen betrogen. Nein, dieses Mal liebt mich mein Auserwählter sogar aufrichtig, nur leider hat er eine Beziehungs- und Familienphobie, sodass er mich nicht in seinem Leben ertragen kann.« Ich kicherte erneut. Dieses Mal hörte es sich leicht hysterisch an. »Im Großen und Ganzen ist das doch ein Fortschritt in meinem Liebesleben, oder?«

»Ich habe kürzlich gelesen, dass Sarkasmus ganz schlecht für die geistige Gesundheit sein soll«, merkte Jutta mit einem besorgten Seitenblick an.

Ich fuhr mir seufzend über die Stirn. Und wie sollte es nun weitergehen? Hätte ich Markus doch nur nicht die Teilhaberschaft vorgeschlagen! Wenn Arianes Prophezeiung tatsächlich eintraf, hatte ich keinen Schimmer, wie ich es ertragen sollte, tagtäglich mit Markus im Schlosshotel zusammenzuarbeiten.

»Wäre ich heute Mittag nur nicht eingeschlafen!«, jammerte ich. »Dann wüsste ich jetzt wenigstens, was sein Problem ist. Diese doofen Kreislauftropfen.«

»Seltsam, dass die dich so umgehauen haben.« Sophie stand auf und nahm die Flasche von der Küchenzeile. Mit gerunzelter Stirn studierte sie das Etikett der Spezialmischung, die mir der Apotheker zusammengerührt hatte.

»Verdammt, diese Konzentration ist viel zu hoch!«, entfuhr es ihr. »Das kommt davon, wenn ein Schulmediziner mit pflanzlichen Heilmitteln herumpfuscht. Die denken immer, viel hilft viel. Hätte ich bei deinem Arzttermin doch genauer auf das Rezept geguckt.«

Na toll, genau wegen so etwas hatte ich Sophie eigentlich gebeten, mich zu begleiten! Wozu hatte man denn eine Krankenschwester und zukünftige Heilpraktikerin als Schwester, wenn sie einem nicht mit so etwas half?

»Wenn du nicht so fasziniert das Ultraschallbild angeglotzt hättest, das der Arzt ausgedruckt hat, wäre das alles gar nicht passiert!«, blaffte ich meine Schwester an. »Dann wäre ich jetzt wahrscheinlich glücklich.«

Ich wusste, dass das unfair war, aber an irgendwem musste ich meine Verzweiflung auslassen. Dazu waren Geschwister doch da, oder nicht? Als Sophie sich jedoch mit hängenden Schultern und leise schniefend zurück aufs Sofa fallen ließ, packte mich sofort das schlechte Gewissen. Normalerweise war sie nicht so zart besaitet.

»Entschuldige, ich wollte dich nicht so anfahren«, murmelte ich.

Jutta musterte ihre beste Freundin mit schräg gelegtem Kopf. »Ist etwas, Sophie? Du bist schon die ganze Zeit so komisch.«

Sophie winkte nach kurzem Zögern ab. »Ach ...«

»Na los, raus mit der Sprache!«, verlangte ich.

»Na schön.« Sie stieß einen tiefen Seufzer aus. »Eigentlich hatte ich gedacht, dass zwischen Ole und mir wieder alles gut ist. Immerhin muss ich mir wegen Giulia keine Sorgen mehr machen. Aber seit ein paar Tagen verhält er sich wieder so seltsam. Und ...« Sie schluckte schwer. »Und heute Abend hat er behauptet, dass er mit Markus zusammen Arianes zukünftigen Kosmetikraum tapeziert. Aber wie ich mittlerweile weiß, war das gelogen. Oder meint ihr, dafür gibt es eine plausible Erklärung?«

Für einen Augenblick herrschte betretenes Schweigen. Der hoffnungsvolle Blick, mit dem meine Schwester uns ansah, zerriss mir fast das Herz. Scheiße! Männer waren doch alle emotionsverkrüppelte, verlogene Mistkerle! Ohne Ausnahme. Weshalb hatte ich Ole nur versprochen, meine Schwester anzuschwindeln? Er hatte mir ja nicht einmal anvertraut, um was es bei seinem ominösen Vorhaben überhaupt ging. Doch jetzt war Schluss damit! Ich hatte von den bescheuerten Spielchen der Männer die Schnauze voll.

Ich räusperte mich. »Ich muss dir was gestehen«, sagte ich dann leise. »Ole hat schon einmal behauptet, dass er mit Markus den Abend verbringt, doch in Wahrheit … aaah.«

Unter der Steppdecke zwickte mich jemand in den Oberschenkel. Ich blickte erstaunt zu Jutta, die neben mir saß. Sie hatte die Augen weit aufgerissen und schüttelte fast unmerklich den Kopf. Dann versuchte sie sich auch noch als Bauchrednerin und quetschte ein leises »Nicht!« zwischen den Mundwinkeln hervor.

Endlich begriff ich: Sie wusste, weshalb Ole meine Schwester belog. Das war doch wohl die Höhe! Anscheinend wussten hier alle über Oles Geheimnis Bescheid, nur ich nicht. Nun ja, und natürlich Sophie.

Aber da Jutta die beste Freundin meiner Schwester war, musste ich davon ausgehen, dass auch sie – genau wie Markus – Ole aus gutem Grund deckte. Offenbar war sein Geheimnis es wert, Sophie zu belügen. Oder? Unschlüssig nagte ich an meiner Unterlippe.

Sophie sah mich mit ängstlicher Miene an. »Und in Wahrheit hat er *was* getan?«

Jutta sah mich immer noch flehentlich an. Na schön, dann spielte ich eben weiter die Unwissende! Fieberhaft suchte ich nach einer unverfänglichen Ausrede. »In Wahrheit habe ich Ole … äh … am Strand gesehen. Er hat dort im Wasser nach

Hühnergöttern gesucht. Weil ... weil diese Weltrekord-Kette in Putgarten so kurz ist und er das sehr traurig findet.«

Ich blickte hilfesuchend zu Jutta, deren Gesichtsausdruck sich inzwischen allerdings von flehentlich zu ungläubig verändert hatte. Auch Sophie schienen sofort einige Schwachpunkte an meiner Lüge aufzufallen.

»Abends? Im Dunkeln?«

»Ole hatte eine Taschenlampe dabei«, fügte ich hastig hinzu. »Wie die CSI-Ermittler im Fernsehen. Die machen doch auch immer das Zimmerlicht aus, bevor sie eine Wohnung durchsuchen. Offenbar findet man Sachen besser im Dunkeln.«

Okay, das klang dämlich. Ich hörte Jutta neben mir glucksen. Sie hatte sich die Hand vor den Mund gepresst und war puterrot im Gesicht. Anscheinend kostete es sie große Mühe, sich das Lachen zu verkneifen. Genau deswegen hielt ich mich normalerweise lieber an die Wahrheit: Ich war eine grottenschlechte Lügnerin.

»Aber deswegen hätte er mich doch nicht anschwindeln müssen«, jammerte Sophie. »Ich hätte ihm sogar geholfen, wenn ich davon gewusst hätte.«

Ich konnte es nicht fassen: Sophie kaufte mir diese Story tatsächlich ab? Sie musste wirklich sehr verzweifelt sein, wenn sie so dringend an Oles Unschuld glauben wollte.

»Wahrscheinlich hat er genau deswegen nichts gesagt. Bestimmt gehst du ihm ab und zu auf die Nerven«, meinte ich. »Ich kenn das. Du bist mir auch jahrelang auf die Nerven gegangen. Mach dir deswegen bitte keine Sorgen! Das ist ganz normal.«

Hm, nun sah Sophie ein klein wenig beleidigt aus. Was aber immerhin besser war als traurig und verzweifelt.

»Männer sind so«, unterstützte Jutta mich nun endlich. »Manchmal brauchen sie etwas Zeit für sich. Doch da sie uns nicht verletzen wollen, denken sie sich lieber irgendeine doofe Lüge aus.«

Unschlüssig blickte Sophie in die Runde. »Wenn ihr meint«, sagte sie schließlich. »Aber vielleicht sollte ich trotzdem mit Ole darüber reden und …«

»Quatsch!«, fiel Jutta ihr ins Wort. »Lass einfach gut sein!«

Ariane griff nach der Fernbedienung und schaltete den Film wieder ein. »Ich weiß ja nicht, wie es euch geht, aber nach so vielen Männerproblemen muss ich jetzt dringend eine Hollywoodschnulze sehen, in der die Männer am Ende wundervoll gefühlvoll und romantisch werden.«

Genau deswegen hielt ich Liebesfilme für gefährlich. Sie weckten in Frauen völlig falsche Erwartungen. Solche Männer gab es in der Realität einfach nicht.

37. Kapitel

Seit drei Tagen war Markus wie vom Erdboden verschluckt. Meine Stimmung war auf dem Tiefpunkt. Ich musste nicht nur allein das Hotel managen, sondern Markus auch anderweitig vertreten. Gestern zum Beispiel hatte mich seine Mutter gebeten, sie zum Arzt zu fahren. Dabei hatte ich einen riesigen Stapel Papierkram für das Hotel zu erledigen. Aber ich hatte der alten Dame die Bitte einfach nicht abschlagen können. Wenigstens hatte sich Adelheid von Kronlitz anschließend ungewöhnlich nett und dankbar gezeigt. Als ob sie mich tief im Inneren ihres kühlen Aristokratenherzes tatsächlich mögen würde.

Aufgrund meiner miesen Stimmung mied mich selbst Kevin. Er staubte sogar freiwillig im Foyer ab und brachte eilfertig die Neuankömmlinge auf ihr Zimmer, nur um mir aus dem Weg zu gehen.

Im Hotel lief alles nach Plan, und es gab keinerlei Pannen oder unerwartete Vorkommnisse. Jedenfalls bis Ole am späten Nachmittag vor mir an der Rezeption auftauchte. Er trug einen Smoking und strahlte über das ganze Gesicht.

»Kommst du bitte mit mir, Jule?«, fragte er. Sein Ton war feierlich, als würde er gerade eine Rede halten. »Es ist so weit.«

Gereizt blickte ich zu ihm auf. »Hä?«, entgegnete ich unhöflich.

»Na, mein Geheimnis.« Er zwinkerte mir zu. Offenbar ließ

Ole sich nicht von meiner schlechten Laune abschrecken. »Sophies Überraschung ist fertig.«

»Toll. Wurde auch Zeit. Das hat ja ewig gedauert.«

Er rückte die Fliege seines Smokings zurecht, in dem er wirklich gut aussah. Das musste ja eine ganz besondere Überraschung sein, zu der man sich so schick machte. Zugegeben, ich wurde ein wenig neugierig.

»Du musst unbedingt dabei sein, Jule!« Ole blickte demonstrativ auf seine Uhr. »Aber uns bleibt nicht mehr viel Zeit. Du bist die Letzte, die noch fehlt.«

»Sorry, aber ich kann das Hotel nicht allein …«, wollte ich einwenden, doch Kevin unterbrach mich.

»Kein Problem, Chefin!«

Wie aus dem Nichts tauchte er neben Ole auf. »Ich schaffe das schon. Hakuna Matata, Chefin!« Er nickte eifrig und warf Ole einen flehentlichen Blick zu. »Es wäre echt gediegen, wenn Sie sie mitnehmen!«

»Gediegen?« Hilfesuchend sah Ole zu mir.

»Extrem cool, genial«, übersetzte ich.

Anscheinend konnte Kevin mich gar nicht schnell genug loswerden. Innerhalb von drei Tagen war ich offenbar zum Horror-Boss mutiert. Peinlich berührt kratzte ich mich am Hals. Vielleicht tat es mir tatsächlich gut, wenn ich ein bisschen herauskam?

Ich griff nach meinem Handy und meiner Handtasche. »Schön, ich komme mit«, murrte ich.

»Viel Glück, Alter!« Kevin klopfte Ole mitfühlend auf die Schulter. »Sie haben was gut bei mir.«

*

Eine halbe Stunde später fand ich mich an Bord der Gorch Fock I wieder. Noch nie hatte ich mit eigenen Augen ein derart großes Segelschiff gesehen. So majestätisch wie eine Königin ruhte das ehemalige Segelschulschiff der Deutschen Marine auf der tiefblauen Ostsee. Um die drei Masten, die sich bis zu 45 Meter in den hellblauen Himmel streckten, zogen Möwen krächzend ihre Kreise. Keine Ahnung, wie Ole es geschafft hatte, dass das Schiff direkt vor Glowe ankerte.

Ich betrat das Vorderdeck, das mit bunten Seidenlampions dekoriert war. Es gab ein Buffet, und eine Band spielte im Hintergrund ruhige Jazzmelodien. Anscheinend war das ganze Dorf hier an Bord. Überall entdeckte ich bekannte Gesichter und Freunde der Familie. Fröhliches Stimmengewirr lag in der Luft, und alle schienen bester Laune zu sein.

»Hast du das alles geplant?«, fragte ich, als ich endlich meine Sprache wiederfand.

Ole nickte stolz. »Die Gorch Fock I zu mieten, war kein Problem, da man sie für Feiern und Hochzeiten buchen kann. Aber eigentlich liegt sie in Stralsund im Hafen und ist ein schwimmendes Museum. Das Schiff hierherzubekommen, war ganz schön schwierig. Dafür musste ich einige Beziehungen spielen lassen.«

Das alles zu organisieren, musste furchtbar aufwendig gewesen sein. Ole hatte keine Kosten und Mühen gescheut.

Oh. Mein. Gott. Endlich fiel bei mir der Groschen!

»Du machst Sophie einen Heiratsantrag, oder?«, japste ich.

Ole griff in die Tasche seines Smokingjacketts und zeigte mir zur Bestätigung eine dunkelrote Samtschachtel, in der sich ohne Frage der Verlobungsring befand. Doch plötzlich wirkte er verunsichert. »Meinst du, Sophie wird Ja sagen?«

Ich strahlte ihn an und versetzte ihm einen freundschaftlichen Stoß mit der Schulter. »Du machst wohl Witze! Natürlich wird sie das, *Schwager*!«

Ole erwiderte mein Grinsen, aber die Anspannung stand ihm nach wie vor ins Gesicht geschrieben. Erneut zupfte er an seiner Fliege herum, obwohl sie perfekt saß.

»Tut mir leid, dass ich es dir nicht früher gesagt habe«, entschuldigte er sich. »Aber du bist ihre Schwester, und ich wollte nicht das Risiko eingehen, dass du dich verplapperst.«

»Schon okay.« Ich winkte ab. »Es war wahrscheinlich besser so. Als ich dich tatsächlich einmal decken musste, ist mir nur eine schrecklich schlechte Lüge eingefallen.«

»Das habe ich schon von Jutta gehört. Mein neustes Hobby ist also im Dunkeln den Strand nach Hühnergöttern abzusuchen?«

»Hey«, verteidigte ich mich. »Immerhin hat Sophie mir geglaubt.«

»Danke, dass du sie mir zuliebe angelogen hast.« Er steckte die Samtschachtel zurück in seine Tasche und räusperte sich. »Sorry, dass das Timing so schlecht für dich ist. Dir steht momentan wahrscheinlich nicht der Sinn nach einer romantischen Veranstaltung.«

Ich senkte den Kopf und starrte angestrengt auf meine Füße. »Du hast von der Sache mit Markus gehört?«

»Nur das, was Sophie mir erzählt hat. In den letzten Tagen hatte ich auch keinen Kontakt zu ihm, und ich weiß auch nicht, wohin er abgetaucht sein könnte. Sonst hätte ich es dir gesagt. Ehrlich!«

»Schon okay«, versuchte ich abzuwiegeln. Ich wollte wirklich nicht darüber reden.

In diesem Augenblick entdeckte ich Ariane auf der anderen Seite des Vorderdecks, zusammen mit ihrer Schwester Jutta,

Trudi, Nane und Shanti-Gertrud. Anscheinend war die ganze UGLY-Frauengruppe hier versammelt. Ariane winkte mich zu sich.

»Ich geh dann mal zu den anderen.« Ich deutete auf die kleine Gruppe. »Viel Glück für deinen Antrag!«

»Jule?«, hielt Ole mich noch einmal zurück. »Es ist eigentlich nicht meine Art, mich in so etwas einzumischen. Aber ich hoffe, dass Markus und du das wieder hingebogen bekommt. Über Gefühle zu reden, ist leider nicht seine Sache. Aber seit du in sein Leben getreten bist, ist Markus viel offener geworden. Ich habe ihn noch nie so oft lachen sehen. Du tust ihm gut, weißt du das?«

Zum ersten Mal seit Markus' Verschwinden spürte ich Tränen in meinen Augen brennen. Oles Worte bedeuteten mir viel, nur änderte das leider nichts an den Tatsachen.

»Sag das lieber mal ihm!« Selbst in meinen Ohren klang meine Stimme zittrig und unendlich traurig.

Ole überraschte mich damit, dass er mich spontan in die Arme schloss. »Das mach ich, bei der nächsten Gelegenheit«, raunte er mir zu. »Versprochen!«

Einen Moment lang erwiderte ich seine Umarmung. »Danke! Du wirst ein toller Schwager sein.«

In diesem Augenblick hörte die Band auf zu spielen, und mehrere Stimmen riefen: »Sie kommen!«

»Es wird ernst«, meinte Ole. Er blickte in die Runde und erhob die Stimme: »Ich bitte um Ruhe, Leute! Es geht los.«

Ich lief zu den Mädels, und Ariane fiel mir zur Begrüßung um den Hals. »Ist das nicht aufregend? Jutta hat mich gestern Abend eingeweiht.«

»Ich weiß gar nicht, weshalb man heutzutage so ein Theater um Heiratsanträge macht«, knurrte Trudi. »Mein Mann hat damals nebenbei um meine Hand angehalten, kurz bevor die Tagesschau angefangen hat, und ich habe nur wortlos genickt.«

Gertrud zog eine Augenbraue hoch. »Meines Wissens flimmerte die Tagesschau über deinen *Krankenhausfernseher*, du lagst gerade in den Wehen, und es war schon der vierte Heiratsantrag, den der arme Mann dir gemacht hat.«

»Der fünfte, bitte schön«, korrigierte Trudi sie und grinste breit. »Eine Frau sollte einen Mann immer etwas zappeln lassen. Damit er sich auch sicher ist, was er wirklich will.«

Ich hoffte für Ole, dass Sophie das nicht genauso sah!

Neben Trudi stand Nane, die sich mit einem Taschentuch die Augenwinkel abtupfte. »Dass ich das noch erleben darf«, schniefte sie. »Mein Junge wird heiraten. Ist das nicht großartig?« Sie blickte sich suchend um. »Wo ist denn Lorenz schon wieder hin? Wenn mein Mann ausgerechnet in so einem besonderen Augenblick mit seinen Kumpels Skat spielt, drehe ich ihm den Hals um!«

Tja, so waren sie, die liebenden Ehefrauen.

»Pscht, sie sind gleich da!«, zischte Gertrud. »Oh, hier erfüllt sich gleich ein Schicksal. Fühlt ihr die positiven Schwingungen, die in der Luft liegen?«

Ich fühlte zwar eine angenehm laue Meeresbrise, aber die kosmischen Signale schienen mir leider zu entgehen. Alle starrten auf eine Jolle, die direkt auf das Segelschiff zusteuerte. Moment mal … Ich kniff die Augen zusammen. Saßen darin etwa Sophie und Juttas Tochter Leonie? Ich hatte Leonie ein paarmal getroffen, weil Sophie ab und zu mit ihr segeln ging. Allerdings brachte nicht etwa meine Schwester dem Teenager das Segeln bei, nein, es war umgekehrt. Angeblich war Leonie ein junges Segelgenie und äußerst begabt. Momentan sah die

Fahrt aber nicht nach einer Meisterleistung aus. Die Jolle war nur noch knapp zwei Bootslängen von dem großen Segelschiff entfernt und hatte noch nicht beigedreht. Das würde knapp werden …

»Sophie, mach was!«, hörte ich in diesem Moment Leonie rufen. »Du kollidierst jeden Augenblick mit der Gorch Fock!«

»Ich mach ja«, schrie meine Schwester und wedelte panisch mit den Armen in der Luft herum. »Aber die Pinne klemmt. Ogottogottogott!«

»Ich sag dir«, rief Leonie lauter als notwendig, »mit diesem Segelunfall kommst du in den Nachrichten: *Sophie Lehmann, der Schrecken der Ostsee, hat nun auch noch die Gorch Fock gerammt.*«

»Hilf mir lieber, anstatt Sprüche zu kloppen, Leonie! Schließlich warst du zuletzt an der Pinne.«

Während meine Schwester konzentriert an dem länglichen Holzstück herumzog und nichts um sich herum wahrnahm, drehte Leonie sich zu uns herum. Sie grinste breit und zeigte uns den erhobenen Daumen. Dann drückte sie wie nebenbei den Baum zur Seite, sodass die Jolle augenblicklich an Fahrt verlor und seitlich abdriftete. Sophie bemerkte es nur leider nicht, weil sie immer noch mit der Pinne beschäftigt war.

In diesem Moment hörte ich Oles leicht verzerrte Stimme über die Sprechanlage der Gorch Forck.

»Sophie Lehmann?«, fragte er in gespielt ängstlichem Tonfall. »Sind Sie das etwa?«

Ich konnte mir das Grinsen nicht verkneifen. So ein Mistkerl!

Sophie fuhr ruckartig in die Höhe, als hätte ihr gerade jemand einen Stromschlag verpasst. Sie stieß einen erstickten Schrei aus.

»Leonie, die ... die auf der Gorch Fock kennen mich!«, rief sie geschockt. »Ist das zu fassen? So viele Segelunfälle hatte ich nun wirklich nicht.«

»Das glaubst aber auch nur du!«, frotzelte Leonie.

Über die Lautsprecher erklang nun Caterina Valente mit dem Lied *Ein Schiff wird kommen*.

»... und liebe den Hafen, die Schiffe und das Meer. Ich lieb das Lachen der Matrosen und Küsse, die schmecken nach See, nach Salz und Teer ...«

Küsse, die nach Teer schmeckten? Also ehrlich, was für ein bescheuerter Text! Für mich war dieser Song zwar nicht der Inbegriff der Romantik, doch für Ole und Sophie schien er eine besondere Bedeutung zu haben. Denn schlagartig weiteten sich die Augen meiner Schwester, und sie schlug überrascht die Hände vor den Mund. Endlich blickte sie nach oben, und ihre Augen wurden noch größer, als sie uns alle über der Reling hängen sah.

»Aber ... aber ...«, stammelte sie.

Wie bei einem perfekten Andockmanöver stieß die Jolle nun mit den Fendern leicht an die Gorch Fock. Ein Mitglied der Besatzung ließ eine Leiter herunter und forderte die beiden auf, an Bord zu kommen.

Ich ertappte mich dabei, wie ich nervös an meinen Fingernägeln knabberte. Anscheinend hatte mich Ole mit seiner Aufregung angesteckt.

Gerade als Sophie hinter Leonie an Deck kletterte, erschien Ole in seinem Smoking, in der Hand hielt er einige Karteikarten. Offenbar hatte er eine Ansprache vorbereitet. Rechts von ihm stand seine Tochter Emma und links von ihm stellten sich Max und Bastian auf, Sophies Söhne. Meine beiden Neffen sahen in ihren Smokings wirklich schick aus. Wobei ich zugeben musste, dass Bastians Lächeln nicht ganz so breit und herzlich wirkte wie das von Max. Doch schon allein, dass Bastian für Oles Heiratsantrag hergekommen war, rechnete ich ihm hoch an. Schließlich hatte es etwas länger gedauert, bis er sich mit seinem *Stiefvater* angefreundet hatte. Vor Überraschung blieb Sophie der Mund offen stehen. »Sophie, mein kleines Segelwunder«, sagte Ole. »Bitte vergib mir diese kleine Falle! Doch da wir uns genau bei solchen waghalsigen Segelmanövern kennen und lieben gelernt haben, schien es mir für meine heutige Frage passend, an unsere gemeinsamen Anfänge zu ...«

Doch weiter kam er nicht.

»JA!«, schrie Sophie. Tränen glitzerten in ihren Augen. Sie strahlte Ole so überglücklich an, dass ich vor Rührung schlucken musste.

»JA, ICH WILL!« Sie rannte auf ihn zu.

Ole hielt einen Moment überrascht inne, dann warf er die Karteikarten mit einem Schulterzucken in die Luft. Er breitete die Arme aus, um meine Schwester aufzufangen.

Die beiden versanken in einem tiefen, leidenschaftlichen Kuss, und auf dem Deck der Gorch Fock brandete Jubel auf. Die Band spielte nun *Fly me to the moon*, was mich vollends die Beherrschung verlieren ließ. Ariane und ich lagen uns schniefend in den Armen.

»Komm, wir werden lesbisch!«, schlug sie vor. »Dann machst du mir auch so einen romantischen Antrag, okay?«

»Wieso denn ich?«, entgegnete ich empört. »Wenn wir lesbisch werden, machst *du* gefälligst *mir* so einen Antrag.«

Sie verdrehte die Augen. »Ich sehe schon, mit einer Frau wird die Sache auch nicht leichter.«

Vor Sophie und Ole bildete sich eine lange Schlange mit

Gratulanten. Wir warteten, bis der größte Ansturm vorüber war, bevor wir uns ebenfalls anstellten. Als wir endlich an der Reihe waren, fiel mir meine Schwester grinsend um den Hals, und wir kreischten los wie zwei Teenager.

»Ach du meine Güte!«, hörte ich Ole neben uns murmeln. Er machte demonstrativ einen Schritt zur Seite und wandte sich an Ariane. »Kennst du die beiden?«

Sie schüttelte vehement den Kopf. »Nö, diese verrückten Hühner sind bestimmt Auswärtige.«

»Bestimmt! Die kommen nicht von Rügen.«

Nachdem wir uns wieder beruhigt hatten, nahm Sophie meine Hände in ihre. »Jule, ich bin so glücklich. Und Max und Bastian sind extra nach Rügen gekommen, um Ole bei dem Heiratsantrag zu unterstützen. Ist das nicht großartig? Jetzt wünsche ich mir nur noch, dass du genauso glücklich wirst wie ich.« Sie beugte sich zu mir und senkte die Stimme. »Hat er schon mit dir gesprochen?«

»Wer denn?«, fragte ich verwirrt.

»Na, Markus! Er hat uns vor ein paar Minuten gratuliert«, erklärte Sophie. »Hast du ihn nicht gesehen?«

Ich schluckte und schüttelte wortlos den Kopf. Markus war hier? Tja, natürlich war er hier! Er war Oles bester Freund und wahrscheinlich sein Trauzeuge.

»Ich wusste auch nichts davon, sonst hätte ich dich vorgewarnt«, schaltete sich Ole ein. »Markus muss mit einem der anderen Boote auf die Gorch Fock gekommen sein, während ich dich abgeholt habe. Ich wäre allerdings auch echt sauer gewesen, wenn er nicht aufgetaucht wäre.«

»Ich habe ihm gesagt, dass er sofort mit dir reden muss«, erzählte Sophie. »Falls er das nicht tut, werde ich ihn höchstpersönlich über Bord werfen – das habe ich ihm schon erklärt.«

»Oh, okay.« Umgehend wurde mir flau im Magen, und meine Knie wurden weich.

Ariane drehte sich um und ließ ihren Blick über die zahlreichen Gäste schweifen. »Sollen wir uns auf die Suche nach ihm machen?«

»Nein!«, entgegnete ich wie aus der Pistole geschossen. »Ich renne ihm nicht hinterher. Wenn er reden will, soll er gefälligst zu mir kommen.«

Ariane stieß einen Seufzer aus und murmelte kaum hörbar: »Mit Frauen ist die Sache wirklich nicht leichter.«

Schließlich einigten wir uns darauf, uns auffällig unauffällig neben das Buffet zu stellen. Ariane meinte, dass über kurz oder lang jeder der Gäste hier auftauchen würde.

Doch der Einzige, der nicht kam, war Markus.

38. Kapitel

Die Party auf der Gorch Fock war in vollem Gange, als die Sonne unterging. Nachdem ich mich eine Weile mit meinen Neffen unterhalten hatte, nahm Sophie mich unter ihre Fittiche und stellte mich allen vor, die ich noch nicht kannte. Ich lernte Björn, Ben und Enrico kennen, die letztes Jahr zusammen mit Sophie den Segelkurs bei Ole gemacht hatten. Björn rieb mir gleich unter die Nase, dass ich mir keine Hoffnungen auf den Job als Trauzeugin machen sollte, den hätte meine Schwester nämlich schon ihm versprochen. Wie sich herausstellte, hatte der gute Björn während des Segelkurses den Kuppler gespielt. Laut seiner Aussage wären die zwei unbeholfenen Liebeskranken ohne sein Eingreifen *niemals* zusammengekommen. Da Sophie nicht widersprach, stimmte das wohl. Was sollte ich dagegen sagen? Doch bevor ich mich so recht entschieden hatte, ob ich mich nun aufregen wollte oder nicht, bot Björn mir an, dass wir uns den Trauzeugen-Job teilten. Ich nahm das Angebot natürlich an. Das würde mich immerhin von meinem eigenen traurigen Liebesleben ablenken. Björn und ich tauschten Telefonnummern aus und beschlossen, so bald wie möglich mit der Hochzeitsplanung zu beginnen.

Sophie zog mich am Arm weiter durch die Schar der Gäste. »Sag mal, hast du die Toiletten schon entdeckt? Ich muss mal ganz dringend.«

Ich musste zwar nicht, beschloss aber trotzdem, meine

Schwester zu begleiten. Nach kurzem Umsehen deutete ich auf eine Tür, die ins Innere des Schiffs führte. »Ich schätze, wir müssen da rein.«

Wir traten in einen schmalen Flur. Die Tür schlug hinter uns zu, und ich hatte das Gefühl, als hätte jemand beherzt den Lautstärkeregler der Party heruntergedreht. Die Musik und das Stimmengewirr der Gäste drangen nur noch gedämpft zu uns. Die plötzliche Stille tat richtig gut.

Direkt vor uns befand sich eine Art Aufenthaltsraum, und neben uns führte eine Treppe in die Tiefe.

»... natürlich kann ich dir nichts versprechen. Aber ich denke, dass diese Erfahrung dein Leben ganz schön auf den Kopf stellen wird. Bist du bereit für so etwas?«

Markus! Ich erstarrte mitten in der Bewegung. Zwar konnte ich ihn nicht sehen, aber seine Stimme kam eindeutig aus dem Aufenthaltsraum vor uns. Kein Wunder, dass wir uns an Deck nicht über den Weg gelaufen waren. Was machte er denn hier drin? Und mit wem sprach er gerade? Fragend blickte ich zu Sophie. Auch sie musste seine Stimme erkannt haben, denn sie runzelte irritiert die Stirn.

»Du glaubst gar nicht, wie bereit ich bin, Markus«, gab in diesem Moment eine Frauenstimme lasziv zurück. »Vorausgesetzt natürlich, du willst mich wirklich haben.« Die Frau lachte verführerisch.

Ich musste wissen, was da drinnen vor sich ging! Dank Ariane wusste ich ja inzwischen, wie man unauffällig spionierte. Ich drückte mich an die Wand des Flurs und durchsuchte meine Tasche, bis ich endlich meinen nagelneuen Minihandspiegel aka mein Spionagegerät fand. Mit seiner Hilfe konnte ich endlich sehen, was sich in dem Raum abspielte. Markus saß an einem Tisch, und daneben stand die Tussi, die Markus in Sellin auf dem Parkplatz im Schlepptau gehabt hatte. Genau wie damals trug sie nur das absolute Minimum an Klamotten. Ihr Rock endete kurz unter ihrem Po, und aus ihrem engen Top quollen die Brüste hervor.

»Natürlich will ich dich haben!«, versicherte Markus ihr. »Das weißt du doch. Du musst nur noch Ja sagen.«

Er … er wollte sie haben? Ich rang nach Atem. Dann war Markus also doch genau wie all die anderen Männer. Gott, warum tat das nur so schrecklich weh?

»Als ob das eine schwere Entscheidung wäre. Du bist der Beste, Markus!«, gurrte die Tussi. Sie klimperte mit ihren Wimpern und lehnte sich direkt neben Markus gegen den Tisch. Meine Güte, noch ein Stück näher, und sie würde ihm ihre Brüste ins Gesicht drücken. Doch anstatt sich zurückzulehnen oder den Stuhl nach hinten zu schieben, lachte Markus nur gut gelaunt. »Danke, das hört man gerne!«

Ich hatte genug gesehen. Kraftlos ließ ich den Spiegel sinken und schloss die Augen. Eine eisige Kälte breitete sich in meinem Körper aus.

»Was ist?«, fragte Sophie leise.

»Er hat mich schon durch eine andere ersetzt.«

Sophie riss mir den Spiegel aus der Hand und besah sich selbst die Szene.

»Das ist Meike«, zischte sie und klappte den Spiegel zu. »Diese blöde Kuh! Sie versucht auch ständig ihre manikürten Krallen in Ole zu schlagen.«

Ole? Wieso denn Ole? Offensichtlich krallte sich diese Meike im Augenblick an Markus fest.

Ein Schwindelgefühl erfasste mich, und ich taumelte in meinen High Heels zur Treppe, um mich auf die oberste Stufe zu setzen. Wie ein Kind zog ich die Beine an und presste die

Stirn auf meine Knie. Das hier traf mich völlig unvorbereitet. Markus mochte schwierig und kompliziert sein, aber ich hatte ihm vertraut. Ich hätte meine Seele darauf verwettet, dass er mir so etwas niemals antun würde.

Sophie setzte sich neben mich. »Meike gräbt schamlos jeden Mann an, der ihr über den Weg läuft«, informierte sie mich im Flüsterton. »Sie hilft ab und zu bei Ole im Büro aus. Ich versteh nur nicht, warum Markus sich mit ihr abgibt.«

Was ein Mann von einer Frau wie Meike wollte, war nicht schwer zu erraten. Wut wallte in mir auf, und ich presste die Lippen zusammen. Vor ein paar Tagen hatte dieser Mistkerl mir noch seine Liebe gestanden!

»Seit ich Markus kenne, ist es ein ständiges Auf und Ab«, entgegnete ich mit gedämpfter Stimme. Ich hob den Kopf von meinen Knien und starrte Sophie mit brennenden Augen an. »In der einen Sekunde macht er mich überglücklich, und in der anderen trampelt er auf meinem Herz herum. Aber jetzt reicht es mir, Sophie. Er ist zu weit gegangen.«

»Reg dich bitte nicht auf!« Sophie tätschelte meine Hand, wobei sie allerdings selbst alles andere als ruhig wirkte. »Denk an deinen Kreislauf! Kein Stress, hat der Arzt gesagt.«

»Mein Kreislauf ist mir scheißegal«, zischte ich. »Ich ertrage das alles einfach nicht mehr. Ich ziehe jetzt einen Schlussstrich. Endgültig.«

Ich stand auf und stürmte in den Aufenthaltsraum. Sowohl Markus als auch Meike wandten mir erstaunt den Kopf zu. Ich stockte kurz, als Markus nicht so reagierte, wie ich es eigentlich erwartete hätte. Bei meinem Anblick wirkte er weder ertappt noch erschrocken, im Gegenteil. Als er mich sah, hellte sich sein Gesicht auf und ein vertrautes Funkeln trat in seine grünen Augen. Mein dummes Herz machte vor

Freude einen kleinen Sprung. Himmel, ich hatte ihn so vermisst! Doch solche Gedanken konnte ich momentan überhaupt nicht gebrauchen.

Mit glühenden Wangen baute ich mich vor ihm auf und deutete mit dem Finger auf ihn. »Du … du Mistkerl!«, spie ich aus. »Während ich tagelang auf dich warte und hoffe, dass du mir irgendwann erklärst, was … was …« Ja, *was* eigentlich? Irgendwie hatte ich den Faden verloren. Ich machte einfach woanders weiter: »Da flirtest du hier schamlos mit einer anderen Frau, während ich von dir …« Meine Stimme brach.

Tränen liefen mir über die Wangen. Ich wollte so viele Dinge sagen, doch ich war nicht mehr fähig, klare Sätze zu formulieren. Ich rang nach Atem, weil ich das Gefühl hatte, ich würde jeden Moment an meiner Wut und Enttäuschung ersticken.

In meiner Verzweiflung hob ich meine Hand, um etwas zu tun, wozu mich noch kein Mann zuvor gebracht hatte: Ich holte aus, um ihn zu ohrfeigen. Doch Markus stand so schnell auf und griff nach meinem Handgelenk, dass ich ihn völlig perplex anstarrte. Was hatte dieser Mann denn für Reaktionen? War er etwa Superman?

»Tu das nicht«, sagte er völlig ruhig. »Das wäre ein Fehler. Du hast da etwas missverstanden.«

Ein Fehler? Wollte er mich veräppeln?

»Du hast gesagt, dass du *sie haben willst*. Was könnte ich da denn missverstehen?«

»Es stimmt, das habe ich gesagt«, räumte Markus ein. »Ich möchte Meike *in meinem Verlag haben*. Das hier ist ein rein berufliches Gespräch. Meike ist Schriftstellerin.«

Die Stelle, an der Markus mein Handgelenk festhielt,

kribbelte. Ich ignorierte es und musterte stattdessen Meike, die sich immer noch an den Tisch lehnte, von oben bis unten.

»Eine Schriftstellerin?«, fragte ich ungläubig. »In solchen Klamotten läuft doch keine Autorin rum.«

Meike sah beleidigt aus. »Hey, das ist ein Designeroutfit! Dieser Rock ist von Roger Cabletti.«

»Das ist doch kein Rock«, giftete ich von Eifersucht getrieben und deutete auf das kaum vorhandene Stoffstück. »Das ist ein Waschlappen, in den jemand ein zweites Loch reingeschnitten hat.«

Hinter mir stieß Sophie einen Laut aus, der wie ein unterdrücktes Prusten klang.

Markus blieb weiterhin ruhig. »Meike hat einen Roman geschrieben, und ich habe ihr ein Vertragsangebot gemacht, nichts weiter.«

»Meike? Einen Roman?«, ächzte meine Schwester.

Meike lächelte triumphierend. »Da staunst du, was, Sophie?«, meinte sie voller Genugtuung. »Ich sag dir, ›Shades of Grey‹ war gestern. Mein Roman wird das nächste große Ding.«

»Ach, *so eine Art* von Roman hast du geschrieben.« Sophie rümpfte abfällig die Nase. »Das glaube ich wiederum sofort.«

»Meikes Roman ist wirklich gut«, sprang Markus für sie in die Bresche. »In ihr schlummern bisher unerkannte Talente. Und als Verleger muss ich mit der Zeit gehen. Diese Art von Literatur verkauft sich momentan wie warme Semmeln.«

Zugegeben, das klang alles ganz plausibel. Anscheinend hatte ich die Situation tatsächlich missverstanden. Ich stieß die Luft aus und entspannte mich ein wenig.

»Alles in Ordnung?«, fragte Markus vorsichtig.

Ich nickte, und er ließ mein Handgelenk wieder los. Einen Moment herrschte Schweigen.

»*Diese* Sache ist jedenfalls in Ordnung«, sagte ich in die Stille hinein. »Aber wir müssen noch einige andere Dinge miteinander klären. Zum Beispiel, weshalb du mir lieber aus dem Weg gehst, anstatt dich mit mir auszusprechen.«

»Ich schätze«, bemerkte Sophie, ehe Markus etwas dazu sagen konnte, »jetzt kommt der Teil, bei dem wir die beiden allein lassen sollten.«

Sie packte Meike am Arm, doch die wollte offenbar lieber hierbleiben. »Aber ich ...«, setzte sie zu einem Widerspruch an.

»Komm schon!«, zischte meine Schwester ungeduldig. »Von mir aus kannst du mir draußen auch von deinem zukünftigen Bestseller erzählen.«

Das schien ein überzeugendes Argument zu sein, denn Meike folgte Sophie bereitwillig.

»Mein Spruch mit dem Waschlappen tut mir übrigens leid«, rief ich ihr noch hinterher, doch Meike hörte mich schon gar nicht mehr. Sie war voll und ganz damit beschäftigt, Sophie von ihrem Roman zu berichten.

Als Markus und ich endlich alleine waren, fochten wir ein stummes Blickduell aus. Bis Markus schließlich das Schweigen brach.

»Ich kann mir vorstellen, weshalb du sauer bist.« Er lehnte sich an den Tisch und verschränkte die Arme vor der Brust. »Du bist sauer, weil ich mir eine Auszeit genommen habe. Aber ich werde mich dafür nicht entschuldigen. Es ist mein gutes Recht, über alles in Ruhe nachzudenken.«

Wieder einmal hatte er diesen arroganten, herablassenden Tonfall angeschlagen, bei dem wahrscheinlich alle anderen

Menschen in seiner Umgebung klein beigaben. Aber ich würde mich davon nicht einschüchtern lassen. Oh nein, ich nicht!

»*Dein gutes Recht?*«, wiederholte ich.

Er nickte knapp. »Exakt.«

»Du – spinnst – ja – wohl!«, stellte ich fest, wobei ich ihn bei jedem Wort mit dem Finger in die Brust pikste. »Zuerst sagst du, dass du mich liebst, und gleich danach verschwindest du einfach. Alles, was du mir hinterlassen hast, war eine dämliche, nichtssagende Nachricht auf dem Handy.«

Er zog die Augenbrauen in die Höhe. »Wenn ich mich recht erinnere, hast du mit mir genau dasselbe gemacht, nachdem wir miteinander geschlafen haben.« Er rieb sich über die Brust. »Außerdem wäre ich dir sehr verbunden, wenn du mit dieser Pikserei aufhören würdest.«

Natürlich dachte ich nicht im Traum daran, ihm diesen Gefallen zu tun.

Leider kannte mich Markus viel zu gut, denn er fügte trocken hinzu: »Das macht mich nämlich total scharf.«

Sofort ließ ich meinen Finger sinken. Nur um sicherzugehen, dass unser Gespräch keine falsche Wendung nahm.

Ich räusperte mich. »Das kannst du überhaupt nicht miteinander vergleichen«, kam ich auf unser eigentliches Thema zurück. »Als ich dir den Zettel geschrieben habe, war von Liebe noch keine Rede. Und schwanger warst du meines Wissens auch nicht.«

Ein Muskel in seinem Kiefer spannte sich an. »Aber genau das ist mein Problem!« Seine grünen Augen bohrten sich in meine, und er holte so tief Luft, dass sich sein schwarzes Hemd dehnte. »Ich musste mir erst darüber klar werden, ob ich bereit bin, das Kind eines anderen Mannes großzuziehen.

Ich liebe dich, Jule, und will mit dir zusammen sein. Aber das ist wirklich keine einfache Sache für mich.«

Wie bitte? Das Kind eines anderen Mannes? Ich brauchte einen Moment, um diese Aussage einzuordnen.

»Sag mir bitte, dass das nicht dein Ernst ist!« Ich trat einen Schritt zurück und stemmte die Hände in die Hüften. »Du bist ja genauso bekloppt wie Lars. Sehe ich etwa aus, als wäre ich im fünften Monat schwanger?« Ich hob demonstrativ meine Bluse in die Höhe.

»Was soll denn das heißen?« Markus' Miene drückte noch immer völlige Ahnungslosigkeit aus. »Woher soll ich denn wissen, wie der Bauch einer Schwangeren im fünften Monat aussieht? Denkst du vielleicht, ich habe da irgendwelche Erfahrungswerte?«

Ich musterte ihn ungläubig. Verdammt, er wusste es tatsächlich nicht!

Hätte er mich doch auf dem Parkplatz nach dem Streit mit Lars ausreden lassen! Während ich versucht hatte, die Sache richtigzustellen, hatte Markus geglaubt, ich wolle mit ihm über das Baby von Lars und mir sprechen. Na toll! Offenbar hatten wir beide ein ziemlich ernstes Kommunikationsproblem. Am besten, ich brachte es jetzt ohne lange Umschweife auf den Punkt, damit Klarheit herrschte.

»Ich bin erst seit einigen Wochen schwanger.« Ich hielt seinen Blick mit meinem fest. »Du bist der Vater des Kindes.«

Er wurde blass. »Ich?«, ächzte er.

Innerhalb kürzester Zeit spiegelte sich eine Vielzahl von Emotionen auf seinem Gesicht: Schock, Angst, Unglauben und Erstaunen.

Er fuhr sich mit beiden Händen übers Gesicht. »Nicht Lars?«, hakte er nach.

Ich stöhnte entnervt auf. »Nein, Lars ist nicht der Vater. Ich bin mir über viele Dinge im Leben nicht ganz sicher, zum Beispiel, ob es einen Gott gibt oder wie genau eigentlich ein Telefon funktioniert. Aber eines weiß ich ohne den geringsten Zweifel: Das Baby in meinem Bauch ist von dir.«

Ich strich mir mit einem Seufzen eine widerspenstige Locke hinter das Ohr. »Hör zu, ich erwarte nicht, dass du jetzt in Freudentränen ausbrichst! Ich selbst habe auch ein paar Tage gebraucht, bis ich die Sache mit der Schwangerschaft auf die Reihe gekriegt habe. Und natürlich weiß ich, dass das für dich wegen deines Vaters ein schwieriges Thema ist.«

Seine Miene war zu einer Maske erstarrt. Tatsächlich machte Markus den Eindruck, dass es leichter für ihn gewesen wäre, das Kind eines anderen Mannes großzuziehen. Die Tatsache, dass er selbst der Vater war, schien die Situation für ihn nur noch schwieriger zu machen.

»Denkst du jetzt an deine Theorie vom Familienfluch?«, fragte ich vorsichtig. »Dass du deinem Kind ebenfalls ein schlechter Papa sein wirst? So wie dein Vater und dein Großvater?«

Er nickte stumm.

»Aber das ist doch völlig absurd und irrational!«, wollte ich ihn zur Vernunft bringen. »Du bist nie und nimmer so herzlos und tyrannisch wie ...«

Markus brachte mich mit einer Handbewegung zum Schweigen. »Ich weiß selbst, dass es keine logische Begründung für meine Angst gibt.« Er schwieg noch einige Augenblicke, dann stieß er hart die Luft aus. »Aber ich werde schon damit klarkommen. Wir schaffen das irgendwie. Jetzt können wir es ohnehin nicht mehr ändern, oder?« Er zog eine schiefe Grimasse.

Ich lächelte matt. »Ja, das stimmt.«

Ich hätte erleichtert sein sollen. Vielleicht sogar glücklich. Immerhin war Markus nicht gleich schreiend davongerannt. Doch ich fühlte mich seltsam leer.

»Ich lass dich dann mal wieder allein«, sagte ich leise. »Wir beide sollten uns Zeit geben, über alles nachzudenken.«

Ich wandte mich von ihm ab, doch Markus hielt mich am Arm fest. »Bitte geh nicht, Jule! Nicht auf diese Weise.«

Ich blieb stehen und drehte mich zu ihm. Seine Miene strahlte so viel Entschlossenheit aus, dass mir ganz flau im Magen wurde.

»Ab sofort hören wir damit auf, voreinander wegzurennen. Sag mir bitte, was gerade in dir vorgeht!«, verlangte er.

In diesem Augenblick erfasste mich ein Schwindelgefühl, und mir wurde schlagartig übel. Haltsuchend griff ich nach der Lehne eines Stuhls. Verdammt, ich hätte auf Sophie hören und auf meinen Kreislauf achtgeben sollen! Es war wohl etwas viel Aufregung und Stress auf einmal gewesen. Aber ich riss mich zusammen. Denn Markus hatte recht. Wir mussten ehrlicher zueinander sein!

»Vielleicht ...« Ich holte tief Luft. »Vielleicht sind wir einfach nicht füreinander bestimmt, Markus.«

Er kniff die Augen zusammen. »Was willst du damit sagen?«

Ich zögerte, dann sagte ich: »Wir beide sind uns in vielen Dingen ähnlich. Bei der Schlossrenovierung haben wir perfekt zusammengearbeitet und das Unmögliche möglich gemacht. Doch wir unterscheiden uns in einem wichtigen Punkt.«

Er zog fragend eine Augenbraue in die Höhe. »Und der wäre?«

Meine Beine fühlten sich schwach und zittrig an. Möglichst beiläufig ließ ich mich auf den Stuhl sinken. Ich wollte nicht, dass Markus etwas von meinen körperlichen Problemen mitbekam. Diese Sache hier war wichtig!

»Ein Kind zu bekommen und eine feste Beziehung zu führen, ist allein *mein Traum.* Nicht deiner«, stellte ich fest. »Wenn wir jetzt einfach weitermachen, hätte ich immer das Gefühl, dich zu etwas gedrängt zu haben, das du hasst. Es fühlt sich einfach nicht richtig an, Markus. Ich meine, willst du das alles wirklich? Mich *und* das Kind?«

Seine Schultern verkrampften sich. Er öffnete den Mund, um etwas zu sagen, doch offenbar fehlten ihm die Worte.

Ich dagegen hätte mir am liebsten den Mund zugeklebt, damit ich nicht weiterreden konnte. Aber ich wusste, dass ich es tun musste. Durch die Geschichte mit Lars hatte ich gelernt, dass ich in einer Beziehung keine faulen Kompromisse mehr eingehen durfte.

»Weißt du, was Trudi direkt vor Oles Heiratsantrag zu mir gesagt hat? *Ein Mann sollte sich wirklich sicher sein, was er will.*« Ich legte den Kopf schräg und ließ Markus nicht aus den Augen. »Mir kommt es so vor, als hättest du während deiner Auszeit lediglich erkannt, dass du Gefühle für mich hast, gegen die du nichts ausrichten kannst. Du liebst mich. Und deswegen nimmst du den ganzen Rest notgedrungen *in Kauf.* Die feste Beziehung ebenso wie das Baby. Kann das sein?«

Er verschränkte die Arme vor der Brust und wich meinem Blick aus. Offenbar lag ich mit meiner Vermutung gar nicht so falsch. Ich nickte traurig.

Markus fing an, in dem kleinen Aufenthaltsraum unruhig auf und ab zu tigern. »Ich weiß, dass das dir gegenüber nicht fair ist, Jule. Aber ich habe dir doch schon erklärt, dass ich mit der Situation überfordert bin. Das geht alles so unheimlich schnell. Bitte glaub mir, dass ich dir mit meinem Verhalten nicht wehtun oder dich verletzen möchte!« Er blieb abrupt vor meinem Stuhl stehen. Schließlich zog er einen Stuhl neben meinen, setzte sich und nahm meine Hand. »Lebensansichten können sich ändern, Jule. Davon bin ich überzeugt. Ich muss mich an all das nur erst einmal gewöhnen.«

Und wenn ihm das nicht gelang? Dieser Gedanke machte mir schreckliche Angst. Vergeblich versuchte ich die Tränen, die mir in die Augen stiegen, wegzublinzeln. Ein Teil von mir wollte sich in seine Arme werfen, ihn küssen und dieses ganze Gespräch für immer vergessen.

»Bitte denk noch mal über alles in Ruhe nach, okay?«, sagte ich mit erstickter Stimme. »Bis du mir sagen kannst, dass du dir sicher bist. Dass du keine Zweifel mehr hast und dir ein Leben mit uns wirklich wünschst.« Ich legte die Hand auf meinen Bauch. »Mit uns beiden.«

Er schwieg einen Moment, dann nickte er. »Okay, das werde ich. Versprochen!« In seinen Augen entdeckte ich dieselbe Verzweiflung, die mir selbst gerade das Herz zerriss. »Du bist eine so großartige und wundervolle Frau, Jule! Du hast einen viel besseren Mann verdient als mich.«

Dummerweise wollte ich aber nur ihn und keinen anderen.

Ich stand wortlos auf und lief mit unsicheren Schritten zur Tür. Der Druck hinter meiner Stirn kündigte mörderische Kopfschmerzen an, und mir standen Schweißperlen auf der Stirn. Ich musste unbedingt raus an die frische Luft!

Gerade hatte ich den schmalen Flur vor dem Aufenthaltsraum erreicht, als sich alles um mich herum zu drehen begann.

Meine Knie gaben urplötzlich nach, und vor meine Augen legte sich ein schwarzer Schleier.

»Markus!«, keuchte ich erschrocken.

In letzter Sekunde wollte ich neben mir nach dem Geländer greifen, doch schon verlor ich auf meinen High Heels das Gleichgewicht. Ich kippte zur Seite – und stürzte die Treppe hinab.

39. Kapitel

»Jule? Jule, sag doch etwas!«

Wie aus weiter Ferne drang Markus' Stimme an mein Ohr.

Ich spürte den Schmerz, noch bevor ich richtig bei Bewusstsein war. Gequält stöhnte ich auf.

»Markus ...« Mühsam öffnete ich die Augen.

Er kniete neben mir auf dem Boden. Sein Gesicht war kalkweiß, während er mich vorsichtig nach Verletzungen abtastete. »Alles wird gut, Jule. Versuch dich nicht zu bewegen!«

Ich wollte Luft holen, aber es fühlte sich an, als ob jemand ein Messer in meine Lunge rammen würde. Mein rechtes Handgelenk brannte wie Feuer. »Es tut so weh«, keuchte ich.

Doch dann spürte ich etwas, das die Schmerzen vollkommen nebensächlich machte. Einen leichten Krampf im Unterleib. Panik überflutete mich von einem Moment auf den anderen.

»Das Baby!« Obwohl ich mich kaum bewegen konnte, hob ich meine linke Hand und krallte mich an seinem Hemd fest. »Markus, das Baby ...«

»Keine Sorge, ich bringe dich ins Krankenhaus.« Vorsichtig griff er unter meinen Körper und hob mich dann hoch. »So schnell wie möglich. Dir und unserem Kind wird nichts passieren, vertrau mir!«

Mit mir in den Armen eilte er die Treppe nach oben und lief auf das Deck hinaus. Benommen ließ ich meinen Kopf an seine Schulter fallen. Ich wusste, Markus würde alles in seiner Macht Stehende tun, um mich von diesem Schiff herunter und zu einem Arzt zu bringen. Und bis dahin würde ich meine Gebärmutter irgendwie per Gedankenkraft hermetisch versiegeln. Oh Gott, hoffentlich schaffte ich das!

Ich nahm alles um mich herum wie durch einen dichten Nebel wahr, und immer wieder glitt ich in Markus' Armen in eine tiefe, schmerzfreie Dunkelheit ab.

Es konnte allerdings nicht viel Zeit vergangen sein, als jemand unsanft mein Augenlid in die Höhe hob und mit einer Taschenlampe vor meinem Auge herumfuchtelte. Ich glaubte, Dr. Theis, Sophies Chef, zu erkennen. Er war ebenfalls bei der Verlobungsfeier auf der Gorch Fock. Die weitere Untersuchung bekam ich kaum noch mit, doch ich hörte Dr. Theis etwas von einem »schweren Sturz« und »möglichen inneren Blutungen« sagen. Was sollte das denn bedeuten? Ich ... ich würde doch nicht etwa sterben, oder? Dieser Arzt hatte wohl einen Knall! Mir ging es zwar schrecklich, aber eindeutig noch viel zu gut, um für immer den Löffel abzugeben.

Als ich das nächste Mal wieder zu mir kam, fand ich mich in einem Krankenwagen wieder. Ich hatte keine Ahnung, wie ich von der Gorch Fock heruntergekommen war. Vielleicht mit einem Beiboot, vielleicht aber auch schwimmend auf Markus' Rücken geschnallt. Alles, woran ich mich vage zu erinnern glaubte, war Markus, der irgendwelche seltsamen Dinge übers Heiraten gesagt und mich panisch angefleht hatte, nicht zu sterben. Oder hatte ich das nur geträumt?

Meine Schmerzen hatten etwas nachgelassen. Vielleicht hatte mir aber auch die junge Sanitäterin, die neben meiner Liege saß und gerade ein Formular ausfüllte, etwas verabreicht.

Mein Herz zog sich vor Sorge um das Baby zusammen. Reflexartig wollte ich die Hand auf meinen Bauch legen, als ich spürte, dass dort schon eine Hand lag. Ich drehte meinen Kopf zur Seite. Markus saß neben mir und presste seine Stirn an meine Schulter. Genauso, wie er sonst mein Handgelenk streichelte, zog sein Daumen nun sanfte Kreise über meine Bauchdecke. Er schien nicht bemerkt zu haben, dass ich aufgewacht war.

»Bitte nimm sie mir nicht weg!«, hörte ich ihn murmeln. Die Angst und Verzweiflung in seiner Stimme verursachten mir eine Gänsehaut. »Bitte nimm mir die beiden nicht weg!«

Betete er etwa? Ich schluckte. Eine warme Welle der Liebe durchlief mich. Dann dämmerte ich auch schon wieder weg.

Erst im Krankenhaus wurde die Welt um mich herum wieder klarer. Meine Kleidung war durch ein Patientenhemdchen ausgetauscht worden, und ich lag in einem Zwei-Bett-Zimmer, doch das Bett neben mir war leer. Es musste mitten in der Nacht sein, denn vor den großen Fenstern war es stockdunkel.

»Markus?« Ich tastete nach seiner Hand.

»Jule!« Er beugte sich über mich. Markus sah schrecklich aus, doch nun zeichnete sich grenzenlose Erleichterung auf seinen Zügen ab. »Wie geht es dir?«

»Besser«, wisperte ich, da mir das Atmen immer noch schwerfiel.

»Gott sei Dank!« Ich glaubte, Tränen in seinen Augen glitzern zu sehen. »Ich bin fast verrückt geworden aus Angst um dich. Die Ärzte haben zwar gesagt, dass du keine lebensbedrohlichen Verletzungen hast, aber da du nicht aufgewacht bist, konnte ich es nicht recht glauben.«

»Das Baby?«, fragte ich mit belegter Stimme. »Ist ... alles in Ordnung?«

»Das wissen wir leider noch nicht genau. Deswegen bist du auf die gynäkologische Station verlegt worden. Der Arzt kommt jeden Moment mit dem Ultraschallgerät und untersucht dich.«

Ich konnte ihm ansehen, dass er mir gerne eine positivere Antwort gegeben hätte.

Ängstlich drückte ich seine Hand. »Du bleibst bei mir, oder? Ich will nicht allein sein, falls ... falls ...« Ich konnte den Satz nicht zu Ende bringen, und Tränen verschleierten meinen Blick.

»Natürlich!« Markus hob unsere ineinander verschränkten Hände in die Höhe und drückte einen Kuss auf meine Finger. »Ich werde nicht von deiner Seite weichen. Nie mehr«, versprach er.

Bis der Arzt mich untersucht hatte und uns endlich das Ergebnis mitteilte, drehte ich fast durch vor Sorge. Nun erfuhr ich auch, dass mein Sturz nicht ohne Folgen geblieben war: gebrochenes Handgelenk, geprellte Hüfte, zwei angeknackste Rippen und eine Gehirnerschütterung. Doch es gab nur eine Sache, die wirklich für mich zählte.

»Dem Baby geht es ganz sicher gut?«, fragte ich ihn zum dritten Mal. Ich konnte es einfach nicht oft genug hören.

»Ganz sicher«, versicherte der Arzt mir geduldig. »Trotzdem müssen Sie einige Tage strenge Bettruhe einhalten, Frau Seidel.«

Ich strahlte ihn überglücklich an. »Mach ich! Ich werde dieses Bett nicht mehr verlassen.«

Angesichts meiner zahlreichen Verletzungen blieb mir wohl ohnehin nichts anderes übrig.

»Und ich passe auf, dass sie sich daran hält«, schaltete sich Markus ein. Er wirkte mindestens ebenso glücklich und erleichtert wie ich. »Ihre Patientin hält sich nämlich leider nicht so gern an Regeln.«

Ich wollte empört nach Luft schnappen, doch sofort war da wieder dieser scharfe Schmerz in meiner Lunge. Verdammt! Aber immerhin hatte ich jetzt einen schweren Gips am Arm, mit dem ich Markus notfalls einen Schwinger versetzen konnte.

Während der Arzt das Zimmer verließ, beugte Markus sich mit einem Lächeln über mich.

»Versprich mir, dass du mir nie wieder so einen Schreck einjagst!« Er war mir so nah, dass ich den bernsteinfarbenen Kranz um seine Pupillen funkeln sah. »Beinahe hätte ich das Wichtigste in meinem Leben verloren. Das ist mir jetzt klar geworden.«

Ich hielt die Luft an, doch dieses Mal hatte es nichts mit den Schmerzen zu tun. Sein liebevoller Blick wanderte über mein Gesicht und blieb an meinen Lippen hängen. Das Herz schlug mir bis zum Hals.

»Eine Bedenkzeit brauche ich jedenfalls ganz sicher nicht mehr.«

Ehe ich ihn fragen konnte, was genau er damit meinte, überwand er die letzten Zentimeter zwischen uns und verschloss meinen Mund mit einem zärtlichen Kuss.

Als er sich wieder zurücklehnte, sah ich ihn mit großen Augen an. »Du hast keine Zweifel mehr?«

»Ich weiß jetzt, was ich wirklich will, Jule«, bestätigte er mit ernster Miene. »Und über den Rest sprechen wir morgen, okay? Du brauchst erst einmal deinen Schlaf. Denk an unser Baby!«

Das musste er mir nicht zwei Mal sagen. Markus legte sich zu mir aufs Bett, ich kuschelte mich in seinen Arm, und schneller, als ich es nach all der Aufregung erwartet hätte, fielen mir die Augen zu.

40. Kapitel

Als ich am nächsten Morgen erwachte, stöhnte ich auf. Heute schmerzte mein Körper tatsächlich mehr als gestern direkt nach dem Sturz.

In der letzten Nacht hatte ich der diensthabenden Schwester noch heldenhaft verkündet, dass ich wegen der Schwangerschaft auf weitere Schmerzmittel verzichten würde. Jetzt stellten sich erste Zweifel bei mir ein, ob das die richtige Entscheidung gewesen war.

Ich blinzelte angestrengt, da mich das helle Sonnenlicht, das durch die großen Fenster fiel, blendete. Dann stützte ich mich leicht im Bett auf und sah mich um. Wo war Markus? Er hatte doch versprochen, nicht mehr von meiner Seite zu weichen? Wieso war er dann … Nein, das war ungerecht, schalt ich mich selbst. Schließlich musste er irgendwann mal schlafen, duschen und sich umziehen. Außerdem hatte mein gestriger Unfall auch ihm ziemlich zugesetzt.

Ich hatte mir so dringend ein Zeichen gewünscht, dass er bereit war, um mich und für unsere gemeinsame Zukunft zu kämpfen. Hätte ich schon vorher gewusst, dass ich mich dafür nur eine Treppe hinunterzustürzen brauchte, dann … Nein, dann hätte ich das freiwillig ganz bestimmt nicht gemacht. Die Angst um das Baby war einfach zu schrecklich gewesen.

Ein Quietschen direkt vor der Tür riss mich abrupt aus meinen Gedanken. Dieses wohlbekannte Geräusch löste unweigerlich einen Fluchtinstinkt in mir aus. Misstrauisch beobachtete ich, wie sich die Tür öffnete.

Tatsächlich: Der Hausdrache, Adelheid von Kronlitz, fuhr mit dem Rollstuhl durch das Zimmer bis an mein Bett. Vielleicht wollte sie mich auffressen? Weil sie glaubte, ich hätte ihrem Sohn ein Kind untergejubelt?

»Guten Morgen, Jule. Schön, dass du aufgewacht bist!«

Okay, das klang nicht so, als wäre sie sauer auf mich. Markus' Mutter griff nach meiner Hand, und bei dem seltsamen Zucken um ihre Mundwinkel handelte es sich offenbar um ein Lächeln. Die zahlreichen Ringe an ihren Fingern fühlten sich kalt auf meiner Haut an.

»Ähm ... Guten Morgen.«

»Du ahnst gar nicht, wie glücklich es mich macht, dass ihr beide zusammengefunden habt. Markus und du, ihr seid ein wunderbares Paar.« Adelheid von Kronlitz blickte mich voller Rührung an. »Bei unserem ersten Kennenlernen wusste ich schon, dass du etwas Besonderes bist«, versicherte sie mir. »Dass du die eine sein könntest, die sein Herz berührt.«

Hm. Also laut meiner Erinnerung hatte sie mich bei unserem ersten Treffen lediglich für eine von Markus' Gespielinnen gehalten. Trotzdem zwang ich mich zu einem Lächeln. »Wie schön!«

»Und jetzt werde ich sogar Großmutter! Das ist so eine unglaubliche Freude.« Sie zog ein Stofftaschentuch hervor und tupfte sich die Augenwinkel ab. »Dass ich das noch erleben darf ...«

Es überraschte mich, dass Markus keine Zeit verloren und seiner Mutter schon von unserem Baby erzählt hatte. Allerdings zeigte mir das auch, dass er seine Zweifel wohl tatsächlich überwunden hatte und es wirklich ernst meinte.

Moment mal ... hatte ich Markus gegenüber nicht einmal angedeutet, dass mir die arme Frau leidtat, die den Hausdrachen als Schwiegermutter bekommen würde? Vor Schreck wich mir das Blut aus dem Gesicht. Wie die Dinge lagen, war möglicherweise ich die arme Frau. Wobei ich zugeben musste, dass Adelheid von Kronlitz sich gerade große Mühe gab, freundlich zu sein.

»Markus ist ein guter Junge«, meinte sie. »Auch wenn er eine raue Schale hat und manchmal unnahbar wirkt. Du wirst zuweilen etwas Geduld mit ihm haben müssen, Jule!«

»Ich weiß«, sagte ich seufzend.

Plötzlich zeigten sich Bedauern und Trauer auf ihren hageren Gesichtszügen. »Du musst wissen, dass mein Gatte – Gott hab ihn selig – Markus als Kind viel abverlangt hat. Womöglich zu viel.« Sie schluckte schwer. »In den letzten Jahren habe ich mich oft gefragt, ob ich damals nicht hätte eingreifen sollen. Ob ich vielleicht ...« Sie brach mitten im Satz ab und warf mir einen peinlich berührten Blick zu. Offenbar hatte sie schon mehr gesagt, als ihr lieb war.

»Vielleicht sollten Sie mit Markus einmal darüber sprechen?«, schlug ich vor. »Das wäre sicherlich gut für sie beide, Frau von Kronlitz.«

Sie presste die dünnen Lippen zusammen und schwieg. Einen Moment lang dachte ich, ich wäre zu weit gegangen. Doch dann nickte sie und tätschelte noch einmal meine Hand. »Womöglich mache ich das bei Gelegenheit tatsächlich. Ach, und sag doch bitte Adele zu mir! So nennen mich meine Freunde.«

Mir blieb die Spucke weg. Sie zählte mich zu ihren Freunden? Ehe ich mich von dem Schock erholen konnte, ging die Tür auf.

Markus kam herein, beladen mit einem Einkaufskorb voller Obst, Büchern, Nahrungsergänzungsmitteln und noch ein paar Dingen, die ich nicht auf den ersten Blick erkennen konnte.

»Guten Morgen!«, verkündete er gut gelaunt. »Da sind ja die beiden Damen meines Herzens.«

Er stellte den Korb am Fußende meines Bettes ab und beugte sich über mich. Vor den Augen seiner Mutter gab er mir zur Begrüßung einen Kuss. So viel zum Thema »unnahbar und raue Schale«! Aber ich beschwerte mich nicht. Von Markus' Küssen würde ich nie genug bekommen.

»Danke, dass du auf Jule aufgepasst hast!«, sagte er an seine Mutter gewandt. »Ole wird dich zurück aufs Schloss fahren.«

»Nein, Markus!« Adele richtete entschlossen ihren knochigen Oberkörper auf. »Ich möchte hierbleiben. Jule und ich haben noch nicht über die Hochzeitszeremonie gesp...«

»Dazu hast du später noch genug Zeit«, fiel Markus ihr ins Wort. »Jule muss sich jetzt ausruhen.«

Ich zog irritiert die Augenbrauen in die Höhe. Weshalb wollte Markus' Mutter denn mit mir über die Hochzeit meiner Schwester reden? Moment mal ... Ein Erinnerungsfetzen an die gestrige Rettungsaktion tauchte plötzlich in meinem Kopf auf. Ich stieß ein überraschtes Keuchen aus. Ach du meine Güte ...

Markus schob seine Mutter ungeachtet ihrer Widerworte in den Flur hinaus und schloss die Tür hinter ihr.

»Du lässt sie alleine dort draußen stehen?«, fragte ich besorgt.

»Nein, Ole ist schon da. Ich soll dir übrigens liebe Grüße von ihm ausrichten. Und natürlich auch von deiner Schwester und deinen Neffen. Außerdem von Ariane, Jutta, Nane, Trudi, Kevin ...«, begann Markus aufzuzählen, doch dann winkte er ab. »Eben von allen, die dich kennen. Es hat mich große Mühe gekostet, sie davon abzuhalten, dich heute alle auf einmal zu besuchen. Sophie hätte mir fast die Augen ausgekratzt, weil ich ihr gesagt habe, sie soll erst am Nachmittag vorbeikommen.«

Tatsächlich war ich froh darüber, dass er den Besucheransturm eingedämmt hatte. Das kurze Gespräch mit seiner Mutter war schon anstrengend genug gewesen. Ich deutete auf den Korb am Fußende meines Betts. »Und was ist das?«

»Viele gesunde Sachen, damit du schnell wieder fit wirst. Und alles, was du sonst noch brauchen könntest.«

Ich kniff die Augen zusammen. Fassungslos deutete ich auf eine der Packungen, die aus dem Korb ragte. »Ist das ein Still-BH?«

»Er ist ein bisschen groß, aber die Verkäuferin meinte, du wirst in den nächsten Monaten hineinwachsen.« Er grinste. »Darauf freue ich mich schon.«

»Das kann ich mir vorstellen«, schnaubte ich. Wozu ich allerdings jetzt schon einen Still-BH brauchen sollte, war mir ein Rätsel.

Mit unschuldiger Miene zog Markus ein Buch aus dem Korb. »Und hier habe ich dir ein Kinderbuch über Technik besorgt. Auf Seite 47 wird in einfachen Worten erklärt, wie ein Telefon funktioniert. Nur, damit du es für die Zukunft weißt.«

Ich knirschte mit den Zähnen. Bei diesem Mann musste ich wirklich auf jedes Wort achten, das ich von mir gab. »Steht da auch drin, wie man jemanden, der einem auf die Nerven geht, mit einem Stromschlag töten kann?«

»Nein, das habe ich vorher überprüft«, konterte er mit einem Lächeln. »Ich möchte schließlich nicht, dass du in Versuchung gerätst.«

Markus setzte sich zu mir aufs Bett, und seine Miene wurde wieder ganz ernst. »Wie geht es dir? Sind die Schmerzen sehr schlimm?«

»Total schlimm«, räumte ich ohne den geringsten Anflug von Tapferkeit ein. »Aber trotzdem bin ich glücklich. Ich bin so froh, dass noch mal alles gut gegangen ist. Und du? Hast du dich wieder etwas beruhigt?«

Erstaunt zog er eine Augenbraue in die Höhe. »Ich? Ich bin die Ruhe selbst. Wieso fragst du?«

»Weißt du, mir sind da einige Dinge wieder eingefallen, die gestern Abend passiert sind. Zum Beispiel, wie ich von der Gorch Fock in den Krankenwagen gekommen bin«, erzählte ich. »Und wenn mich meine Erinnerung nicht täuscht, war da ein völlig aufgelöster Mann an meiner Seite, der mich dauernd angefleht hat, nicht zu sterben.«

»Ach ja, den hab ich auch gesehen.« Markus kratzte sich verlegen am Hals, und eine leichte Röte zeichnete sich auf seinen Wangen ab. »Das war echt peinlich. Der Kerl hat völlig überreagiert.«

Er stand auf, schenkte mir ein Glas Orangensaft ein und stellte es auf den Tisch neben meinem Bett. Ich zupfte derweil höchst konzentriert an meiner Bettdecke herum. »Vielleicht habe ich ja halluziniert«, bemerkte ich wie nebenbei, »aber ich glaube, dieser Typ hat mir sogar einen *Heiratsantrag* gemacht, nur damit ich am Leben bleibe.«

Mit klopfendem Herzen schaute ich auf, doch Markus hielt meinem Blick stand. Er trug heute eine Jeans und ein weißes Hemd. Wie immer sah er verboten gut aus. Ich dagegen hatte weder geduscht noch einen Blick in den Spiegel geworfen.

»Fünf«, korrigierte Markus mich. »Dieser Typ hat dir sogar fünf Heiratsanträge gemacht, bis du endlich im Krankenhaus warst.«

Ich lächelte in mich hinein. Fünf Heiratsanträge waren perfekt. Das hatte jedenfalls Trudi gesagt. Trotzdem war mir klar, dass ich keinen der Anträge ernst nehmen durfte.

»Keine Sorge, ich nagle dich nicht darauf fest«, beruhigte ich ihn. »Ich weiß, dass das eine Ausnahmesituation war. Du hattest nur Angst um mich und hast deswegen ...«

»Schweig, Weib!«

Mir blieb vor Überraschung der Mund offen stehen. Wie bitte? Weib? Na, der konnte was ...

Bevor ich jedoch loslegen konnte, zuckte Markus bereits entschuldigend die Achseln. »Ich dachte, ich versuche mal die autoritäre Masche, damit du den Mund hältst. Diese Heiratsanträge waren nämlich ernst gemeint.«

»W... wirklich?«, stammelte ich perplex.

Markus setzte sich wieder zu mir aufs Bett und griff nach meiner Hand. Er schwieg einen Augenblick und sah auf unsere ineinander verschränkten Hände hinab.

»Gestern Abend hätte ich um ein Haar alles verloren, was mir etwas bedeutet«, sagte er schließlich. »Das hat vieles in meinem Kopf gerade gerückt. Mir ist schlagartig bewusst geworden, was ich wirklich will.«

Es jetzt noch mal von Markus zu hören – hier, bei Tageslicht und ohne Krisensituation –, bedeutete mir unglaublich viel.

»Dann hast du keine Angst mehr davor, Vater zu werden?«

»Oh, doch! Wenn ich ehrlich sein soll, habe ich eine Heidenangst davor«, gab er offen zu. »Aber ich habe beschlossen, das Ganze optimistisch anzugehen. Denn zum einen habe ich eine ganz gute Vorstellung davon, wie man es als Vater falsch macht. Und zum anderen habe ich mir gleich mehrere Erziehungsratgeber besorgt.« Er deutet hinter sich auf den Einkaufskorb. »Die nächsten neun Monate werde ich mich darauf vorbereiten, der beste Papa der Welt zu werden.«

Irgendetwas in meinem Inneren schien vor Freude zu explodieren. »Oh Markus, das ist so … so …« Mir fehlten die Worte. Ich blinzelte angestrengt. Verdammt, gleich würde ich wieder heulen!

»Außerdem«, fügte er schmunzelnd hinzu, »habe ich etwas, das mein Vater nicht hatte.«

Ich sah ihn fragend an.

»Dich natürlich! Wenn ich etwas falsch mache, wirst du nicht wie meine Mutter brav den Mund halten, sondern keinen Moment zögern, mir das brühwarm unter die Nase zu reiben.«

»Selbstverständlich mach ich das«, schniefte ich, während ich gleichzeitig lächelte. »Ich werde dich auf jeden noch so kleinen Fehler hinweisen, großes Ehrenwort!«

»Ja, ich freu mich schon drauf.« Er stieß einen höchst leidvollen Seufzer aus. »Hoffentlich wird unser Kind nicht auch so ein Sturkopf wie wir beide. Sonst wird uns der kleine August ziemlich auf Trapp halten.«

Schlagartig verebbten meine Tränen. Ich hoffte inständig, dass ich mich gerade verhört hatte.

»August?«, wiederholte ich fassungslos. »Wenn wir einen Jungen bekommen, garantiere ich dir, dass er nicht August heißen wird.«

Markus zog die Augenbrauen zusammen. »Aber warum denn nicht?«

Ich wedelte mit meinem gesunden Arm in der Luft herum. »Weil August ein idiotischer Name ist!«

»Das war der Name meines Großonkels«, bemerkte Markus empört. »Und den mochte ich zufällig sehr.«

»Das tut mir für deinen Großonkel schrecklich leid, aber das ist noch lange kein Grund, ein weiteres Kind mit diesem Namen zu strafen. Dann könnten wir unseren Sohn auch gleich Februar nennen.«

Einen Moment lang fochten wir ein stummes Blickduell aus, doch dann zuckte Markus mit den Schultern. »Womöglich ist jetzt nicht der richtige Moment, um über den Namen zu diskutieren«, lenkte er überraschend friedfertig ein.

»Ja, ein anderes Mal vielleicht«, stimmte ich ihm erleichtert zu.

Na bitte, offenbar machten wir kommunikativ Fortschritte! Problemgespräche verschoben wir einfach auf einen späteren Zeitpunkt. Immerhin ein Anfang, oder?

»Jule, ich muss dich warnen: Falls du immer noch der Meinung bist, dass wir beide keine Chance verdient haben, werde ich um dich kämpfen.« Seine Augen leuchteten voller Überzeugung. »Ich rücke dir so lange nicht von der Pelle, bis du einsiehst, dass wir zusammengehören. Wir beide und unser Kind!«

Er strich mit den Fingern meinen Arm hinauf bis zu meiner Schulter. Schon allein diese leichte Berührung genügte, um ein angenehmes Kribbeln in meinem Körper auszulösen. Die Schmerzen waren plötzlich vergessen.

»Der Gedanke gefällt mir«, gab ich zu. »Besonders die Sache, dass du mir auf die Pelle rücken willst. Wie dicht wäre das denn ungefähr?«

»Sehr dicht«, versicherte er mir und beugte sich über mich. Ich spürte seinen warmen Atem auf meiner Haut, und seine Lippen strichen meine Wange entlang.

»So dicht, dass wir gar nicht mehr wissen, wo der eine von uns anfängt und der andere aufhört«, raunte er mir ins Ohr.

Das war genau, wonach ich mich sehnte. Er knabberte leicht an meinem Ohrläppchen. Mm, Markus' Berührungen waren wirklich besser als jedes Schmerzmittel. »Übrigens, falls du es nicht mehr weißt«, murmelte er. »Beim letzten Heiratsantrag hast du mit einem benommenen ›Ja‹ geantwortet. Die Sanitäterin kann es bezeugen. Das war ein mündlicher Vertragsabschluss. Da kommst du nicht mehr raus, Jule Seidel.«

Ich lachte auf. »Du bist doch verrückt.« Ich legte meine gesunde Hand an seine Wange und sah ihm in die Augen. »Und genau deshalb liebe ich dich.«

Ich überwand die letzten Zentimeter zwischen uns, und meine Lippen trafen auf seine. Schon bei unserem ersten Kuss hatte mich ein enormes Glücksgefühl erfüllt. Doch das war nichts im Vergleich zu dem, was ich jetzt empfand. Dieser Kuss war erfüllt von Zärtlichkeit, Liebe und dem wunderbaren Gefühl, nach langer Suche endlich angekommen zu sein.